양념반,
후라이드반

양념 반, 후라이드 반 1

초판 1쇄 찍은 날 ｜ 2010년 6월 10일
초판 1쇄 펴낸 날 ｜ 2010년 6월 18일

지은이 ｜ 현지원
펴낸이 ｜ 서경석

편집장 ｜ 문혜영
편집책임 ｜ 유경화
편집 ｜ 조수희

펴낸곳 ｜ 도서출판 청어람
등록번호 ｜ 제1081-1-89호
등록일자 ｜ 1999. 5. 31
어람번호 ｜ 제5-0262호

주소 ｜ 경기도 부천시 원미구 심곡 2동 163-2 서경B/D 3F (우) 420-822
전화 ｜ 032-656-4452 팩스 ｜ 032-656-4453
http://www.chungeoram.com
E-mail ｜ chungeoram@chungeoram.com

ⓒ 현지원, 2010

ISBN 978-89-251-2205-2 04810
ISBN 978-89-251-2204-5 (SET)

Chungeoram romance novel

현지원 지음

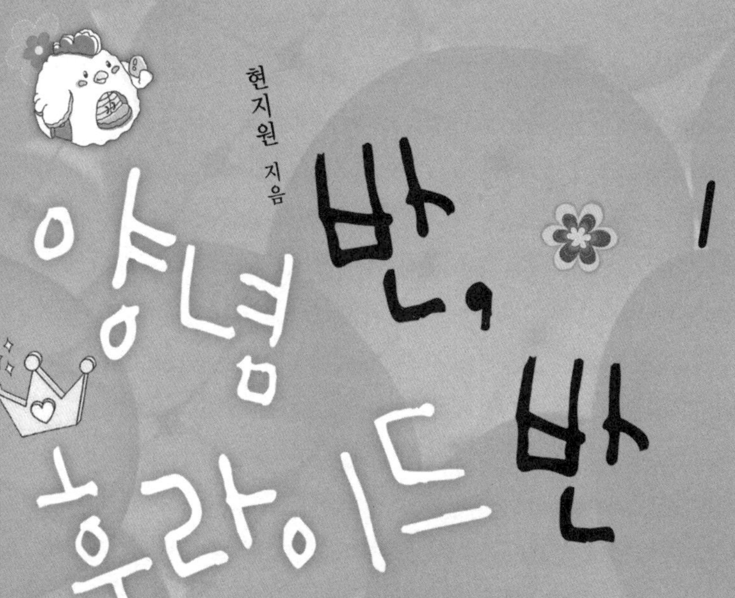

양념 반, 반 후라이드

1

도서출판
책

람

목차

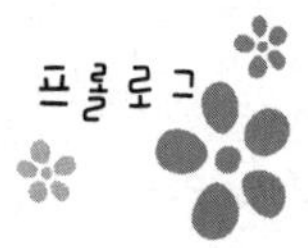

프롤로그

안방 벽을 타고 두런두런 말소리가 들려왔다. 복잡한 머릿속도 달랠 겸 밤 산책을 위해 방을 나서던 은설이 저도 모르게 귀를 쫑긋 세웠다. 엄마인 유자와 형님, 아우 하며 지내는 제주 아주머니의 취기 어린 걸걸한 목소리가 낡은 벽을 넘나들었다.

"난 또 우리 아우가 머리 싸매고 누운 거 아닌가 걱정했는데 이렇게 웃는 모습 보니까 참 좋다."

"하도 별별 일을 겪다 보니 이젠 만성이 되었나 봐요. 처음엔 속에서 불이 올라오더니 지금은 생각하면 할수록 웃음밖에 안 나오는 걸 보면 말이에요."

물기가 쏙 빠진 것 같은 건조함이 느껴지는 유자의 푸념에 헛헛함이 묻어 나왔다.

"그래, 이왕 엎질러진 물 주워 담을 수도 없는 거고 이제 와서 발 동동 굴러봐야 무슨 소용 있겠어. 사람 나고 돈 났지, 돈 나고 사람 난 거 아니니까 자네도 훌훌 털어버려. 그나저나 가게 비워주면 뭘 하고 살지 생각은 좀 해봤어?"

"그게 형님, 너무 세게 뒤통수를 맞아서 그런가 아직도 이 집이랑 가게를 비워줘야 한다는 게 도통 실감이 나지를 않네요. 그런 일 겪고 나면 오만정이 다 떨어져야 할 텐데 여전히 내일 장사할 거만 신경 쓰이고 여길 벗어난다는 것 자체를 생각할 수가 없어요."

"20년을 여기서 울고 웃으며 살았는데 당연하지, 당연한 거야. 그래도 언제 건물 주인이 비워달라고 할지 모르는데 방도는 강구해 봐야 하지 않겠어? 이럴 땐 자식 둘 있는 게 천만다행이다. 셋이나 됐으면 어쩔 뻔했어."

"그래도 지 새끼라고 원망은 안 드는 거 있죠? 그놈의 자식이 뭔지. 단칸 방 하나 얻는다 치고, 워낙에 오래된 살림들이 많아서 다 버리고 몸만 빠져나가도 상관은 없는데, 은설이가 걸리네요. 다 큰 계집애를 제 아빠랑 같이 방을 쓰게 할 수도 없고 그렇다고 지금 우리 형편에 방 두 칸짜리를 얻는 건 꿈도 못 꿀 일이고…… 어휴."

유자의 한숨 소리가 바로 곁에서 들리는 것처럼 생생했다.

"듣고 보니 그것도 그러네. 은설이는 사귀는 남자 없대? 이참에 그냥 치워 버리면 입이라도 하나 덜고 좀 좋아."

"애인이 있다 한들 언제 쫓겨날지 모르는 형편에 치운다고 요? 이 형님도 가만 보면 참 웃기셔. 설령 남자가 있다 해도 난 우리 은설이 일찍 시집보낼 생각 없어요."

"왜? 자네 정말 평소 입버릇처럼 노래 부르던 부모 봉양 실컷 하게 하고 시집보내려고?"

"예에. 그러면 안 돼요? 죽을 고생하고 낳아주고 키워줬으면 그 정도는 당연한 거지. 안 그래요?"

"하여간 자네도 특이한 사람이야. 그래서 내가 자넬 더 좋아 하는 거지만. 그래도 이렇게 형편 어려울 땐 입 하나 더는 것도 어딘데. 잘사는 사윗감이라도 떡하니 데리고 나타나면 팔자까 지 피고 좀 좋아."

"형님도 참. 말이 될 소릴 하셔야지. 좋다고 대쉬하는 애들이 몇 명 있기는 했는데 몽룡이 기다리는 춘향이마냥 죄다 퇴짜를 놔서 아직까지 남자 손목 한번 잡아본 적 없는 숙맥이라 말씀은 고맙지만 사윗감은커녕 그런 꿈조차도 꾸질 못하겠네요."

"그래? 저 나이 때면 한참 연애에 관심 보일 건데 별일이네. 지 엄마, 아빠 닮았으면 연애 하난 잘할 텐데 그런 건 또 전혀 안 닮았나 보다."

"그나마 다행이죠 뭐."

"자기는 젊은 나이에 실컷 연애하고 딸은 안 된다고? 어떻게 부모가 되어서 도둑놈 심보가 따로 없어?"

"제가 원래 그래요, 형님."

심각한 분위기가 차츰차츰 옅어지며 농담이 오고 가자 은설의 표정도 모처럼 밝아졌다. 주인 없는 오빠 은기의 방을 살짝 들여다본 은설이 계단을 뛰어내려 가 문 앞에 세워둔 자전거 위에 재빠르게 올라탔다. 그리고는 힘차게 페달을 밟으며 밤공기를 가로질렀다.

"무슨 일 있어요?"

재준이 막 계단 끝에 발을 내딛자 상주도우미인 수원댁이 길게 목을 빼고는 할머니의 방 복도를 살피는 것이 눈에 들어왔다. 재준의 기척에 수원댁이 소스라치게 놀라고는 손가락으로 조용히 하라는 신호를 보냈다.

"미스 김이랑 작은 사모님이랑 한바탕 난리가 났었거든. 미스 김이 더는 힘들어서 못 있겠다고 말하러 들어갔어. 그래도 다른 사람들보다 꽤 견딘다 싶었는데 결국 석 달을 못 버티네. 요즘 사람 구하기도 쉽지 않고 당분간 또 큰소리 나게 생겼어."

"……네에. 그런데 아주머니, 무슨 타는 냄새가 나는 것 같은데요."

수원댁의 설명을 듣고 있던 재준이 코끝을 간질이는 약 냄새에 살짝 미간을 찌푸렸다.

"에고, 내 정신 봐라. 약탕기 올려놓은 걸 깜빡했다. 큰 사모님 아셨다간 불호령이 떨어질 텐데 약 다 졸아든 거 아닌가 모르겠네.”

수원댁이 혼비백산을 하고는 주방으로 사라졌다. 복도 끝에 위치한 할머니의 방에선 간간이 큰소리가 새어 나오고 있었다. 잠시 머뭇하던 재준이 고개를 젓고는 그대로 차고로 직진했다.

4년 전 대학 입학 선물로 받은 날렵한 디자인의 애마에 오른 재준이 무거운 표정으로 차고를 벗어났다. 마음 같아서는 마음 껏 속도를 내고 싶지만 동네 골목길임을 감안해 최대한 속력을 줄여가며 차를 몰았다. 한시바삐 골목길을 벗어나고픈 재준의 마음을 아는지 모르는지 파지를 싣고 다니는 리어카 한 대가 천천히 앞을 가로막으며 가고 있었다.

“가는 날이 장날이라더니…….”

파지를 높게 쌓고는 재준의 차를 앞서 가던 리어카에서 하나 둘 빠지던 박스들이 탄력이라도 받은 듯 갑자기 우르르 흘러내렸다. 뒤늦게 사태를 알아챈 리어카 주인이 길 한가운데 우뚝 서고는 낭패감 어린 표정으로 뒤를 돌아보았다.

헤드라이트 불빛 사이로 나이 든 할머니의 모습이 비치자 재빨리 브레이크를 밟고 차를 세운 재준이 안전벨트를 풀고 차에서 내리려는 순간 누군가 기습적으로 나타나 등을 보인 채 떨어진 박스들을 하나씩 줍기 시작했다. 비록 뒷모습이기는 하지만 자그마한 체구의 여자라는 건 한눈에 봐도 알 수 있었다.

누가 보면 신이 난 놀이라도 되는 것처럼 앉았다 섰다를 반복하며 여기저기 흩어진 종이 박스들을 빠르게 주워나갔다. 그리고는 몸을 사리지 않고 리어카 위에 차곡차곡 쌓아주는 인정까지 보였다. 또다시 흘러내리는 일이 없도록 밧줄에 딸려갈 것처럼 온몸으로 매달려 힘을 주어 묶어주고는 손바닥을 탁탁 털기까지 했다.

"제법인걸. 동종 업계 종사잔가?"

전혀 도와줄 일이 없게 된 재준이 피식 웃고는 풀었던 안전벨트를 다시 맸다. 차를 출발시키려다 만 재준이 눈을 가늘게 뜨고는 짧게 옆모습을 보이고 이내 골목 옆쪽으로 몸을 붙이는 여자를 유심히 쳐다보았다.

담벼락에 세워두었던 자전거를 끌며 그의 차 옆을 무심히 지나가는 여자는 꽤 낯이 익었다. 비록 야구 모자를 쓰고 있기는 했지만 잠깐이나마 불빛 사이로 보인 모습은 틀림없이 재준이 아는 얼굴이었다.

"하은설? 하아! 오지랖은 여전하네."

올라간 입술꼬리에 웃음을 단 채 재준이 고개를 돌려가며 은설이 멀어져 가는 모습을 지켜봤다.

"그런데 저 녀석이 이 동네는 무슨 일이지? 무슨 일이거나 말거나!"

혼잣말로 중얼중얼 자문자답하던 재준이 대수롭지 않은 일에 시간을 빼앗겼다는 듯 급하게 기어를 넣고는 조금 전보다 더 속도를 냈다. 목적지인 홍대가 아닌 강변북로로 방향을 튼 재준은 무거운 짐을 잠시나마 벗어보겠다는 듯 시원하게 뻗은 도로 위를 모처럼 만끽하며 달렸다.

“오가며 그 집 앞을 지나노라면 나도 몰래 발이 머물고…….”
　저절로 흘러나오는 노래를 흥얼거리던 은설이 가사와는 반대로 무심히 재준의 집 앞을 스쳐 지나갔다. 무관심한 건지 아님, 그러는 척하는 건지는 본인도 모르지만 실로 오랜만인 것만은 틀림없었다.

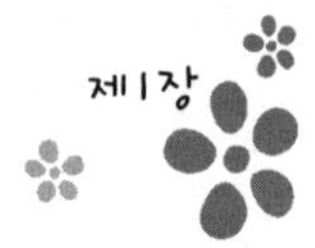

동아리방의 문을 열기 무섭게 코끝을 자극하며 덤벼드는 복잡 미묘한 냄새에 재준이 저도 모르게 코끝을 찡그렸다. 사내 녀석들만이 모여 있는 동아리답게 특유의 땀 냄새와 음식 냄새가 밀가루 반죽처럼 치대어진 향기는 맡을 때마다 곤혹스러웠다. 조만간 이곳을 벗어나 새로운 곳에 둥지를 튼다는 것에 위안을 삼고는 있지만 그때까진 괴로움을 견뎌야 했다.

"오, 닭사마 왔냐! 네 덕분에 오늘도 잘 먹으마. 이번 치킨은 닉네임 '초면에 사랑합니다' 누님께서 보내주신 거다. 먹지는 않아도 알고는 있으라고."

뜯고 있던 닭다리를 흔들어 보이며 태진이 택배 배달을 통보

하듯 알려주었다. 한때는 호들갑을 떨며 하루가 멀다 하고 배달되는 치킨을 숭배하던 태진도 이제는 그러려니 하는 얼굴로 닭을 뜯었고 처음부터 시큰둥했던 재준은 그때나 지금이나 별반 차이가 없었다.

탁자 위에 놓여 있는 치킨 상자를 쳐다보는 것만으로도 보내준 이에게 예를 갖추었다 여기는 재준이 짧게 시선을 준 후 이내 눈을 돌렸다. 그리고는 맞닿은 이를 살짝 드러내며 도통 이해가 안 간다는 듯 도리질을 했다. 치킨의 참맛을 모르는 인간은 지옥직행이라며 예찬론을 펼치는 태진도, 지금은 비록 그 횟수가 줄어들기는 했지만 하루가 멀다 하고 배달을 시켜주는 사람들도 이해가 되질 않았다.

"근데 왜 너 혼자야? 아직 아무도 안 왔어?"

평소라면 사나흘 굶은 승냥이 떼처럼 달려들어 금방 바닥을 드러냈을 치킨을 태진 홀로 쓸쓸히 뜯는 것을 의아해하며 재준이 방 안을 두리번거렸다. 담뱃재로 인해 여기저기 구멍이 나 있는 낡은 소파 위에는 태진의 가방만 덩그마니 놓여 있었다.

"정호랑 대영인 낼 조별 발표가 있어서 못 온다고 하고 철우랑 진구는 청강 들을 게 있다고 늦거나 못 오거나 둘 중 하나래. 해서 너 오기만을 이 형님이 얼마나 학수고대했는지 아냐! 하필 오늘 같은 날 공강이 생길 건 또 뭐냐. 자그마치 세 시간 동안 이 칙칙하고 냄새나는 방에서 한 놈이라도 좋으니 나타나 달라고 학수고대 기다렸다. 여기 봐봐, 내 목 늘어난 거 보이지?"

태진이 짧고 굵은 목을 핏대까지 세워가며 내밀어 보였다.

"그래, 확실히 목이 늘어나기는 했는데 세로가 아니라 가로로 늘었다. 잘하면 조만간 살에 밀려서 목 티가 가슴까지 내려가겠다."

재준이 팔을 뻗어 태진의 목 부분을 길게 잡아당기며 놀렸다.

"아, 짜식! 닭 맛 떨어지게 갑자기 남의 목살은 왜 걸고 넘어져."

말과 달리 여전히 손에서 닭고기를 떼지 않은 채 태진이 불만인 양 구시렁거렸다.

"다른 사람들은 몰라도 넌 나한테 그런 말 하면 안 돼, 인마! 내가 하루가 다르게 살이 찌는 게 다 누구 때문인데?"

"그럼 그게 내 탓이라는 거냐?"

물에 빠진 사람 건져 주니 보따리 내놓으란다고 딱 그 짝이었다. 그 뻔뻔함에 콧방귀가 절로 나왔다.

"당연하지. 옛날 같았으면 한 달에 한 번 먹을까 말까 했던 치킨을 삼시세끼 밥처럼 먹고 있는데 살이 안 찌고 배기냐!"

"그래서 내가 너한테는 구세주라며? 훗날 하늘로 돌아갈 때 닭과 함께 떠나겠다고 했던 건 다른 놈이냐?"

"그게 요즘 내 딜레마라는 거 아니냐. 닭님들께서 날 잡수! 하는데 안 먹어줄 수도 없고 그렇다고 모질게 외면하자니 이놈의 손이 가만있지를 못하고. 이 비싸고 맛난 닭님들을 그대로 쓰레기통에 넣을 수가 없어 결국 여기에 저장하긴 한다만 늘어가는 몸무게와 콜레스테롤 생각하면 내가 봐도 안습이다. 아! 어머니, 절 왜 닭 귀신으로 태어나게 하신 건가요? 이제 와서 닭 맛을 포기하기엔 제 입맛이 너무 닭스러워졌습니다.”

태진이 사이비 종교의 교주처럼 치킨을 하늘 높이 쳐들고는 절규를 했다. 도저히 두 눈 뜨고 못 봐줄 정도로 가관이었다.

“나 같으면 안 먹고 후회하지 않겠다. 닭다리 양손에 쥐고 번갈아가면서까지 뜯는 인간이 그럼 그 정도 각오도 안 했냐?”

창가에 놓인 책상 위에 엉덩이를 걸터앉으며 재준이 핀잔을 주었다. 햇살을 등진 재준의 얼굴이 조명 효과가 더해져 평소의 모습보다 더 빛이 나고 반짝거렸다. 그 모습을 보노라니 태진은 이래저래 더 심란해졌다.

“하여간 잘생긴 넘은 어떤 포즈를 취해도 멋있다니까. 저러니 누나들이고 여동생들이고 하악하악거리다 닭닭거리는 거겠지. 평소 닭이라면 냄새만 맡아도 몸서리를 치는 녀석인데 어쩌다 치킨에 환장한 놈으로 둔갑되어서는 내 인생까지 기로에 서게 만든 건지 하여간 네놈이 원흉이다!”

“너 이런 식으로 계속 내 탓할 거면 앞으로 절대 닭에는 손도 대지 마! 네놈 하는 꼴 보니 조만간 나한테 손해배상까지 청구하고도 남겠다. 잘하다간 닭 때문에 가뜩이나 얄팍한 우정에 금이 쩍쩍 가다 못해 두 동강 나는 게 훤히 보인다, 보여.”

“아무리 그래도 내가 이깟 닭 때문에 우정을 팔겠냐? 더군다나 네가 어떤 친군데. 여자 때문이라면 또 모를까!”

태진이 능글맞게 능청거렸다.

"닭이나 여자나! 거기서 거기지."

"어헛! 큰일 날 소리. 너 페미 누나들이 그 소리 들었다간 닭에다 묻어버릴 수도 있다. 거기다 너 벌써 두 번째잖아! 아무리 천하의 채재준이라고 해도 한 번은 구제받아도 두 번째는 힘들걸."

"구제해 달라고 할 생각도 없고 구제받고 싶지도 않으니까 됐다 그래라."

재준이 콧방귀를 뀌고는 듣기 싫다는 듯 귀를 만지작거렸다.

"저 자식은 어떻게 보면 고수 같고 어떻게 보면 정말 여자한테 관심도 없는 것처럼 보인단 말야. 저런 놈에게 신께서는 이런 놈에게 무더기의 여성 팬들을 내려주셨으니 지금쯤 얼마나 땅을 치고 후회를 할까. 그것 또한 신의 뜻이라고 하시려나?"

"제발 일절만 해라. 듣기 괴로우니까."

태진이 그 사건에 대하여 언급할 기색이 보이자 재준이 미리부터 싹을 잘랐다. 상대가 누구인가를 막론하고 지난번 사건을 상기시킬 때면 입을 막아버리고 싶을 만큼 여간 곤혹스러운 게 아니었다.

"듣기 괴롭긴 인마! 돌아가신 분도 책으로 그 업적을 기리는데 의로운 위인을 눈앞에 두고 칭송 안 하면 언제 하냐? 그것도 네가 어디 보통 일을 했어야지. 자그마치 한 생명을 살렸잖냐. 지하철이 들어오고 있는 그 급박한 상황에서 자기 목숨 아까운

줄 모르고 말이야. 내가 네놈한테 열폭하기는 한다만 나라면 그
렇게는 못했을 거야. 마음으로야 수백 번도 더 실행에 옮겼겠
지. 중요한 건 정작 몸이 따라주지 않았을 거라는 거지만. 네놈
인기가 쩌는 것도 당연하지.”

　얼렀다가 울렸다가 들었다가 메쳤다가. 도대체 어느 장단에
춤을 추라는 건지. 태진의 변화무쌍한 말 바뀜에 재준은 혀를
내둘렀다.

　“정말 운명이라는 게 있기는 한가 보더라. 뚜벅이족도 아닌
네가 그날따라 하필이면 지하철에 탔다는 것만 봐도 예사로운
일은 아니잖아. 거기다 닭이라면 종류를 막론하고 질색하는 네
가 치킨까지 들고 있었다는 거. 그것만 봐도 신이 네게 치킨을
점지해 주신 거야. 그 여자를 살리라는 뜻도 있었겠지만. 안 그
러냐? 닭사마! 큭큭큭.”

　갑자기 태진이 실성한 듯 웃었다. 그 모습을 어이없이 바라보
며 재준이 나지막하게 한숨을 내쉬었다.

　“성격파탄자도 아니고. 제발 한 가지만 해라. 응? 계속 닭이
나 쳐묵쳐묵하던가 아니면 웃기만 하던지. 네놈 때문에 나까지
돌아버릴 것 같으니까.”

　입술을 씰룩인 재준이 도리질을 하며 팔짱을 꼈다. 뭐, 어떤
의미로는 태진의 말이 아주 틀린 건 아니었다. 그날 이후로 어
이없는 일들이 연속적으로 일어나고 있으니 말이다.

　“내가 간이고 쓸개고 다 빼먹은 놈처럼 네놈이 거들떠도 보지

않는 네 치킨들을 먹고는 있다만 부러운 것도 사실이다."

이제야 조금 잠잠해졌나 싶었던 태진이 그새 입을 열기 시작했다.

"또 뭐가?"

"일생 동안 한 여자한테 사랑받기도 힘든데 넌 의자왕만큼, 아니, 그 이상 남부럽지 않은 팬들을 거느리고 있잖냐. 거기다 그 팬들이 보통 팬들이냐? 충성심 쩔지, 닭 배달시키는 데 총알 아끼지 않지. 거기다 네가 망언에 싸가지 넣고 쓱쓱 비벼서 밥맛 똑 떨어지는 발언을 해댔음에도 불구하고 변함없는 애정을 보여주지를 않나. 히밤! 내가 그렇게 너처럼 써댔다간 과장 조금 보태서 장가도 못 갈 거다. 장가가 뭐야, 대한민국에 발붙이고 살기도 힘들걸."

태진이 말하는 그 발언이란 재준이 얼마 전 개인 블로그에 올린 글을 말했다. 지하철 선로에 떨어진 여학생을 우연히 구해준 것이 동영상으로 떠돌게 되면서 본의 아니게 재준은 인터넷상에서 엄청난 화제를 불러일으켰었다. 지하철이 승강장에 들어서기 일보 직전인 일촉즉발의 상황에서 사람의 목숨을 구한 것만으로도 화제가 되기에 충분했지만 거기에 더해 재준의 학교와 외모까지 공개되면서 거의 열광에 가까운 관심이 쏟아졌다.

자칭 네티즌 수사대라는 사람들에 의해 재준이 학과 활동을 위해 만들어놓은 미니홈페이지까지 공개되면서 단지 개설만 해놓았을 뿐, 사진 한 장 올라 있지 않은 홈페이지의 하루 방문객

수가 수만 명, 수십만 명까지 치솟았다.

재준의 이름이 포털사이트의 검색어 순위 1에 오름은 물론 여학생을 구조하는 모습이 담긴 동영상은 엄청난 조회수를 기록하며 공중파 뉴스에 단신으로까지 소개가 되었다. 거기다 183센티의 훤칠한 키에 시원스러운 이목구비까지 갖추다 보니 연예인을 능가하는 일반인이라는 후한 평가와 함께 인터넷 상에서 단연 화제가 될 수밖에 없었다.

특히 여성 네티즌들이 많이 활동하는 사이트에서는 어떻게 구했는지 재준도 처음 보는 사진들까지 총망라되어 올라왔고 급기야 과 사무실과 동아리방으로 선물까지 도착하는 웃지 못할 촌극까지 벌어졌다. 그의 신상이 얼굴도 모르는 수많은 사람들에게 노출된 것은 그나마 양호했다. 평소 닭이라면 질색을 하는 재준이 여자를 구하기 위해 손에 들고 있다가 내팽개친 것이 하필이면 치킨 상자였다. 본인의 의지와는 전혀 무관하게 교통사고로 입원한 친구 녀석의 간곡한 부탁으로 마지못해 사 들고 가던 것이었다. 그런 전후 사정을 알 리 없는 이들에 의해 재준이 가장 좋아하는 음식이 치킨이라는 말이 번져 나가기 시작했다.

훈남 타이틀에 이어 졸지에 치킨남으로 둔갑한 재준은 '닭사마'로 불리며 하루가 멀다 하고 이렇게 닭들과 냄새에 혹사당하고 있었다. 닭의 'ㄷ' 자만 봐도 속이 울렁거린다고 공개적으로 밝혔지만 소용없었다.

오히려 재준이 누나들을 배려해 부러 싫다는 글을 올린 것이라며 사려 깊음에 또다시 환호했다. 더는 신상이 까발려지는 것도 일상생활에 지장을 받는 것도 원치 않았던 재준은 급기야 여성들이라면 누구라도 분개할 만한 글을 올리기까지 했다.

남자에게 먼저 들이대는 여자들이 너무 싫다. 여자란 모름지기 정숙하고 남편 내조 잘하며 아이 잘 낳고 살림만 잘하면 그만이다, 라는 시대에 뒤떨어진 발언의 글까지 올렸음에도 불구하고 상황은 엉뚱하게 흘렀다.

소신있는 발언이다, 누구나 꿈꾸는 이상형이 있기 마련인데 개인의 발언을 두고 왈가왈부할 필요 없다, 대부분의 남자들이 속으로는 이렇게 생각하면서 겉으로만 포용력이 넓은 척하는데 멋있다 등등. 물론 분노하며 실망감을 나타낸 수도 적지 않았지만 지금까지 꾸준하게 지치지 않고 재준에게 지지를 보내고 있었다.

하여 무용담처럼 혹은 놀림처럼 누구라도 그날 일을 상기시킬 때면 몇 달의 시간이 흘렀음에도 불구하고 낯이 뜨겁고 거북했다. 특별히 영웅 심리가 발동한 것도 아니었고 단지 그 자리에 있었기 때문에 선로에 떨어진 사람을 구했을 뿐이었다. 그 사람이 여자였건 남자였건, 아이건 어른이었건 상관없이 말이다. 그리고 가장 중요한 것은 누구라도 그 자리에 있었더라면 그와 마찬가지로 행동했을 것이라는 점이었다.

"오늘 연습은 그럼 너랑 나랑 둘이서 해야 하려나. 모처럼 둘이 한번 맞춰볼까?”

웬만큼 배가 부른지 현저히 먹는 속도가 떨어진 태진이 콜라로 입가심을 하며 물었다. 용수철처럼 몸을 벌떡 일으켜 세운 재준이 고개를 저었다.

“실은 나도 오늘 약속이 있어서 연습에 참여 못한다는 말 하려고 온 거였어. 다른 애들도 모두 사정이 있다니 차라리 잘됐다.”

“잘되긴, 인마! 그럼 난 어떡하라고? 세 시간을 혼자 놀았는데 또 혼자 놀라고?”

태진이 다섯 살 아이처럼 칭얼거렸다.

“등 따시고 배까지 부른 너에게 지금 필요한 건 뭐?”

“잠!”

태진이 한순간의 주저함도 없이 외쳤다.

“그러니 네 턱 선이 자꾸 사라지지. 먹고 바로 자면 골로 가는 수가 있다. 그러니까 30분 정도는 움직인 다음에 잠을 자도 자라. 지난번 받은 곡 연습하면 되겠네. 너 아직 코드 다 못 외웠다며?”

“자식! 예술을 어디 암기로 하냐? 필로 하는 거지. 그리고 혼자서 무슨 재미로 연습을 하냐. 그러게 우리도 여학생 좀 받자니까. 이럴 때 여자 후배라도 있으면 좀 좋아! 다른 동아리들은 여학생 확보 못해서 안달인데 우린 왜 들어오겠다는 여학생도 전부 마다하냐고! 건반만 맡아줘도 밴드의 섬세함이 달라질 텐데 이건 밴드로서도 엄청난 손해야. 재준아, 솔직히 너도 그건 인정하지?”

언제부터 벼르고 있었던 불만을 태진이 이때다 싶어 기회인 양 쏟아 냈다.

한동안 잠잠하다 싶더라니 저 말이 왜 안 나오나 했다. 이미 토시 하나 틀리지 않고 외울 만큼 귀에 못이 박히도록 익숙한 투정인지라 재준은 괜스레 드럼의 심벌을 만지작거리며 딴청을 피웠다.

“우리 블랙카우의 불문율이라잖아. 몇십 년 동안 내려오는 전통을 몰라서 들어온 것도 아니고 이제 그만 포기할 때도 되지 않았냐?”

“사내연애 금지시키는 구시대적인 발상의 회사도 아니고, 도대체 왜 우리가 이름도 얼굴도 모르는 선배의 연애질에 희생양이 되어야 하는 거냐고. 시대가 바뀌면 규칙이나 법규도 바뀌어야 하는 건 당연한 거야. 후배들 사기 진작이라는 것도 있잖냐! 굳이 회칙까지 만들어서 대대손손 물려주는 저의가 대체 뭐냐고. 이럴 게 아니라 우리 진지하게 그 부분에 대해서 이야기해 보자. 선배님들께서 우리 이 퀴퀴하고 냄새나는 곳에서 구원해 주시겠다고 연습실까지 따로 마련해 주시는 건 고마운데 그건 그거고 우리도 변화를 좀 줘보자 이거야. 말 나온 김에 너랑 나랑 총대 메자.”

“사기고 오기고 간에 난 약속 시간 다 돼서 가봐야겠다. 그 이야긴 애들 다 모였을 때 그때 하는 걸로 하고.”

태진의 불만이 더 고조되기 전에 한시바삐 자리를 피하는 게 상책이었다. 한번 봇물이 터지면 감당을 하기가 힘들 만큼 입담이 좋은 태진이었다. 오늘따라 약속이 잡힌 게 이렇게 고마울 수가 없었다.

덜커덩.

엘리베이터가 멎는 소리에 은설은 저도 모르게 마른침을 꿀꺽 삼켰다. 마치 죄를 짓고 교무실로 불려가는 학생처럼 가슴이 쿵쾅쿵쾅 제멋대로 쉼없이 박자를 탔다. 고작 첫발을 떼었을 뿐인데 운동장 몇 바퀴는 전력으로 질주한 기분이었다.

본 경기는 아직 시작도 못했는데 이렇게 움츠러들어서야 당당하게 요구사항을 밝히기는커녕 얼굴만 붉히다 물러서기 십상이었다. 더군다나 상대방은 그녀가 상대하기엔 벅찬 존재였다. 적어도 은설에겐 그랬다.

천근만근 무거운 발걸음과 달리 은설은 어느새 약속 장소에 다다라 있었다. 옷매무새를 정리할 틈도 없이 야속하기 그지없는 커피숍의 자동문이 쩍하고 입을 벌리더니 그녀를 맞았다. 은설은 어깨를 크게 들썩이는 것으로 마지막 숨을 골랐다.

“어서 오세요. 몇 분이세요?”

하얀 셔츠에 까만 앞치마를 두른 젊은 직원이 친절하게 그녀를 반겼다. 위층으로 이어지는 계단이 있는 것으로 보아 보이는 게 내부의 전부가 아닌 모양이었다.

"저…… 그게. 잠시만요."

은설이 가방에서 주섬주섬 휴대전화기를 꺼냈다. 통화 버튼을 누르려다 말고 혹시나 하는 마음에 몸의 반 이상을 쑥 내밀어 커피숍 안을 둘러보던 은설의 눈에 낯익은 뒷모습이 들어왔다. 안도의 한숨을 내쉰 은설이 뒤를 돌아보며 어색한 미소를 지었다.

"일행이 이미 와 있네요."

"안내해 드리겠습니다."

은설이 가리키는 방향을 힐끔거린 직원이 제법 고급스럽게 보이는 메뉴판을 들고는 앞장서서 걷기 시작했다. 콩떡이라 말해도 찰떡처럼 알아들은 직원은 정확하게 은설을 기다리고 있는 상대방의 테이블로 안내했다. 상대방이 기다린다기보다는 은설이 애타게 만나기를 바라는 사람이지만.

"선…… 배…… 님."

오랜만에 불러보는 '선배님'이라는 호칭이 새삼스러웠다. 휴학 전인 몇 달 전까진 아무렇지도 않게 입에 달고 살던 호칭이지만 재준에게는 달랐다. 더군다나 고등학교 1학년 때 이후 거의 4년 만에 불러보는 호칭이니 남다를 수밖에 없었다.

노트북의 터치패드에 손가락을 올려놓고 심각하게 화면을 보고 있던 재준이 재빨리 상판을 내리고는 옆자리로 치웠다. 고개를 들어 은설의 얼굴을 쳐다보던 재준이 저도 모르게 두 눈을 휘둥그레 뜨다 말고 정색을 했다.

"어, 그래…… 왔구나."

최대한 자연스럽게 굴려 애써보지만 양배추 인형을 연상케 하는 은설의 폭탄 맞은 머리를 보고 있노라니 저절로 말이 더듬거려졌다. 며칠 전 밤에는 모자를 쓰고 있어서 이런 참혹한 광경을 보리라고는 전혀 예상치 못했었다.

"뭐 해. 앉지 않고."

아직까지 테이블 모서리에 서 있는 은설을 보며 재준이 맞은 편 자리를 턱으로 가리켰다. 마른침을 소리나지 않게 삼킨 은설이 조심스럽게 재준이 권한 자리에 앉았다. 멀리서 봐도 한눈에 들어오는 은설의 머리 모양으로 인해 본의 아니게 재준까지 비교 대상이 되었다. 최신 헤어컷으로 가뜩이나 돋보이는 외모를 더욱 강조한 재준과 달리 본인이 봐도 대책이 서지 않는 머리는 극과 극이 무엇인가를 확연하게 확인시켜 주었다.

"난 이미 마실 걸 시켰는데 넌?"

"아이스커피 주세요. 아주 시원하게요."

직원이 건네주는 메뉴판을 열어보지도 않은 채 은설이 급하게 주문을 마쳤다. 은설의 조바심이 전달이라도 된 것인지 직원은 주문지를 들고 휑하니 자리를 비켜주었다.

"여기 원두커피 괜찮던데 다음에 한번 마셔봐."

놀란 마음도 달랠 겸 어색한 분위기도 달랠 겸 재준이 먼저 말을 꺼냈다. 기계적으로 고개를 끄덕거린 은설이 테이블 밑에

감춰진 양손에 힘을 꽉 주고는 두 눈을 부릅떴다. 마음 같아서는 당장이라도 탁자 밑으로 숨고 싶은 심정이지만 지금 은설에게 필요한 건 포항제철 용광로가 부럽지 않은 두꺼운 철판 같은 뻔뻔함이었다.

"서…… 선배님, 저랑 결혼해 주세요."

어떤 래퍼가 와도 이보다는 더 빠르고 강렬하게 내뱉지는 못했다.

눈 감으면 지는 거야. 절대 감아선 안 돼. 당장 가게랑 집 비우라고 하던 건물주를 생각해서라도 힘내, 하은설!

주문을 외우듯 두 주먹이 바스러지도록 힘을 주며 버티어보려 하지만 은설의 파랗게 질린 얼굴은 금방이라도 기절할 것처럼 보였다.

"……뭐?"

막 앞에 놓인 머그잔의 손잡이를 쥐려던 재준의 손이 부들 떨렸다.

이건 또 무슨 중동 오리가 차도르 두른 소리야? 당황스러움은 둘째 치고 개그 프로의 한 장면보다 더 우스꽝스러운 상황에 헛웃음조차 나오지 않았다. 이 상황에서 웃을 수 있다면 면벽수행의 달인이거나 세상을 해탈했거나 둘 중 하나였다.

어젯밤 휴대전화기에 뜬 낯선 번호의 메시지를 확인한 것이 화근이었던 것일까? 갑자기 등 뒤로 마른 땀이 흘러내리는 것 같았다. 평소라면 시큰둥한 얼굴로 지워 버렸을 텐데, 무슨 변덕이었는지 삭제를 누르지 못했다. '저, 하은설이라고 하는데요'로 시작하는 앞 구절을 본 탓이었다.

다른 수많은 안부 문자는 물론 부재중 전화가 떠도 가볍게 무시했던 그가 그대로 통화 버튼을 눌렀던 것도 신기한 일이었다. 상의할 것이 있으니 만나줄 수 있냐는 은설의 요구에 순순히 응했다는 것도 돌이켜 보면 의외였다. 자신의 번호를 어떻게 알았는지에 대해서도 물어보지도 않고 덥석 약속을 잡았다니, 아무래도 간밤에 주술이라도 걸렸던 순순이었다. 이런 꼴을 보게 하려고 말이다.

"너 사람 놀래키는 재주 있다. 못 본 사이에 많이 변했구나."

재준이 이번에는 떨지 않고 머그컵을 쥐며 비아냥거리듯 말했다. 비틀린 입술에서는 그 각도만큼이나 엇나간 웃음이 비집고 나왔지만 일단은 컵 사이로 감추었다.

"물론…… 제 말이 얼마나 황당하고 어이없으신지 저도 잘 알아요. 그렇지만."

"알면 됐어!"

더 들어볼 것도 없다는 듯 재준이 단칼에 잘랐다. 인터넷이 무섭긴 무서운 모양이었다. 하다 하다 이젠 이런 애까지! 그제야 코웃음이 터져 나왔다.

"조금만…… 조금만 더 들어주세요. 저 지금 농담하는 거 아니에요. 헛소리도 아니고 미친 건 더더욱 아니고요. 그랬다면 만나달라고 간곡히 부탁도 안 드렸을 거고 여기까지 선배님 만나러 오지도 못했겠죠. 선배님도 이상한 소리나 하는 아이였으면 아예 처음부터 제 부탁 거절하셨을 거잖아요.”

아까보다 훨씬 긴 문장을 은설은 최대한 또박또박 국어책을 읽어나가듯이 말했다.

겨우 입가로 가져간 머그컵을 단숨에 내려놓으며 버럭 고함을 지르려던 재준이 입을 떼다 말고 멈칫했다. 은설의 표정이 너무나도 진지해 보여 어쩐지 그럴 수가 없었다.

“길 가는 사람, 아니, 멀리 갈 것도 없이 이 안에 있는 사람들한테 물어봐, 지금 네 말이 가당키나 한 건지 말이 되기는 하는 건지 말이야. 고등학교 후배가 어느 날 연락 와서 제발 좀 만나 달라고 해서 만났더니 대뜸 한다는 이야기가 결혼해 달래. 내가 그전에 무슨 책임질 일이라도 했다면 또 모를까. 고작 아는 거라고 해봐야 얼굴이랑 이름밖에 모르는데 다짜고짜 결혼해 달라니, 그게 제정신인 사람이 할 소리야? 내가 아무나 결혼해 달라고 하면 인심 쓰듯이 결혼해 주는 사람으로 알았다면 너 정신적으로 문제있는 거 맞아. 그러니까 일단은 병원부터……”

“단순히 얼굴하고 이름만 아는 사이요? 물론 선배님이야 그러시겠죠. 그런데 전 아니에요. 저 충분히 선배님께 결혼해 달라고 요청할 자격 있어요. 선배님 입으로 분명히 약속하셨잖아요. 저랑 결혼해 줄 거라고. 이제 와서 아니라고 발뺌한다면 선배님 남자도 아니에요.”

머슴살이 삼 년에 주인 성 묻는다더니, 마른하늘에 날벼락도 아니고 갈수록 가관이었다.

재준은 황망하고 어이없는 이 상황을 도대체 어떻게 수습해야 할지 도무지 감이 잡히질 않았다. 잔망스럽게 약속 운운하며 경악스럽기 그지없는 조금 전의 고백을 사실인 양 만들어가는 은설의 낯 두꺼움에 할 말을 잃었다.

"분명히 선배님 입으로 그러셨어요. 원하는 게 있으면 말해보라고, 다 들어줄 거라고. 약속은 지키라고 있는 거지 깨라고 있는 거 아니니 걱정 말라고."

이쯤 되면 상황이 정말 심각한 것 같다. 없는 말까지 지어내는 것으로 보아 지난 몇 년간 인생사에 커다란 굴곡이 생긴 모양이었다. 아직 한참 어린 나인데…… 재준은 속으로 끌끌거리며 혀를 찼다.

"저런 건 누구라도 할 수 있는 흔한 말이야. 누구한테 들었는지 모르겠지만 아무래도 다른 사람이랑 착각한 모양이다. 가끔 그럴 때 있잖아. 나도……."

"아니요! 선배님이 한 말 맞아요. 저한테 시집오라고 분명히 선배님 입으로 말하셨어요."

재준의 말을 무 자르듯 자른 은설이 확신에 찬 어조로 단호하게 말했다.

마침 은설이 주문한 음료가 나와 두 사람의 대화가 중단되었다. 어디서부터 어떤 말을 들었는지 모르지만 남자 직원이 재준을 한심한 눈으로 힐끔거리곤 사라졌다.

"좋은 말로 타이르려고 했더니 안 되겠다. 너 무슨 꿈꾸다 나왔냐? 내가 너한테 시집오라고 했다고? 하아! 말이 될 소리를 해야 적당히 속아 넘어가는 척이라도 해주지. 뭔가 정신적으로 힘든 일이 있는 모양인데 그렇다고 이런 식으로 나한테 생떼를 쓰면 곤란해. 내가 널 만나러 나온 건……."

"선배님 초등학교 6학년 때 가을 소풍 기억 안 나세요? 그날 제가 선배님 목숨 구해줬던 거. 그 대가로 선배님이 무엇이든 들어줄 테니 소원 한 가지만 말해보라고 했던 거. 사나이 명예를 걸고 들어줄 거라고 했던 거. 저 말 중에 기억나는 게 정말 단 한 가지도 없어요? 직접 각서까지 쓰고도 모르겠어요? 선배님 머리 좋으시잖아요!"

"하다 하다 이제 목숨…… 6학년 가을 소풍?"

몇 개의 단어를 꿈결처럼 중얼거리던 재준의 낯빛이 삽시간에 사색이 되었다. 사람의 기억력이란 참으로 이기적이었다. 한 가지 사건에 대해 자기에게 유리한 것만 기억하고 나머진 아예 진공 상태처럼 만들어 버리는 묘한 재주가 있었다.

"그러니까…… 그때 그 아이가 너였다고?"

은설이 힘차게 고개를 끄덕였다.

"말도 안 돼…… 어떻게 그런 일이……."

무수히 많은 단어들을 섭렵하고 있다 자부하는 재준이건만 뭐라 할 말이 없었다. 입이 제대로 붙어 있기나 한지도 의문스러웠다. 바보처럼 허공에 대고 연거푸 거친 호흡을 토해내는 게 고작이었다. 그마저도 여의치 않자 은설이 주문한 아이스커피를 체면 불구하고 단숨에 들이켰다.

얼음 알갱이가 아기작 소리를 내며 입안에서 파편처럼 폭발했다. 그러고 보니 은설이 치킨 집 딸이라는 것을 잊고 있었다. 그 빌어먹을 목숨 어쩌고 하는 일 또한 그것과 무관하지 않다는 것을. 그가 한 손으로 이마를 감싼 채 도리질을 했다.

이것은 닭들의 저주임이 틀림없었다.

공짜로 쏟아지는 햇살을 금전으로 환산한다면 평가액은 얼마나 될까? 이층 매장의 한쪽 벽면을 차지하고 있는 창가에 앉아 하늘을 뚫어져라 올려다보던 은설의 눈빛이 호기심으로 반짝거렸다. 이상하게 기분이 우울할 때면 바보지수는 더 극대화되는 것 같다.

"아무리 내 작품이라고 하지만 네 머리 보니까 갑자기 나까지 우울해지려고 한다."

리필해 온 음료수 컵을 테이블 위에 내려놓기 무섭게 소정이 얼음 하나를 꺼내 물며 자조 섞인 한탄을 내뱉었다. 이 주 만에 보는 친구를, 그것도 사람들로 넘쳐 나는 지하도 한가운데서 배를 부여잡고 웃던 인간이 누군데. 지나가는 행인들을 모두 불러 모을 기세로 박장대소하며 개망신을 줄 때는 언제고 이제는 또 자학이다.

눈물까지 찔끔거리며 깔깔거리던 모습이 지금도 눈에 선하건만, 가만히 보면 저 인간도 누구만큼이나 골 때리는 인간이 틀림없었다. 저런 걸 친구라고 믿고 미용학원 세 달 다닌 초짜에게 금쪽같은 머리를 맡겼으니…….

소정의 앞에 놓인 음료수 컵을 낚아챈 은설이 새삼스레 밀려드는 후회감에 목젖이 따갑도록 콜라를 퍼부었다.

"비달 오순 아저씨가 울고 갈 실력이라면서 실컷 꼬드길 땐 언제고! 나 이 머리 하기 전까진 중딩이 나이 속인다고 야간에 피시방이랑 노래방 가면 신분증 확인하자고 달려들어서 귀찮아 죽을 뻔했거든! 근데 지금은 스물한 살이라고 해도 아무도 안 믿어. 애 버리고 가출한 아줌마 취급이야! 넌 내 머리만 망친 게 아니라 한 인간의 삶을 송두리째 바꿔놓은 거야. 알아? 여자들한테 머릿결이 생명이자 자부심이라는 거 누구보다 네가 더 잘 알잖아. 나 이 머리 때문에 팔자에도 없는 모자까지 쓰고 다녀. 너 내 머리 큰 거 알지? 오죽하면 머리통도 큰 애가 모자까지 쓰겠냐고. 이런 날 보고 반성하고 회개는 못할망정 이제 와서 그딴 발뺌이 나오니?"

"발뺌이 아니라 나름 자기반성 중인 거야. 실수를 교훈 삼은, 더 나은 예술가의 길을 걷기 위한 뼈아픈 자기 성찰! 나 그래도

양심있지 않니? 내 작품이지만 네 머리 보고 예쁘다는 말 절대
안 하잖아."

유치원 시절부터 지금까지 알고 지내온 햇수만큼이나 뻔뻔스
러움도 세월 따라 더 두터워지는 모양이었다. 날 때부터 철판을
깔고 태어난 건지 아니면 뇌를 다리미로 싹싹 편 건지. 불난 집
에 119는 못 불러줄망정 멋있다고 기념 촬영할 이 인간이 슬프
게도 은설이 가장 믿고 사랑하는 친구였다.

반쯤 마신 음료수 컵을 내던지다시피 한 은설이 라면이 울고
갈 만큼 꼬불꼬불 웨이브가 진 머리카락을 한 움큼 쥐어 보였
다.

"양심? 네가 아는 양심이랑 내가 아는 양심은 뜻이 다른가 보
다? 네 눈으로 직접 확인하면서도 찔리지도 않니? 한 달이 지났
는데도 라면이 일촌 맺자고 달려들 것 같은 이 머리 좀 봐봐. 이
게 빗자루지, 머리니?"

"그러게 내가 비단결처럼 부들부들하게 펴준다니까 네가 싫
다고 고집을 피웠잖아. 파리가 낙상할 만큼 매끈하게 회복시켜
준다니까 더는 믿네, 못 믿네! 나도 친구로서 끝까지 책임지려
고 노력했거든! 이렇게 사람 원망할 거였음 첨부터 우겨서라도
거절했어야지. 너 이러려고 나 보자고 했니? 예전부터 느낀 거
지만 너도 은근 뒤끝 쩐다. 넌 아니라고 하겠지만 웃으면서 사
람 속 뒤집는 재주 있어. 그땐 다 풀린 것처럼 그러더니 역시 사
람은 오래 알고 볼 일이야."

소정도 만만찮게 입술을 삐죽거리며 팩 돌아앉았다. 생각 같아서는 너도 똑같이 당해보라고 가발이라도 사서 씌워주고 싶은 반항심이 들다가도 어차피 엎질러진 일인데 소정의 기분만 상하게 한 것이 아닌가 싶어 괜한 후회가 들었다.

"에이, 너 왜 그래. 내가 뒤끝이 쩌는 게 아니라 난 다 잊고 지내는데 네가 자꾸 상기시키니까 그러지. 기분 나빴으면 풀어라. 나 요즘 기분 엉망인 거 너도 알잖아."

은설이 장난스럽게 소정의 소맷자락을 잡아당기며 애교를 부렸다.

"네 기분 엉망인 게 솔직히 어제오늘 일은 아니지만 어쩌겠어. 맘 넓은 내가 풀어야지. 네가 그렇게 사정하니까 일단 참아줄게. 따지고 보면 너나 나나 예술에 종사할 사람들인데 그 심정 내가 이해 안 해주면 누가 해주겠니. 예술가의 길을 걷는 사람들은 자고로 인내심이 성공의 반이라고 하잖아. 네가 오늘날의 시련을 모두 이겨내고 나중에 공모전에 당선되거나 유명 작가가 되면 이 말을 이해하는 날이 오게 될 거다. 그전에 내가 먼저 유명인사가 되겠지만."

"그래, 넌 부디 유명해져서 네 소원대로 좋아하는 여예인들 머리 많이 만지면서 그렇게 살아. 그때 가서 나 모르는 척하지 말고."

소정의 악담 같은 덕담에 은설이 잔뜩 볼멘소리로 화답했다. 소정에게 위로라도 받아볼까 했던 마음이 싹 가시면서 다시금 우울해졌다. 제일 친하다는 친구도 저 모양이니 다른 사람들이야 더 말해 무엇 하리.

"당연하지. 이 언니가 의리 빼면 남는 건 미모밖에 없잖아. 근데 넌 재준 선배 만난 이야기 언제 해줄 참이야? 우리 오늘 만난 목적도 그거 아니었어? 아까부터 궁금해 죽겠는데 참느라 입안에서 곰팡이 발아되기 일보 직전이야."

지금껏 일분일초도 쉬지 않은 사람의 입에서 나올 말은 아니지만 은설은 그러려니 대수롭지 않게 넘겼다.

"소정아! 너네 집 은근히 알부자라고 했잖아. 네가 아빠한테 잘 말씀드려서……."

"그 이야기라면 이미 끝난 거 아니었니? 어림 반 푼어치도 없는 소리라고. 우리 아빠 당신 낳아준 할머니한테도 돈은 안 꿔주는 사람이야. 고모네 집이 쫄딱 망해서 차압 딱지가 덕지덕지 붙었다고 해도 울 아빠 눈 하나 꿈쩍을 안 해요. 오죽하면 우리 할머니가 곗돈 부어서 고모네 집 도와준다고 하시겠니. 나한테도 미리 못 박으셨다니까. 미용실 차리고 싶으면 네가 벌어서 차리라고. 나 시험 한 번에 붙지 못하면 미용사고 뭐고 당장 울 아빠 식료품 가게 경리로 앉힌댄다. 대학 등록금보다 미용학원비가 더 저렴하다고 휴학한 거 칭찬하는 사람은 울 아빠밖에 없을 거야. 자식한테도 그러는데 널 뭘 믿고 그 큰돈을 빌려주시겠어. 괜히 이야기 꺼냈다가 나만 오지게 터지지."

"그래…… 내가 생각해도 말이 안 되는 이야기다. 나도 그냥 답답해서 해본 소리야."

"우리 아빠 이야기 꺼내는 거 보니까 목적 달성 못했나 보구나. 이미 예견은 했었다만 둘 다 안됐다. 넌 내 친구로서 가엾고 선배는 선배대로. 절친인 내가 들어도 황당한 그 제안이 선배에게는 오죽했을까. 혹시 물 잔 세례 같은 건 안 맞았니? 그 선배 그러고도 남았을 것 같은데."

소정이 지금껏 은설이 한 번도 본 적이 없는 영롱한 눈빛을 하며 물었다. 남의 불행이 곧 나의 행복이라는 건 절친 여부와 관계없이 만고의 법칙인가 보았다. 은설이 땅이 꺼져라 한숨을 내쉬었다.

"선배는 그날 일 기억도 잘 못하더라. 날 그냥 자기 비밀 지켜준 고등학교 후배 정도로만 기억했던 모양이야. 네 말대로 물 잔 세례는 안 받았지만 충격은 그 못지않아. 그런 소리나 들으려고 내가 없는 용기 끌어 모아서 나간 건 아니었는데……."

은설이 어깨를 축 늘어트리며 뜬금없이 내뱉었다.

"그런 소리? 무슨 소리? 야, 나 숨넘어가는 거 보고 싶지 않으면 속전속결 자세로 최대한 세세하게 설명해 줘. 그래야 제대로 된 조언을 해주지."

소정이 답답하다는 듯 재촉했다.

"나더러 열심히 살래. 열심히 살다 보면 쥐구멍에도 볕 들 날 있을 거라나. 나처럼 남자 약점 잡아서 신분상승이나 꿈꾸는 건 애들 동화책에나 나오는 유치한 짓이니까 정신 차리라고. 요즘 왕자들은 바빠서 한가하게 구두 한 짝 들고 다니면서 주인 찾아 나서지 않는대. 오히려 그런 여자 걸릴까 봐 질색이래. 나더러 21세기에 걸맞은, 자기 앞가림은 스스로 하는 주체적인 여성이 되라더라. 나도 선배한테 결혼해 달라는 말 하면서도 속으로는 정말 낯 뜨겁고 자존심도 정말 많이 상했거든. 근데 그 말 듣고 나니까 내가 너무 바보 같고 한심해서 미치겠는 거야. 정말 가당치도 않은 제안이란 거 알면서도 내가 무슨 정신으로 나간 건지 모르겠어…….”

“충격이긴 했겠지만 솔직히 선배 말이 아주 틀린 건 아니잖아. 듣고 보니 구구절절 옳은 말만 했네. 그래도 불쌍한 네 얼굴 봐서라도 간단하게 예스, 노우 하면 될 것을 그렇게 심도 깊은 타박은 곤란하지. 그게 선배 매력이긴 하지만. 솔직히 그 말을 들은 상대가 너 아니고 다른 여자였다면 우리 둘 다 너무 멋있는 거 아니냐고 난리났을 거야. 그치?”

어느덧 친구의 아픔 따윈 눈에 들어오지도 않는 모양이었다. 이 사단이 벌어진 것도 따지고 보면 자기의 충동질 때문이었는데 그런 사실조차 까마득하게 잊은 듯 소정은 서운하리만큼 얄밉게 굴었다.

“장소정! 네가 그렇게 말하면 곤란하지. 선배한테 찾아가서 옛 언약을 지키시오! 무조건 나와 결혼해 주오! 하라고 부추긴 거 너잖아. 인맥 총동원해서 선배 전화번호 알아다 준 것도 너고. 선배가 이상형 어쩌고 써놓은 거 보니까 결혼할지도 모르겠다고 품절남 되기 전에 잡아야 한다며? 그 소리 듣고 내가 가슴이 철렁해서 밑져야 본전이다 하고 미친 척했던 건데. 그래 놓고 선배 말이 구구절절 옳아? 너 정말 내 친구 맞기는 하니?"

"아…… 내가 그랬었나? 그래, 선배는 어쩜 그러냐! 자긴 내조 잘하고 살림 잘하는 현모양처가 이상형이라며? 선배가 그런 말 공개적으로 쓸 땐 이유가 있겠거니 한 거지. 선배한테 들이대는 여자가 어디 한둘이겠어? 그래서 내가 너한테 선배 만나보라고 한 건데 왜 말이 달라? 그 선배 그 글 레알 구라 아니니? 너 니네 집 사정 이야기는 했어?"

다중인격도 아니고 이 소름 끼치는 반전은 또 뭐람. 이랬다가 저랬다가 말이 수시로 바뀌는 소정으로 인해 가뜩이나 머릿속이 혼란스러운 은설은 두통까지 올 지경이었다.

"아니. 그럴 틈도 없었어. 사색이 되어서는 그 말만 하고 먼저 일어나더라. 현모양처는 좋지만 들이대는 여자는 싫다고 했는데도 나 현모양처감이다, 하고 들이댔으니 우습기도 했을 거야."

새삼 낯이 뜨거워진 은설이 양손을 뺨에 올리고는 씁쓸한 미소를 지었다.

"바보야! 너 소설가가 꿈이라며? 그렇다면 뭔가 좀 더 극적인 상황을 만들었어야지. 아니지, 지금 네 상황은 그런 장치 등장 안 시켜도 충분히 궁상맞고 찌질하니까 그럴 필요도 없네. 근데 그걸 왜 이용 못해? 선배랑 고교 동창이자 내 오빠인 인간이 사고를 쳤다. 해서 지금 우리 집 식구들이 냉동 닭들과 함께 길거리로 쫓겨나게 생겼다. 선배는 나 때문에 목숨 연명해서 지금껏 잘살아왔으니 그 보상 좀 해달라! 네 입으로 나랑 결혼하는 게 소원이면 시집오라고 하지 않았느냐! 니네 집 남아도는 게 돈이라던데 남아도는 돈 좀 함께 쓰자. 결혼하려면 양쪽 집이 어느 정도 수준이 맞아야 하니 처갓집 좀 도와달라! 그게 싫으면 목숨 구해준 값을 금전적으로라도 보상해 달라. 왜 이 간단명료한 말을 못한 거냐고!"

이제는 제가 더 흥분한 소정이 여차하면 머리라도 한 대 쥐어박을 태세로 은설을 몰아붙였다. 가뜩이나 제 속이 아닌 은설이 입술을 씰룩씰룩거리며 금방이라도 울 듯했다.

"막상 선배 얼굴을 보니까 그 말이 쉽게 나오질 않잖아. 내가 지금 남의 입장 따질 일은 아니지만 니 말대로 선배 입장에서는 아닌 밤중에 홍두깨 같은 이야기고 또 칼만 안 들었지 강도하고 내가 뭐가 달라? 죽을 때까지 난 이 모멸감과 창피함, 수치심 절대 못 잊을 거야. 선배도 마음속으로 정리할 거야."

"나야 삼자니까 선배가 안됐다 드립 친 거지, 넌 니 일인데 선배 입장 운운할 때니? 됐어! 이제 와서 후회하면 뭐 할 거야. 이것도 다 네 팔자려니 해야지. 네가 아직 고생을 덜해봐서 그래. 우리 아빠가 저렇게 지독한 구두쇠가 된 것도 따지고 보면 지독한 가난 때문이었거든. 내가 예전에 나 위에 언니 한 명 있었다고 했잖아. 태어나자마자 죽었다는 언니 말이야. 그때 우리 할

아버지가 사업 망해가지고 정말 찢어지게 가난했었대. 울 엄마 뱃속에 아이가 죽은지도 모르고 돈 벌러 다니게 한 게 한이 맺혀서 울 아빠가 그렇게 변한 거래. 내가 봤을 땐 너 아직 멀었어. 정말 길거리에 나앉아봐야 아! 그때 선배 다리라도 붙잡고 협박이라도 할걸! 싶을 거다.”

은설이 고개를 저었다. 소정의 지적이 틀린 건 아니지만 차라리 길거리에 나앉을망정 재준에게 거절당한 건 잘된 일인 것 같았다. 더군다나 이런 사실을 전혀 모르는 엄마, 아빠를 생각하면 자신의 경솔함에 화가 났다.

“온 가족 쫓겨나게 만든 너네 오빠는 사기당한 거 안 이후로 아직 아무 소식 없다고 했지? 니네 오빠 볼 때마다 시한폭탄 보는 것처럼 불안하더라니 기어코 이렇게 일을 만드는구나. 은기 오빠도 참 착하고 순한 사람인데 어쩌다…… 너무 착하니까 사기를 당한 건가?”

“착한 게 아니라 바보라서 그래. 난 정말 이해가 안 가. 아무리 친한 선배가 꼬드겨도 그렇지. 식구들 몰래 전세 계약서 갖고 가서 홀라당 바친다는 게 말이나 되니? 대박이라는 게 그렇게 쉽게 오는 거면 세상 사람들 모두 부자게.”

차마 부모님 앞에서는 못한 말을 은설이 가감없이 쏟아냈다. 가뜩이나 집 잃고 자식까지 집을 나가 속상한 부모님께 은설마저 비수를 꽂을 수는 없었다.

“이런 말 하면 내가 정말 싸가지없는 년인 건데, 도대체 너희 집 식구들은 왜 다 그 모양이니? 너희 아빠도 가수 하시겠다면서 사기당한 게 작년이잖아. 우리 아빠가 워낙 돈밖에 모르는 자린고비라서 니네 아빠가 늘 너 오토바이에 태우고 다니는 거 보면서 나 엄청 부러워했었거든. 거기다 너희 아빠 재밌기까지 하시잖아. 그땐 그랬는데 지금 와서 생각해 보니까 내가 뭘 몰랐던 것 같아. 너희 아빠 인간성은 좋으시지만 현실감 제로에 무책임하고 무능력한 분 같으셔. 네가 듣기엔 기분 나쁘겠지만."

"싸가지없는 년이 아니라 제대로 본 거야. 내일 당장 길거리로 쫓겨나게 생겼는데도 우리 아빠랑 엄마는 아무 대책도 없어. 그저 노래방 기계나 들고 나갈 궁리나 한다니까. 내가 누구 때문에 학교도 휴학하고 닭 배달 중인데…… 나도 우리 부모님 고생하는 거 알고 착한 딸이 되고 싶은데 가끔은 너무 지치고 힘들어. 그렇지만 우리 엄마, 아빠 너무 좋은 사람들이라…… 그래서 더 속상해……."

은설이 울먹거리며 말끝을 흘렸다.

"울지 마. 운다고 해결될 것도 아니고 니가 우니까 나까지 괜히 울고 싶어지잖아."

가방 안에서 물티슈를 꺼내서 건네주던 소정도 따라서 훌쩍거렸다. 소정에게 건네받은 물티슈로 팽 하고 코를 푼 은설이 씩씩거리며 눈물을 훔쳤다.

"하은설! 너 설마 이상한 생각하는 거 아니지? 그래도 아직 포기는 이르다. 내가 아까 오면서 로또 복권 몇 장 샀거든. 나도 하루라도 빨리 우리 구두쇠 아빠한테서 독립하고 싶어 미치겠어. 내일모레 당첨자 발표 나니까 그때까지는 절대 이상한 생각 같은 거 하지 마. 일등 당첨되면 내가 그깟 1억 당장 해결해 준다.”

“말이라도 고마워, 소정아. 너마저도 없었다면 나 정말 살기 싫을 거야.”

“그래, 내가 파마 기술은 좀 딸려도 의리 하나는 끝내주는 놈이라는 거 너도 알잖아. 네가 알거지가 되어도 내가 네 친구라는 사실은 변함없을 거야! 우린 영원한 베프니까.”

“소정아…….”

“그렇게 부르지 마. 자꾸 그러면 내가 너한테 너무 미안해진단 말이야.”

“네가 내 하소연 들어주는 것만으로도 고맙기만 한걸 뭐. 그리고 정작 당사자인 선배보다도 의심하지 않고 내 말 믿어준 것도.”

“네가 그렇게 두 눈 말똥말똥거리면서 쳐다보면 나 거짓말 못하는 거 알지? 고백하자면 나도 네 말 처음엔 믿지 않았어. 얘가 만날 소설 쓴답시고 이상한 상상 하더니 지가 지어낸 이야기를 그냥 사실로 믿어버린 거 아닌가 싶었거든. 그치만 누구보다 내가 널 잘 알잖아. 네가 속기는 잘 속아도 남 속이는 건 잘 못한다는 거. 물론 선배와의 일을 속인 건 의외였지만 첫사랑이라니 그러려니 해줄게."

소정의 이실직고에 은설이 고개를 끄덕였다. 십 년이라는 시간이 지나다 보니 가끔은 은설 본인도 꿈인 양 아스라이 느끼곤 했다. 재준의 목에 걸린 닭 뼈를 무슨 용기로 빼낼 수 있었는지, 마침 그 자리를 지나가지 않았었더라면 어떤 일이 벌어졌을지 궁금하면서도 한편으론 끔찍했다.

"이왕 목숨 구해줄 거면 아름다우면서도 슬프게 인어공주 식의 왕자 구하기쯤으로 해주지, 치킨 먹다 사레 걸려서 죽을 뻔한 왕자님은 좀 그렇지 않냐? 거기다 무슨 운명도 아니면서 닭집 딸인 네가 거길 지나가게 되었다는 건 더 웃기고. 어려서부터 닭과 호형호제하며 자란 네가 주저없이 손가락을 집어넣어 목에 걸린 가시를 빼준 것까지는 백번 양보한다 치고 넌 어린 게 어디서 그런 용기가 난 거야? 나 같으면 아우…… 지난번에 생선가시 한 번 걸린 적 있었는데 정말 사람이 죽을 수도 있겠구나 싶더라. 내 목에 걸린 건데도 난 무서워서 손도 못 대겠더라. 죽기 일보 직전까지 갔다가 가까스로 살았다니까."

지금 생각해도 끔찍한지 소정이 치를 떨었다.

"네 말대로 나 치킨 집 딸이잖아. 아주 가끔이지만 가게에서 치킨 먹던 손님들 중에 목에 닭 뼈 걸리는 경우를 종종 봤거든. 그럴 때면 울 아빠가 손님을 뒤에서 안아 막 들었다 놨다 하던 게 어린 맘에도 잊지 않고 기억하고 있었나 봐. 근데 선배가 그때도 워낙 키가 커서…… 엄마가 어떤 애 목에 손가락 넣던 게 생각나서 나도 그렇게 했지 뭐."

"보통은 거기까지로 해서 이야기가 종료됐어야 함에도 불구하고 너 때문에 목숨 부지한 선배가 괜히 감격을 해서 소원을 말해봐~ 라고 한 게 오늘날 네 개망신의 원흉이 된 거네. 그 말이 떨어지기 무섭게 평소 선배를 흠모하던 넌 마치 기다렸다는 듯이 오빠한테 시집갈래요. 우리 결혼해요라는 망발을 서슴지 않았고. 네가 지금은 비록 성격이 나 못지않게 독해졌지만 학교 다닐 때만 해도 너 엄청 순둥이였잖아. 초등학교 4학년짜리가, 그것도 다른 사람도 아닌 네가 그 상황에서 그런 말을 했다는 게 선배 목숨 구해줬다는 거보다 더 안 믿겨져. 그 말을 듣고 그러자, 했다던 선배도 웃기고. 그래 봤자 어차피 애들 장난처럼 여겨서 한 대답이겠지만."

"그땐…… 나름 선배도 진지하게 대답했단 말이야."

"진지는 울 할아버지 밥상이 진지인 거고. 사람이란 게 원래 자기 편리한 대로 상황을 해석한다고 하잖아. 너야 그렇게 받아들였을지 모르지만 선배는 어린 꼬맹이가 하는 말이니 그냥 귀찮기도 하고 대충 모면하려고 그렇게 대답했던 걸 수도 있잖아. 그러니 기억 자체를 아예 못하고 있는 거겠지. 네가 하도 집안 걱정을 하니까 지푸라기라도 잡는 시늉으로 선배 만나보라고 부추긴 건데 결과가 이 모양이라서 공모자로서 미안하다."

"그렇지만…… 그땐……."

"어차피 너도 잊기로 했다면서 끝난 이야기 자꾸 해봐야 뭐 하겠어. 콜라나 더 마셔야겠다.”

소정이 자리에서 일어나 빈 컵을 들고는 아래층으로 내려갔다. 음료를 리필하러 가는 소정의 등 뒤에 대고 은설이 전혀 들리지 않게 항변했다.

“정말 그랬단 말이야…….”

‘꼬맹이가 제법이네.’

닭 뼈로부터 자유로워진 목을 만지며 발성 연습을 하던 재준이 매고 있던 물통에서 물을 따라 건네주는 은설을 신기하다는 듯 봤다.

‘꼬맹이, 너 이름이 뭐냐?’

‘나 꼬맹이 아니야.’

은설이 항의하듯 아랫입술을 불퉁 내밀었다.

‘꼬맹이니까 꼬맹이라고 하지. 이름 안 가르쳐 줄 거야?’

‘하은설.’

‘하은설? 몇 학년인데?’

‘4학년.’

‘4학년? 난 2학년이나 3학년쯤으로 봤는데…… 꼬맹이라고 한 거 취소해야겠네.’

물 마시고 난 컵을 돌려주며 재준이 괜히 미안해했다. 꽃무늬 원피스에 카디건을 걸치고 그 위에 물통을 맨 뽀얗고 통통한 볼 살의 은설은 또래보다 키가 작아 대부분 제 나이로는 보지 않았다.

'암튼 그게 중요한 건 아니고. 너 이 이야기 아무한테도 말 안 할 거지? 솔직히 남자로서 정말 많이 창피하거든. 그래서 지금 일은 비밀로 지켜줬음 좋겠다. 그래 줄 수 있어?'

어린 나이임에도 불구하고 자존심이 대단한 모양이었다. 재준의 부탁에 은설이 주저없이 고개를 끄덕였다.

'응.'

'그래, 그럴 거라고 믿는다. 다시 한 번 말하지만 정말 고마워. 너 아니었다면 나 죽었을 수도 있었어.'

재준의 말에 은설의 입술이 씰룩거리는가 싶더니 이내 닭똥 같은 눈물을 뚝뚝 흘렸다. 당황한 재준이 어쩔 줄을 몰라 하며 주위를 두리번거렸다.

'야, 너 지금 우는 거야? 죽을 뻔했다는 거지 죽은 게 아니잖아. 그리고 죽어도 내가 죽었을 건데 니가 울긴 왜 우냐!'

'그래도…… 오빠 죽는 거 싫단 말이야.'

'내가 죽는 게 싫…… 어? 네가 왜?'

재준이 이상하다는 듯 고개를 갸웃거렸다.

'이상한 녀석이네. 어쨌든 네가 날 살려준 거고 약속까지 지켜준다고 하니까 나도 가만히 있을 수는 없겠지? 뭔가 보답을 해야 할 것 같은데, 뭐가 좋을까? 너 혹시 뭐 갖고 싶은 거 있어? 아니면 하고 싶은 것도 좋고. 내가 무조건 소원 하나는 들어준다. 뭐든 이야기해. 용돈 다 털어서라도 사줄 테니까.'

‘소…… 원?’

울음을 뚝 그치며 은설이 커다란 눈을 들어 재준을 올려다봤다.

‘그래, 소원. 뭐든 말해. 인형 같은 것도 괜찮고 놀이기구를 태워달라고 해도 되고. 또…….’

‘오빠랑 결혼하고 싶어…….’

은설이 더 들어볼 것도 없다는 듯 주저없이 말했다. 재준의 눈이 기함할 정도로 커졌다.

‘뭐? 너 지금 뭐라고 했어?’

‘결혼하고 싶다고. 소원 말하라고 했잖아.’

‘결혼? 나하고?’

재준이 도저히 믿을 수 없다는 듯 거듭 물었다.

‘응.’

은설이 역시나 고개를 끄덕이자 재준이 어이없음에 잠시 할 말을 잃었다.

‘너 정말 꼬맹이 맞구나. 4학년이면 열한 살밖에 안 됐는데 누가 그 나이에 결혼을 하냐? 결혼은 어른이 되어야 하는 거야. 결혼하려면 적어도 스무 살은 되어야 돼. 넌 4학년이 그것도 모르냐? 거기다 넌 키도 많이 작잖아. 적어도 내 키 정도는 되어야 결혼할 수 있는 거야. 알겠어?’

나무라듯 설득하는 재준의 말에 은설이 눈을 반짝 빛냈다.

‘정말 내 키가 오빠만큼 자라면 나 오빠한테 시집가도 돼?’

'너 되게 웃긴다! 그래. 네가 적어도 스무 살이 되고 네 키가 지금의 내 키만 해지면 그땐 시집온다고 해도 안 말릴게. 그러니까 다른 소원 말해봐.'

아무리 봐도 은설이 170센티에 육박하는 자신의 키만큼 클 확률은 거의 제로에 가까웠다. 재준은 아예 확신을 하고는 자신 있게 말했다.

'그럼 약속해. 그때 나랑 결혼한다고. 다른 소원은 필요없어.'

은설 역시 딱 부러지게 고집을 피웠다.

'얘 지금 진짜로 하는 소리야, 아님 그냥 해보는 소리야? 요즘 4학년들 수준이 이 정돈가? 하긴 3학년도 커플링 나눠 낀다니까 뭐……'

재준이 혼잣말을 중얼거리며 도리질을 했다.

'내 키가 이만큼 크면 오빠 정말 나랑 결혼하는 거다.'

은설이 까치발을 하고 양손을 쭉 뻗었다. 그래 봐야 재준에게는 턱도 없는 길이었다. 재준이 작게 한숨을 토해냈다.

'어휴. 그래, 그러자.'

'그럼 오빠 여기에다 적어.'

은설이 목에 매고 있던 수첩과 연필을 내밀었다.

'적어? 뭘?'

'우리 엄마는 아빠랑 약속을 할 때마다 수첩에다 적어두거든. 안 그러면 오리발 내민다고. 그러니까 오빠도 여기 적어.'

'그러니까 현장학습 수첩에 너랑 결혼하겠다고 쓰란 거야? 지금 여기서?'

'응.'

'너 참 주도면밀하구나. 너 주도면밀하다는 게 무슨 뜻인 줄은 알아?'

'그거 알아야 오빠랑 결혼할 수 있는 거야?'

'어이휴, 너 같은 꼬맹이하고 내가 지금 무슨 말을 하는 건지 모르겠다. 너 내가 이 수첩에다 꼭 그걸 적어야겠어? 그냥 손가락 걸고 약속하면 안 될까?'

수첩에 백 장을 쓰든 이백 장을 쓰든 어차피 장난이겠지만 재준은 선뜻 쓰기가 꺼려졌다. 단순한 장난으로 치부하기엔 은설의 표정이 너무 진지했다.

'싫어. 여기다 적어줘.'

'이걸 써야 될지 말아야 될지 모르겠네. 너 정말 다른 소원이나 갖고 싶은 건 없는 거니?'

'응.'

은설은 처음부터 끝까지 요지부동이었다. 재준이 하는 수 없다는 듯 수첩을 받아 들었다.

'고집 한번 엄청 세네. 나 같으면 인형이 훨씬 나을 것 같은데…… 이게 무슨 소용 있을 거라고.'

마지못해 받아 적기는 했지만 한 글자 한 글자 또박또박 써

내려가던 재준의 모습은 그렇게 멋질 수가 없었다. 소정의 말처럼 사람은 자기가 믿고 싶은 대로 믿는 습성이 있다지만 분명 그날의 재준은 장난치듯 약속을 하지도 않았고 자신이 쓴 내용을 꼼꼼하게 확인까지 했었다. 본인의 말처럼 주도면밀했다. 그랬는데…….

치사한 자식. 남아일언 중천금이랬는데 구리나 동보다도 못한 인간 같으니라고! 그날 내가 그냥 못 본 척하고 지나갔어야 한 거였어. 어떻게 십 년 동안 간직해 온 내 순정을 그렇게 짓밟을 수가 있어? 증거가 없다고 이제 와서 장난 정도로 치부해? 정말 창피하고 자존심 상해 죽겠어! 내가 무슨 정신으로 만나달라고 한 거지? 나 살짝 돌았었나 봐.

은설이 자학하듯 테이블에 머리를 콩콩 찧었다. 어쩌면 어려운 집안 환경을 빙자한 재준에 대한 사심이 더 컸던 탓에 이런 수모를 겪는지도 몰랐다. 그렇게 생각하니 더 낯을 들기가 민망했다.

"이제 들어와? 아휴, 조금만 더 일찍 들어오지."

하루 종일 주인이 돌아오길 기다리는 애완견처럼 수원댁이 현관문 앞에서부터 재준을 기다리고 있었다. 보아하니 한바탕 회오리바람이 휩쓸고 간 모양이었다.

"이번엔 또 무슨 일이에요? 아버지께서 오시기라도 하셨어요?"

"그러면 다행이게? 큰 사모님이랑 작은 사모님이 연합해서는 사모님을 아주 들들 볶으셨다니까. 미스 김이 나가겠다고 한 게 다 사모님이 부추겨서 그렇게 된 거라고 하시면서 말이야. 갈수록 저리들 억지가 심해지시니 어쩌면 좋아? 사모님께서 별장에라도 가계시겠다고 하는 걸 겨우 말렸어. 재준 학생도 알잖아. 사모님 그렇게 나가시면 이 집 안에 두 번 다시 발 못 들인다는 거. 재준 학생이 한번 들어가 봐. 난 언제 큰 사모님이 찾으실지 모르니 주방에 가 있을게."

목소리를 한껏 낮추고 재준의 뒤를 따라오던 수원댁이 눈치를 살피며 종종걸음으로 사라졌다. 거실에 덩그마니 놓인 괘종시계의 시간을 확인한 재준이 부모님이 쓰시는 안방으로 향했다. 노크를 하고 잠시 기다리던 재준은 인기척이 없자 조심스럽게 손잡이를 돌리고 안으로 들어갔다.

점잖은 앤티크 장식의 가구들로 꽉 들어찬 넓은 방 안은 정적만이 감돌고 있었다. 평소 침실에 달린 테라스에 나가 시간을 보내는 어머니 지숙은 침대 옆의 보조 등을 켜둔 채 잠이 들어 있었다.

소리를 죽여 침대로 다가간 재준은 잠이 든 지숙을 물끄러미 내려다보았다. 중년의 나이임에도 불구하고 여린 감수성을 잃지 않은 지숙이건만 최근 몇 년 동안 부쩍 지쳤다는 것이 잠든 모습에서도 느껴졌다.

이불을 끌어 올려 어깨까지 꼼꼼하게 덮어준 재준은 들어올 때와 마찬가지로 지숙이 깨지 않게 발소리를 죽여 부모님의 침실을 빠져나왔다.

곧장 이층으로 올라갈까 망설이던 재준이 부모님의 침실과 반대 위치에 있는 할머니의 침실로 발걸음을 옮겼다. 한바탕 폭풍이 밀어닥친 덕분인지 다른 날과 달리 그의 발자국 소리 외엔 어떤 소리도 들리지 않았다.

"할머니, 학교 다녀왔습니다."

노크로 인사를 대신한 재준이 방문을 열자마자 두 쌍의 눈이 동시에 그를 향했다. 잠자리에 들 시간임에도 불구하고 옷차림은 물론 머리카락 한 올 흐트러짐없는 큰할머니 귀인과 하늘거리는 원피스에 얼굴을 축소시켜 준다는 이상한 기구로 마시지를 하고 있던 작은할머니 복순이 하던 일을 멈추고는 재준이 앉기만을 기다렸다. 평소에는 서로를 적대시하는 관계지만 재준과 며느리인 지숙에 대해서만큼은 동맹 관계가 철저했다.

"늦었구나. 이 할미가 너 오기만을 얼마나 기다렸는데. 학교 생활에 충실한 것도 좋지만 될 수 있으면 일찍 오도록 해라."

복순이 먼저 잡은 손을 탁 하고 쳐낸 귀인이 마치 몇 달 만에 만나는 손자처럼 재준의 얼굴을 이루만지며 투정을 부렸다. 평소에는 점잖기 그지없는 귀인이지만 집 안에 큰소리가 날 때면 이렇게 재준에게 집착을 보이곤 했다.

"형님도 참, 한참 놀기 좋을 나이인데 그런 말씀 마세요. 밖에 나가면 예쁜 여자애들이 얼마나 많은데 우리 재준이도 연애도

하고 그래야지요. 그래, 재준아. 오늘도 그 빤든지 뭔지 연습하
고 오는 길이야? 데이트는 안 했고? 해도 했다고 하겠냐마는.”

귀인에게 핀잔을 준 복순이 재준을 보며 벙싯거렸다. 두 할머
니의 중간에 자리를 잡은 재준이 고개를 끄덕거렸다.

“빤드가 아니라 밴드. 영어 공부를 그렇게 하고도 그 간단한
발음을 못해서. 쯧쯧. 그나저나 재준아, 너 또 지하철이니 뭐니
타고 다니면서 사람 구하고 그러는 거 아니지? 그럼 절대 안 된
다. 넌 장차 우리 집안의 대주가 될 사람이야. 가뜩이나 손도 귀
한 집안인데 지난번처럼 그런 일 또 생기면 이 할미 제명대로
못 살고 죽어. 이건 차를 갖고 다녀도 걱정, 안 갖고 다녀도 걱
정. 그냥 운전기사라도 하나 딸려 보내야 할라나.”

“지난번 같은 일 없을 테니까 염려 놓으세요. 그나저나 오늘
은 두 분 뭐 하고 지내셨어요?”

“나야 뒷방 늙은이처럼 앉아서 허송세월 보냈고 저 사람은 미
스 김이랑 대판 싸우느라 정신없었을 거야. 나간다는 사람한테
뭘 그리 박하게 구는지.”

“어이쿠, 형님은 입에 침이나 바르고 그런 말씀 하세요. 형님
이 말씀하신 뒷방 늙은이는 도대체 어느 집 늙은이래요? 있잖
니, 재준아. 오늘 형님이 너희 엄마랑……..”

“자네 그 입 못 다물어! 여자가 어찌 그리 말도 많누! 그것도
남들 다 자는 늦은 시간에!”

귀인의 쩌렁쩌렁한 호령에 복순이 입을 딱 봉하고는 얌전히

마사지 기구를 집어 들었다. 큰 얼굴로 인해 마사지 기구가 찢어질 것처럼 위태로워 보였지만 복순은 전혀 개의치 않고 입술을 삐죽이며 마사지에 열중했다.

"우리 귀한 손주, 어서 장가보내 증손주를 봐야 내가 편히 눈을 감을 텐데. 재준아, 이 할미가 요즘 기력이 말도 못하게 쇠해. 늙은이 목숨은 하루를 장담한다고 하지 않니? 이러다 어느 날 갑자기 황천길 갈지도 모르는데 이 할미 마음을 알아주는 사람이 이 집 안에선 너 하나밖에 없다. 내가 너 하나 보고 사는 거 너도 잘 알지?"

잔뜩 기력이 쇠한 목소리로 귀인이 하소연을 늘어놓았다.

"권 박사네 뭐네 이틀이 멀다 하고 불러서 영양제 맞고 하는 사람은 딴사람인가 보네요. 나한테는 한약이랑 주사랑 너무 자주 맞아도 안 좋다고 하시지만 형님도 저 못지않으시거든요. 그러시고는 만날 나만 나무라시지."

복순이 혼잣말로 투덜거렸다.

"자네 이 방에서마저 쫓겨나고 싶어?"

"아이고, 형님도 참. 제가 무슨 소릴 했다고."

이내 꼬리를 내린 복순이 눈치를 살피며 슬며시 뒤돌아 앉았다. 재준과 단둘이라면 온갖 이야기들을 주절주절 나눌 수 있지만 귀인과 함께 있을 때는 어림없었다.

"영어 공부는 잘되세요?"

귀인이 불경을 읽을 때 이용하는 경상 위에 올려진 토익 관련

책을 보며 재준이 화제를 돌렸다.

"늙은이 머리로 뭘 해봐야 쇠 귀에 경 읽기 격이지. 그럭저럭 하고 있어. 그나마도 할 게 없으니 소일 삼아 하는 거지. 하루가 너무 길고 지루해."

"할머니시라면 충분히 잘해내실 거예요. 그동안에도 잘해오셨잖아요."

"그러냐? 우리 손자가 그렇다고 하면 이 할미도 더 힘을 내야겠구나."

재준의 격려에 처진 눈꼬리가 더욱 휘어지게 미소를 담으며 귀인이 고개를 끄덕거렸다.

"그럼 전 이만 올라가 볼게요. 두 분도 그만 주무세요."

"벌써 올라가게? 나 물어볼 거 있는데……."

뒤돌아서 혼자 구시렁거리던 복순이 홱, 하고 돌아앉으며 아쉬운 소리를 했다.

"또 무슨 쓸데없는 이야기를 늘어놓으려고. 자네나 나야 해가 중천에 뜰 때까지 코가 삐뚤어지도록 잘 수 있는 뒷방 늙은이들이지만 재준인 어디 그런가 말이야. 그래, 그만 올라가 봐라. 너도 씻고 쉬어야지. 하루 종일 공부하느라 얼마나 힘들어."

복순에게 면박을 준 귀인이 잡고 있는 재준의 손을 놔주고는 인자한 미소를 지었다. 재준을 보는 것만으로도 마냥 흐뭇한 모양이었다. 두 할머니의 시선을 한 몸에 받으며 그렇게 재준은 마지막 일과를 마쳤다. 귀인의 방을 나선 재준이 등으로 문을 닫은 채 잠시 숨을 골랐다.

"애비는 이 시간까지 안 오는 걸 보면 오늘 안 들어오려나 보네요. 설마 또 그 불여시 같은 계집한테 간 건 아니겠죠? 재준에미는 신경 안정젠가 뭔가 그런 것만 먹지 말고 달려가서 머리칼이나 뜯어놓을 것이지 허구한 날 죽을상만 짓고 있으니…… 이러다 형님 세 번째 며느리 보는 거 아닌가 모르겠어요."

"저놈의 입방정! 그러니 어떤 사람도 길게 붙어 있지를 못하지. 자네 당장 주말에 미스 김 나가고 나면 잔심부름이고 뭐고 어쩔 거야?"

방 안에서 흘러나오는 소리에 재준이 거칠게 등을 돌렸다.

"우리 연인 사이로 진지하게 발전시켜 보는 건 어때? 우리 부모님은 네가 썩 마음에 드는 눈치셔. 무남독녀 외동딸의 사윗감으로 손색이 없다고 느끼시나 봐. 요즘은 엄마보다 아빠가 너한테 더 관심이 많으시다. 인터넷에 있는 동영상이랑 사진 보여 드렸거든. 난 형제자매가 없어서 그런지 어려서부터 일찍 결혼해서 아이들 서너 명 정도 낳은 다음에 사회생활하고 싶다고 생각했었어. 지금도 그 생각엔 변함이 없고. 가정도 일도 모두 잘해내는 게 내 꿈이거든. 모든 여자들이 그렇겠지만. 그렇게 부담스런 표정 짓지 마. 하긴 이런 이야기 하기엔 너나 나나 나이가 아직은 어린 건가? 여자랑 다르게 남자들은 결혼 이야기 같은 거 부담스러워한다며? 너도 그런 거니? 이런 이야기 나오면 너도 얼굴색이 달라지는 것 같기는 해. 내 생각엔 남자들이 더 결혼이 절실할 것 같은데 넌 다르니? 우리 엄마는 여자 나이 스물, 두세 살이 가장 예쁠 때라고 나 대학 졸업과 동시에 웨딩드레스 입히고 싶으시데. 나도 연애 경험 많이 쌓는 것보다는 이 남자다 싶을 때 한 남자의 아내로 정착하고 싶어. 지금까진 그냥 친구로서 만나온 남자들은 있었지만 결혼까지 생각한 건 네가 처음이야. 이게 나 혼자만의 착각은 아니길 바래. 나 요즘 네가 날 친구로서라도 좋으니까 너희 가족들에게 날 소개시켜 줄 날만 손꼽아 기다리고 있어. 너희 부모님께 미리부터 며느릿감으로 사랑받을 자신 있거든. 그러니까 넌 그냥 친구 정도로만 소개시켜 주기만 하면 돼. 그다음은 내가 알아서 할게. 이건 부담감 가지라고 하는 소리다. 그러니까 너 부담감 팍팍 느껴야 돼."

유라의 애교 섞인 투정을 떠올리자 계단을 오르는 재준의 발걸음이 그 어느 때보다 둔탁했다. 공기 중으로 헛헛한 웃음이 번져 나갔다. 늘 마음 한구석이 비어져 허전함이라는 감정에 익숙한 재준도 가끔은 그 무게가 버거울 때가 있었다. 이럴 땐 뜨거운 샤워가 제격이었다.

샤워를 마치고 침실이 아닌 서재로 들어선 재준이 수건으로 머리를 털며 예전에 대충 훑어만 보고 꽂아둔 전공 관련 참고서적을 찾기 시작했다. 점점 늘어나는 책들로 인해 책장의 빈 공간마다 빽빽하게 꽂혀 있는 책들 중에 원하는 제목을 찾느라 그의 눈이 분주히 움직였다.

"여기 있었구나."

차례로 제목들을 훑어 내리던 재준이 마침내 찾고 있던 책을 발견한 모양이었다. 워낙 촘촘하게 꽂혀 있어서 단순히 책을 빼내기만 하는데도 힘이 들었다. 겨우 책을 꺼내 드는 순간 무엇인가 팔랑거리며 떨어졌다.

풀썩거리며 의자에 앉은 재준이 팔을 뻗어 떨어진 물건을 집어 들었다. 엽서 정도로 생각하던 그의 손에 들린 것은 뜻밖에도 까마득하게 잊고 지낸 사진이었다.

"이게 왜 여기에서 나왔지?"

자신이 찍은 사진임에도 불구하고 처음 보는 것처럼 재준은 불빛 쪽을 향해 사진을 들어 보였다. 사진 속에는 세 명의 여학생이 교복을 입고 야외에서 노래를 부르고 있었다. 한 명의 소녀와 두 명의 할머니가 교복을 입고 있는 부러 설정한 것 같은 장면이었다. 뒤에 걸린 '1학년 7반 파이팅' 이라는 급조된 현수막의 문구만 아니라면 재미 삼아 교복을 입고 찍었을 거라고 믿어도 좋을 만큼 비현실적인 장면이기도 했다.

"홋! 그러고 보니 이상하게 우리 집하고 인연이 많았단 말이야."

재준이 너털웃음을 터트리고는 사진을 책상 위에 내려놓았다. 그리고는 힘들게 찾은 책은 외면한 채 손가락을 스틱 삼아 박자를 맞추기 시작했다. 생각이 복잡하거나 잡념이 심할 때면 나오는 버릇이었다. 박자를 맞추는 중간중간 재준의 시선이 이따금씩 사진을 향했다.

박자를 맞추던 재준의 손가락이 점점 느려졌다. 자꾸만 무거워지는 눈꺼풀을 버텨내지 못한 눈이 스르륵하고 감겼다. 어느새 그의 기억 회로는 은설과의 인연을 파노라마처럼 펼칠 준비를 하고 있었다.

먹구름이 잔뜩 낀 밤하늘을 올려다보던 은설이 비가 올 것에 대비해 창문을 닫았다. 창을 닫고 나니 가뜩이나 작은 방이 더욱 작게 느껴졌다. 그녀의 성장과정을 고이 간직하고 있는 작은 사각의 공간과도 조만간 이별을 고해야 할지도 모른다. 아니, 이별을 해야만 한다.

한땐 이곳을 그렇게도 벗어나고 싶더니 이제는 필사적으로 지키려고 안달이니 이율배반이 따로 없었다. 침대에 걸터앉은 은설이 무엇인가를 발견한 듯 유일한 사치품인 피아노로 향했다.

피아노 의자 밖으로 삐죽 튀어나와 있는 물건의 정체를 확인하기 위해 은설이 의자 뚜껑을 열자 한동안 잊고 지낸 사진들이 뒤죽박죽 섞여 나왔다. 엄마가 도장을 찾다 앨범을 헝클어트린 모양이었다.

"엄마는 정리라도 좀 해주지."

사진들을 차곡차곡 정리하던 은설이 한 장의 사진에서 눈길
을 떼어내지 못했다.

"그러고 보니 이럴 때도 있었구나. 이 할머니들이랑 싸우기도
많이 했었는데 이렇게 보니 반갑네."

1학년의 어느 늦은 봄 소풍 때 찍은 두 할머니들과의 사진을
보며 은설은 모처럼 편안하게 이를 드러내고 웃었다.

"악! 쪽팔려서 죽는 줄 알았어. 우리 반 졸라 구리지 않냐? 양로원도 아니고 웬 할망탱구가 둘씩이나. 실버타운도 아니고 이게 뭐야! 입학식 내내 다른 반 애들이 쳐다보면서 웃는 거 네들 봤지? 완전 대박!"

입학식을 마치자마자 교실로 들어서던 아이들의 쑤군거림은 좀처럼 가라앉을 기미가 보이지 않았다. 무조건 불평을 해대는 부류, 호기심을 보이는 부류, 별 관심조차 없는 부류들까지 더해 반응도 제각각이었다.

그러나 한 가지 공통점은 있었다. 경로당이나 노인대학에나 가 있음직한 70대의 노인들이 왜 교복을 입고 교실 한가운데 줄에 앉아 있느냐는 의문점만은 한결같았다. 그것도 한 명도 아닌 두 명씩이나.

"근데 저 할머니들 엄청 부티나 보이지 않냐? 울 할머니랑은 완전 달라."

"돈 많은 집 할머니들인가 보지. 혹시 잔디 깔아주고 울 학교 들어온 거 아닐까?"

"아니야, 교장쌤 여친일 수도 있어."

사내 녀석들이 지들끼리 짓궂은 농담으로 추측들을 하고는 뭐가 그렇게 재미있는지 킥킥거렸다.

"근데 스타일은 영 딴판들이다."

아닌 게 아니라 한 할머니는 우아하게 웨이브 진 머리를 한 톨의 흐트러짐 없이 핀으로 고정시킨 단정한 차림인 반면 한 할머니는 스팽글이 화려하게 박힌 커다란 리본 머리띠에 러플이 몇 겹으로 겹쳐진 블라우스에 교복 재킷 단추는 모조보석이 박혀 눈이 부시도록 반짝거렸다. 외모만으로도 개성이 대조되는 두 사람으로 인해 아이들의 의혹은 계속 증폭되었다.

자매라고 하기엔 전혀 닮은 구석이 없어 보이는 두 할머니의 정체는 과연 무엇일까?

"이거 몰카 아닐까? 왜 학교 탐방하는 프로그램 같은 거 있잖아. 우리 학교가 거기 뽑혀서 일부러 연기하는 할머니들 데려다 놓고 우리 반응 지켜보려고 저러고 있는 걸지도 몰라. 그렇지 않고서야 우리 할아버지만큼이나 늙은 할머니들이 교복을 입고 저러겠어.”

키 순서대로라면 은설과 짝꿍이 되기 힘들지만 일부러 키를 낮추어 서서 짝이 된 소정이 앞자리에 앉은 할머니들이 들을세라 한쪽 손으로 입을 가리고 속닥거렸다.

“그럴 가능성도 있기는 한데…… 혹시 어디 아프신 건 아니겠지? 이를테면 치매 같은 거. 왜 치매 중에도 막 애기가 되고 그런 거 있잖아.”

은설이 조심스럽게 속삭였다.

“야! 그럼 더 큰일이지. 치매면 막 이상한 짓 하고 그러던데 설마? 그건 확실히 아닐 거야.”

은설의 말에 소정이 온몸을 부르르 떨며 강하게 부인했다.

“그렇겠지? 그런데 그것도 아니면 너무 공부가 하고 싶으셔서 입학하신 걸까? 요즘 그런 어른들 많잖아. 티비에도 자주 나오고. 정말 그런 거라면 좀 멋지다. 저 나이, 아니, 저 연세에 그럴 수 있다는 건 보통 용기가 필요한 게 아니잖아.”

두 할머니를 골똘히 지켜보던 은설에게서 존경심 같은 것이 느껴졌다. 아직까지 가정이기는 하지만 학구열에 불타 늦은 나이에도 불구하고 고등학교에 입학한 거라면 그 열정만큼은 본받고 싶었다.

“자자, 오늘은 간단하게 몇 가지 공지사항만 전달하고 보내줄 거니까 잡담은 그만!”

앞머리가 시원하게 벗겨진 담임선생님의 등장으로 인해 들썩이던 교실 분위기가 이내 고요해졌다. 출석부를 쓰윽 훑어보고 빈자리가 없나 확인한 담임은 따로 출석을 부르지는 않았다.

"오늘부터 1학년 7반의 담임을 맡게 된 구석희다. 아까 입학식에서 소개된 것처럼 담당 과목은 수학이고 내 입으로 말하기는 뭣하지만 너희 선배들이 붙여준 별명이 쉰네다. 냄새가 나서 쉰네가 아니라 뭐든 옛날 방식을 고수해서 생긴 별명이니 오해 없도록. 미리 경고하는데 우리 학교 개교 이래 내가 맡은 반은 무조건 일등이다, 라는 공식 같은 게 전해져 온다. 학생이 선생을 개똥만큼도 취급하지 않는 세상이지만 적어도 우리 반에서 그런 건 통하지 않는다. 그러니 반 평균 깎아먹는 민폐덩어리들은 일 년 내내 고달플 거다. 알아서 예습, 복습 철저히 하도록. 그리고……."

잠시 말을 끊은 담임이 두 할머니를 가리켰다.

"우리 반에 너희들보다 조금 나이가 많은 학생 두 명이 함께 공부를 할 거다. 친구처럼 생각하는 건 좋지만 친구처럼 막 대해서는 안 된다. 배려해 드릴 수 있는 건 최대한으로 배려해 드리고 양보할 건 무조건 양보해 드려라. 두 분 할머니께서도 너희들에게 피해 주는 일이 없도록 하신다고 하셨으니 잘 따르도록! 인생의 선배님으로서 깍듯하게 모시고 친할머니 대하듯 잘해 드릴 거라 믿는다. 그래서 말인데 하…… 은설?"

은설의 교복에 새겨진 이름을 호명하기 위해 가늘게 실눈을 뜬 담임이 까치발을 했다.

"네."

소정과 소곤소곤 담임의 엄포에 대해 수다를 떨던 은설이 엉거주춤 몸을 일으켰다.

"하은설 맞구나. 넌 지금 곧 앞자리로 옮겨라. 왕복순 할머니께서는 은설이 자리로 가십시오. 그리고 그 옆에는 장소정인가? 네가 오늘부터 왕복순 할머니 짝이다. 소정이도 그렇고 은설이도 그렇고 두 분 할머니께 특별히 신경을 더 써드리도록."

"키까지 낮춰가면서 앉은 건데……."

소정이 볼멘소리를 냈다.

유치원부터 초등학교까지 쌍둥이처럼 붙어 다니다가 중학교 때 서로 다른 학교를 배정받아 3년간이나 떨어져 지냈는데. 같은 고등학교를 배정받은 기쁨도 잠시였다.

아쉬운 마음을 뒤로하고 은설은 주섬주섬 가방을 챙겨 앞자리로 갔다. 아이들이 부러워하는 최고급 브랜드의 가방을 챙겨 든 복순이 커다란 덩치만큼이나 활기차게 소정의 옆으로 자리를 옮겼다.

"두 분 할머니께서는 간단하게나마 아이들에게 본인 소개를 부탁드립니다. 아이들도 많이 궁금해하고 있을 테니까요."

담임의 말에 꼿꼿하게 정자세를 하고 앉아 있던 귀인이 소리 나지 않게 의자를 밀치고 일어났다.

"반갑습니다. 나는 권귀인이라고 해요. 나이 든 노인네가 교실에 떡하니 앉아 있어서 많이들 놀랐겠지만 나 역시 떨리기는 마찬가지예요. 여자는 살림만 잘하고 배우면 된다는 봉건적인 시대에 또 그런 사고방식을 지니신 부모님 밑에서 자란 탓에 소학교를 마친 게 고작이었던 터라 죽기 전에 교복 입고 학교 다녀보는 게 소원이었어요. 해서 이렇게 늦은 나이에 여러분과 함께 같은 교실에서 공부를 하게 되었어요. 모르는 게 있으면 서로 일러주고 최대한 우리 반에 누를 끼치지 않도록 노력하는 학생이 될 테니 많이들 도와줘요. 그리고 호칭은 귀인 할머니라고 불러줬음 좋겠어요. 선생님께서는 이미 말씀드린 대로 귀인 학생이라고 부르심 무리없을 듯하고요. 흔쾌히 제자로 받아주셔서 고맙습니다."

떨린다는 고백과 달리 시종일관 높낮이에 기복이 없는 기품 있는 목소리로 귀인이 자기소개를 마치자 은설이 열렬히 환영의 박수를 쳤다. 나긋나긋하고 인자해 보이는 모습이 사진으로만 뵈었을 뿐 기억조차 없는 친할머니를 뵙는 것 같은 포근한 마음이 들었다. 소정과 짝이 못 된 건 아쉽지만 뒤만 돌아보면 이야기를 나눌 수 있으니 아쉬운 마음은 접어도 될 듯했다.

"그러면 이번엔 내 차롄가? 저기 나는 왕복순이라고 해. 순하고 복 많게 생겼다고 해서 아버지가 지어준 이름인데 진짜 순하고 복스럽게 생겼지? 난 그렇게 까다로운 사람도 아니고 연예인도 좋아하고 드라마도 많이 보고 그러니까 그런 이야기 할 땐 꼭 끼워주고. 그리고 야, 자 빼고는 누나나 언니, 아무렇게나 불러도 되니까 편한 대로 불러주면 고맙겠어. 이왕지사 말이 나온 김에……."

"짧게!"

복순의 말이 한여름 엿가락처럼 한없이 길어지려 하자 뒤를 돌아본 귀인이 눈치를 주었다. 귀인의 짧은 한마디에 복순이 아쉬운 표정을 접고 고개를 꾸벅 숙였다.

"아무튼 선생님, 친구들 앞으로 잘 부탁해요."

애교 넘치는 복순의 소개가 끝나자 은설은 이번에도 누구보다 열심히 박수를 쳤다. 할머니 짝꿍이라니! 왠지 학교생활이 무척이나 즐거울 것 같았다. 새로운 짝꿍이 누가 될까 기대 반, 설렘 반이었던 지난밤만 해도 할머니 친구가 짝이 되리라고는 상상도 못한 일이었다. 할머니들 특유의 인자함 속에서 시작하는 새 출발이라? 너무나 기대되는 1학년의 시작이었다.

더군다나 재준과 같은 학교에 다닐 수 있다는 것만으로 날아갈 듯이 기쁜 터였다. 할머니 아니라 할아버지가 짝꿍이 된다 해도 은설에게는 상관없었다.

하은설! 축하한다! 모든 것이 네가 소망하는 대로 이루어지고 있어! 이대로만 쭈욱 가는 거야!

가끔은 긍정적인 사고방식이 부작용을 초래하고는 한다. 기대가 크면 실망도 크다더니 새 출발이 기대된다는 건 말 그대로 기대에 불과한 소리였다.

요즘의 은설을 보노라면 귀머거리 삼 년, 벙어리 삼 년이라는 옛말을 옮겨다 놓은 것 같았다. 인내는 쓰나 열매는 달다고 했지만 열매도 다 필요없으니 지금의 상황에서 탈출만 시켜줬음 좋겠다.

어려서부터 부모님의 가게를 돕느라 사람 상대하는 일이 힘든 일이라는 건 잘 알고 있었다. 그러나 손님은 가고 나면 그뿐이지만 일주일 내내, 아니, 일 년 내내 한 교실에서 부딪혀야 하는 옆자리 짝꿍은 달랐다.

"너는 어째 여자애가 그 모양이냐?"

"네?"

"그렇게 주의를 줬건만 네 지우개 가루 좀 봐라. 그게 어디 여학생이 쓴 지우개니? 꼭 삼 년 불린 때 밀어낸 것처럼 아주 불결해. 살살 문지르면 노트도 그렇고 책상 위도 덜 지저분할 텐데 너 때문에 주위가 온통 쓰레기장이잖니! 여자애가 그렇게 팔 힘이 우악스러워서 어디다 쓰려고."

매 시간마다 거르지 않는 귀인의 지적에 은설이 자신의 책상을 한 번 들여다보고 옆 책상을 힐끔거렸다. 흰 바탕에 붉은 꽃무늬가 수놓인 시트지 위에 가지런히 놓인 교과서와 노트, 필기도구와 돋보기가 깔끔하게 정돈되어 있었다. 반면 은설의 책상은 굵은 지우개 가루와 노트, 책이 엉망으로 펼쳐져 있었고 온갖 필기구가 이산가족처럼 여기저기 흩어져 있었다.

"조금 지저분하기는 하지만 어차피 다음 수업 시간에도 필기는 해야 하잖아요. 매번 꺼냈다 집어넣었다 하는 것도 일이고.

수업 끝나고 한꺼번에 정리하면 더 나을 것 같아서 전 이렇게 공부해요. 편하기도 하고 시간 절약도 되고.”

“조금 지저분해? 어디를 봐서 이게 조금이라는 거냐? 하나를 보면 열을 안댔다고 너 하는 꼴 보니 성적도 짐작이 가는구나. 너, 방 청소도 한 달에 한 번 몰아서 하지?”

“어? 할머니가 그걸 어떻게 아셨어요? 그 정도는 아니고요. 기분 좋을 땐 일주일에 두 번 할 때도 있어요.”

은설이 천진난만하게 방긋거렸다. 그러자 기다렸다는 듯 귀인의 불호령이 떨어졌다.

“쯧쯧쯧! 그게 무슨 자랑이라고! 그러니 학교에서도 이 모양이지. 당장 빗자루 가져와서 책상 위랑 바닥 싹 쓸어. 난 지저분하면 정신 사나워서 집중을 못하니까. 어서!”

“네!”

귀인의 엄포에 기가 눌린 은설의 몸이 자동으로 발딱거렸다. 수업종이 칠 때가 다 되어가는 터라 최대한 빠르게 움직여야 했다. 은설이 잰걸음으로 청소 도구를 가져와 바닥을 쓸자 같은 반 아이들의 동정 어린 시선이 일시에 모여들었다.

“얘, 쓰는 김에 내 자리도 좀 쓸어라.”

뒤에 앉은 복순이 자리를 비켜주는 친절까지 베풀며 일거리를 얹어주었다. 레이스가 나풀거리는 책상보가 덮인 복순의 책상 위엔 온갖 화려한 문양의 필기구가 나와 있었다. 반면 발아래는 휴지에 과자 봉지에 먹다 만 비타민제 등등 온갖 쓰레기들로 지저분했다.

"은설아, 네가 수고가 많다."

수업 시간이야 어쩔 수 없다 치고 쉬는 시간만 되면 복순과는 아예 등을 지고 앉아 있는 소정이 지나가는 은설의 엉덩이를 툭 툭 쳐주었다. 동병상련의 마음 같은 것이겠지만 은설에 비하면 소정의 고생은 새 발의 피였다.

"앞으로 빗자루질을 할 때면 먼지 안 날리도록 조심해서 쓸도 록 해. 너 때문에 이러다 천식 걸리겠어."

"조심해서 쓸기는 하겠지만 교실 안 먼지가 제 탓은 아니잖아 요."

은설이 약하게나마 항변했다.

"네가 고삐 풀린 망아지처럼 뛰어다니는 건 생각 못하지? 하 여간 나중에 누가 데려갈지 너만 보면 내가 골치가 다 아파오려 고 해."

'그건 걱정 안 하셔도 돼요. 저 데리고 갈 사람 이미 정해져 있거든요!'

은설이 심각하게 고민에 빠졌다. 언제까지 이런 억압과 탄압 을 받아야 하는 것인가에 대해 고찰을 할 필요가 있었다.

솔직히 바닥을 쓰는 정도는 일이라고 하기에도 민망할 만큼 몸에 배어 있었다. 아무리 그렇다고 해도 학교에서까지 빗자루 를 달고 사는 건 조금 억울했다. 새 학기가 시작된 지 이제 겨우 두 달 남짓이었다. 까마득히 남은 개월 수를 생각하니 어린 나이에 벌써 주름이 자글거릴 지경이었다.

인자하신 할머니? 튀김 옷 입은 닭이 하늘로 승천하는 소리였다. 잔소리쟁이에 까다롭기는 이루 말할 수도 없고 하루에 열두 번도 더 변덕을 부렸다. 거기다 당신 기분 여하에 따라 사람을 들었다 놨다 하는 건 기본이었다. 기분이 언짢아지면 좋았을 때보다 몇 배로 심술을 부렸다.

담임이 열외를 시켜주겠다고 해도 부득불 주번을 하겠다고 우기더니 손 하나 까딱하지 않고 은설에게 모든 일을 전가시키는가 하면 몸종 부리듯 심부름을 시키는 건 예사였다. 귀인만 그런다면 그럭저럭 참을 만했다. 몇 번 부탁을 들어주던 소정이 딱 잘라 거절을 하자 복순은 이제 대놓고 은설에게 이것저것 시키고 전가시키는 바람에 졸지에 두 할머니의 수발을 들고 있었다.

한 명도 버거운데 두 명이라니! 소정의 말처럼 이런다고 누가 효부 상을 줄 것도 아니고 아주 미치고 팔짝 뛸 노릇이었다.

"아야!"

난데없이 등에다 꽂히는 날카로움에 은설이 작게 비명을 질렀다. 뒤를 돌아보자 대각선으로 앉아 있는 복순이 아픔의 원인인 자를 흔들어 보였다.

"수업 시간 다 됐는데 젊은 애가 뭘 그리 넋을 놓고 있어! 네가 친손녀 같아서 그러는 거야! 나나 우리 형님이나 아무한테나 그런 부탁 안 한다. 이것도 다 널 위해서 좋은 경험이겠거니 해.”

“……네.”

은설이 마지못해 대답을 하고는 고개를 돌렸다.

기가 막히고 코가 막힐 지경인 복순의 반응에 정작 분개한 것은 소정이었다. 가여운 눈길로 은설의 뒷모습을 주시하던 소정이 등에다 손가락으로 무엇인가를 썼다.

‘완전 뻔뻔.’

소정이 등에 쓴 글자를 해석하며 은설이 바람 빠진 한숨을 내쉬었다.

“누가 어른 앞에서 그런 한숨을! 어린 게 건방지게시리.”

한숨을 쉬는 것에도 위아래가 있는 줄은 몰랐다.

무슨 할머니 귀가 저렇게도 밝으신 거야! 치기 어린 반항심에 은설이 아예 손으로 입을 틀어막아 버렸다. 숨소리도 새어나가지 않게 원천봉쇄를 해버렸다.

아무래도 이렇게 살다간 제명에 못 죽을 것 같았다. 어린애가 할 소린 아니지만 심각했다. 딱히 육체적으로 힘든 일은 없지만 정신적인 스트레스는 상상을 초월했다.

다른 아이들이 쓰는 유행어나 비속어는 물론이거니와 소리 내어 깔깔 웃는 것도 눈치를 봐야 했다. 심지어 밥 먹을 때조차 소리가 나네 마네, 젓가락질이 경박하다는 둥, 속도가 빠르다는 둥 보통 간섭이 아니었다. 다 피가 되고 살이 되는 충고라며 묵묵히 받아들이려고 했지만 속은 시커멓게 타 들어가는 중이었다. 다른 아이들처럼 나 몰라라 할 수도 없고 진퇴양난이 따로 없었다.

어휴, 내 팔자야. 집에서도 그렇고 학교에서도 그렇고 이게 뭐람! 조금 귀찮게 한다고 어른하고 싸울 수도 없고.

"어허! 한숨 쉬는 거 아니래도."

"한숨 쉰 게 아니라 비염이 있어서 입으로 숨 쉰 거예요."

속으로는 부글부글 끓지만 은설이 바보처럼 웃으며 변명을 했다. 늙으면 원래 아이가 되는 거라는 아빠의 당부를 떠올리며 은설은 억지로라도 미소를 지었다.

"어린 게 비염까지. 쯧쯧, 뭐 하나 변변찮은 게 없구나."

할머니도 가끔씩 찬바람 맞으면서 치킨 배달해 보세요. 비염 안 걸리고 배기나.

"그르니까요……."

은설이 볼멘소리로 중얼거렸다. 대답을 하면 말대꾸를 한다고 타박, 안 하면 어른 말씀 무시한다고 타박. 이러다 온몸에 타박상이 들겠다.

"한 달에 한 번이나 두 달에 한 번씩 짝 바꿔주는 거 아니었어? 무슨 붙박이 장롱도 아니고 왜 짝을 안 바꿔주는 거냐고. 너희 담임 혹시 우리 집이 치킨 집 한다고 무시해서 일부러 그러는 거 아냐?"

귀가한 은설이 가방을 채 내려놓기도 전에 유자가 제 일인 것처럼 펄쩍 뛰었다. 은설이 못 들은 척하며 냉장고로 향했다.

"가뜩이나 집에서도 가게 일 돕느라 고생하는데 학교 가서도 할머니들 뒷바라지하라는 게 말이나 돼? 그러라고 비싼 등록금 내고 학교 보내는 줄 아나! 안 되겠다, 내가 너희 담임 만나서 좀 따져야겠다."

주문 들어온 닭을 튀기다 만 유자가 당장이라도 학교로 쫓아갈 것처럼 앞치마를 벗어 던지려고 했다. 치킨에 딸려 나갈 무깍두기와 음료수를 챙기던 은설이 기겁을 하며 말렸다.

"엄마, 엄마 참아. 지금 가봐야 우리 쌤 퇴근하시고 안 계셔! 엄마 학교 가는 거 무진장 싫어하잖아. 제발 참아! 응!"

한번 불타오르면 본인도 제어가 안 되는 유자의 성격을 누구보다 잘 아는 은설이 양팔을 벌리며 막아섰다.

이래서 엄마한테는 자세히 말을 안 하고 있었던 건데.

집안일은 죽어라 안 도우면서 미주알고주알 자신의 일을 일러바친 오빠 은기에게 은설이 살짝 눈을 흘겼다.

"오빠 우리 반도 아니잖아. 잘 알지도 못하면서 도대체 엄마한테 무슨 이야길 한 거야? 고3이면 공부나 할 것이지."

"야! 고3 교실까지 그 할매 시스터즈 완전 유명해. 덩달아 너까지 아주 유명인사 다 됐다니까! 축하한다, 하은설! 너 그 할머니들 매점 심부름까지 한다며? 나중에 심부름센터 차리려고 미리부터 연습하는 거냐? 열심히 해봐라, 뼈가 되고 살이 되는 경험일 테니!"

은기가 실컷 약을 올리고는 이층에 딸린 살림집으로 도망치듯 후닥닥 올라갔다.

"청소에 심부름까지? 너 그딴 짓 하려고 학교 다녀? 너, 등신이야? 네가 그런 걸 왜 해줘. 교복 입었으면 똑같은 학생인 건데 너네 반에 학생이 너 하나라니? 노인 공경도 어느 정도지, 돌아가면서 하는 것도 아니고 네가 비서야, 하녀야! 내 이놈의 학교를 당장 때려치게 하던지 해야지. 넌 왜 그런 이야기를 안 해?"

유자가 버럭 고함을 질렀다. 여차하면 은설을 완전히 잡을 기세였다.

"처음엔 잘됐다며? 애들이랑 짝하는 것보담은 할머니들이랑 같이 앉는 게 좋은 거라고 하더니……."

"그때는 네가 좋다고 하니 우리도 그렇게 생각했지. 너 만날 할머니나 할아버지 있었으면 좋겠다고 그랬잖아. 가뜩이나 요즘 애들 왕따니 뭐니 못된 애들도 많으니까 할머니들이면 그런 일은 없겠구나 싶어서 그랬지. 네가 집에서나 똑똑이지 밖에 나가면 헛똑똑이 짓을 좀 잘해!"

말로는 결코 이길 수 없는 유자인지라 은설은 끄응 하며 아무런 대꾸도 못하고 나무젓가락들을 챙겼다. 언제 흥분했냐는 듯 튀김 기계 앞에 선 유자가 집게로 닭들을 뒤집으며 다시금 목청을 높였다.

"나야 내 새끼라 이것저것 부려먹는다 쳐도 자기들이 뭔데 내 딸을 부려먹어. 막말로 공짜로 학교 다니는 것도 아니고 비싼

등록금 내고 다니는데 자기네가 내주는 것도 아니면서 왜 남의
귀한 딸한테 이것저것 시키냐고! 나이 먹었으면 나잇값을 해야
지.”

　자식 부려먹는 게 무슨 자랑이라고. 은설이 입술을 삐죽거리
며 탁자에 엉덩이를 걸쳤다.

　“입은 삐뚤어져도 말은 바로 하라더라. 우리 집에서 내가 귀
한 딸이긴 한 거야?”

　“이놈의 지지배! 그럼 네 엄마가 온몸에서 닭 냄새 풍겨가며
이 고생을 왜 하는데? 다 너랑 네 오빠 공부시키려고 이 고생 하
는 거잖아!”

　유자의 말에 은설이 도저히 못 믿겠다는 듯 고개를 저었다.

　“그런 사람이 대학교 갈 필요 없다고 매일 자식들 꼬드기냐?
세상에서 닭집 물려받으라고 대학 가지 말라는 집은 우리 집밖
에 없을 거야! 이게 무슨 거창한 사업도 아니고.”

　“다 너랑 은기 장래 생각해서 그러는 거야! 내 자식들이지만
너희들 공부로 출세하긴 애초에 글렀고 괜히 이거저것 배운다
고 기웃거려 봐야 돈이나 없애고 시간만 버릴 텐데 그럴 바엔
이걸로 돈 모아서 독립하는 게 현명한 거다 싶어서. 남들보다
조건도 좋잖아. 부모가 하는 사업 물려받는 게 어디 흔한 줄 알
아.”

　“사업은 무슨. 아무나 영업신고만 하면 할 수 있는 거면서.
그리고 누가 모를까 봐? 나랑 오빠한테 가게 떠맡겨 놓고 엄마

랑 아빠 본격적으로 가수 준비하려는 거. 나한테 헛똑똑이라고 하지 말고 엄마나 제발 꿈 깨세요. 전국노래자랑 나가서 상 두 번 탔다고 가수 될 수 있으면 우리나라는 가수 천국이게? 아빠가 저러면 엄마라도 말려야지. 마흔 살 넘어서 가수 하겠답시고 작곡가 찾아다니는 아빠도 대책없지만 그러라고 부추기는 엄마도 문제야. 누가 아빠 같은 아저씨를 가수 데뷔시켜 준다고."

"네가 아직 어려서 사람 보는 안목이 없어서 그래. 너도 네 아빠 무시하는데 그러다 나중에 후회한다. 어디 가서 너희 아빠 사주 보면 하나같이 대기만성형이라고, 마흔 넘어서 빛 볼 거라더라. 너 '달려올 거야!' 부른 가수 박하천 알지? 그 가수도 무명생활만 20년 가까이 했다더라. 그래도 노래 한 곡 뜨니까 팔자가 바뀌었잖아. 두고 봐, 너희 엄마, 아빠가 지금은 시장 귀퉁이에서 이렇게 닭이나 튀기고 있지만 말년에는 하고 싶은 거 하면서 살 테니까!"

시간 조절 타이머에서 신호음이 울리자 튀긴 닭들을 건져 내며 유자는 호언장담했다. 정상적인 사고방식을 지닌 부모님이라면 당신들 삶보다는 자식들의 장래에 투자를 하고 관심을 가질 텐데 저렇게 철저하게 이기적인 부모도 드물 터였다.

"그래서, 아빠 대신 내가 또 배달 가야 하는 거야?"

"너 엄마 몸 곳곳에 있는 기름에 덴 흉터 봤지? 나는 그거 하나도 흉터라고 생각 안 한다. 17년 동안 너 먹이고 입히느라고 생긴 영광의 훈장이라고 생각해. 언제 엄마가 너 위험한 곳에 배달 보내든? 기껏해야 자전거로 10분 거린데 그것도 못 도와준다고 할 거면 너도 앞으로는 밥값, 세탁비 다 내. 세상에 공짜가 어딨어! 목숨 걸고 낳아줬으면 그만큼 보답을 해야지. 이래서 자식한테는 딱 해줄 만큼만 해주면 돼. 그 이상 해줘봐야 아무 소용 없어. 그건 동서양을 막론하고 무조건 진리니까. 내가 스무 살에 너희 아빠한테 반해서 부모님 반대 무릅쓰고 산 것처럼 네들도 언제 내 뒤통수칠지 모르는데 이 정도면 우린 네들한테 할 도리 다 하는 거야."

"와아, 정말 말 한번 독하게 한다. 부모 자식 간은 천륜이라고 하던데 엄만 그렇게 냉정하게 선이 그어져? 그럴 거면 뭐 하러 낳았어? 낳아달라고 한 적도 없는데 엄마가 낳은 거잖아."

"그래서 억울하면 독립을 하던가! 배달 다녀올 거지?"

약을 올리듯 유자가 포장된 치킨을 들어 보였다. 하는 수 없다는 듯 치킨 봉투를 받아 든 은설이 가게 앞에 세워져 있는 낡은 자전거에 올라탔다. 지금쯤 이층에서 신나게 게임 삼매경에 빠져 있을 오빠 대신 자신이 배달 나가는 것이 억울하기는 하지만 요즘처럼 스트레스가 쌓일 땐 페달을 신나게 밟으며 달리는 것도 괜찮았다.

"엄마보다 먼저 배신을 때린 건 너잖아, 하은설. 그러니까 억울할 거 전혀 없어. 너도 나중에 네가 낳은 딸이 엄마인 너보다 다른 남자애를 좋아했다면 아마 분해서 앓아누웠을걸. 그것도 열 살짜리가.”

　재준을 처음 본 것은 열한 살의 가을 소풍이 아닌 열 살 때였다. 오빠인 은기가 동네 아이들에게 맞고 있다고 해서 욕실에 있는 빨래판을 들고 무작정 달려갔을 땐 이미 상황이 끝나 있었다. 오빠와 동갑이라는 키가 큰 남학생이 무림의 고수처럼 평정을 한 상태였다. 그 순간 열 살 계집아이의 눈에는 오빠 따윈 들어오지도 않았다. 그저 저렇게 멋지게 생긴 열두 살도 있구나! 오로지 그 생각밖에 없었다. 지금 생각해도 참으로 조숙한 아이였던 것 같다.

　“엄마가 모르기에 망정이지 알았다간 옷 보따리 싸서 그 집 가서 살라고 할 거야. 그럼 뭐 나야 완전 고맙습니다, 지만.”

　마치 친구와 수다를 나누듯 은설이 바람에 대고 속삭였다. 누가 들을 염려도 없고 속마음을 털어놓을 수 있어 묵혀둔 것들을 시원하게 배출할 수 있었다. 더불어 자전거를 타는 이 순간만큼은 온전히 그녀만의 것이었다. 누구에게도 구속받지 않고 구박받지도 않으며 맘껏 내달릴 수 있는 이 시간이 그래서 행복했다.

　“장소정! 화장실 가는 거면 같이 가자.”

　빙판 위를 미끄러지듯 복도를 주르륵 타며 같은 반 친구가 소정을 불러 세웠다. 혼자보다야 둘이 낫겠다 싶어 소정은 반가운 마음에 오른쪽 팔을 내주었다.

　“은설이는 어쩌고 혼자 가는 거야?”

"말 마라. 은설이 쉬는 시간마다 할머니 시스터즈 봉양해야 해서 나랑 화장실 같이 갈 시간도 없어."

"봉양? 무슨 봉양?"

"복순 할머니 단지 우유랑 고로케 사다 드려야지, 수업 마칠 때마다 자리 쓸어드려야지, 숙제 알려 드려야지. 필기한 거 보여 드려야지. 거기다 틈틈이 놀아드려야지. 완전 무수리 수업 중이라니까."

"정말 무수리가 따로 없구나. 근데 놀아준다는 건 뭘 어떻게 놀아준다는 거야?"

"귀인 할머니가 오목 두는 거 엄청 좋아하시거든. 그 할머니는 복순 할머니보다 말은 적어도 포스가 장난 아니라서 거절도 잘 못해. 요즘 울 은설이 나쁜 머리 때문에 구박도 배로 받는다니까."

"구박도 받아?"

"응. 오목 이기면 어른 이겨서 좋냐고 구박, 지면 어린애가 그렇게 머리가 안 돌아가냐고 구박. 완전 자기 멋대로들이라니까. 복순 할머니는 우기기도 얼마나 잘 우기는데. 완전 어이없음이야."

소정이 끔찍하다는 듯 치를 떨었다.

"은설이도 너처럼 싫다고 딱 잘라 말하지, 바보처럼 왜 그러고 사냐. 나 같으면 완전 쌩 깔 텐데."

"내 말이! 나도 이번에 알았는데 걔가 은근히 시녀병이 있는 것 같아. 지 말로는 한 번 거절했더니 밤에 누워서도 잠도 잘 안 오더래. 양심에 찔려서. 솔직히 양심하고 무슨 상관이니? 그냥 적당히 해줄 만큼만 해주면 되는 거지. 그런다고 할매들이 고마워하는 것도 아니고 오히려 만날 트집만 잡아서 잔소리만 하는데. 나도 아주 귀에 딱지 앉겠다니까. 어, 선배님. 안녕하세요!"

복도가 떠나가라 불만을 토로하던 소정이 갑자기 나긋나긋하게 목소리를 깔고는 목례를 했다. 고개를 드는 소정의 입가에 큼지막한 미소가 걸렸다. 조금 전부터 복도에 기대어 서 있던 재준이 가볍게 고개를 끄덕이고는 소정의 반대쪽으로 걸어갔다.

"야! 너, 저 선배 잘 알아?"

"글쎄? 잘 안다기보다는 초등학교, 중학교, 그리고 고등학교까지 선후배 사이라는 정도!"

소정이 어깨를 으쓱하며 말했다.

"와아! 완전 좋겠다. 난 입학식 때 저 선배 보고 기절할 뻔했잖아. 전교 학생회장 선거할 때 묻지도 따지지도 않고 나 그냥 저 선배 찍었다니까. 나 같은 애 엄청 많았을 거야. 그러니까 완전 그런 몰표가 나왔지."

"넌 저 선배 진면목을 알려면 아직 멀었어! 재준 선배는 인물보다 머리가 더 좋다는 거. 달리 별명이 넘사벽이겠냐고? 근데 선배가 일학년 교실에는 무슨 일이지?"

화장실로 들어가기 전 소정이 고개를 갸웃거렸다.

"바둑 칠을 하려면 좀 더 크고 명확하게 해. 이게 점이야, 바둑알이야? 잘 안 보이니까 내가 자꾸 질 수밖에 없잖아."

연거푸 세 판을 내리 지자 귀인이 괜한 트집을 잡으며 성질을 부렸다.

"에이, 할머닌! 이게 바둑알이지 어딜 봐서 점이에요? 할머니 돋보기에 이상 있는 거 아니시고요?"

"며칠 전 새로 맞춘 돋보기라 네 코 옆의 작은 점까지 다 보여. 애가 무슨 소릴 하는 거야?"

"제 코 옆의 점은 자세히 들여다봐야 보이는데 그건 보이시면서 이게 안 보인다는 건 말이 안 되잖아요. 할머니 저한테 지시니까 괜히 억지 부리시는 거죠?"

"수업종 칠 때 됐는데 교실 분위기가 왜 이리 어수선하누. 너 숙제는 해왔냐? 지난번처럼 또 까먹고 안 해서 혼나는 거 아니니? 집에 가서는 뭘 하는지 학원도 안 다닌다면서 빠트리는 것도 많고 늙은이보다도 더 정신이 없어."

속마음을 들킨 귀인이 괜한 트집을 잡으며 팩하고 토라져 앉았다. 은설이 황당한 표정을 지으면서도 귀인의 기분을 풀어주려 애썼다.

"먼저 오목 두자고 하신 건 할머니시면서. 저 오늘은 숙제 다 해왔어요. 할머니, 그래도 제 걱정 많이 하시나 봐요?"

은설이 고개를 귀인 쪽으로 갸웃거리며 생글거렸다.

"걱정은 누가 걱정을! 매일 혼나니까 신경 사나워서 그러지."

"그게 그거잖아요……."

은근히 귀여우시다니까!

은설이 못 말린다는 듯 어깨를 살짝 들썩이고는 바둑판이 그려진 연습장을 덮었다. 어차피 짝은 정해진 것이고 담임선생님의 최근 행보로 봐서는 자리 이동을 시킬 계획은 전혀 없는 듯했다. 그렇다면 스스로를 위해서라도 할머니들과 우호적인 관계를 형성할 필요가 있었다.

얼마 전 은설은 자신의 인생 계획표를 세밀하게 다시 세웠다. 재준과 같은 대학 같은 국문과가 꿈이긴 하지만 어림 반 푼어치도 없을뿐더러 성적으로나 집안 형편으로나 무리일 것 같아 일단 3년제의 유아교육과를 목표로 정한 상태였다.

글쓰기 다음으로 자신있는 게 아이들을 돌보는 것이었다. 봉사활동을 가면 아이들을 잘 돌본다는 칭찬을 빠지지 않고 듣곤 했다. 일단 유치원 선생님이 되어 보다 다양한 경험을 쌓은 다음 작가의 꿈을 키워볼 생각이었다.

해서 미리 훈련을 쌓는다는 생각으로 할머니들을 대하고 있기는 하는데 솔직히 포기하고플 때가 많았다. 하루에 열두 번도 더 변덕을 부리는 노인네를 열일곱 살짜리가 상대하기에는 버거운 것이 당연했다. 더군다나 70살의 어린이를, 그것도 한 명이 아닌 둘씩이나 되다 보니 무리일 수밖에 없었다. 그렇다고 좌절할 은설이 아니었다.

'잘하고 있어, 하은설! 엄마, 아빠처럼 철없는 어른이 되지 않으려면 넌 이 상황을 잘 이겨내서 지금보다 훨씬 더 똑똑해지고 강해져야 해.'

은설이 주먹을 불끈 쥐었다.

아까부터 큰 키로 창 너머 교실 안을 뚫어지게 쳐다보고 있던 재준이 피식 웃음을 터트렸다. 마치 아이 몰래 수업을 관찰하는 엄마처럼 조심스럽게 할머니와 은설의 신경전을 지켜보던 재준은 후배들의 시선이 느껴지자 태연한 척 굴며 자연스럽게 창에서 멀어졌다.

"야, 그 일학년에 할매 시스터즈 있잖아! 완전 마귀할멈들이란다. 그 반에 조그맣고 귀엽게 생긴 애가 하나 있는데 완전 그 할머니 몸종이래. 걔는 짝 잘못 만나서 무슨 고생이냐!"

"괜찮아 보이는 것 같은데?"

재준이 혼잣말로 자문했다. 할머니들 성정이 보통이 아니라는 건 재준도 인정하지만 소문이 지나치게 과장된 듯했다. 물론 당하는 당사자 입장에서는 생각이 다를 수 있겠지만 적어도 재준이 보기에는 그리 심각해 보이지는 않았다.

"근데, 저 아이 어디서 본 것 같단 말이야. 어디서 봤더라?"

재준이 계단을 두 개씩 밟고 올라가며 애써 기억해 보려 하지
만 쉽게 생각이 나질 않았다. 워낙 평범하게 생겨 낯이 익다 착
각을 한 모양이었다.

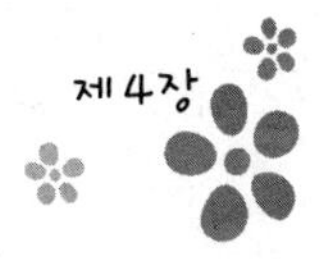

　방과 후 수업을 마치고 매점에 가기 위해 교실 문을 나서던 은설이 뭐 마려운 강아지마냥 부르르 떨었다. 교복 치마의 주머니에 넣어둔 휴대전화기의 진동 때문이었다. 전화기의 폴더에 찍힌 '엄마'라는 이름을 확인하는 순간 은설이 부러 전화를 받지 않았다. 한참 동안을 손에서 꿈틀거리고 나서야 휴대전화기가 잠잠해졌다.

　"미안, 엄마. 그래도 치킨 배달보다는 매점 심부름이나 다녀오면서 학교에 있는 게 나한테는 천국이야."

　은설이 비 맞은 중처럼 중얼거리며 부재중 전화라는 메시지를 삭제하기 위해 폴더를 열었다. 그와 동시에 문자메시지의 도착을 알리는 신호가 깜빡였다.

「사랑하는 딸, 수업 끝났을 텐데 전화를 안 받네? 오늘 수업 마치고 곧장 올 거지?」

"사랑하는 딸? 얼마나 부려먹으려고 미리부터 이렇게 밑밥을 던지실까?"

은설이 절대 넘어가지 않겠다는 듯 입술을 꽉 깨물고는 답장을 보냈다.

「우리 반 보충수업 중. 내일 발표 수업도 있어서 애들하고 자료 만들어야 해.」

문자메시지를 보내자마자 바로 답문자가 날아들었다.

「돌에 물 준다고 꽃 피는 거 봤니? 넌 날 닮아서 공부로는 승산 없다니깐.」

"이럴 때 보면 친엄마 맞나 싶다니까."

「엄마 나, 배터리도 부족.」

손가락이 보이지 않을 정도로 빠르게 문자를 발송한 은설은 아예 배터리를 분리한 후 양 주머니에 나눠서 넣었다.

"자꾸 도와주니까 이젠 아예 배달원 취급이라니까. 물론 돕는 게 어려운 건 아니지만 이건 결코 우리 집안을 위하는 길이 아니야."

은설이 집안일을 열심히 도울수록 아빠는 가게 일에 점점 소홀해지고 있었다. 아빠가 가게 일에 전념할 수 있도록 은설은 꾀를 부려볼 생각이었다.

"야! 하 무수리, 너 또 매점에 심부름 가냐? 가는 김에 오빠 콜라도 하나 사 와라. 물론 네 돈으로!"

반에서 가장 체구가 크고 쌈질에 성질까지 더럽기로 유명한 정수가 은설의 등 뒤에다 대고 놀렸다.

'뭐, 하 무수리?'

발끈하려던 은설이 자신의 두 배는 됨직한 정수의 체격을 떠올리며 애써 흥분을 가라앉혔다. 누울 곳을 보고 다리를 뻗으랬다고 괜히 상대했다간 본인만 손해였다. 은설이 잰걸음으로 뛰다시피 걸었다. 똥이 무서워서 피하는 게 아니라 더러워서 피하는 것이라며 주위의 시선 따윈 모른 척하며 오로지 앞만 보려고 기를 썼다.

"저게 사람 말을 무시하네! 야! 너, 거기 안 서!"

약이 오른 정수가 신발 한쪽을 벗어 은설을 향해 있는 힘껏 던졌다. 걸음아 날 살려라 걷고 있던 은설의 머리 위로 무언가 쿵 하고 떨어졌다. 위험한 느낌이 감지되기는 했지만 머리 위로 떨어진 것이 항공모함만 한 정수의 신발이라고는 상상도 못했다.

비명을 지르며 몸을 피하고 나서야 뚝하고 바닥으로 떨어지는 것이 신발임을 확인한 은설의 표정이 삽시간에 하얗게 질렸다. 뒤돌아서서 정수를 향해 매섭게 눈을 흘긴 은설이 분을 참지 못하고 양발로 번갈아가며 자신의 머리를 공격한 신발을 마구 밟아댔다.

"너 돌았냐! 죽고 싶어서 환장했어? 닭똥집이나 주워 먹고 사
느라 뵈는 게 없어! 이걸 확, 그냥!"

한달음에 달려온 정수가 발로 신발을 빼내고는 거칠게 몸을
들이밀었다. 은설도 물러서지 않고 눈을 부릅떴다.

"죽고 싶어서 환장한 건 너야! 어디다 그 더러운 신발을 던지
는 거야! 이 돼지 족발 같은 자식아!"

지금껏 누구도 본 적이 없는 모습으로 은설이 고래고래 악을
썼다.

가뜩이나 키가 쑥쑥 자라지 않는 것에 대해 노이로제에 가까
울 만큼 걱정이 많은 은설이었다. 부모님조차도 손을 못 대게
할 만큼 은설이 가장 조심하고 아끼는 곳이 머리였다. 그런 머
리 위로 냄새는 둘째 치고 두꺼운 사전 같은 무게의 운동화가
떨어졌으니 키에 관한 한 1mm가 귀중한 은설에게는 마치 2센티
정도는 머리가 움푹 꺼진 것과도 같은 충격이었다. 그로 인해
현재 이성은 완전히 마비상태며 죽기 살기로 덤비는 중이었다.

"돼지 족발? 너 지금 나한테 돼지 족발 같은 자식이라고 했
냐? 그래 어디 돼지 족발에 맞고 한번 죽어봐라!"

주먹을 휘두를 때마다 들려오는 윙윙거리는 바람 소리에 은
설이 꼴깍 하고 침을 삼켰다. 저 주먹에 맞고도 산다면 그건 인
간의 탈을 쓴 귀신임에 틀림없었다. 정면으로 날아오는 수박덩
이만큼 큰 주먹을 피할 엄두조차 내지 못한 채 은설은 오늘이
제삿날이겠거니 질끈 눈을 감았다. 피할 생각 따윈 전혀 없었

다. 설마하니 여자를 때리겠냐는 멋대로의 해석 탓이기도 했지만 만에 하나 맞더라도 그냥 물러설 수는 없었다. 한 번 괴롭힘을 당하기 시작하면 3년 내내 괴롭힘을 당해야 하기에 끝장을 볼 생각이었다.

"네가 그렇게 주먹이 세냐? 그럼 일단 나한테 먼저 테스트해 봐라. 사람을 죽이는 주먹이 어떤 건지 경험 좀 해보자."

정수도 은설도 아닌 낯선 목소리가 개입을 했다.

"서…… 선배님."

기세등등하던 정수에게서 아빠가 10년째 타고 다니시는 오토바이의 낡은 엔진에서 나는 소리처럼 덜덜거리는 떨림이 느껴졌다. 쌍코피가 터지고 해가 저물지 않은 상태에서도 눈앞에 별이 왔다 갔다 하는 경험을 만끽하리라 두려움에 떨던 은설이 귀를 쫑긋 세웠다.

방심은 이르기에 차마 두 눈을 다 뜨지는 못하고 은설이 한쪽 눈만 살며시 떴다. 이렇게 소심하면서 정수와 맞설 생각이었다니 은설로서도 대단한 용기임에는 틀림없었다.

'설마…… 재준 선배?'

오매불망 딸을 그리다 해후한 심 봉사처럼 은설의 두 눈이 번쩍 떠졌다.

재준이, 오매불망 꿈에서만 그리던 재준이 빗맞아도 사망일 것 같은 정수의 팔목을 꽉 쥔 채 무시무시한 얼굴로 서 있었다.

"선…… 배님……."

너무 놀란 나머지 목이 콱 잠겨 버려서 거의 자신밖에 들을
수 없는 쉰 소리가 입안에서만 맴돌았다. 재준이 힐끔 쳐다보는
것 같았지만 이내 서슬 퍼런 눈빛으로 아등바등거리는 정수를
무섭게 노려보았다.

"잘못했습니다. 한 번만 용서해 주십시오."

멀찌감치 물러서서 구경하는 학생들의 시선에 정수가 꼬리를
바짝 내리고 사정을 했다.

"잘못? 네가 무슨 잘못을 했는데?"

"그냥…… 전부…… 다……."

"그…… 래?"

부러 말에 행간을 두며 재준이 꽉 잡고 있는 정수의 팔목을
풀어주었다. 둘의 신경전이 얼마나 대단했는가 증명이라도 하
듯 정수의 팔목에 붉은 손자국이 선명했다. 정수가 자유로워진
손목을 움켜쥐고 재준의 눈치를 살폈다.

"사과해."

재준이 짧게 명령했다. 재준의 말이 떨어지기 무섭게 정수가
입을 우물거리며 은설에게 사과를 했다.

"미…… 안하다……."

"다시! 잘 안 들리잖아! 아까처럼 크고 정확하게, 그리고 진심
으로 미안함이 느껴지는 목소리로 여기 있는 모든 사람들이 들
을 수 있게 해라. 내 입에서 이 말이 다시 나오게 될 땐 각오해
야 할 거야."

재준의 입매가 부드럽게 움직이기는 했으나 두 눈은 결코 웃지 않았다. 매의 눈처럼 번뜩이는 눈빛이 결코 빈말이 아니라는 것을 강조하고 있었다. 길들여지지 않으려 발악하는 동물일수록 위험한 상황을 감지하는 능력이 탁월한 법이다. 그것을 증명해 보이기라도 하려는 듯 정수가 쩌렁쩌렁 울리는 목소리로 사과를 했다.

"미안하다, 하은설! 다시는 놀리지 않고 시비도 걸지 않을게."

딴에는 싸움만큼은 최고라고 자부하는 터라 자존심이 장난이 아닐 텐데 정수는 예상을 깨고 순순히 재준의 말을 따랐다. 정수의 사과에 은설은 도리어 모골이 송연해졌다. 혹시라도 집에 가는 길이나 따로 마주쳤을 때 보복을 당하는 게 아닐까 하는 두려움에 등골이 오싹해졌다.

"그…… 그래."

은설이 어색한 미소를 지으며 사과를 받아주었다. 하필이면, 왜 이런 상황에서 재준과 마주치게 되었을까, 웃어도 웃는 게 아니었다.

"이제 다 된 것 같으니 그만 가봐."

"네."

재준의 손짓에 정수가 순식간에 자취를 감추었다. 은설도 바람처럼 사라지리라 다짐하며 고개를 꾸벅였다.

"그럼 저도 이만……."

"너 매점 가던 길 아니었냐?"

교실 방향으로 돌아서던 은설이 멈칫하며 섰다.

"그게…… 맞다, 매점. 매점 가는 길이지. 저…… 고맙습니다."

방향 감각을 잃고 횡설수설하는 은설을 흥미롭게 지켜보던 재준이 따끔하게 충고를 했다.

"저 녀석 성질 건드려서 맞아봐야 너만 손해야. 그나마 학교 안에서는 도움이라도 받을 수 있지만 밖에서 그런 식으로 행동하면 뼈도 못 추리게 될걸? 조심하는 게 좋을 거다."

"알아요…… 맞으면 나만 손해라는 거, 누구보다 잘 아는데, 그치만 저 녀석이 내 머리를…… 내가 얼마나 애지중지하는 머린데……."

은설이 아까워 죽겠다는 듯 울상을 지었다.

"머리? 왜, 뇌세포가 많이 죽기라도 했을까 봐?"

"그게 아니라 가뜩이나 키가 안 자라서 속상해 죽겠는데 소도둑놈만 한 신발을 머리에 던지니까……."

오빠에게 하듯 투정을 부리던 은설이 말이 헛나온 양 입을 틀어막았다. 바보, 아무리 머리가 안 돌아가도 그렇지 당사자 앞에서 무슨 소리를 하는 거야!

"키 때문에 콤플렉스가 심한 모양이구나? 너 그렇게 작은 거 아니야. 고3인데도 우리 반에 너보다 키 작은 여학생들도 많아. 오히려 자꾸 키 크는 것에 신경 쓰다 보면 스트레스 받아서 더 안 자랄 수도 있으니까 되도록 신경을 쓰지 않는 게 내가 보기엔 좋을 것 같다."

정수를 단번에 제압하던 때의 카리스마와는 정반대의 분위기였다. 재준의 위로에 눈물이 날 만큼 감격스러우면서도 한편으로는 의아했다.

'단순히 콤플렉스 취급을 하네. 내가 왜 키에 목숨 거는지 정말 몰라서 저러는 거야, 아니면 알면서도 모르는 척하는 거야? 설마 날 기억도 못하는 걸까? 에이, 그건 아닐 거야. 생명의 은인인데 설마 날 기억 못하겠어? 머리도 그렇게 좋다는 사람이. 그러지 말고 한번 물어볼까?'

"이런, 벌써 시간이 이렇게 됐나? 아무튼 1학년 후배, 저 녀석에 대해선 걱정하지 않아도 될 거야. 학교 안에서나 밖에서나 너 괴롭힐 일은 없을 거야. 그것만큼은 내가 확신한다."

재준이 눈을 빛내며 안심시키듯 단호하게 말했다. 솔직히 지금 심정으로는 맞아 죽어도 행복할 것 같았다.

"난 그만 가볼 테니 너도 얼른 볼일 보고 교실로 돌아가라."

은설의 어깨를 다독이듯 톡톡 쳐준 재준이 서둘러 계단을 뛰어올라 갔다. 그 모습을 하염없이 지켜보던 은설이 바로 푸념을 토해냈다.

"말이야 쉽죠. 선배는 저 하마 같은 녀석이랑 한 반이 아니니까요. 할머니들 둘로도 모자라서 이젠 꼼짝없이 황정수까지 피해 다녀야 하다니 끔찍해! 아! 맞다, 할머니들이랑 애들 심부름.

어떡해!"

퍼뜩 정신이 든 은설이 기겁을 하며 매점으로 날다시피 뛰어
갔다. 우사인 볼트의 기록을 깨기라도 할 것처럼 발이 보이지
않게 달려가는 은설의 표정이 명랑만화의 주인공처럼 시시각각
우스꽝스럽게 변해갔다. 마치 은설의 성격 변화를 보여주기라
도 하는 것처럼.

"야! 황정수 저 두꺼비 말이야. 너만 보면 피하는 것 같지 않
냐?"

화장실을 갈 때도 체육수업을 하러 나갈 때도 다른 사람들의
곁에 딱 달라붙어서 움직이느라 곤혹인 은설의 맘도 모르고 소
정이 큰소리로 말했다. 뒤돌아 앉아 열심히 해답지를 보고 수학
숙제를 베끼던 은설이 무심코 고개를 들었다. 정수와 눈이 마주
치자마자 누가 먼저랄 것도 없이 서로 시선을 외면했다.

"칫!"

적어도 교실 안에서야 무슨 일이 생기겠냐며 은설이 새침하
게 호기를 부렸다.

"너 그날 재준 선배님 아니었으면 어쩌려고 황정수 같은 애한
테 대든 거야? 장난 같은 거 걸면 적당히 당해주고 말지. 저 주
먹에 맞았음 너 지금쯤은 머리에 링주고고 날개 펄럭이면서 교
실을 맴돌고 다니는 불쌍한 영혼 됐을 거다."

"나도 알아. 내 목숨 귀한 줄. 솔직히 신발만 내 머리에 안 던

졌어도 뭐라고 놀리든 참았을 거야. 그런데 맞아 죽을 때 맞아 죽더라도 비굴하게 굴기는 싫었어. 중학교 때 우리 반에 명철이라는 애가 있었거든. 근데 걔가 황정수 재한테 3년 내내 괴롭힘을 당했어. 모르긴 해도 그날 내가 겁먹고 울기라도 했다면 나도 졸업할 때까지 명철이처럼 계속 시달리게 됐을걸. 지금도 안심할 수는 없지만 그래도 호락호락하게 당하진 않을 거야.”

새삼스레 며칠 전 상황을 떠올리자 은설에게서 독기가 뿜어져 나왔다. 소정이 의외라는 듯 놀란 표정을 지었다.

“그래도 쟤 덕분에 재준 선배가 너 구해줬잖아. 그 자리에 내가 있었어야 했는데 왜 하필 사다리 타기에 네가 걸려서는. 재준 선배가 저 코끼리 같은 팔목을 확 꺾어 쥐고는 한 방에 제압했다며? 어휴, 살다가 하은설 널 다 부러워하게 될 줄이야.”

“부럽기는 무슨…… 바보라는 인증만 했는데.”

은설이 혼자만 알아들을 수 있게 중얼거렸다.

“아닌 척하기는. 다른 사람도 아닌 채재준 선밴데.”

“재준이? 재준이가 왜?”

화장실에 다니러 간 복순이 요란하게 자리에 앉으며 참견을 했다. 소정이 얼른 필기구를 잡고 숙제를 베끼는 척했다. 안 그러면 또 어떤 꾀병으로 심부름을 시키며 귀찮게 할지 몰랐다.

“하여간 귀도 밝아! 할머니도 재준 선배한테 관심 있으세요?”

소정이 입술을 삐죽거리고는 시큰둥하게 물었다.

“당연하지. 걔가 누군고 하니 바로 내 손…….”

“어허!”

복순과 약간의 시간차를 두고 자리에 앉던 귀인이 눈치를 주었다. 숙제를 베끼느라 그 사실을 감지하지 못한 소정이 이야기를 채근했다.

“누군데요? 할머니랑 무슨 관계 있어요?”

눈을 반짝 뜨고 신나하던 복순이 교복을 만지작거리며 대충 얼버무렸다.

“관계는 무슨…… 지난번에 학생회장 선거할 때 보니까 인물도 훤하고 똑똑해 보여서 내 손자였으면 좋겠다, 생각했다고. 근데 재준이가 왜?”

“접때 그 운동화 사건 이야기하고 있었어요. 재준 선배가 은설이 구해준 이야기.”

“난 또 뭐라고. 은설이 애가 특별해서 그런 것도 아니고 재준이 걔가 원래 그런 아이야. 불의를 보면 절대 못 참는. 그러니 은설이 너 착각 마라! 혹시라도 딴생각할까 봐 미리 이야기하는 거야.”

재준이 마치 자기 손자라도 되는 양 복순이 단호하게 못을 박자 소정이 인상을 확 찌푸렸다.

“할머니가 왜 그렇게 기분 나빠하세요? 누가 보면 친할머니라도 되는 줄 알겠네. 은설이가 이래 봬도 국어는 끝내주거든요. 해서 주제 파악 하나는 기가 막혀요. 선배 좋아하는 예쁜 애들이 줄을 섰다는 건 우리보다 은설이가 더 잘 알 거라고요. 선배가 자기 따윈 안중에도 없다는 것도요.”

은설의 대변인이라도 되는 양 소정이 흥분해서 큰소리를 뻥뻥 쳐댔다.

‘기지배, 저걸 지금 편이라고 드는 거야? 은근 기분 나쁘네.’

“모르지. 지금은 비록 얼굴 한 번 스친 선후배 사이에 불과하지만 나중에 우리 두 사람이 어떤 사이로 변할지는. 사람 인연이라는 게 누구도 장담 못하는 거잖아.”

아무 말 없이 숙제를 베끼던 은설이 선전포고를 선언하듯 확신에 찬 어조로 힘주어 말했다. 입을 딱 벌리는 복순과 소정에게서 어떤 말이 나올지 몰라 서둘러 수학 노트를 덮고는 칠판을 향해 자세를 고쳐 앉았다.

“너 그 재준인가 하는 아이 마음에 있니?”

허리를 꼿꼿이 펴고 고상하게 교과서를 넘겨 보던 귀인이 지나가는 말처럼 물었다. 예상치 못했던 귀인의 질문에 가슴이 뜨끔해진 은설이 재빨리 고민에 잠겼다. 맞는다고 시인해도 뒷감당이 안 될 것이고 아니라고 부인해도 마음이 내내 편치 않을 것이고. 이럴 땐 뭐라고 대답을 해야 하지?

“다른 건 모르겠다만 넌 확실히 그 아이가 좋아하는 취향이 아니야. 세상에 불가능은 없다만 그거야 허울 좋은 이야기고 실제로는 불가능한 일들이 차고 넘치지. 아직은 네가 어려서 잘은 모르겠지만 말이다.”

“2보다 1이 작은 숫자이긴 하지만 반대로 1이 존재하지 않는다면 2의 가치도 아무 쓸모가 없는 거잖아요. 누구나 하나보다는 둘, 아니, 그 이상을 갖고 싶어하니까. 2의 값어치를 위해 존재하는 1에게 과연 누가 넌 쓸모없는 숫자야, 할 수 있겠어요? 전 확실히 2는 될 수 없지만 2를 빛내주는 1은 될 수 있을 것 같아요. 사람들에게도 그런 존재가 되고 싶어요.”

동문서답 같은 궤변을 늘어놓은 은설이 스스로 생각해도 말이 안 된다는 듯 머리를 긁적거렸다.

“근데 제가 말하고도 무슨 의민지는 잘 모르겠어요. 큭큭.”

귀인에게서 날아들 핀잔에 대비해 은설이 먼저 선수를 쳤다. 그러나 은설의 예상과 달리 귀인에게서는 어떤 말도 들을 수 없었다.

내 말이 너무 추상적이었나? 은설이 갸웃거렸다.

넌 무슨 여자애가 늘 그렇게 횡설수설이야! 라는 말이 들려올 법도 하건만 귀인은 끝끝내 한마디도 하지 않았다.

“참, 은설아. 근데 너, 재준 선배가 황정수 재 옥상으로 불러 올렸단 소문 들었니? 과연 사실일까?”

의자를 바짝 앞으로 당긴 소정이 두 할머니가 듣지 못하도록 은설의 귀에 대고 속삭였다.

“사실은 무슨. 보나마나 애들이 지어낸 이야기겠지. 쟤가 선배한테 잘못한 것도 없는데 선배가 쟬 굳이 옥상으로 부를 이유가 없잖아.”

몸을 한껏 뒤로 뉘며 은설이 그럴 리 없다는 듯 고개를 저었다. 생명의 은인이라는 사실도 제대로 기억 못하는 재준이 그런 일을 할 까닭이 없었다.

"그렇지? 네가 선배 여친도 아니고 선배가 절대 그럴 리가 없지. 헛소문일 거야."

이번엔 두 사람이 동시에 고개를 끄덕였다. 모처럼 의견이 일치하는 순간이었다.

하얀 빛이 반사되는 텅 빈 교실은 바람 한 점 없는 잔잔한 호숫가를 연상시켰다.

급한 일이 생긴 소정을 대신해 주번 활동을 하느라 다른 아이들보다 하교가 늦은 은설이 막 복도 끝을 벗어날 즈음이었다.

"어이, 1학년 후배! 바쁘지 않으면 나 좀 도와줄래?"

너무나 귀에 익은 목소리에 은설의 걸음이 자동으로 멈춰 섰다. 3층으로 올라가는 계단 난간에 무언가를 잔뜩 올려둔 채 난감해하는 재준의 모습이 보였다.

"어떻게 도와드리면 되는데요?"

마치 기다렸다는 듯 은설이 한걸음에 다가서며 물었다.

"혼자서 다 들 수 있을 거라고 생각했는데 내가 잘못 판단한 것 같다. 힘들겠지만 몇 권만 나눠서 들어주라."

"이게 뭔데요?"

"학생회의실에 비치할 졸업 앨범들."

은설이 양손을 내밀자 재준이 난간에 쌓아둔 앨범 중 몇 권을 얹어주었다.

"이 정도는 괜찮겠지?"

"좀 더 얹으세요. 더 주셔도 돼요."

"이래 봬도 보기보다 무거워. 넌 그것만 들어. 나머진 나 혼자 충분히 들고 갈 수 있으니까."

"이거 몇 권 뺐다고 크게 차이가 날 것 같지는 않은데……."

자신의 손에 들린 앨범 숫자와 재준의 손에 들릴 엄청난 양을 바라보며 은설이 별 뜻 없이 말했다.

"그럴 것 같지? 그런데 수백 킬로를 드는 역도 선수도 고작 1kg 때문에 바벨을 놓치는 수가 허다해. 몇 권이라고 무시하지 마라. 그렇게 소원이라면 몇 권 더 줄게."

은설의 말을 기분 좋게 받아넘긴 재준이 몇 권을 더 얹어주었다. 여전히 별 차이가 없는 무게였지만 은설이 살짝 길을 터주고는 지켜 섰다.

"왜?"

남은 앨범들을 한꺼번에 든 재준이 의아해했다.

"먼저 가세요. 전 학생회의실이 어딘지 모르거든요."

"참, 그렇지."

재준이 멋쩍게 웃으며 앞장서서 올라갔다. 재준의 뒤를 바짝 붙어서 올라가는 은설의 발걸음이 금방이라도 날아갈 것처럼 가벼웠다.

날파리가 입으로 들어가도 모를 만큼 헤벌쭉 벌어진 입에서는 콧노래가 절로 나올 판이었다.

“근데 다른 애들은 아무도 안 보이던데 넌 왜 이렇게 늦게 가는 거야? 공부하다 가니?”

예고도 없이 재준이 뒤를 돌아보며 물었다. 무방비 상태로 정신을 놓고 재준의 뒤를 따라가던 은설이 급브레이크를 밟으며 섰다.

“주, 주번 활동 때문에요.”

“주번? 지난번에 한 걸로 아는데.”

재준이 혼잣말을 하고는 고개를 갸우뚱거렸다.

“네?”

은설이 동그란 눈을 깜빡거렸다.

“아니! 다른 생각을 좀 하느라. 너희 반은 주번 주기가 무척 짧나 보다?”

“아! 그게 아니라 오늘은 친구 대신 하는 거였어요. 근데 가는 날이 장날이라고 울 쌤이 기분 나쁜 일이 있으신지 이것저것 막 시키시는 바람에 지금 가는 거예요.”

“듣고 보니 미안하네. 실컷 일하고 집에 가는데 이런 부탁까지 했으니 너 속으론 뭐 밟았구나 싶은 심정이겠다.”

재준이 미안해하자 은설이 마구 도리질을 했다.

“아니에요. 절대 그렇게 생각 안 해요. 저 원래 청소하고 힘쓰는 일 엄청 잘해요. 이 정도는 일도 아니에요.”

“너 참 특이하다. 보통은 약한 척하는 게 여자들 아닌가?”

“여자들이 그렇게 한다기보다 남자들이 그렇게 믿고 싶은 거 겠죠. 실제로 연약한 여자들도 많겠지만.”

은설이 정색을 하며 대꾸하자 재준이 긍정도 부정도 하지 않은 채 애매한 미소를 지었다.

“그런가? 자, 이제 다 왔다. 잠시만!”

한참 가도 되는데…… 은설의 아쉬운 마음을 전혀 알 리 없는 재준이 어깨로 문을 밀쳤다. 드르륵 문 열리는 소리가 마치 또 르르거리는 소리처럼 청명하게 들리는 것 같은 착각이 일었다.

“안 들어오고 뭐 해?”

“저 들어가도 돼요?”

“그럼, 누구나 들어올 수 있는 곳인데 당연하지. 그거 이리 줘. 무거웠을 텐데 수고했다.”

들고 온 앨범을 내려놓기 무섭게 재준이 냉큼 은설이 들고 있는 앨범을 받아 들었다.

“하나도 안 무거웠는데…….”

“학생회의실 처음 와보는 거지?”

“네.”

“보다시피 별것도 없어. 그나마 며칠 전 새롭게 손을 봐서 조금 깨끗해지기는 했지만.”

재준의 말처럼 기다란 사각의 테이블과 의자들, 누군가 가져 다 놓은 듯한 소품 몇 가지와 책장, 캐비닛과 이동용 칠판이 고 작이었다.

"올해가 우리 학교 개교 80주년인 거 알지? 80년이라는 세월이 주는 상징성은 좋은데 대신 건물이 그만큼 낡고 현대적인 것과는 조금 거리가 멀다는 단점이 있어. 몇 해 걸러 건물을 보수해도 한계가 있으니 언젠가 이 건물도 새롭게 지어질 거야."

보기보다 아날로그적인 감성이 풍부한 모양이었다. 서운함이 묻어나는 재준에게서 은설은 새로운 면을 보는 것 같았다.

"그런데 왜 다른 사람은 아무도 없고 선배님 혼자서……."

"내가 며칠 동안 바빠서 학회일을 제대로 못 도왔거든. 그래서 남은 일이라도 혼자 하겠다고 한 건데, 네 덕분에 시간 벌었다."

"고작 그걸로 뭘……."

"네 짝이 할머니시라면서? 힘들겠다."

은설에게 의자를 내어준 뒤 재준이 책상에 걸터앉으며 지나가는 말처럼 물었다.

"선배님도 저에 대해서 아세요?"

반강제적으로 의자에 앉다시피 하며 은설이 두 눈을 강아지처럼 동그랗게 떴다. 오빠인 은기의 말처럼 유명인사가 맞기는 한 모양이었다.

"할머니 시스터즈랑 너 모르면 간첩이게."

"그렇구나. 공부나 외모로 유명해지면 더 좋겠지만 그렇게라도 알려진 게 나쁘지만은 않네요. 나도 유명인사다."

은설이 혀를 날름거리며 웃었다. 은설의 맑은 웃음에 취하기라도 한 듯 재준이 물끄러미 쳐다보았다. 치열을 드러내고 웃던 은설이 얼른 정색을 했다.

'아휴, 또 푼수처럼 웃었나 보다. 그러게 웃는 연습을 해야 한다니까.'

"할머니들 때문에 학교생활에 지장이 있거나 하지는 않아? 이건 학생회장 차원에서 묻는 거야. 누구나 학교생활을 편하게 즐길 권리가 있는 거고 학생회가 그런 의미에서 존재하는 거니까."

"음…… 애들이 생각하는 것만큼 힘들다거나 하지는 않아요. 할머니들이 조금 잔소리가 심하시기는 한데 맘 안 맞는 친구랑 일 년 내내 짝을 하면서 받는 스트레스에 비하면 양호한 편이기도 하고요. 오히려 1반에 휠체어 타고 다니는 애가 있거든요. 걔는 화장한 갈 때도 도움을 받아야 한다는데 개 짝은 등하교 길도 함께 한데요. 그런 애들이 더 대단한걸요. 전 할머니들께 별 도움도 안 돼요. 뭐, 물어보서도 대답도 잘 못해 드리고 숙제도 잘못 가르쳐 줘서 엉뚱한 부분 풀어오게 하고. 할머니들 입장에선 제가 민폐일 거예요."

오늘만 해도 영어 단어 시험 날짜를 잘못 알려줘서 옆 뒤로 앉은 할머니들에게 쌍으로 잔소리를 들어야만 했었다. 소정의 말처럼 어떤 의미에선 작은 복수일 수도 있었다. 고의성이 아닌 실수로 인한.

"그…… 래? 그럼 넌 싫은 건 아니라는 말이네."

재준이 전혀 예상 밖이라는 듯 의외의 눈길을 했다. 한편으로는 안심이 되면서 기분이 좋았다. 왜 그런 것인지 자신도 모르겠지만.

"저만 그런 게 아니라 우리 반 애들 대부분이 지금은 적응돼서 이젠 아무렇지도 않아요. 처음엔 좀 신기하고 그랬었는데 그냥 우리 반에 나이 든 학생이 있구나 하는 정도예요. 오히려 할머니들 덕분에 선생님들께서 화도 덜 내시고 그러세요."

"아무리 봐도 내 눈엔 네가 성격이 좋은 편인 것 같은데? 요즘은 친할머니라도 불편해하는 손자, 손녀들 많다고 하잖아."

"성격이 좋은 게 아니라 누구라도 그 상황이면 저처럼 돼요. 그럴 수밖에 없기 때문이지 제가 착해서 그런 게 절대 아니에요. 선배님도 저 같은 상황이면 그렇게 될 수밖에 없으실걸요. 저, 할머니랑 싸움도 되게 많이 하고 속으로는 원망도 하고 짜증도 내고 그래요. 그랬다가 또 동정심도 가졌다가……."

양심에 찔린 은설이 솔직하게 고해성사를 했다. 재준의 앞에서만은 왠지 그래야만 할 것 같았다. 그러나 재준에게는 그다지 감동적이지는 않은 모양이었다. 별다른 언급 없이 재준이 화제를 돌렸다.

"곧 있음 소풍인데 너희 반은 의견 정했어?"

"우리…… 반이요?"

며칠 전부터 반장이 몇 곳의 후보지를 알려주고 의견을 구한다고 한 것 같기는 한데. 학급 운영에는 도무지 관심을 두지 않은 터라 알고 있을 리가 만무했다. 많고 많은 질문 중에 왜 하필 저런 질문이람!

"애들 의견이 제각각이어서. 어차피 반장들끼리 모여서 결정하는 거니까 우리가 가잔다고 해봐야……."

은설이 어설픈 웃음을 흘리며 대충 얼버무렸다.

"의견이 제각각이라기보다는 관심들이 없겠지. 그저 수업 하루 빠지는 정도의 의미지 소풍이 별건가. 안 그래?"

"제 말이 그거예요. 솔직히 아무 데나 가면 되지, 몇 군데씩이나 후보지라면서 의견 묻고 그러는 것도 오버잖아요. 그래 봐야 어차피 자기들 편한 곳 갈 거면서. 우리 반은 장기자랑도 아무도 안 나가려고 해서 아마 반장이 나가서 노래 불러야 할걸요. 그러라고 뽑아줬으니까. 도대체 맨날 회의랍시고 가서는 뭐 하는 건지."

은설이 기다렸다는 듯 불만을 토로했다. 어차피 엄마가 정성 들여 싸주는 김밥을 들고 갈 것도 아니고 파는 김밥을 사 들고 한나절 때우다 오는 것이 소풍이었다. 모처럼 용돈을 받는 날이니 친구들과 노래방에 가서 노래를 부르는 날 그 이상도 이하도 아니었다. 그냥 가까운 뒷산에나 올라갔다가 내려오면 될 것을.

"그거 나 들으라고 하는 소리 같다? 그다지 하는 일은 없어도 명색이 학생회장인데 대놓고 무능하다는 소리를 들으니 정신이 번쩍 드는데?"

정신이 번쩍 드는 쪽은 재준이 아니라 따로 있었다. 별생각

없이 입에서 나오는 대로 떠들던 은설이 입을 딱 봉한 채 조심
스럽게 의자를 밀치고 일어났다.

"가려고?"

"네……."

"이왕 이야기 꺼낸 김에 다 털어놓고 가는 게 어때? 들어보고
도움되는 이야긴 참고삼을 테니까."

"아, 아니에요. 원래 제가 헛소리를 좀 잘하고 생각없이 아무
말이나 막 내뱉어요. 제 얘기 참고했다간 선배님 탄핵되실지도
몰라요. 방금 전에 제가 한 이야기도 마음에 절대 담지 마세요.
평소 불평, 불만이 좀 많아요. 제가."

은설이 과장되게 손을 저으며 사태 진화에 나섰다. 수습 방법
이라고 해봐야 자폭을 하는 것이 고작이지만 그런 식으로라도
무마해야 했다.

"네가 학회에 들어왔으면 정말 재미있었을 것 같은데 아쉽
다."

내가 있었으면 재미있었을 거래. 아쉽대!

그냥 듣기 좋으라고 하는 말이라는 것을 알면서도 은설은 입
을 헤벌쭉 벌린 채 꼼짝도 하지 않았다. 재준이 예의상 짓는 미
소라는 것을 알면서도 자신의 짝사랑에 대한 답례라는 착각이
들었다.

"너 간다고 하지 않았어?"

"네? 예. 가야죠."

은설이 동공이 풀린 채로 멍하니 대답을 했다. 재준이 자리에서 벌떡 일어나 직접 문을 열어주며 배웅을 해주었다.

"오늘 정말 고마웠다. 잘 가라."

"네."

비켜서 있는 재준의 앞을 무슨 정신으로 지나쳤는지 기억도 나지 않을 만큼 꿈속을 걷는 기분이었다. 최대한 얌전히 복도를 거닐던 은설이 계단 앞에 서는 순간 김연아 선수가 부럽지 않은 점프 실력을 보이며 방방 뛰었다.

"하은설! 이거 꿈 아니지? 정말 내가 재준 선배랑 단둘이 있었던 거지? 선배가 날 보고 웃은 거 맞지? 것 봐, 착하게 살려고 노력해야 한다니까! 축하한다! 너 완전 대박이야! 사랑이 별거 니, 다 이렇게 시작하는 거지!"

착각을 계단마다 줄줄 흘리는 것으로도 모자라 어깨까지 으쓱거렸다. 폴짝폴짝 만세까지 부르며 감정을 주체하지 못했다. 여차하면 아무나 붙잡고 허그라도 할 태세였다. 학생 하나가 오른쪽 귀에 대고 원을 그리며 지나갔지만 전혀 개의치 않았다. 지금 은설의 눈엔 아무것도 보이지 않았다. 오로지 재준의 얼굴만 둥둥 떠다닐 뿐이었다.

제 5장

평소에는 아무 불평 없이 하던 일도 유난스레 하기 싫은 날이
있었다. 은설에게는 지금이 그랬다.

"왜 또 나야? 오빠 좀 시키면 어디가 덧나? 가뜩이나 소풍 다
녀와서 피곤해 죽겠는데."

"소풍이 무슨 막노동이야? 실컷 놀다 왔으면 됐지, 그것도 큰
일 했다고 고생하는 엄마 앞에서 불만이야?"

"엄만, 내가 맘 편히 놀다 온 거 보지도 못했으면서."

"그럼 울다 왔어? 소풍씩이나 보내줬으면 너도 그에 보답을
해야지."

엄만 몰라. 내가 오늘 무슨 일을 겪었는지. 내가 어떤 실수를

저질렀는지.

은설이 죽기보다 더 싫다는 표정을 지어보지만 유자에게는 통하지 않았다. 은설이 이층으로 통하는 계단을 쳐다보자 유자가 선수를 쳤다.

"은기 벌써 나갔어. 친구들이랑 마지막으로 놀기로 했대. 내일부터는 수능날까지 공부만 할 거라고 큰소리 뻥뻥 치면서. 그 말을 내가 믿을 리도 없지만 반갑지도 않아. 공부해서 날 줄 것도 아니고 출세해 봐야 지 잘나서……."

"알았어. 내가 갔다 올 테니까 1절만 해. 어디야?"

"거기 영수증 뽑아놨잖아. 처음 배달시키는 집이니까 늦지 않게 얼른 다녀와. 쿠폰 잊지 말고 챙겨 넣고."

다음 생애는 절대 배달을 하는 집의 부모 밑에서는 태어나지 않을 것이라 거듭 다짐을 하며 은설이 배달지의 주소를 확인했다.

"양심도 없는 사람들 같으니라고. 그냥 가까운 집에서 시키지 옆 동네에서까지 시킬 건 뭐람!"

억지로 자전거에 올라타며 은설이 허공에 대고 구시렁거렸다. 만점으로 시험지 풀고도 이름을 적어내지 않아 과거 시험 똑 떨어진 재수없는 인간처럼 오늘 하루 연타로 일진이 좋지 않았다. 음치, 박치 주제에 전교생이 보는 앞에서 할머니들과 트리오로 춤추고 노래까지 한 건 차라리 애교였다.

그나저나 내 수첩. 내 생명과도 같은 내 수첩 어떻게 해……

자전거를 타고 바람을 가를 때면 늘 행복해하던 은설이 금방이라도 울 것처럼 보였다.

'네가 하은설인지 하동설인지 하는 애니?'
점심을 먹고 난 후 소정도 떼어내고 홀로 사색을 즐기던 은설의 앞을 떼를 지은 여학생들이 우르르 가로막았다. 한눈에 봐도 평범한 여학생들과는 거리가 있었다. 소풍에서, 그것도 고즈넉한 고궁의 구석진 곳에서 만나는 여자 불량배라니. 은설이 죽었다는 듯 울상을 지었다.
'그런데……'
'그런데? 너 아주 위아래도 없이 막 나가는구나. 언제부터 우리 학교가 1학년이 3학년한테 반말을 그렇게 싸가지 밥 말아 먹듯이 하게 됐을까?'
'죄, 죄송합니다.'
웨이브 진 긴 머리의 여학생이 갈라진 음성으로 빈정거리자 은설이 재빨리 사과를 했다.
'긴말 필요없고 너 채재준이랑 무슨 사이야? 어떤 사이길래 채재준이 내가 아주 아끼는 후배를 그렇게까지 손보게 한 거냐고!'
'무슨…… 말인지……'
'모른 척하시겠다? 눈 그렇게 똥그랗게 뜨고 순진한 척 난 몰라요! 하면 우리가 그러셨어요! 하고 물러갈까 봐? 미리 경고하

는데 잔머리 굴리지 마라!'

개중에서 가장 표독하게 생긴 여학생이 이죽거리며 은설을 구석으로 몰았다.

'도대체…… 왜 이러세요?'

'이거 대가리가 돌인가 보네? 말했잖아! 너 때문에 내가 사랑하는 후배가 개망신을 당했다고. 야, 정수 오라고 해!'

여학생의 말에 누군가 휴대폰으로 다급히 문자를 보냈다.

정수? 설마 황정수?

은설이 마른침을 꼴깍 삼켰다. 치사한 자식. 사내 녀석이 도움 청할 데가 없어서 여자 불량배들한테 구원 요청을 해? 차라리 그 주먹으로 날 한 대 치고 말지! 은설이 부들부들 떨며 속으로 이를 갈았다.

'생긴 것도 꼭 처량 맞은 강아지처럼 생긴 주제에 남자 꼬드기는 재주가 아주 좋은가 봐? 천하의 채재준이 뒤를 봐줄 정도면 말이야. 아니면 집이 아주 잘살거나. 그렇지 않고서야 너 따윌 뭘 보고!'

'채재준 실망이다. 그래도 좀 어지간히 외모가 되겠거니 했는데 이건 뭐 길거리에 흔하게 널린 애들보다 더 못하잖아!'

여학생들이 약속이나 한 듯 일제히 입매를 일그러트리고 은설을 위아래로 훑어 내렸다. 위험함이 느껴지는 비웃음이 가득 찬 시선에 은설이 점점 더 움츠러들었다.

'혜정아, 정수 왔다.'

혜정이라 불린 여학생이 손가락질을 까딱거리자 커다란 체구의 정수가 날다람쥐처럼 재빠르게 다가왔다.

'얘 맞니?'

은설과 눈이 마주친 정수가 곤란한 눈빛을 하며 마지못해 고개를 끄덕였다.

'어떻게 손봐줄까? 네가 채재준한테 당한 대로 선후배고 뭐고 이름표 떼고 한판 붙자고 해서 작살을 내줄까? 아니면 동면고 애들 집합시켜서 함께 개망신을 줄까? 말만 해. 네 뜻대로 해줄게.'

'저기, 선배님.'

'누나라고 부르라니까. 내 남친이 제일 아끼는 동생이면 나한테도 동생이니까.'

'네, 누…… 누나. 그냥 보내주죠. 이 계집애 때문에 더 이상 망신당하기는 싫어요.'

솥뚜껑만 한 손으로 머리통을 휘갈기면 어쩌나 잔뜩 겁을 먹고 있던 은설이 뜻밖의 말에 눈을 휘둥그레 떴다. 놀라기는 여학생들도 마찬가지였다.

'망신은 네가 아니라 이년이 당할 차례지. 너 혹시 채재준 때문에 그런 거니? 그런 거면 걱정 붙들어 매. 얘 다음 차례가 그 자식이니까!'

'제발 이번만은 그냥 넘어가 주십시오. 원섭이 형한테도 말했지만 정말 내키지 않아서 그럽니다.'

거듭된 정수의 만류에 여학생들도 어쩔 줄을 모르고 서로의 눈치만 살폈다. 잠시 침묵이 흐른 뒤 혜정이라 불리던 여학생이 입바람으로 흘러내린 머리카락을 불어 넘기고는 은설이 매고 있는 크로스백을 잡아당겼다.

'오늘 일 채재준한테 고해바쳤다간 정말 쥐도 새도 모르게 죽는 수가 있다. 정수가 맞은 건 상대가 안 되도록 말이야. 얘들아, 이년 가방 한번 뒤져 봐라. 놔주는 건 놔주는 거고 가방 구경은 좀 해야지.'

'안…… 안 돼요! 차라리 때리세요. 가방만은 절대 안 돼요!'

가방을 가슴께에 꼭 쥐고 은설이 몸부림을 쳐댔다. 가방 안에는 은설이 가장 소중하게 여기는 귀중품인 수첩이 들어 있었다. 혹여 여학생들이 수첩을 넘겨보는 날에는…… 상상만으로도 끔찍해 은설이 더욱 강하게 반항을 했다.

'가방 안에 뭔가 대단한 게 있는 모양인데? 그러니까 더 궁금해지네. 얘들아, 이년 팔 잡아.'

'싫어! 안 돼! 오지 마!'

은설이 발버둥을 쳐대며 접근을 막았다. 그러나 어느새 순식간에 여학생들에게 포위되어 버렸다. 거칠게 숨을 몰아쉬던 은설이 도움을 청하기 위해 주변을 둘러보았지만 보이는 것이라고는 빽빽하게 들어찬 나무들과 잉어 떼들이 한가롭게 노니는 연못뿐이었다.

'좋은 말로 할 때 그 가방 내놔.'

‘여기 만 원 있으니까, 이게 제 전 재산이에요. 이거 가져가시
고⋯⋯.’

‘이년이 지금 우리를 거지로 보나! 너 우리가 장난하는 줄 알
아!’

은설이 주머니에서 꼬깃꼬깃 내민 만 원짜리를 발로 짓이긴
혜정이 거칠게 가방 끈을 잡아당겼다. 이판사판이라는 생각에
은설이 혜정의 팔을 악 깨물었다. 여학생들이 방심한 사이 걸음
아 나 살려라 뛰기 시작했다. 하필이면 이렇게 구석진 곳을 찾
아서는⋯⋯.

은설이 머리끈이 풀어진 것도 모른 채 전력질주를 했다. 그러
나 은설 못지않게 여학생들의 달리기 실력이 더 좋았다. 여학생
들에게 잡힐 만큼 거리가 좁혀지자 은설이 결심한 듯 매고 있던
가방에서 수첩을 꺼내 연못으로 집어 던졌다.

목숨만큼이나 귀하게 여기던 수첩을 제 손으로 없애 버릴 줄
은 꿈에도 몰랐지만 재준이 곤란을 겪게 할 수는 없었다. 그리
고 운이 좋다면 연못 안으로 들어가 수첩을 건질 수도 있었다.
수첩을 처분하고 나자 더는 두려울 것이 없어진 은설이 더는 도
망갈 기력도 없어 바닥에 쓰러지다시피 주저앉았다.

여기저기서 헉헉거리는 숨소리가 뜨겁게 내리쬐는 햇살 속으
로 공중분해되었다.

‘너 오늘 제대로 날 잡았다. 한 대만 맞으면 될 걸 수백, 수천
대로 불리는구나. 감히 우릴 갖고 놀아?’

약이 바짝 오른 혜정이 은설의 머리채를 휘어잡았다. 어차피 이렇게 죽으나 저렇게 죽으나 마찬가지였다. 감히 내 머리를 건드려! 은설이 팔을 길게 뻗어 혜정의 목덜미를 거머쥐었다. 태어날 때부터 보고 자란 것이 엄마, 아빠가 닭 잡는 모습이었다. 지금은 손질을 해온 닭들을 받아서 장사를 하지만 은설이 아주 어렸을 적엔 부모님이 직접 닭을 잡았다. 사람이나 닭이나 덩치만 다를 뿐 고통을 느끼는 건 비슷할 터였다.

'으캑캑. 너 이거 못 놔!'

멱살이 잡힌 혜정이 겨우 알아들을 수 있게 쉰 소리를 냈다. 고작 이 정도 가지고! 은설이 더욱더 멱살을 움켜쥐었다.

'야, 학주 떴대! 얼른 튀어!'

숨을 고르느라 헉헉거리던 여학생들이 혼비백산하며 뿔뿔이 흩어졌다. 남은 것이라고는 너무 눈이 부셔서 쳐다볼 수 없는 태양과 형편없는 몰골을 한 은설뿐이었다.

'수첩. 수첩 찾아야 돼.'

대충 머리를 만진 은설이 연못가로 다가갔다. 사람들이 함부로 들어가지 못하도록 스테인리스로 된 펜스가 연못가를 빙 둘러가며 쳐져 있었다. 은설이 손을 뻗어 한쪽 다리를 올렸다. 끙끙거리며 올라가던 은설의 몸을 누군가 거칠게 잡아당겼다. 몸의 반 이상이 연못가에 걸쳐져 있던 은설이 신경질적으로 손짓을 거부하며 버둥거렸다.

'놔요, 이거!'

‘우와, 얘 왜 이렇게 힘이 센 거야. 후배님, 장난이 좀 지나치다는 생각 안 들어?’

웃음기가 다분한 재준의 목소리에 당황한 은설이 펜스를 잡고 있던 손을 놓칠 뻔했다. 거의 반강제적으로 은설을 껴안은 재준이 가볍게 은설을 바닥으로 내려놓았다.

‘선…… 배님…….’

‘너 나이가 몇 살인데 이런 장난이냐? 잘못하다간 죽을 수도 있어. 저 연못 깊이 적어도 네 키의 두 배는 될 거다. 설마 죽으려고?’

죽어? 누가? 내가? 뭣 때문에? 왜? 그럴 리가요! 선배하고 천년만년 행복하게 사는 게 유일한 소망이자 희망인데 절대 그럴 리가 없잖아요!

너무나 황당한 나머지 말문이 막힌 은설이 아니라는 듯 마구 고개를 저었다. 재준이 못 믿겠다는 듯 고개를 저었다.

‘그럼 왜 바득바득 펜스 위에는 올라간 거야? 소풍 장소에 불만있어서 1인 시위라도 하려고?’

‘아니요, 아니요! 저 여기로 소풍 온 거 불만 하나도 없어요. 단지…… 그게…… 저기 안에 제가 제일루 아끼는 물건을 빠트려서…….’

은설이 금방이라도 울 것처럼 입술을 씰룩거렸다. 그 모습이 어린아이마냥 귀여워 재준은 하마터면 크게 웃을 뻔했다. 억지로 웃음을 참아내며 재준의 눈이 은설과 연못을 번갈아가며 바쁘게 오갔다.

'그럼 그거 찾겠다고 연못 안에 들어가려고 했단 말이야? 너 정말 대책없구나!'

'그렇지만 워낙 귀한 거라서…….'

'도대체 얼마나 귀한 건지 모르겠다만 자칫하면 죽을 수도 있는데 앞뒤 재보지도 않고 무작정 뛰어들려고 했다?'

'네…….'

은설이 고개를 끄덕였다.

'혹시 돈이나 그런 거면 내가 빌려줄 수도 있고 비싼 물건 아니라면 사줄 수도 있어. 그래, 소풍날 귀신 한 명 만드는 것보다는 그게 낫겠다.'

'그 어떤 것으로도 살 수 없는 거예요. 세상에 하나밖에 없는 거라서…….'

'세상에 하나밖에 없는 거라…… 참 답이 없네.'

가볍게 한숨을 내쉰 재준이 휀스에 손을 갖다 댔다.

'네 표정 보니까 무슨 수를 써서라도 연못에 풍당 할 것 같은데 도저히 안 되겠다. 소풍 장소를 여기로 결정한 내 잘못도 있으니 차라리 내가 찾는 게 낫지.'

'네에? 안 돼요! 선배님! 그러다 선배님 큰일 나세요! 선배님 잘못되면, 잘못되면…….'

저 죽어요! 차마 뒷말은 뱉지 못하고 그대로 삼킨 은설이 젖먹던 힘까지 총동원해 재준의 허리를 꽉 잡고 매달렸다.

‘네가 빠지는 것보다는 내가 빠지는 게 낫다니까. 이래 봬도 나 수영도 잘해.’

‘연못이 수영장하고 같아요! 선배님, 왜 그렇게 생각이 없으세요. 저 그 물건 없어도 되니까, 안 찾아도 되니까 제발요……’

은설이 굵은 눈물방울을 뚝뚝 흘리며 애원했다. 장난삼아 은설을 놀리던 재준은 상황이 엉뚱하게 돌아가자 당혹스럽기만 했다.

이 녀석은 도대체 어떤 아일까? 머릿속에 어떤 생각들을 갖고 있으면 저렇게 울기도 웃기도 잘하는 걸까? 난생처음으로 재준은 누군가에 대해 궁금하다는 생각이 들었다.

“수첩은 비록 잃어버렸지만 그래도 선배님을 잃지 않은 게 어디야. 그래, 그거면 된 거야. 내 머리가, 내 가슴이 기억하고 있으면 되는 거지 뭐.”

소풍에서 있었던 일을 곱씹느라 앞만 보고 중얼거리던 은설이 급하게 브레이크를 밝고는 자전거의 속도를 줄였다.

요새처럼 담장이 높게 쳐진 집들은 관심도 없다는 듯 은설은 문패에 적힌 번지수를 확인하기 바빴다.

“375—68. 찾았다! 근데 뭐가 이렇게 대문이 높아? 목 부러지겠다.”

마침내 원하던 번지수를 발견한 은설은 한참이나 올려다봐야

하는 대문을 삐딱하게 쳐다보고는 초인종을 찾아 두리번거렸
다.

"어, 열려 있네. 여기로 들어가도 되는 건가?"

작은 틈조차 없이 장막처럼 튼튼한 철제 대문 옆으로 작은 문
하나가 열려 있었다. 은설이 조심스럽게 문을 열고는 안으로 들
어갔다.

"계세요……."

운동장만큼은 아니어도 숨이 탁 트일 정도로 잔디가 깔린 정
원에는 사람 흔적이라고는 찾아볼 수가 없었다.

"나가서 다시 초인종을 누르고 들어올까?"

고민하던 은설이 현관으로 이어지는 자갈길을 조심스럽게 걷
기 시작했다.

"형님이나 나나 더러운 세상에 태어난 걸 탓해야지, 왜 형님
은 무조건 내 탓이라고만 하세요? 한 남자 사이에 두고 평생 원
수처럼 살아갈 팔자로 태어난 게 그게 왜 내 탓이냐고요!"

누군가 집이 떠나가라 고함을 질렀다. 깜짝 놀란 은설의 발걸
음이 저절로 멈췄다. 커튼이 가려져 있기는 했지만 살짝살짝 나
부끼는 것으로 보아 열린 창문 틈으로 나는 소리인 듯했다.

"왜 날 무시하시냐고요! 왜? 회장님이 날 불쌍하게 여기는 게
그렇게 불만이셨으면 거둬들이지나 말 것이지 왜 사람을 그렇
게 구박하시냐고요!"

"또 그놈의 못된 버릇! 술을 마셨으면 곱게 가서 잘 것이지 누

구 앞에서 술주정이야!"

아무래도 싸움이 난 모양이었다. 차갑게 식어가는 치킨 봉투를 은설이 난감한 듯 내려다보았다. 어쩌지?

"형님은 부모 잘 만나서 교양있게 자라셨지만 나는 가난한 부모 만난 죄로 그런 거 몰라요! 그러니까 나한테 잔소리하지 마세요!"

'그런데 저 목소리 어디서 많이 듣던 목소린데?'

은설이 저도 모르게 귀를 쫑긋 세웠다.

"이 왕복순이도 어디 가서 사주팔자 보면 왕후장상감이라 한다고요."

왕복순? 은설이 동물적인 직감에 뒤돌아서서 왔던 길을 되돌아갔다. 은설이 막 정원 끝에 다다랐을 무렵 불쑥 중년의 부인이 튀어나왔다. 들어올 땐 몰랐는데 대문 옆에 정사각형의 작은 건물이 있었다.

"학생은 누구야? 어떻게 들어왔어?"

여자가 추궁하며 물었다.

"저기…… 치킨 배달……."

은실이 설명 대신 대뜸 치킨 봉투를 들어 보였다. 그러자 중년의 부인이 주머니에서 돈을 꺼내 쥐어주었다.

"왜 이렇게 늦었어? 우리 애가 친구 집에서 그 집 치킨 먹어보고 맛있더라고 해서 시킨 건데 일찍 좀 오지."

"죄송합니다. 자전거를 타고 오느라고."

잔돈을 내어주며 은설이 급히 사과를 했다.

"엄마, 치킨 왔어?"

은설보다 어려 보이는 남학생이 계단을 뛰어내려 왔다.

"그래, 얼른 갖고 올라가. 엄마는 안채에 들어가 봐야 하니까. 학생, 설마 초인종 누른 건 아니겠지? 그럴까 봐 일부러 대문 열어놓고 기다렸는데 화장실 간 사이에 들어왔나 보네."

"네. 초인종 대신 열린 문으로 들어왔어요."

"아휴, 다행이다. 그래, 얼른 가봐요. 나도 안에 가봐야 하니까."

중년 부인의 얼굴에 초조해하는 기색이 역력해 은설이 고개를 끄덕이고는 대문가로 향했다.

"문은 제가 닫고 갈게요."

"그래 줄…… 재준 학생, 이제 와? 얼른 안으로 들어가 봐. 두 분 할머니 싸우고 난리났어."

재준 학생? 설마?

이번만은 자신의 직감이 비껴가길 기대하며 은설이 고개를 들었다. 너무나도 눈에 익은 낯익은 눈동자가 은설을 내려다보고 있었다. 당황하기는 상대방도 마찬가지인 모양이었다.

"선…… 배님……."

재준의 얼굴을 확인하자마자 은설은 저도 모르게 위풍당당하게 서 있는 이층집을 돌아보았다. 귀인 할머니, 복순 할머니, 그리고 재준까지…… 저곳을 집으로 둔 사람들인가 보았다. 가족이라는 이름으로 맺어진…….

　누군가의 비밀을 알면서도 모르는 척한다는 게 과연 쉬운 일일까? 재준이 고개를 저었다. 특히나 하루에도 변덕이 열두 번도 더 변하는 10대에게 그런 기대를 한다는 것이 애초부터 무리일 수도 있었다.

　시선은 칠판에 빼곡하게 적혀지는 수학 문제의 풀이과정을 지켜보면서도 재준의 머릿속은 딴생각으로 가득 차 있었다. 지금 재준의 관심은 얼마 남지 않은 전국모의고사도 대학입시도 아니었다. 은설에게 두 할머니의 존재를 들킨 후부터 재준의 머릿속은 복잡한 수학공식만큼이나 여러 생각이 얽히고설켜 있었다.

　할머니들의 존재에 대해 난감하기는 했지만 부끄러울 건 없었다. 다만, 자신은 어떤 이야기를 들어도 상관없지만 할머니들이 전후 사정도 모르는 사람들의 입에 오르내리는 것이 싫었다. 두 분의 관계에 대해 자세히 알지도 못하면서 단순한 웃음거리로 전락시키는 건 참을 수 없었다.

　복순의 푸념처럼 시대가 만들어낸 비극이지 두 분의 잘못이 아니었다. 어린 나이에 시집을 온 귀인에게서 몇 해가 지나도록 아이가 생기질 않자 손이 귀한 집안의 어른들은 보통 조바심이 나는 게 아니었다. 귀인이 스무 살이 되던 해, 시어머니의 강권으로 아이 많은 집의 장녀인 복순이 씨받이로 들어오게 되었다.

무슨 운명의 장난인지 복순이 들어오고 몇 달 뒤 귀인은 아이를 갖게 되고 복순은 그야말로 찬밥 신세가 되어버렸다.

씨앗을 보면 부처도 돌아앉는다는 말이 무색하게 한밑천 떼어내 주고 복순을 내치자는 시어머니와 달리 복순을 거둔 건 귀인이었다. 처첩이 한집에 사는 일이 예전 같으면 커다란 흉이 되지를 않았지만 지금은 시대가 달랐다. 그럼에도 귀인은 기꺼이 복순을 받아들였고 재준의 부모님은 물론 재준까지 자연스럽게 집안의 어른으로 모시는 중이었다.

두 시어머니와 며느리의 갈등으로 인해 하루도 바람 잘 날 없는 집안 분위기는 끊임없는 여자 문제와 사업 확장에만 매달리는 아버지로 인해 재준에게 책임이 전가되었다. 귀인에게 공부를 권한 것도 재준이었고 귀인이 중학교 검정고시 후 고등학교를 다니고 싶다고 했을 때도 가장 먼저 찬성한 사람 역시 재준이었다.

두 할머니로 인해 아들이 사람들의 입에 오르내릴까 지숙이 결사반대를 했지만 재준은 강하게 어머니를 설득했다. 재준이 다섯 살 때 새어머니로 들어온 지숙은 친어머니 이상으로 재준을 보살펴 주었다. 아버지의 주기적인 바람으로 이혼을 하고 집을 나간 후 소식 한 번 없는 친어머니의 빈자리를 완벽하게 채워준 고마운 분이었다. 그런 어머니를 위해 본인들만 별난 것을 모르는 두 할머니를 학교에라도 등교시키면 지숙이 잠시라도 마음 편히 쉴 수 있을 것이라는 배려에서였다.

남들에게는 콩가루 집안이라고 손가락질하기 딱 좋은 집안 환경이지만 재준은 크게 이상하다는 생각을 하지 못했다. 어려서부터 그런 환경에서 자란 재준에겐 어찌 보면 당연한 것인지도 몰랐다. 재준이 자신의 처지를 이해한다고 해서 남들까지 그러리라는 생각 따윈 전혀 없었다. 다만 누구의 잘못도 아닌 일로 인해 소중한 사람들이 상처받는 것은 싫었다.

'따로 만나서 이야기를 나눠봐야 할까?'

재준이 손목을 살짝 꺾어 시계를 들여다봤다. 쉬는 시간에 잠시 내려갔다 올 요량으로 시간을 확인하던 재준이 픽하고 웃었다. 다음 시간이 점심시간이었다. 수학 수업이 첫 수업인 줄 알았는데 어느새 4교시가 끝나가고 있었다. 그만큼 정신을 놓고 있다는 증거였다.

인간이란 참으로 간사하다. 치사하고 이기적이며 자기 욕심을 채우는 일에 주저하지 않는다. 그리고 다른 사람을 이용하는 일에 양심 따윈 안중에도 없다. 다른 사람의 이야기가 아니라 바로 은설 자신의 이야기였다.

귀인과 복순이 재준의 할머니임을 안 이후부터 은설은 마음가짐부터가 달라졌다. 심부름도 즐겁게, 말 한마디를 해도 예전보다 훨씬 다정하고 상냥하게 구는 자신에게 깜짝 놀라고 있었다.

부모님이 보셨다면 호적에서 파내고 싶을 만큼 안면에 철판을 깔고 여우 짓을 하고 있었다. 그렇다고 해서 완벽한 여우 짓도 아니었다. 그저 어설픈 흉내에 지나지 않지만 본인은 그것이 대단한 변화라고 자평하고 있었다.

솔직히 스스로에게 실망감이 드는 것도 사실이었다. 그 이전에도 분명 두 분 할머니께서 누군가의 어머니이자 할머니시라는 건 알고 있었다. 그때는 마지못한 의무감으로 대하고 했었는데 재준의 할머니라는 사실 하나만으로 무조건 잘 보이고 싶고 잘해 드리고만 싶었다. 그래야만 한다고 세뇌를 하고 있었다.

"네가 이제야 어른 모시는 법을 터득한 모양이구나."

시키지 않아도 알아서 주변을 쓸고 닦는 은설의 변화가 의아하면서도 흡족한 듯 귀인의 목소리가 나긋했다. 전에 같으면 입술을 삐죽이거나 속으로 불만을 삼켰을 은설이 치아를 드러내며 웃었다.

"소정이처럼 툴툴거려도 문제지만 너처럼 웃음이 헤픈 것도 좋은 것만은 아니다!"

그럼 그렇지. 하루라도 트집을 잡지 않으면 입안에 가시가 돋는 것처럼 어김없이 귀인의 핀잔이 날아들었다. 그럼에도 불구하고 은설은 웃는 낯으로 응수했다. 사랑의 힘은 참으로 위대하고 놀라웠다.

"하은설, 니네 집에 무슨 일 있어?"

급식을 먹고 막 양치질을 하러 다녀오는 중이었다. 걸을 때도 사뿐사뿐 발소리를 내지 않고 걸으려 발끝을 들고 걷는 은설을 지켜보던 소정이 더는 못 봐주겠다는 듯 물었다. 며칠 동안 저러다 말겠지 했었는데 더는 참을 수가 없는 모양이었다.

은설이 천진난만한 얼굴로 고개를 저었다.

"아니. 왜?"

"그래? 네가 좀 이상해져서."

"이상해? 뭐가? 아, 내가 기품있고 우아하게 변한 거?"

고개를 갸우뚱거리던 은설이 귀인이 잘하는 동작인 특유의 몸짓을 흉내 냈다.

"기품이 삼단 방귀 뀌는 소리 하고 앉았네. 기품이 아니라 거품이겠지. 야, 나 비위 약한 거 너 알지? 미리 경고하는데 너 그런 식으로 자꾸 헤헤거리고 양손 모아서 뒷걸음질치고 그러면 언제 네 등에다가 빈대떡 부칠지 모른다. 그렇게 되면 그건 내 탓이 아니라 순전히 네 탓이야! 너, 나 쏠리는 거 보고 싶으면 계속 그렇게 폭력을 소환하는 짓 자꾸 해라."

소정이 으르렁거리며 주먹을 쥐고 흔들어 보였다. 가볍게 봐넘길 수 없는 진지한 협박이 묻어 있었다.

"어머, 넌 무슨 여자애가 그렇게 교양없게 말을 하니? 자고로……."

"그 입 다물라고 했다. 가뜩이나 귀인 할매 잔소리가 꿈에까지 등장해서 사람 괴롭히는데 너까지 이럴래! 어디 이러고도 교양 찾는지 한번 보자."

은설을 자신의 품으로 끌어당긴 소정이 손으로 입을 틀어막았다. 순식간의 공격에 은설이 속수무책으로 딸려갔다.

"야! 장소정! 나 숨 막혀, 정말이야!"

"너 자꾸만 할매들 앞에서 머리에 꽃 단 년처럼 이상한 짓 할 거야, 안 할 거야? 바람 빠진 년처럼 계속 실실거리고 몸종처럼 비굴하게 알아서 이 일 저 일 하고 물건 대령 척척 할 거냐고!"

몸종?

소정의 장난을 받아주며 과장되게 몸을 버둥거리던 은설이 행동을 뚝 하고 멈췄다. 자신이 하는 행동이 사랑스럽고 애교있는 게 아니라 미친 분 혹은 몸종 같다고? 이건 전혀 예상치 못한 반응이자 평가였다.

"너 왜 그래? 정말 숨 막혀서 그래?"

두 눈을 멀뚱거리며 갑자기 기분이 축 처진 은설의 어깨를 소정이 마구 흔들었다.

"소정아!"

"응."

"네 눈엔 내가 비굴해 보여?"

"뭐?"

"가증스럽고 역겹게 보이냐고?"

은설이 진지한 눈빛으로 소정을 쳐다보았다. 자못 심각해 보이는 은설의 물음에 소정이 우물쭈물했다.

"뭐, 보기 나름이지만 솔직히 내 입장에서는 많이 속상해. 네가 할머니들께 잘하는 거 지켜보면서 그동안 말은 안 했지만 친구로서 자랑스럽기도 하고 나도 너처럼 좀 잘해 드려야겠다, 라는 생각 많이 했었거든. 근데 요즘 네 행동은 뭐랄까. 나 좀 봐 주세요, 내가 이렇게 잘해 드리고 있어요, 저 잘해 드리는 거 보이시죠? 라고 노골적인 티가 팍팍 나. 예전의 넌 그래도 최소한 억지는 안 부렸었는데 지금은 사람이 치사해 보이기까지 해.”

재준의 약속이 담긴 수첩을 제 손으로 던져 버려야만 했던 아픔보다 더 큰 충격이 은설의 뒤통수를 후려갈겼다. 그 정도이리라고, 사람들의 눈에 비치는 자신의 모습이 이 정도일 것이라고는 상상도 못한 일이었다. 누구보다 은설을 가장 잘 이해해 주고 곤경에 처했을 땐 누구보다 앞장서서 도와주는 소정이 이럴진대…….

은설의 고개가 절로 바닥을 향했다. 할 수만 있다면 바닥에 코라도 박고…….

“인사는 그만하면 된 것 같은데.”

응? 그만큼 소정에게 충격적인 말을 들었음에도 불구하고 재준의 목소리에 은설의 고개가 자동으로 발딱 들렸다.

“선…… 배님…….”

구중궁궐 안에서 언감생심 꿈도 못 꾸던 왕을 처음 알현하는 무수리처럼 은설의 목소리가 파르르 떨렸다.

정신 차려, 하은설! 넌 자존심도 없냐! 채재준이 뭐라고 이렇게 황송해하는 거야!

자존심이 뭔데? 그깟 게 무슨 소용 있어! 그냥 우걱우걱 씹어 먹어버리면 그뿐이지. 악마와 그보다는 조금 덜한 악마가 지들끼리 북 치고 장구 치며 은설을 혼란케 했다.

"안녕하세요, 선배님! 1학년 장소정입니다."

은설과는 대조적으로 소정이 활기 넘치는 목소리로 인사를 하며 고개를 꾸벅 숙였다.

너도 소정이처럼 하란 말이야! 재준만 보면 절로 숙여드는 허리를 제 손으로 잡아당기며 은설이 이를 악물었다.

"하은설, 잠깐 이야기 좀 하자."

"네?"

토끼처럼 놀란 눈으로 반문을 한 건 당사자인 은설이 아닌 소정이었다. 소정에게 가벼운 미소를 보낸 재준이 턱짓으로 장소를 일러주곤 먼저 자리를 떴다.

"야, 재준 선배가 너랑 무슨 할 이야기가 있다고 친히 왕림하셔서 보자는 거야? 왜? 무엇 때문에?"

그걸 네가 알겠니? 내가 알겠니?

"난 뭐 재준 선배랑 이야기하면 안 된다는 법이라도 있어?"

은설이 시무룩하게 대답했다. 소정에게는 미소까지 지어 보여주면서 자신에게는 퉁명스럽게 일방적으로 통보를 한 재준에 대한 서운함 때문이었다. 여자란 사랑하는 사람이 단둘이 있을 때 잘해주기보다 다른 사람들 앞에서 표현해 주는 것을 원했다. 하여간 선배도 여자에 대해 알아야 할 게 많다니까.

보디가드로 따라나서겠다는 소정의 팔을 뿌리치고 기대감에 부푼 은설이 통통거리며 재준을 쫓았다. 재준의 뒤를 따라나서자 건물 안의 왁자지껄한 분위기와는 또 다른 생동감이 교정 가득 분출하고 있었다. 한낮임에도 불구하고 운동장을 질주하며 축구를 하는 아이들, 음료수를 들고 삼삼오오 벤치에 모여 수다를 떠는 아이들에게선 제 나이에 맞는 생기가 가득 찼다.

"여기가 좋겠다."

재준이 운동장을 둘러싼 스탠드에 먼저 자리를 잡고는 은설을 돌아보았다.

여기? 좀 더 으슥하고 오붓한 공간이 아니라 사방이 뻥뻥 뚫린 여기에서 이야기를 하자고?

"앉아."

재준이 눈짓으로 자신의 옆자리를 가리켰다. 은설이 일초의 망설임도 없이 냉큼 앉았다.

좀 튕기다 앉을 걸 그랬나?

"우선 바쁠 텐데 시간 뺏어서 미안하다."

우리 사이에 미안은 무슨…… 은설이 살짝 몸을 꼬며 고개를 저었다.

"전 괜찮으니까 하실 말씀 있으시면 얼마……."

"최대한 간단하게 이야기할게."

재준이 무 자르듯 은설의 말을 잘랐다.

"……네."

"그날 일 말인데."

"네?"

"어디까지 알고 있는지 잘 모르겠지만 네가 본 거, 들은 거 다 잊어줬으면 좋겠다. 우리 할머니들에 대해서 모르는 사람이 제멋대로 각색하고 부풀리고 떠벌리는 거 딱 질색이야. 그동안 네가 우리 할머니들 부담스러워하지 않고 잘 대해줘서 늘 고맙게 생각하고 있었어. 내 눈으로 직접 확인하면서 할머니들에 대한 염려는 그만 해도 좋겠구나, 어느 정도 안심도 되었고. 지금처럼 앞으로도 쭉 너에 대해서 그렇게 확신할 수 있도록 믿어도 될까?"

부탁이 아닌 강요가 느껴지는 눈빛이었다. 순간 은설은 맥이 탁 풀리는 느낌이었다.

그러니까 뭐야. 알게 모르게 날 감시했다는 거야? 날 그냥 단순히 자기 할머니들께 잘해주는 아이라서 친절했다는 거야? 국어 실력만큼은 누구에게 뒤지지 않을 자신이 있다고 자부하는데 왜 이리 핵심이 안 잡힐까?

"혹시라도 우리 집안이나 할머니들에 대해서 궁금한 게 있으면 지금 나한테 물어봐. 내가 대답해 줄 테니까. 괜히 이 사람 저 사람 들쑤시면서 알아보지 말고."

재준이 전에 없이 차갑게 굴었다.

"저기…… 선배님, 한 가지만 물어봐도 돼요?"

"얼마든지."

"제가 누군지…… 아세요?"

햇살을 등에 진 은설이 재준의 얼굴을 빤히 쳐다보았다.

"뭐?"

재준이 무슨 소리냐는 듯 황당한 표정을 지었다.

"제가 누군지 아시냐고요? 귀인 할머니 짝이 아닌 하은설이라는 저 자체에 대해……."

"그렇지 않아도 한 번쯤 묻고 싶었어. 미안하지만 분명 어디서 본 것처럼 낯은 익은데 기억이 잘 나지 않아. 혹시 우리 전에 만난 적 있어? 같은 학원을 다녔다던가, 캠프 같은 곳에서 만났다던가 말이야."

충격을 극대화시키기 위한 장치로 하늘에서 장대비라도 쏟아져 주면 얼마나 좋을까? 그러면 최소한 전혀 도움이 되지 않을 감정 따윈 충분히 감출 수 있을 텐데. 은설이 시뻘겋게 달아오른 뺨을 감추려 고개를 숙이고는 바람 빠진 웃음을 내뱉었다.

기억이 나질 않는다고? 어떻게 날 기억조차 못할 수가 있어! 생명의 은인도 기억 못하는 저런 인간이 무슨 우리나라 최고의 대학을 간다는 거야? 더군다나 제 손으로 각서까지 쓴 주제에…….

성인이 되고 목표로 삼은 163센티만 되면 당당히 찾아가서 넌 내 남편이야 하고 사냥감 포획하듯 잡아오겠다던 꿈은 한낱 백일몽에 불과했던 모양이었다. 소정이 늘 입버릇처럼 말하던 충고를 새겼어야 했다.

'넌 네가 모든 사람들한테 사랑받을 거라고 믿는 그 동화 같은 환상부터 벗어나야 해. 동화 속에 나오는 주인공들은 치명적인 매력이라도 있지. 넌 그냥 망상을 꿀 뿐이라니까.'

바보, 등신, 머저리, 아메바. 이 한심한 인간아! 은설이 스스로를 마구 비난했다.

"저 난파초등학교 나왔어요……."

이 정도 힌트까지 줬으면 알아서 백배사죄를 하겠지. 자기가 지금 누구 때문에 목숨 부지하고 전교 학생회장입네 뭐네 하면서 인기 폭발로 근자감이 넘쳐 나는데. 은설이 목에 잔뜩 힘을 주며 재준의 다음 행동을 기다렸다. 죽을죄를 지었다고 하면 너 그렇게 봐줄 작정이었다. 사람이 너무 정석대로만 사는 것도 인간미 없었다.

"그랬구나…… 어쩐지."

조미료 잔뜩 들어간 찌개를 맛볼 때나 나옴 직한 떨떠름한 반응이 전부였다. 헛물만 실컷 켠 탓에 조금 전 양치를 했음에도 불구하고 혀끝이 가루약에 뒹군 것처럼 썼다.

"이왕 질문한 김에 하나만 더 물어봐도 돼요?"

자신이 들어도 취조를 하듯 딱딱하게 굳은 목소리였다. 재준이 고개를 끄덕이는 것으로 대답을 대신했다.

"황정수라고…… 지난번에 매점 앞에서 저랑 시비 붙었을 때 선배가 말려줬던 그 애 말이에요."

"그 녀석이 왜? 너 또 괴롭혀?"

아무것도 몰랐더라면 저렇게 흥분하는 모습에 또 감격했겠지? 은설이 단호하게 도리질을 했다.

"선배님이 걔랑 싸웠다는 거 사실이에요?"

"그게 또 그렇게 와전되었나. 하여간 사람들 입이란. 싸운 게 아니라 남자 대 남자로 붙은 것뿐이야."

"왜…… 요?"

그러면 안 되는데 혹시나 하는 기대감으로 은설의 눈이 반짝 빛났다. 마지막으로 실낱같은 희망을 품으며 은설이 조마조마한 마음을 진정시켰다.

"내 눈으로 보지 않았다면 모를까. 나에겐 우리 학교 학생들이 학교생활을 하는 데 불편함이 없도록 돌봐야 하는 책임감이라는 게 있으니 확실하게 해두자 싶어서."

몇 날 며칠을 전전긍긍하며 잠 못 들고 온갖 상상의 나래를 폈건만 저렇게 간단명료한 이유에서였다니 웃음밖에 나오질 않았다. 불쌍한 인간…… 하은설, 너 왜 그러고 사니?

"저 선배님 집에 대해서 하나도 궁금하지 않고 알고 싶지도 않아요. 할머니들께도 아는 체 안 했고 앞으로도 그럴 거예요. 그러니 선배님도 그 점에 대해선 안심하셔도 돼요. 우리 집도 시상통에서 20년 가까이 장사하는지라 때로는 칼보다 더 무서운 게 사람들이 무심코 떠벌리는 말이라는 것쯤은 잘 알고 있어요. 그래서인지 남의 일에는 되도록 관심 안 가지려고 하고 실제로도 그래요. 약속은 꼭 지킬게요. 만약에 선배님과 관련된 어떤 소문이 들리면 그건 절대 제가 아니라는 것만 믿어주세요.
그럼 먼저 가보겠습니다."

힘없이 자리를 털고 일어나는 것과 달리 은설의 목소리엔 굳
은 의지가 엿보였다. 은설의 말을 믿든 안 믿든 그건 재준의 몫
이었다. 그것까지 신경 쓰기엔 은설의 상태가 그리 여유롭지 못
했다.

잘했어, 하은설. 그만하면 너 멋졌어. 괜히 생명의 은인 어쩌
고저쩌고 꺼냈다가 우스운 꼴 당하지 않았으니 자존심도 건졌
고 이제 남은 건 깔끔하고 담백하게 잊어주는 거야. 저 인간은
너한테 터럭만큼의 관심도 없었는데 너만 가슴앓이한 거 억울
해서라도 한 방에 날려 버리는 거야! 할 수 있지?

남자는 어리석은 동물이고 여자는 미련한 동물이라는 말을
열일곱의 나이에 동감한다는 것은 확실히 문제가 있었다. 자라
온 환경 탓인지는 몰라도 너무 일찍 애늙은이가 된 것일지도 모
르겠다.

초대형 장외 홈런처럼 시원하게 잊어주마 다짐한 지 이틀도
되지 않아 은설은 시름시름 앓고 있었다. 겉으로는 아무 일 없
는 척 명랑하게 굴며 속으로는 생병을 앓았다.

"은설아!"

침대에 누워 있던 은설이 두 귀를 틀어막고 발작을 하듯 몸부
림을 쳤다. 유자가 저렇게 나긋하게 부를 땐 목적이 있어서였

다. 아니나 다를까, 방문이 열리며 유자가 상냥하게 미소를 지
으며 들어왔다.

"우리 은설이 누워 있네?"

"지금 막 눕는 길이야."

"어쨌거나 누워 있잖아. 엄마는 쌔가 빠져라 고생하는데."

"엄마 고생하는 건 아는데 그게 날 위해서라는 말만은 참아
줘. 우리 집 식구가 나만 있는 건 아니잖아."

은설이 미리 선수를 치며 청산유수처럼 시작될 유자의 신세
한탄을 차단시켰다.

"키는 일 년에 2센티나 자랄까 말까 한 게 제 엄마한테 하는
말버릇은 고목나무 자라듯이 쑥쑥 자라네. 누가 지 애비 딸 아
니랄까 봐."

"언제는 아무도 안 닮았다더니."

은설이 입술을 삐죽거렸다.

"너 월드컵 호프집 가서 아빠 좀 잡아와야겠다."

"아빠를 모셔오라는 것도 아니고 잡아오라니, 엄만 그게 딸한
테 할 소리야?"

"원래 하는 짓이 사람 같으면 모셔오는 거고 짐승 같으면 잡
아온다고 하는 거야. 뭐 해, 옷 입고 나서지 않고."

"왜 그런 것까지 나한테 시켜! 엄마가 가서 데리고 오면 되잖
아. 더군다나 거기 술집인데 학생한테 가라는 게 말이나 돼?"

"오죽하면 내가 널 거기에 보낼까. 거기 오늘 영업 안 해. 쉬

는 날이야. 이놈의 인간, 아침부터 거기 가서 뭘 하고 있는지 전화까지 안 받아. 내가 갔다간 너희 아빠 사람들 보는 앞에서 몽둥이찜질시킬까 봐 너더러 가라는 거야. 너희 아빠 맞는 건 너도 싫지? 그러니 너도 좋은 말로 할 때 다녀와. 자꾸 엄마 말에 토 달면 부녀지간에 가방 하나 싸서 쫓아낼 테니까.”

“엄마 정말 웃긴다. 아빠가 잘못했으면 아빠만 쫓아내면 되지 날 왜 부록처럼 꼭 끼워서 쫓아낸다고 협박해? 내가 두 사람 쌈 나게 했어?”

은설이 설움에 찬 눈으로 반항을 했다.

“너 하는 짓 보면 네 아빠 판박이거든. 너만 보면 네 아빠 생각나니까 네 아빠 나갈 땐 너도 무조건 나가야 돼. 그러니까 알아서 아빠 데리고 와.”

결코 허튼소리가 아니라는 것을 확인이라도 시키듯 유자가 방문을 쾅 하고 닫고 나갔다. 은설이 후다닥 옷장 문을 열어 외출용 여름 점퍼를 찾아 걸치곤 계단을 쿵쾅거리며 뛰어내려 갔다.

서럽고 억울하고 분하지만 일단은 시키는 대로 고분고분할 필요가 있었다. 성인이 됨과 동시에 독립하는 것이 목표지 열일곱 살에 사람만 좋지 생활력도 없는 아빠와 쫓겨나는 것은 은설의 인생 계획표엔 없었다.

“이놈의 자전거는 오늘따라 왜 이리 뻑뻑해.”

마음이 급하니 낡은 자전거마저 짐처럼 무겁게 느껴졌다. 바

퀴를 툭툭 걷어차 보던 은설이 망설임없이 올라탔다. 아빠가 혹
시라도 엄마가 출동할지 모른다는 눈치라도 채고 자리를 옮기
면 큰일이었다. 그랬다간 정말 끝장이었다. 생각이 거기에 미치
자 은설이 다급하게 핸들을 잡았다.
　안장에 엉덩이를 붙일 겨를도 없이 열심히 페달을 밟는 은설
의 자전거가 사거리 월드컵 호프집을 향해 바퀴가 보이지 않을
만큼 전속력으로 달렸다.

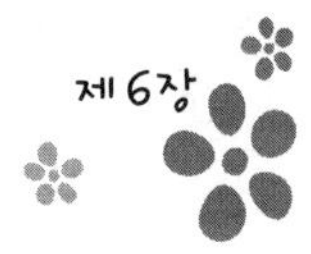

혹여 아빠가 자리를 피했으면 어쩌나 달려오는 내내 노심초
사했던 은설이 자전거를 던지다시피 하고는 계단을 뛰어올라
갔다. 두 귀를 쫑긋 세운 은설은 벌어진 문틈 사이로 들려오는
왁자지껄한 소리들 가운데 아빠의 목소리가 들리자 안도의 한
숨을 내쉬었다.

은설이 문을 열고는 빠끔히 고개를 내밀었다. 호프집 안은 은
설도 낯이 익은 시장통 아저씨들이 삼삼오오 모여 앉아 바둑을
두거나 술판을 벌이고 있었다. 은설의 아빠인 홍수도 한자리 차
지하고 앉아 술잔을 기울이고 있었다. 아빠의 친구들에게 인사
를 마친 은설이 재빨리 홍수의 팔짱을 끼었다.

“아빠, 그만 집에 가셔야죠.”

“오늘은 우리 공주님이 아빠 잡으러 온 거야? 보나마나 너희 엄마가 시켰겠지.”

홍수가 사람 좋은 웃음을 머금었다. 이래서 술이 원수라고 하는 건가 보다. 도무지 화를 낼 수 없게 생긴 아빠의 얼굴을 보며 은설이 고개를 저었다.

“아니, 내가 아빠 보고 싶어서 그래서 온 거야. 가자.”

어렸을 적엔 아빠랑 결혼할 거라며 한시도 홍수 곁을 떠나지 않던 은설이었다. 그랬던 은설이 요즘은 아빠와 결혼은커녕 얼굴 마주 보고 대화를 하는 일도 드물었다.

“정말? 정말 아빠가 보고 싶어서 온 거야? 내가 자식 농사 하나는 정말 잘 지었다니까. 형님들, 아우들, 오늘은 먼저 퇴궐합니다. 우리 공주님이 아빠가 보고 싶어서 데리러 왔다는데 가야 되지 않겠습니까. 뒤에들 오세요.”

큰소리를 치는 홍수의 목소리엔 자부심이 묻어났다. 나이가 들수록 아버지와는 점점 거리를 두는 자식들이 늘어나다 보니 별것 아닌 일도 자랑을 하고 싶은 모양이었다. 떠들썩하게 인사를 나누고 나서야 부녀는 호프집을 나설 수 있었다.

건물 밖으로 나온 은설은 내팽개치다시피 했던 자전거를 일으켜 세우고는 아빠를 돌아보았다.

“아빠! 내 뒤에 탈래?”

“떽! 명색이 남잔데, 당연히 아빠가 앞에 타야지.”

술이 취해도 허세는 취하지 않는 모양이었다. 은설이 고개를 저었다.

"지금 그 상태로 아빠가 앞에 앉으면 음주 운전이라는 거 몰라? 안 되겠다, 운동도 할 겸 우리 그냥 걸어가자."

은설이 자전거를 끌며 홍수의 곁에 바짝 섰다.

"아빠가 어디 도망갈까 봐?"

"아니. 아빠 혹시라도 비틀거릴까 봐. 넘어지면 큰일이잖아."

"내가 우리 공주님 때문에 산다."

"칫! 엄마 앞에 가면 엄마 때문에 산다고 할 거면서."

은설이 핀잔을 주면서도 아빠를 위해 천천히 보조를 맞추었다.

"그거야 홍유자가 보통 무서워야지. 너도 네 엄마 무서워하잖아."

"나랑 아빠랑은 다르지. 그래도 아빠 명색이 우리 집 가장인데."

"아빠 가장 같은 거 싫다. 그냥 식구만 할래."

"그건 직무 유기야. 그럴 거면 결혼을 하지 말았어야지. 엄마 고생시키고 우리들까지 낳아놓고 이제 와서 그런 말 하는 건 무책임하고 무능력해."

은설이 서운함을 담아 홍수에게 일침을 가했다. 홍수에겐 다소 독한 말이 될 수도 있지만 아빠를 위해서라도 반드시 필요한 말이었다.

“우리 은설이가 아빠한테 불만이 많은 모양이네. 당연하지. 남들 아빠보다 무능하고 고생만 시키니까.”

“아빠, 멀쩡한 사람이 바보 흉내 내는 건 웃기지만 바보가 바보짓 하는 건 하나도 안 웃긴 거래. 알면서도 고치려고 노력 안 하는 건 비겁한 거야.”

“응, 아빠도 알아. 근데 그게 참 말처럼 쉽지가 않다.”

아빠의 축 처진 목소리와 내려앉은 어깨를 보니 은설은 그 어느 때보다 더 서글픈 마음이 들었다.

“그렇다고 너무 기죽지는 말고. 사람 사는 게 뜻대로만 된다면야 무슨 걱정이 있겠어…….”

애늙은이 같은 은설의 혼잣말에 흥수가 헛헛한 웃음을 터트렸다.

“우리 공주님도 이제 다 컸네. 그런 말도 할 줄 알고. 그런데 열일곱 살짜리가 세상 다 산 사람처럼 그런 말 하는 건 아닌 거 같다. 아빠가 네 나이 땐 세상을 다 갖겠노라고 포부 하나만은 원대했거든. 그래서 기타 하나 달랑 들고 상경했던 건데. 너희 할머니가 고생해서 마련해 준 등록금까지 챙겨서.”

가끔씩 대책없이 나오는 은설의 행동이 아빠를 닮은 모양이었다. 열일곱 살짜리가 하라는 공부는 안 하고 등록금까지 챙겨 들고 가출을 했으니 할머니께서 일찍 돌아가실 만도 했다.

“은설아, 아빠, 할머니 보고 싶다. 그렇게 속을 썩여 드리고도 호강 한번 못 시켜 드린 게 두고두고 한이 맺혀서 아빠는 할머니 사진도 똑바로 못 쳐다보겠어. 아빠 참 못난 아빠지?"

"못났긴? 할머니께서도 아빠 맘 잘 아실 거야. 우리 네 식구 밥 굶지 않고 빚 안 지고 살면 잘사는 거지 뭐. 엄마도 그래서 아빠가 가게 일 잘 안 도와줘도 별말 없는 거고."

"그래. 네 엄마 말처럼 적게 먹고 적게 싸면 되는 거지! 근데 참, 은설이 짝이라는 할머니랑은 잘 지내는 거지? 잘해 드려. 그 연세에 그렇게 학교 다니시는 거 쉽지 않거든. 젊은 네들도 가만히 책상에 앉아 있는 거 힘들어하는데 그분들은 오죽하겠어."

"아빠, 잘해 드린다는 게 어떤 거야?"

진심으로 궁금해서 묻는 말이었다. 소정에게 들은 말도 있고 스스로 생각해도 속 보이는 짓을 했던 터라 양심에 찔린 탓인지 눈치가 보이고 신경이 쓰였다.

"심부름도 열심히 해드리고 청소도 대신 해드리고 노트 필기 한 거 보여 드리고…… 그 정도면 충분히 잘해 드리고 있는 거 아니야?"

"네가 진심으로 그 할머니들을 위한다면 무조건 잘해주면 안 되는 거야. 너 예전에 아빠 오토바이 뒤에 타다가 사고났을 때 휠체어 타는 게 더 재미있다고 안 걸으려고 했던 거 기억나지? 만약 그때 엄마랑 아빠가 그대로 놔뒀더라면 어떻게 됐을까? 네가 아무리 싫다고 울고불고해도 엄마랑 아빠가 너 재활훈련 혹독하게 시켰잖아. 단지 널 위해서. 그런 것처럼 네가 다 해주려고 하지 말고 함께 하는 쪽으로 해봐. 가령 매점도 이틀에 한 번

정도는 함께 갔다 오자고 하고 조별 숙제도 할머니들 위해서 빼 준다고 했는데 할머니들도 속으로는 함께 하고 싶을지도 몰라.”

“할머니랑 매점까지 같이 갔다 오려면 거짓말 조금 보태서 한 시간 정도 걸릴걸. 그냥 내가 뛰어갔다 오는 게 낫지.”

“은설이 너, 하루 종일 학교에서 공부만 하다 오면 운동 부족 해서 살찐다고 투덜거리지? 할머니들도 가끔씩은 움직여야 하 는 거야. 넌 그나마 치킨 집 하는 아빠 둔 덕분에 운동 잘하잖 아.”

은설이 기가 막혀 걸음을 멈췄다. 부창부수라더니 엄마 못지 않게 아빠의 궤변도 끝내줬다.

“그럼 지금까지 나 배달 심부름시키는 게 운동량 때문이라 고? 차라리 내가 밥을 적게 먹고 말지. 하여간 부부가 합동으로 학대하는 데는 뭐 있다니까.”

“학대? 에이, 그건 아니다. 엄마랑 아빠가 울 은기랑 은설이 얼마나 사랑하는데.”

“아니긴 뭐가 아니야! 그럼 쌀집 아저씨도 아줌마 때리는 게 사랑해서 때리는 거야? 아니잖아. 우리 집도 관찰 카메란가 뭔 가 설치해 두고 지켜볼 필요가 있어. 세상에 어느 부모가 자식 들 놔두고 당신 꿈 이루겠다고 집 나갈 생각을 하냐. 말 좀 안 들으면 밥값에 물세에 오물세까지 내놓으라고 협박이고. 울 집 방송 나가면 각지에서 나한테 구호의 손길이 날아들 거야. 엄마 랑 아빠랑 자꾸 그러면 아동학대죄로다가 신고하고 내가 가출하는 수가 있어!"

최후의 통첩처럼 은설이 나지막이 협박을 했다. 어차피 통하지 않을 거라는 것을 알면서 해보는 으름장이었다.

"그럼 아빠도 우리 딸 찾아서 가출하지 뭐."

차라리 말을 말아야지. 은설이 네온사인이 하나둘 켜지는 건물 숲으로 시선을 돌렸다.

"은설아, 너 가게 가서 생수 하나 사와야겠다."

갑자기 걸음을 멈춘 흥수가 주머니에서 부스럭거리며 지폐를 꺼냈다. 전 재산이라고 해봐야 천 원짜리 세 장과 동전 몇 개가 고작이었다.

"조금만 가면 집에 다 와가는데 참으면 안 돼?"

"아빠가 자전거 꽉 잡고 있을 테니까 얼른 갔다 와."

은설이 마지못해 천 원짜리 하나를 집어 들었다.

"다 가지고 가. 생수 큰 거랑 남는 건 삼각김밥 있지? 이왕이면 두 개씩 묶어둔 거 그걸로 사와."

엄마에게 저녁밥도 못 얻어먹고 쫓겨날 것에 미리 대비하려는 모양이었다. 아빠가 굶는 건 은설도 원하는 바가 아닌지라 기꺼이 편의점으로 향했다.

은설이 생수와 삼각김밥이 든 봉지를 자전거에 달린 바구니에 집어넣으려 하자 흥수가 만류했다.

"왜?"

"은설아, 자전거 좀 잡고 있어봐라."

핸들을 은설에게 맡긴 흥수가 받아 든 봉지를 들고는 어디론가 향했다.

"아빠, 어디……."

혹여 흥수가 집이 아닌 다른 곳으로 갈까 봐 당황해하던 은설이 잠시 뒤 안도의 한숨을 내쉬었다. 흥수는 폐휴지를 줍고 있는 할아버지에게 봉지를 건네고 있었다. 할아버지와 두어 마디 이야기를 나눈 후 흥수는 이내 돌아왔다.

"아빠, 아는 분이셔?"

"아니."

"그런데 왜……."

"가만히 걸어도 이렇게 더운데 노인네가 저 리어카 다 채우려면 모르긴 해도 땀을 몇 바가지는 흘릴 거야. 아빠가 대신 주워 드릴 수는 없고 물이라도 한 잔 대접해 드리고 싶어서."

"그냥 돈으로 드리지. 저번에 봉사활동 가서 폐지 주워봤는데 리어카 가득 싣고 가도 천 원인가밖에 안 쳐주더라."

"돈으로 드리는 건 동정하는 거잖아. 동정하는 것과 마음을 쓰는 건 다르거든. 딱히 설명하기는 힘들지만."

흥수의 말에 은설이 고개를 끄덕였다. 아빠의 말을 듣고 나니 자신이 어떻게 행동을 해야 하는지 어렴풋이나마 답이 보이는 것 같았다.

"아빠는 가수 꿈만 버리면 정말 좋은 아빤데."

은설이 쐐기를 박고는 자전거를 움직였다. 두 부녀가 나란히 걸어가는 길 뒤로 따뜻한 밤공기가 퍼져 나가고 있었다.

새벽부터 추적추적 내리던 비는 오후가 되어서도 그칠 생각을 하지 않았다. 담임의 종례가 끝나기 무섭게 아이들이 우르르 교실을 빠져나갔다. 은설을 비롯한 몇 명만이 뒤늦게 가방을 싸고 있었다.

"할머니들, 조심해서 가세요."

은설의 인사에 귀인은 가볍게 고개를 끄덕이는 반면 복순은 심술이 잔뜩 난 얼굴을 하고는 대꾸도 없이 지나갔다. 이틀 전부터 매점 심부름을 못해주겠다고 했더니 아직까지 마음이 안 풀리는 모양이었다.

"내 생각인데 복순 할머니는 전생에 뺑덕 어멈 아니면 신데렐라에 나오는 뚱뚱한 둘째 언니였을 거야. 삐치기도 얼마나 잘 삐치는지 왕복순이 아니라 왕삐침이라니까."

소정이 우산을 챙겨 들며 투덜거렸다.

"그래도 가끔 귀여우시잖아. 옷도 꼭 유치원생처럼 알록달록 입으시고."

"얘가 이렇게 속이 없어요. 넌 그렇게 째림을 받고도 귀엽다는 말이 나오냐? 나 같았음 소름 끼칠 것 같고만."

"정말. 그러고 보니까 복순 할머니가 째려볼 땐 좀 무섭긴 하더라."

"그러게 뭐 하러 만날 군말없이 해주던 심부름을 못하겠다고 반항을 하냐? 네 덕분에 나까지 복순 할머니한테 얼마나 잔소리를 들었게. 네가 변한 게 나 때문이래. 내가 사주해서 그렇게 된 거래. 유치하게 나더러 장희빈 후손이라 그런 거래. 장 씨면 다 장희빈 후손인가? 하여간 손녀 같은 짝꿍한테 어찌나 유치하게 구시는지. 너 때문에 내가 죽겠다."

"네 말대로 내가 실수한 건 맞아. 처음부터 할머니께 아닌 건 아니라고 하고 도와드릴 수 있는 건 도와드린다고 했어야 했는데……. 그래도 오늘은 투덜대시긴 했지만 매점도 같이 다녀오셨잖아. 솔직히 두 분이 꼬부랑 할머니도 아니시고 정정하신데 내가 너무 지레 겁을 먹고는 고조할머니 취급 해드린 것 같아. 10분 안에 매점까지 다녀오는 게 할머니 입장에선 부담스러우실 것 같아 내가 대신 다녀왔던 건데 오늘 보니까 충분히 다녀오시고 남더라. 앞으로도 종종 직접 다녀오시게 할 거야. 처음이 힘든 거지 그다음은 자꾸 하면 아무것도 아니잖아. 용기가 없으면 어떤 것도 얻지 못할 거라는 말이 있듯이 할머니들도 지금보다는 더 많은 걸 얻으실 거야. 두고 봐."

확신에 찬 은설이 주먹을 꼭 쥐어 보였다.

"너도 다른 뜻이 있어서 그렇게 하는 거겠지만 이젠 할머니들한테 너무 신경 쓰지 마. 두 분이 알아서 잘해내고 계시잖아. 그래도 좀 놀란 게 귀인 할머니야 찔러도 피 한 방울 안 나실 만큼 똑 부러지게 생기셔서 시험 성적이 어느 정도 나오시겠구나 예상은 했지만 복순 할머니까지 성적이 그 정도일 줄은 상상도 못했어. 사촌지간이라도 외모가 극과 극이어서 신기하다 했는데 머리 좋은 거 보니 맞기는 맞나 봐. 역시 핏줄의 위대함이란!"

불과 얼마 전까지만 해도 은설 역시 두 분이 외사촌 간인 줄로만 알고 있었다. 그땐 그러려니 했었는데 진실을 알고 나니 두 분 모두 대단하다는 생각이 들었다. 한 남자를 사이에 둔 관계라면 보통은 원수 이상의 감정일 텐데 어떻게 형님, 아우 하면서 한집에 살고 학교까지 다니는 건지. 보통 사람의 기준에서는 상상도 못할 일이었다. 역시 두 분 모두 보통 사람은 아니었다. 그러니 그 연세에 손녀뻘인 아이들과 함께 수업을 받는 것이겠지만.

"에이구, 우리 하은설 양, 또 나 홀로만의 세계에 빠져드셨구나. 정신 차리고 이제 그만 집에 가자, 친구야!"

"소정아, 넌 사랑하는 사람을 공유할 수 있다고 생각해?"

계단을 내려오며 은설이 지나가는 말처럼 물었다.

"그게 지금 말이냐? 소냐! 질문도 질문다워야 답을 해주지. 난 우리 집 뽀삐 눈이 다른 사람 보고 꼬리 흔들어도 용서가 안 되거든. 당연히 안 될 말이지. 왜? 너네 족보 뒤지다 조상 중에 왕의 후궁이었던 할머니라도 발견했냐?"

"그런 할머니라도 계셨으면 좋겠다. 에휴, 그래 가자! 근데 소정아, 나 너랑 같이 우산 쓰고 가면 안 될까?"

말이 끝나기 무섭게 은설이 냉큼 소정을 붙잡고는 팔짱을

졌다.

"이런 양심없는 친구 난을 보았나. 내 우산이 해변가에 있는 비치파라솔도 아니고 내 한 몸 겨우 들어가는데 그걸 같이 쓰자고. 얘가 한동안 안 보이던 빈대 근성까지 보이려고 하네. 얼른 우산 꺼내지 못해?"

"버스 타면 어차피 접을 건데 귀찮단 말이야."

"내가 아까 분명히 말했을 텐데. 너 곧 돼지가 일촌 신청할 거라고. 누가 보면 너 치킨 집 딸이 아니라 정육점 딸이라고 알 거다."

딴에는 충격요법이랍시고 던지는 말일 테지만 은설에게는 전혀 새삼스럽지 않은 이야기였다. 짝사랑에 대한 실연을 먹는 것으로 극복하는 중이니 어찌 보면 당연한 결과였다.

"닭이나 돼지나 가축이긴 매한가진 걸 뭐. 그러잖아도 우리 오빠가 날 보더니 닭의 탈을 쓴 돼지 되겠다고 하더라."

"푸하하!"

소정의 숨넘어가는 간드러진 웃음소리를 각오했던 은설이 난데없는 불청객의 웃음소리에 눈살을 와락 찌푸렸다. 주인에게 먹던 밥그릇을 빼앗긴 약이 바짝 오른 강아지처럼 물어뜯을 기세이던 은설이 재준과 스치듯 눈이 마주치자 맥없이 고개를 원상복구시켰다.

"선배님, 안녕하세요."

펼치던 우산을 도로 접으며 소정이 동작도 빠르게 재준에게 아는 체를 했다. 은설은 간단하게 고개를 까딱이고는 무엇인가를 찾는 척 가방을 뒤적거렸다.

"선배님도 지금 집에 가세요?"

언제부터 서로 안부를 묻는 사이였다고. 못마땅해하는 은설과 별개로 소정이 궁극의 친화력을 발휘했다.

"아니, 서점에 볼일이 좀 있어서."

"저희는 지금 집에 가는 길인데……."

"그래. 잘 가라! 승민아, 가자."

자동 우산을 펼치며 누군가를 부른 재준이 고인 물을 피하며 빗속을 뚫고 지나갔다.

"하은설 너, 잘하면 선배 간 빼 먹겠다."

"뭐?"

"너 지금 선배 엄청 무섭게 노려보는 거 모르지? 선배한테 돼지라는 소리라도 들었냐? 그냥 보기에도 닳을까 봐 아까워 죽겠는데 왜 그렇게 노려봐. 문화재 금 가겠다. 우리 학교를 대표하는 보물인데 우리부터 아껴줘야지."

"문화재는 무슨. 지난번에 대학로 나가니까 저렇게 생긴 남자가 길에서 막 굴러다니더라. 그런 사람들도 다 문화재겠네?"

"너 지금 내 앞에서 괜히 유세 떠는 거지? 지난번에 선배가 너랑 단독으로 독대했다고 목에 힘주는 거면 그 목 비틀기 전에 힘 빼라. 나도 선배랑 서로 인사 주고받는 여자야, 이거 왜 이래!"

인사? 난 목에 손가락 집어넣은 여자다! 그때 확 목젖을 꼬집어 버렸어야 했었는데.

은설이 콧방귀를 뀌며 소정의 팔짱을 꼈다.

"우산 안 펼 거야?"

"너야말로 네 우산 안 꺼낼 거야?"

두 사람이 서로 고집을 피웠다. 갑자기 은설이 제안 하나를 했다.

"소정아, 너 어차피 오늘 교복이랑 운동화 빨 거지?"

"내일 놀토니까 당연히 그래야지."

"그럼 우리 오랜만에 빗속 달리기 한번 할래? 지는 사람이 아이스크림 사주기. 어때?"

"음…… 좋아. 어차피 책도 다 놔두고 가서 가방도 가벼운데 오랜만에 광년이놀이 해보는 것도 잼나겠다."

소정이 서둘러 손에 든 우산을 이단으로 접어 가방 안에 넣었다.

"셋, 둘, 하나!"

은설의 신호에 두 사람이 전력질주를 하며 빗속으로 달려나갔다. 얼굴을 때리며 흘러내리는 빗줄기에 모처럼 해방감을 느낀 은설이 자축이라도 하듯 까르르 웃었다. 비록 금방 빗소리에 묻히기는 했지만 열일곱 살의 성장통도 함께 묻어주었다.

"확실히 일학년은 일학년이지? 저 비를 그냥 맞고 가네."

흙탕물이 교복에 튈까 조심하며 승민이 부러운 시선을 했다.

"나도 선배긴 선밴가 봐. 요즘 우리 반 여학생들 보면 별생각이 없는데 일학년 애들은 무척 귀여워. 지금 지나간 쟤도 아까 보니 얼마나 귀엽던지 동생 삼고 싶더라."

"누구? 단발머리?"

뚱하게 걷고 있던 재준이 관심을 보이며 소정을 언급했다.

"아니, 그 옆에 애."

"옆에 애? 너도 평범한 취향은 아니구나."

"나 정도면 준수한 거지. 쟤 정도면 솔직히 많이 괜찮은 거야. 고3만 아니었으면 한번 대쉬해 보는 건데 수험생이 무섭긴 하다. 누가 강제로 말리는 것도 아닌데 알아서 자중하게 되니까."

그동안 승민이 사귀었던 여학생들을 떠올려 보면 안목이 가히 나쁘지는 않았다.

"그 정도인가? 난 별로 모르겠던데."

재준이 고개를 갸웃거렸다. 귀엽기는 하지만 그 이상도 그 이하도 아니었다. 그냥 인간적으로 정이 갈 뿐 여자로서는…… 여자? 너 지금 저 꼬맹이를 두고 여자 운운하는 거냐? 불에 덴 사람마냥 재준이 화들짝 놀라며 고개를 저었다.

"가만, 쟤가 그 할머니들 짝이라는 아이 맞지? 왜, 며칠 전 점심시간에 식당에서 급식 먹을 때 우리랑 가까이에 앉았었잖아. 할머니들이 골라낸 콩 기어코 설득해서 다 먹게 한 애가 저 애였어. 이제 기억난다. 그때 너랑 나랑 엄청 신기해했었잖아. 그 할머니들 그렇게 고집불통이시라는데 오기 발동하게 해서 드시게 하는 거 보면 쟤도 보통은 아니라는 건데……. 볼수록 끌리네. 수능 끝내고 한번 대쉬해 봐야겠다. 그런데 대학 들어가서 고딩 사귀면 범죄자 같을라나?"

"너 지금 농담하는 거지? 어린애 가지고 장난하는 거 아니야!"

재준이 불쾌한 투로 나무랐다. 마치 승민이 자신의 여자친구를 탐하기라도 하는 것처럼 저도 모르게 경계를 했다.

여자친구? 미쳤구나. 재준이 거듭 몸서리를 쳤다. 비 때문이었다. 사람의 감성을 있는 대로 자극하며 끌어올리는 비의 마법으로 인해 잠시 엉뚱한 생각을 한 모양이었다. 그래, 틀림없었다.

후두두 떨어지는 빗소리에 재준이 눈을 떴다. 잠에 취해 사방을 두리번거리던 재준은 낯익은 서재의 풍경이 눈에 들어오고 나서야 정신을 차렸다. 그새 설핏 잠이 들었던 모양이었다.

뻑뻑한 뼈마디로 인해 재준이 목을 길게 뽑으며 근육을 풀었다. 밀려오는 졸음을 해결하려 자리에서 일어서던 재준을 책상 위에 놓인 사진이 붙잡았다.

"그때 그 꼬맹이가 너였었냐? 그때도 꽤 엉뚱하다 싶었는데 나만 몰랐을 뿐 넌 그때부터 계속 변함이 없었구나. 그런데 나이가 들면서 무모함은 더 는 것 같다?"

재준이 자조적인 얼굴로 농담처럼 덧붙였다. 사진의 처리를
두고 잠시 고민하던 재준이 발치의 쓰레기통 대신 서랍을 열어
사진을 던지고는 유유히 침실로 향했다.

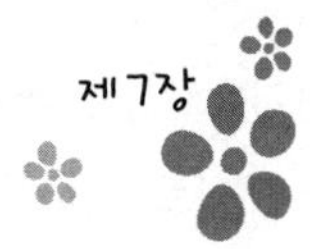

“네, 은빛날개 치킨입니다. 양념 반, 후라이드 반이요? 주소
가 어떻게 되세요? 예, 예. 고맙습니다. 맛있게 해서 보내 드릴
게요.”

한 손으로는 전화를 받고 나머지 손으로는 빠르게 메모를 적
어 내려간 은설이 수화기를 내려놓음과 동시에 주방으로 다가
갔다.

“반반, 무 많이!”

입으로는 주문사항을 알려주고 능숙하게 치킨 상호가 찍힌
봉지를 탁탁 털어서 벌리고는 함께 배달 나갈 것들을 챙겼다.
대충 준비를 끝낸 은설이 사람의 움직임이 없는 조용한 주방이

의아해 들여다보았다.

"엄마…… 주문 불러준 거 못 들었어?"

주방의 구석에 힘없이 앉아 있는 유자를 보자마자 서둘러 주방으로 들어간 은설은 제 손으로 직접 냉장고를 열어 손질해 놓은 닭을 꺼냈다. 능숙한 솜씨로 반죽을 하고 파우더를 묻힌 후 끓고 있는 기름에 닭을 투하하기까지 채 몇 분도 걸리지 않았다.

"엄마, 힘들면 올라가서 쉬어. 여긴 내가 볼게. 아픈 사람처럼 보여. 쫓아낼 테면 쫓아내 봐라! 여기서는 한 발자국도 못 나간다! 우리 그러기로 했잖아. 그러려면 힘을 비축해 둬야지."

최대한 아무렇지 않게 은설은 자신에게 주문을 하듯 밝게 재잘거렸다. 차마 우울해 보인다는 말을 할 수가 없었다. 정말 그렇게 될 것 같아서.

"아파 보인다니 소원풀이 했네. 이왕이면 살 빠졌다는 소리나 들었으면 좋겠다. 엄마 안 아파. 아프기는커녕 자식이 사고를 치고 집을 나가도 입맛만 더 좋고 노래만 더 잘 나오더라."

허탈함에 오기밖에 남지 않은 표정을 하고도 유자는 유달리 허세를 부렸다. 누가 봐도 지쳐 보이지만 본인은 끝까지 아니라고 우기고 있었다.

"아프지도 않고 밥맛도 좋고. 문제될 건 아무것도 없다는 말인데 왜 그러고 있어?"

유자의 자존심을 지켜주기 위해 은설도 기꺼이 장단을 맞추어주었다.

"써서……."

"응? 뭐가?"

튀김옷을 입은 닭들이 달라붙지 않게 저어주며 은설이 지나가는 말처럼 물었다.

"닭 냄새가 쓰다고. 20년 넘게 튀기고 바르고 하면서도 닭 냄새가 쓰다고 느낀 적은 한 번도 없었는데 오늘따라 유난히 써. 그래서 쳐다보기도 싫어."

"그럴 만도 할 거야. 난 몇 달을 벼르고 벼르고 벼러서 산 원피스도 세 번 입고 나니 질려서 입기 싫던데, 엄마는 20년이나 닭 튀기는 냄새랑 연애한 셈이니까 충분히 그럴 수 있어. 난 고작 몇 달인데도 죽을 맛이거든."

은설이 아무 조건 없이 사족을 달지 않고 무조건 유자의 말에 지지를 해주었다. 누가 보면 정말 닭이 좋아 치킨 장사를 한다고 여길 만큼 젊은 시절부터 열세 평 남짓한 가게에 파묻혀 지내온 세월이 본인 말처럼 20년이었다. 억척스럽게는 살았어도 악착같지는 못했다. 현실보다는 이상을 좇는, 좋은 말로 포장하면 순수한 감성의 소유자였고 있는 그대로 표현하자면 철이 없었다. 그런 엄마에게 늘 툴툴거리기는 하지만 마음속으로는 누구보다 더 깊이 사랑하고 있었다.

"근데 엄마, 매일같이 라디오 옆에 끼고 살아서 그런가 엄마 표현력 끝내준다. 맛도 아니고 냄새가 쓰다! 왠지 있어 보여. 님 좀 멋지신 듯!"

최대한 유자를 추켜세운 은설이 자연스럽게 화제를 돌리려 했다.

"닭이나 토막 내고 튀긴다고 너네 엄마 무시하고 그러는데, 이래 봬도 느이 아빠가 내 연애편지 때문에 군대 3년 버텨낸 사람이야. 그 덕에 너랑 은기 낳고 산 거고."

"역시 펜의 힘은 위대하구나. 엄마 고등학교 때 백일장 나가서 상도 여러 번 받았다고 했지? 엄마도 아빠랑 연애하는 데 시간 투자하지 말고 글 쓰는 데 투자했으면 지금쯤 베스트셀러 작가가 됐을지도 모르는데. 후회되지 않아?"

"백일장 나가서 상 탔다는 거 다 뻥이야. 백일장은커녕 시 한 편 낭독해 본 적 없어."

태연한 얼굴의 유자가 심드렁하게 말했다. 은설이 황당해하며 어이없는 웃음을 터트렸다.

"엄마, 너무 뻔뻔스러운 거 아니야? 어쩜 사람을 그렇게 감쪽같이 속여놓고는 이제 와서 아무렇지도 않게 거짓말이었다고 그래? 이왕 속인 거 상장 보여달라고 하는 사람도 없는데 끝까지 잡아떼지, 안 속여도 될 건 속이고 속여도 될 건 고백하고. 하여간 엄마도 그렇고 우리 집 식구들 참 신기해."

은설이 슬쩍 핀잔을 주었다.

"방금 한 말도 돌아서면 까먹게 되는데 옛날 일은 오죽해? 어차피 들통날 거 내 입으로 하는 게 낫지. 덧없어, 인생. 갈수록 재미도 없고……."

유자가 한탄 섞인 한숨을 토해냈다. 몇 달 사이 주름이 배로 늘어난 것처럼 보였다. 마음고생이 고스란히 얼굴에 드러났다.

"엄마, 그냥 속상하면 소리 지르고 욕도 하고 그래. 엄마 그렇게 분위기 잡고 있는 거 솔직히 안 어울려. 엄마는 아빠 말처럼 약간 깨방정을 떨어줘야 매력있어."

"자식이 집을 나갔는데, 그것도 사고를 치고 나갔는데 집 나간 자식 걱정보다 만일 여길 나가야 한다면 뭘 들고 나가야 하나, 내가 지금 이 나이에 어딜 가서 뭘 하고 살아야 하나 그 걱정부터 한다, 에미라는 년이. 그게 한심해서 그래. 네 아빠 작년에 음반 취입한다고 적금 부었던 돈까지 들고 가서 사기당하고 왔을 땐 그래도 이 치킨 집이라도 있으니 며칠 끙끙 앓고 툭툭 털자 용기를 냈는데 지금은 아무 생각이 없어. 아직 앞날이 창창한 네 앞에서 할 소린 아니지만 희망이 안 보여."

"아직 포기는 일러, 엄마. 아빠가 여기저기 알아보러 다니시니까 일단 기다려 보자."

"너희 아빠가 없는 돈 빚내서 꿔주는 재주는 있어도 남한테 만 원 한 장 빌려올 위인이 못 돼. 그냥 처분할 거 처분하고 가지고 나갈 짐 꾸리는 게 지금으로선 가장 좋은 선택이야."

강하게 아빠에 대한 확신이나 반박을 할 수 없는 현실이 그저 서글펐다. 유자의 말처럼 아빠는 남 좋은 일은 시켜도 당신이 득되는 일과는 무관했다. 지금도 아마 차마 돈 이야기를 꺼내지

못해 농이나 치며 사람 좋은 웃음만 남발하고 있을 게 분명했
다.

"무 깍두기 담가야 할 것 같은데."

내일 지구가 멸망, 아니, 가게를 비어줘야 할지라도 장사 준
비에는 소홀하지 않을 생각이었다. 비록 자의가 아닌 반강제적
인 선택이기는 했지만 어쨌든 네 식구의 생계가 달렸으니 한 푼
이라도 더 벌어야 했다.

"가게 주인이 언제 나가라고 할지도 모르는데 괜히 담갔다가
짐만 되게. 작년에 네 말대로 고객 자동 입력 뭐 어쩌고 하는 거
들였으면 어쩔 뻔했어. 그런 거 안 해도 울 집 치킨 맛 아는 사
람들은 다 알아서 시켜 먹고 하는데."

말로는 다행이다 했지만 은설이 가게 일을 본격적으로 도맡
으면서부터 주방도 이것저것 손보고 은설이 배달할 때 타고 다
니는 낡은 스쿠터는 물론 최신 단말기도 마련해 줄 생각이었다.
그마저도 이제 수포로 돌아가 버렸지만.

"엄마, 나 2동에 배달 나갔다 올게. 엄마더러 쓴내 나는 닭 튀
기라는 말 안 할 테니까 주문 전화만 좀 받아줘. 대신 조금 늦는
다고 하고."

마치 처녀 가장이라도 된 양 은설이 씩씩하게 당부를 하고는
가게를 나섰다. 스물하나, 어디 가서 뭘 한들 입에 풀칠 정도야
충분히 할 수 있다는 자신감이 충만했다. 이 없으면 잇몸이라
고, 이까짓 일로 좌절하기엔 햇살이 너무 좋았다.

한 며칠 잠잠하던 집 안 분위기가 다시금 벌집 쑤셔놓은 것처럼 소란스러워진 것은 지숙의 느닷없는 이혼 선언 때문이었다. 느닷없기느닷는 20여 년 동안 벼르고 별렀던 일을 이제야 겨우 터트렸다는 것이 옳았다.

"네가 늙은이들 발목 잡아 앉히려고 간병인으로 들어오는 사람들마다 죄다 내쫓더니 이제야 본색을 드러내는구나. 그동안 야금야금 친정으로 빼돌린 재산은 또 얼마나 되겠어. 그래, 남의 안방 꿰차고 들어올 땐 뭔가 딴생각이 있었던 게지. 그동안 참 오래도록 발톱 숨기고 지내느라 애썼구나."

지숙의 그림자라도 보일라 치면 때를 놓치지 않고 복순의 억지가 이어졌다. 정작 안방마님이자 큰어른인 귀인은 침묵으로 일관한 채 방에서 불경에만 심취해 있는 반면 복순은 그동안 맺힌 첩살이에 대한 한을 풀 듯 그렇게 지숙을 구석으로 몰았다.

"작은 어머님께서 저한테 그러시면 안 되시죠. 누구보다 제 입장을 가장 잘 이해하실 분이 작은 어머님이신데요. 안 그러세요?"

지숙의 반격에 복순이 기함하며 뒤로 자빠졌다. 입술을 부들부들 떨며 제 분에 겨워 어찌할 바를 몰라 했다.

"오오, 그래. 너도 내가 우습다 이 말이구나. 그동안 어머님, 어머님 하면서도 속으로는 저년의 첩상이 하면서 날 우습게 여기고 있었구나."

"아니요. 단 한 번도 작은 어머님 우습게 여긴 적 없어요. 오히려 작은 어머님 뵐 때마다 먼 훗날의 절 보는 것 같아서 마음 아팠어요."

"퍽이나 마음이 아팠겠다. 이래서 머리 검은 짐승은 거두는 게 아니지. 너랑 나랑은 상황 자체가 달라. 나는 어쩔 수 없이 이 집안 대를 이어주기 위해 들어왔던 거지만 너는 멀쩡한 유부남 꼬드겨서 들어앉은 거 아니냐! 그게 어떻게 같아?"

"어머님! 저도 애비 처음 만났을 땐 가정 있는 남자라곤 생각 못했어요. 따지고 보면 저도 피해자예요. 애비가 이혼한 게 제 탓이라는 주위 시선 때문에 저 그동안 숨 한 번 크게 못 내쉬고 살았고 친엄마 못지않게 재준이 키웠어요. 애비 몇 년에 한 번씩 주기적으로 다른 여자 만날 때마다 벌받는 심정으로 지켜봤어요. 이제 더는 못 참아요. 아니, 안 참아요!"

거듭되는 지숙의 읍소에 복순은 벌어진 입을 다물지 못했다. 벙어리 냉가슴 앓듯이 기 센 두 시어머니에게 눌려 기 한 번 펴지 못하고 살고 있는 지숙이 맞나 싶을 만큼 피 끓는 심정을 토로했다.

"어이쿠, 우리 집 귀한 장손 내려오는구나. 재준아, 저 요망한 것이……."

"할머니, 그만 하세요. 할머니께서 무슨 말씀 하시려는 건지 저 다 알아요. 그러니까 흥분하시지 말고 방에 들어가 계세요."

이미 첫 수업을 놓친 탓에 대놓고 여유를 부리며 재준이 두 여자 사이에서 중재를 했다. 마치 이런 모습을 예전에 목격이라도 한 것처럼 낯설지가 않고 익숙한 걸 보면 줄곧 언젠가 벌어질 일이라는 것을 예견하고 있었던 모양이었다.

"너한테 뭐라고 살살 꼬드겼는지는 몰라도 네가 아는 거하고 많이 달라. 그러니까 저게……."

"저 바보 아니잖아요. 할머니만큼, 아니, 할머니가 아시는 것 이상으로 많이 알고 있으니까 일단 들어가 계세요."

여전히 지숙에 대한 분노가 가시지 않은 듯 복순은 쉽게 물러서지 않을 태세였다. 재준이 억지로 문 앞까지 배웅을 하고서야 마지못해 방으로 들어갔다.

"아직 아침 전이라면서? 아주머니께 차리라고 해야겠다."

"저 원래 아침 잘 거르잖아요. 그것보다 저하고 이야기 좀 하세요."

재준이 먼저 지숙의 방으로 향했다. 기다리고 있었다는 듯 지숙이 아무 말 없이 뒤를 따랐다.

"마음은 좀 정리되셨어요?"

정원이 내려다보이는 안방 테라스 난간에 아이처럼 발을 딛고 올라선 재준이 발자국 소리에 뒤도 돌아보지 않고 물었다. 티 테이블에 자리를 잡고 앉은 지숙이 들릴 듯 말 듯 한숨을 토해냈다.

"너한테는 늘 면목이 없고 미안하기만 해. 어린 나이에 생모랑 헤어지고 할머니들이랑 내 사이 왔다 갔다 하며 마음고생이 얼마나 심했겠니. 사내 녀석이라 내색도 못했을 거고. 다 알아. 그래도 재준아, 너한테만큼은 정말 좋은 엄마가 되어주고 싶었어. 남의 남자 빼앗은 못된 년이라는 말을 듣고 살기는 했지만 이 집에 들어올 때부터 너만큼은 내 자식으로 어디 내놔도 손색없을 만큼 잘 키우고 싶었던 내 마음 너만은 알아줬으면 해. 자화자찬 같지만 네가 내 바람처럼 그렇게 자라주어서 그래도 세상에 당당히 얼굴 들고 살 수 있어서 너무 고마워."

"어머니 남의 자리 꿰차고 들어오신 거 아니에요. 어렸지만 똑똑하게 기억하고 있어요. 아버지랑 제 생모라는 분이 이혼하고 그 뒤에 어머니가 들어오셨다는 걸요. 할머니들 눈치 보시느라 저 야단 한번 제대로 못 치시고 많이 힘드셨다는 것도요. 거기다 아버지까지……. 어머니 지치실 만해요. 그리고 그런 결정 내리실 만하고요. 그런데…… 이제라도 어머니 편하시게 살 수 있도록 보내 드려야 하는데 쉽지만은 않네요."

"고…… 맙…… 다. 그렇게 말해줘서. 네가 당장이라도 나가세요! 라고 할까 봐 얼마나 마음 졸였었는데……. 내 입으로 이혼한다고 했지만 누구 하나 붙잡는 사람이 없다면 내가 살아온 인생이 너무 허무하잖니."

"어머니가 이혼을 하시고 나가시든 이 집에 계시든 제게 있어 어머니는 어머니 한 분뿐이세요."

그제야 뒤돌아 지숙을 본 재준이 확신을 심어주며 말했다. 결코 지숙이 듣기 좋으라고 하는 말이 아니었다. 지숙이 어린 그를 어떻게 품어주었으며 어떤 마음으로 키웠는지 재준이 더 잘 알고 있었다.

"서른다섯 살이래. 강남에서 칵테일 바를 경영하고 있고 젊어서 이혼 경험이 한 번 있다나 보더라. 아이는 없고 일 년 넘게 그 여자 집에 드나들고 있대. 길어야 두 달인 사람이 일 년 넘게 그러는 걸 보면 다른 생각이 있는 거겠지……."

이혼이라는 최후의 통첩을 한 덕분인지 지숙의 목소리는 거의 체념 상태였다. 여태껏 버텨낸 게 용하다고 할 만큼 지리멸렬하게도 기다림의 연속이었던 삶이었다.

"훗! 새어머니가 아니라 누나를 데리고 올 작정인가 보네요."

아버지에 대해 노골적인 반감을 드러내며 농담처럼 덧붙였다. 할머니의 훈수처럼 바람을 피울 거면 들키지나 말던지 도대체 끝까지 책임을 지지도 못할 만남을 그렇게 주기적으로 갖는 이유를 같은 남자지만 이해가 되질 않았다.

귀인에게 경망스럽고 경솔하다는 타박을 받기는 했지만 복순의 주장처럼 집안에 그런 쪽으로만 나쁜 피가 흐르는지 몰랐다. 재준이 아는 한 할아버지가 그랬고 아버지가 그랬다. 이쯤 되면 믿고 싶지 않아도 부인할 수 없는 확실한 증거인 셈이었다.

"그래도 아버지시니까……."

"아버지니까 이번에도 또 이해하고 무조건 받아들이라고요? 후훗!"

　재준의 눈썹이 와락 찌푸려졌다. 지숙에 대한 비웃음이 아닌 아버지의 어리석음에 대한 원망의 표현이었다.

　"그것도 일종의 병이라면 병인 거니까, 네가 아버질 이해했으면 해. 네 앞에서 할 소린 아니지만 아버지도 어린 나이에 두 어머니 사이에서 얼마나 혼란스러웠겠니. 네가 잘 알다시피 큰할머니께선 엄하게만 아버질 대하셨고 돌아가신 할아버지 또한 자식보다는 바깥으로만 도시다 보니 누군가에게 애정을 갈구하게 된 게 아닐까 싶어. 너와는 다르지? 넌 강한 아이지만 너희 아버지는 강한 척할 뿐 참 여리신 분이야……."

　"그렇게 아버질 잘 이해하시고 동정하시면서 이혼은 하실 수 있으세요?"

　재준이 정곡을 찔렀다. 미련이라는 것은 사람을 참 구차하게 만든다. 도대체 사랑이 뭐기에 그렇게 상처를 입고도 성한 곳을 내밀며 할퀴라고 하는 것인지 도무지 이해할 수가 없었다. 이해하기도 싫었다.

　"달라질 거야. 나도 내 인생을 살아볼 거야. 너희 아버지 곁에서 언젠가는 달라지겠지 하며 버텨온 세월이 근 20년 가까이 되지만 이젠 그렇게 어리석은 짓 안 해. 안 할 거야."

　지숙이 거듭 맹세를 했다. 재준에게는 그 모습이 마치 스스로에게 최면을 걸며 절실하게 주문을 외우는 것처럼 보였다.

　"여전히 아버질 사랑하신다면…… 포기하지 마세요. 다시 시작해 보세요."

지숙의 흔들리는 눈빛을 놓치지 않으며 재준이 제안을 했다. 누구보다 지숙의 행복을 바라기에 그녀가 원하는 대로 힘을 실어줄 작정이었다. 여전히 아버지에 대한 애정을 버리지 못하는 그녀를 그래서 무작정 나가게 할 수는 없었다.

지숙의 입매에 슬픈 미소가 걸렸다. 그녀가 천천히, 아주 천천히 고개를 저었다.

"아버지께서도 이혼만은 절대 안 하신다면서요? 아버지 성격 아시잖아요. 어머닐 이혼녀가 아닌 단순 가출녀로 만들 분이시라는 걸."

"각오하고 있어. 아버지가 끝내 이혼 안 주시겠다고 하면 소송이라도 할 거야."

"제 생각엔 그러다 어머니가 먼저 지치실 것 같아요. 어머니께서 더 잘 아시잖아요."

재준이 진심을 담아 충고했다.

"재준아, 가슴이…… 심장이 하루에도 열두 번을 더 멎었다 뛰었다 해. 지금도 할머니들만 뵈면 책잡힐 게 있나 싶어 안절부절못하고 너희 아버진 사흘에 한 번 꼴로 외박이시고. 그마저도 이젠 일주일째 들어오지도 않아. 그 모든 화살이 다 나한테로만 날아오는 게 이제는 무서워. 젊었을 땐 오기로라도 버텨보자 싶었는데 이젠 두려워. 눈감고 잠들 때마다 내일 아침엔 가방을 싸야지, 싸야지 다짐하면서도 정작 해가 뜨면 네가 걸려서…… 내 짐을 너한테 다 떠넘기고 가는 것 같아서 차마 실행에 옮길 수가 없었어……. 그런데 이제는 나부터 살고 보려고. 너한테 맡으라고 하려고."

촉촉하던 지숙의 눈가가 눈물로 얼룩이 져 바라보는 것만으로도 가슴을 아프게 했다. 그동안 삭이고 삭인 눈물로 인해 시린 눈을 뜨지 못한 채 지숙이 어깨를 마구 들썩이며 흐느꼈다.

"어머니 자신을 위해서는 우셔도 저나 아버지 때문에 울지는 마세요."

위로라고 건넨 말이 얼마나 도움이 될지는 모르겠지만 진심으로 지숙이 당신만을 위해서 울고 웃기를 바랐다. 평생 가슴에 비수만 꽂은 남자 때문에 운다는 건 스스로를 비참하게 만들 뿐이었다.

지숙이 맘껏 울 수 있도록 시선을 정원으로 돌린 재준이 서서히 예열되어 달아오르는 태양을 향해 도전하듯 고개를 들었다. 함께 공유할 사연 하나가 더 생긴 셈이었다.

"수업 늦지 않았니? 오늘 수업 있는 걸로 아는데……."

그 와중에도 지숙이 재준의 걱정을 했다. 잔뜩 쉰 목소리를 들으니 두 눈이 통통 부었으리라는 것은 보지 않아도 짐작이 되었다.

"괜찮아요. 다음 수업 들어가면 되니까."

"그래도……."

"작년에 휴학하고 여행만 안 다녀왔다면 저도 벌써 졸업반이었을 거예요. 더 이상 절 아이 취급하지 마세요. 제 걱정도 하지 마시고요. 더는 할머니들 눈치도 보지 마시고 정말 어머니 자신을 위해서 앞으로 뭘 하실 건지 오로지 어머니 생각만 하세요.”

돌아선 재준이 입술을 꽉 깨물며 지숙의 어깨를 꼭 안아주었다. 지금으로선 그녀를 위해 해줄 수 있는 유일한 위로였다.

“전 할머니들께 좀 가봐야겠어요. 미스 김 누나가 나가고 나니까 할머니들 신경이 더 예민해지신 것 같아요. 그 덕분에 어머니께도 더 역정을 내시는 걸지도 몰라요.”

밖에서 보던 차갑고 무심한 재준이 아니었다. 적어도 집에서만큼은 양쪽, 아니, 세 곳을 왔다 갔다 하며 중재자 역할을 누구보다 잘해내고 있었다. 재준이 아무리 떨쳐 내려 해도 떼어낼 수 없는 운명 같은 존재…… 애정인지 애증인지 헷갈리지만 분명한 건 재준이 버릴 수 없는 사람들이었다.

“휴우!”

묵은 한숨을 산소처럼 들이마시며 육중한 가슴으로 할머니들의 방으로 향했다. 승자도 패자도 없을 2라운드가 준비 중인 링으로. 지숙이 흘리는 눈물과는 또 다른 의미의 한 맺힌 분노를 곱씹고 있을 두 여인이 기다리는 곳으로 재준은 무겁게 걸었다.

애타게 소식을 기다리는 식구들의 마음을 아는지 모르는지 집을 나간 은기에게서는 여전히 아무런 연락도 없었다. 은기의 말만 믿고 덜컹 가게와 살림집의 보증금을 빼준 건물 주인의 아들에게 원망도 해보고 사정도 해봤지만 소용없었다. 이참에 20년도 더 된 건물을 헐던가 새 주인을 찾던지 하겠다며 오히려 새로운 청사진을 그리느라 바빴다. 그나마 수확이라면 그간의 정을 생각해서 두 달 정도는 여유를 줄 수 있다는 답변이었다.

그 모습을 뒤로하고 쓸쓸히 걸어나오며 은설은 돈 없는 설움이 무엇인가를 새삼 깨달았다. 풍족하다고는 할 수 없지만 그렇다고 남에게 아쉬운 소리를 하고 살지 않았으니 부모님께서 그간 열심히 사셨구나 하는 고마운 마음도 들었다.

은설이 바지 주머니에 꽂아둔 휴대전화기를 꺼내 단축키를 눌렀다. 고객의 전화가 꺼져 있다는 안내 멘트를 따라서 외울 여유까지 부렸다.

"오빠, 또 나야. 메시지 확인하는 대로 제발 집에 전화 좀 해. 엄마, 아빠 볼 면목이 없어서 못하는 거라면 나한테라도. 그래도 오빠 이해해 줄 있는 사람은 나밖에 없잖아. 오빠가 일부러 그런 것도 아니고 잘살아보겠다고 그런 건데…… 사기꾼한테 속았건 어쨌건 간에 이렇게 된 거 오빠랑 나랑 열심히 일해서 다시 시작하면 되지. 엄마랑 아빠 평생 닭만 튀기고 살아서 뭘 해야 할지 앞이 캄캄하신가 봐. 이제는 우리가 부모님 돌봐야지. 응? 그러니 제발 연락 좀 줘. 우리 언제 이사 갈지도 모르는데 이러다 이산가족 되면 어쩔 거야!"

달래도 보고 살짝 압박도 가하고 감정에 호소도 해보고 할 수 있는 장치란 장치는 죄다 동원한 은설이 녹음되었다는 안내 멘트가 나오자 주저없이 귀에서 전화기를 내렸다.

"바보…… 뭐가 두려워서 연락도 못하는 거야. 오기만 해봐, 아주 정신이 번쩍 들도록 때려줄 테니까!"

안타까운 마음에 호기를 부려보지만 오빠가 걱정이 되는 것은 어쩔 수 없었다.

"돈도 없을 텐데 굶고 다니는 건 아닌가 몰라. 엄마, 아빠 걱정하는 거 알기나 하는 건지……."

길 한복판에 서서 혼잣말을 중얼거리는 게 이상했는지 지나가는 학생 하나가 힐끔거리곤 멀찍이 떨어져서 지나갔다. 괴물 취급을 해도 좋고 머리에 꽃 단 여자 취급을 당해도 좋으니 오빠만 무사히 돌아온다면야 그 정도는 얼마든지 감수할 수 있었다.

윙.

폭탄 투하에 가까운 메시지의 효과가 이제야 나타나는 걸까? 꼭 쥐고 있던 휴대전화기의 진동음이 울리자 서둘러 발신자를 확인하던 은설의 얼굴이 허탈감으로 변했다. 통화음을 누른 채 은설이 천천히 걷기 시작했다.

"응. 나야, 소정아."

[너는 어떻게 된 기지배가 전화 한 통이 없냐? 아무리 인간이 이기적인 동물이라고는 하지만 지 볼일 끝나고 나니까 입을 싹 닦아? 야, 그러고도 우리가 16년 지기 친구냐! 너랑 나랑 유치원부터 다져 온 우정이 이것밖에 안 되냐고!]

소정이 냅다 고함을 치는 바람에 귀가 다 먹먹할 지경이었다.

그놈의 유치원 친구 타령은. 귀에서 잠시 전화기를 떼어낸 은설이 호흡을 가다듬었다.

"좀 봐주라. 우리 집 상황이 어떻다는 거 네가 더 잘 알잖아."

[그래, 그래서 네 얼굴도 볼 겸 겸사겸사 치킨이라도 한 마리 시키려고 했는데 너희 집 전화를 안 받더라. 오늘 장사 안 해?]

"우리 집 12시부터 장사하잖아. 지금 들어가는 길이야."

[그렇게 늦게 장사를 시작해? 야, 그래 가지고 언제 큰돈 버냐? 일찍 일어나는 새가 모이를 더 쳐묵쳐묵한다는 거 몰라?]

지금이 무슨 새벽종 울린다는 새마을 운동하는 시대도 아니고 이 인간이 정말 16년 지기 친구가 맞기는 한 거야. 휴대전화기를 쥔 손에 저절로 힘이 들어갔다.

"보통 치킨 집은 2시 되어야 영업 시작하거든. 누가 아침 첫 새벽부터 치킨을 시켜 먹냐? 너 내 절친 맞기는 한 거니?"

[그래? 치킨 집이 그렇게 늦게 문을 열었어? 왜 난 몰랐지?]

"그거야 너네 아빠가 워낙 구두쇠 아저씨라서 치킨을 도통 시켜 드시지 않으니 몰랐겠지."

은설이 삐딱하게 말을 받아쳤다. 치사하게 들릴지 모르지만 오는 말이 고와야 가는 말도 고운 법이었다.

[모처럼 그 구두쇠 영감님께서 등산을 가셔서 간만에 고기 좀 뜯어볼까 했더니 타이밍 참 그지 같다. 이따가 영업 시작하면 한가한 시간에 한 마리 가져다줘. 이왕이면 두 마리 같은 한 마리에 무 많이 해서.]

“차라리 벼룩의 간을 빼먹어라! 지금 네 말은 쪽박 차고 나앉을 친구한테 쪽박 반만 달라는 거하고 똑같아. 알아? 식구도 여럿이면서, 그것도 일 년에 한 번 시켜 먹을까 말까면서 두 마리 정도 통 크게 주문하면 어디 덧나니?”

그동안 공짜로 먹은 치킨을 소환하면 과장 조금 보태어 공룡한 마리는 될 터였다. 퍼주기 좋아하는 아빠로 인해 시장을 오고 가는 친구들 중 공짜로 닭 한 마리 얻어먹고 가지 않았던 친구가 없었다. 같은 반 친구라는 이유만으로 그 정도였으니 어려서부터 계속 한 동네에 산 소정은 오죽하랴. 하여간 양심에 털도 안 날 계집애 같으니라고!

[내 주머니 사정이 말이 아니라는 거 너도 잘 알잖아. 그나마 사촌 동생들이 오늘 재량 휴무라고 놀러 와서 인심 쓰는 거야. 개들이 먹보네 분식 떡볶이 먹고 싶다고 하는 거 치킨 먹자고 겨우 꼬셨어. 너희 집 치킨은 광고도 안 때리는 치킨이라고 싫다는 거 억지로. 알지도 못하면서.]

“개들이 뭘 모르네. 우리 집은 로얄티 지불 안 하고 순전히 울 엄마가 개발한 양념으로 양도 푸짐하게 무 깍두기도 직접 맛난 무 사서 담그는 거라 보통 치킨 집에서 주는 것과는 차원이 달라. 그냥 다른 곳에서 시켜 먹어!”

한땐 은설도 유명 브랜드의 치킨을 신청하자고 조른 적이 있었다. 은빛날개라는 상호도 마음에 들지 않았지만 은설의 이름을 은빛으로 할까, 혹은 간판 이름을 은설치킨으로 할까 고민했다는 말을 들은 이후로는 더욱 싫었다. 오로지 맛과 양으로 승부하며 시장 입구 작은 상가 점포의 이름 없는 치킨 집에 갖는 자부심이 남다른 부모님과 달리 은설은 부끄럽지는 않았지만 자랑스럽지도 않았다.

그러나 지금은 어떻게 해서든 지켜내고픈, 그럴 수만 있다면 부모님 못지않게 자부심을 가지리라 다짐하고 있었다.

[여보세요! 야, 하은설. 하은설. 전화 끊어졌나?]

"말해. 듣고 있어."

[우리 은설 양, 삐치셨어요? 넌 뭐 그런 걸 가지고 삐치고 그러냐? 촌스럽게시리.]

"나 촌스러운 거 하루 이틀도 아니고, 그딴 이야기 할 거면 그만 끊어."

[안 돼! 야, 네 돈 나가는 것도 아닌데 왜 끊는다는 거야? 물어볼 거 있단 말이야.]

"네가 나한테 물어볼 게 뭐 있어? 나보다 세상 돌아가는 소식도 더 빠르면서."

[그건 그렇지만 나도 모르는 게 있기는 하지. 저기 은설아, 그날 이후로 소식 없어?]

"누구? 우리 오빠? 소식 없으니까 이러고 찾아 헤매겠지."

[아니, 너네 오빠 말고.]

"우리 오빠 말고? 누구 말하는 거야?"

은설이 도통 모르겠다는 듯 되물었다.

[재준 선배.]

재준의 이름이 들리는 순간 은설의 코에서 뿜어져 나오는 콧김의 강도가 더욱 세졌다.

"그게 왜 궁금해? 재준 선배가 나한테 프러포즈라도 했을까 봐?"

[야! 그건 심청이가 유리구두 들고 왕자 찾아 헤매는 것보다 더 말 안 되는 이야기고. 그냥 그 이후로 선배가 잠잠한가 해서. 혹시 널 무고죄나 뭐 그런 걸로 고소한다는 말 같은 것도 없고?]

"장소정! 너 은근 고소당하길 기다리는 것처럼 들린다."

[아니야! 애가 생사람 잡네.]

"생사람은 네가 잡고 있잖아. 지금부터 난 생닭 잡으러 가야 돼서 전화 끊는다. 앞으로 몇 시간 동안 무척 바쁠 거야! 그러니 전화하지 마!"

어느새 가게 앞에 도착한 은설이 이를 아드득 갈고는 핸드폰의 폴더를 부서져라 닫았다.

"아오! 뭐 이런 인간이 다 있어! 이걸 친구라고……."

세월의 흔적이 고스란히 배어 군데군데 부식이 된 셔터를 힘차게 걷어 올렸다. 어둠 속에서 드러나는 가게의 내부가 오늘처럼 편안하게 느껴진 적이 없었다.

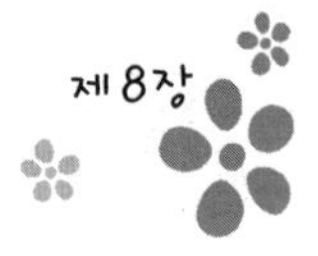

  몇 해 위 복학생 선배들과 비슷한 연배에 최연소 박사 학위를
받은 젊은 교수의 열정 넘치는 강의에도 불구하고 재준은 전혀
집중을 하지 못했다. 가장 좋아하는 수업 중의 하나였지만 머리
와 손이 따로 놀고 있었다. 학생들이 우르르 강의실을 빠져나가
고서야 수업이 끝났음을 알 만큼 어떤 것에도 흥미를 갖지 못했
다.

  '에미가 제 발로 집을 나간다고 하니 더는 내 집 며느리로 인
정해 줄 수 없다. 네 작은할머니가 비록 지금은 좀 나아졌다고
는 해도 언제 또 쓰러질지 모르는 일이고 나도 언제 저세상으로

불려갈지 모르는 일, 해서 너만 좋다면 청담동 오 여사한테 다
리를 놔서라도 결혼을 서둘러야겠구나. 에미 이혼 문제와는 별
개로 진행시켜야겠다.'

　마른하늘에 날벼락 같은 귀인의 말에 재준은 정신이 번쩍 들
었다. 지숙에 대해 일말의 가능성이라도 열어두고 설득해 보려
던 의지는 말을 꺼내기도 전에 자신의 결혼 문제로 인해 전의를
상실해 버렸다.

　'할머니, 저 아직 졸업도 못했어요. 군대도 다녀와야 하고
또……'

　'그러니 더 서둘러야지. 우리 집안이 어떤 집안인데 안주인
자리를 비워둔다는 게야? 더군다나 네가 군대라도 가게 되면 언
제 어떻게 될지 모르는 두 늙은이는 어쩌고? 내가 십 년, 아니,
오 년만 젊었어도 네 결혼 이야기는 꺼내지도 않았을 거야. 우
리 집 상황 다 이해하고 슬기롭게 너 내조할 사람이면 된다. 그
이상은 바라지도 않아. 재준아, 할미 마지막 소원이다. 언제 이
할미가 너 붙잡고 사정하는 거 봤니? 네 작은할머니 이제 겨우
자리 털고 일어나서 조금씩 움직이는 중인데 병수발 한번 제 손
으로 들어본 적 없으면서 늙은 시어미를 둘이나 내팽개치고 나
가겠다는 네 에미 절대 붙잡을 생각 마라! 난 절대 용서 못해!'

　귀인에게서는 평소보다 몇 배는 더한 지숙에 대한 미움이 느
껴졌다.

　'어머니께서 하기 싫어서 작은할머니 병 수발을 들지 않은 게

아니시잖아요. 워낙 할머니께서 거부 반응을 보이시니까……'

'병은 간호하는 사람이 얼마나 지극정성인가에 따라 중병도 낫기까지 하는데 네 에미가 퍽이나 날 염려해서 간호했겠구나! 난 그 물건이 내 몸에 손끝 하나 대는 것도 싫어.'

복순이 진저리를 치며 재준의 말을 막았다. 도대체 왜 서로들 저렇게 불신하고 미워하는 것일까. 재준은 도무지 이해할 수가 없었다.

'그나마 천만다행이에요, 형님. 우리 둘이 이렇게라도 힘있을 때 저러고 나왔으니 말이에요. 재준이 짝만 정해지고 나면 요즘은 결혼준비 대행회산가 뭔가 하는 거기다 맡기면 되고 형님 말씀마따나 우리 집 형편 이해하는 참한 아이로 데려오면 되지요. 돈 많겠다 집안 좋겠다, 누가 싫다고 하겠어요. 거기다 또 누가 알아요? 애비가 저 못된 것보다 더 괜찮은 사람을 데리고 들어올지.'

끔찍하다 못해 소름이 끼쳤다. 지숙이 아닌 다른 여자가 자신의 어머니랍시고 어머니 행세를 한다고 상상하니 자신의 결혼보다도 더 반발심이 일었다. 무엇보다 평생을 기 한번 제대로 펴지 못한 채 마음의 병만 키운 지숙을 이혼녀로 만들어 버릴 수는 없었다. 지숙이 아버지에 대한 마음을 온전히 비우지 못했다는 것을 알고 있으면서도 그대로 둘 수는 없었다. 그렇다고 뾰족한 방법이 있는 것도 아니니 그야말로 진퇴양난이 따로 없었다.

“너 요즘 연애하냐?”

동기인 상우가 여전히 자리에서 일어날 생각을 하지 않는 재준의 앞자리에 걸터앉으며 물었다. 생각에 잠겨 있던 재준이 서둘러 전공 서적을 덮었다.

“연애는 무슨…….”

재준이 콧방귀를 뀌면서도 묘한 여운을 남겼다.

“절대라는 명사가 붙지 않는 걸 보니 뭔가 냄새가 나는데!”

상우가 코를 갖다 대고 킁킁거렸다.

“저리 가, 인마! 유치하게. 그게 냄새로 맡아지는 거냐?”

재준이 손을 내저으며 핀잔을 주었다.

“내가 연애 경력보다 더 무섭다는 눈치만 자그마치 10년이다. 초등학교 6학년 때 학원에서 지들끼리 커플반지 끼고 연애하던 친구 놈을 레이더에 감지한 이후로 지금까지 내 감시망에 걸린 커플이 족히 명동성당에서부터 을지로입구역까지는 될 거다.”

“하여간 허풍은.”

상우의 실없는 소리에 재준이 코웃음을 쳤다.

“허풍이 아니라 그만큼 감이 뛰어나다는 걸 강조하는 거야.”

“그런 녀석이 자기 연애는 왜 못하는 걸까?”

재준이 눈썹을 장난스럽게 치켜떴다.

“내가 궁금한 것도 그거다. 거기에 대한 답도 찾을 겸 굶주린 배부터 어떻게 해야 할 것 같은데? 아까부터 내 배꼽시계가 밥 달라고 아우성인데 네 시계는 괜찮냐?"

상우가 재준의 배를 손가락으로 가리켰다.

썩 내키지는 않지만 재준이 가방을 챙겨 들었다.

"그래, 밥이나 먹으러 가자."

"차라리 여기가 식당이면 좋겠다."

강의실 문을 나서던 상우가 뜬금없는 소리를 했다.

"기껏해야 5분이야. 운동이다 생각하고 걸어."

"그게 아니라, 인마! 너같이 외모로 사람 기죽이는 것들은 루저의 심정을 모를 거다. 전공 서적은 깜빡해도 굽높이 깔창만은 절대 잊지 말아야 하는 그 심정을. 우리 엄마가 아침에 그러시는 거야. '양말 속에 넣는 것도 있다던데'. 그 말 듣는 순간 웃음도 안 나오더라. 나보다도 이제는 우리 엄마가 더 조바심이 나는 모양이야."

재준의 훤칠한 키를 부러운 눈으로 쳐다보며 상우가 씁쓸히 말했다.

"니 키 정도면 보통 이상인데 뭘 그렇게 집착해? 군대 가서도 키 크는 사람들 있다니까 느긋하게 기다려 봐."

"너도 속은 거야. 그게 바로 깔창의 힘이라는 거다. 얼굴 못생긴 거야 의느님에 의해 어느 정도 해결이 되겠지만 키는 방법이 없잖아. 코 올리는 것하고 키 늘리는 건 같은 수술이라고 해도 차원이 다르니까."

“스트레스 받으면 클 키도 안 커. 근데 의느님은 또 뭐야?”

“의사를 신격화해서 부르는 거. 하느님의 변형이라고 할 수 있지. 깔창으로 구원받는 내겐 깔느님 뭐 이런 식.”

“참 내.”

황당함에 재준이 너털웃음을 터트렸다. 한글이 얼마나 재미있고 위대한지를 다시금 느끼는 순간이었다.

“아, 너 보면 확인한다는 게 깜빡했다. 너 혹시 어젯밤에 압구정에 있었냐?”

“네가 그걸 어떻게 알아?”

“역시 너였구나. 밤에 아버지 차 끌고 한 바퀴 돌았거든. 근데 너랑 닮은 사람이 언뜻 지나가는 것 같아서 긴가민가했었는데. 하여간 잘생긴 놈은 한밤중인데도 티가 난다니까. 근데 너 못지않게 빛이 번쩍번쩍 나던 그 여자는 누구냐?”

염불보다 잿밥에 더 관심이 많다더니, 상우가 눈을 반짝였다.

“번쩍번쩍은 무슨. 번개도 아니고.”

“내가 달리 너한테 연애 냄새가 난다고 했던 게 아니거든. 네가 만날 정도면 대단하다는 거잖아. 너 좋다고 따라다니는 여자들이 한둘이 아닌데 이제 드디어 정착하는 거냐?”

거듭되는 상우의 추궁에도 불구하고 재준은 말을 아꼈다. 그저 장막을 치듯 옅은 웃음을 지을 뿐이었다.

“다른 사람은 몰라도 네가 애인이 없다는 게 솔직히 말이 안 되는 이야기긴 했다. 집안 좋아, 외모 출중해, 몸 좋아. 거기다 머리도 좋고 뭐 하나…… 성격이 가끔 지랄 맞기는 하지만 여자들은 그런 것까지도 좋아서 난리니까 뭐. 그나저나 네 미니 홈페이지 방문자 올려주는 각종 누나들과 여동생 2종 세트 팬클럽들은 어쩌냐!"

"너까지 그런 식으로 비꼴래? 뭐 하러 과모임은 거기다 만들어서 미니홈피까지 다 드러나게 만든 거야."

"말 돌리기는. 비꼬기는 누가 비꼰다고 그래. 학번들끼리 뭉치기엔 그게 가장 편하잖아. 과제나 과 소식 알리기도 할 겸 개인적으로 친분도 쌓고……. 나처럼 내 돈 들여서 도토리 사서 꾸미는 인간들이야 지출이 만만찮다만 너야 알아서 스킨에 도토리에 음악까지 풀코스 서비스까지 받는데 뭐가 불만이냐? 불만을 하려면 나 같은 사람이 해야지. 근데 너도 독한 놈이긴 하다. 그렇게 넘쳐 나게 쏟아지는 선물 하나도 적용 안 시키고 이름만 덜렁 써놓은 채 방치하냐? 보내주는 사람 성의를 봐서라도 가끔 좀 꾸미지."

"나 원래 그런 놈이라는 거 몰라서 그래?"

"잘 아니까 하는 말이지. 그런 놈이 여자를 사귀니까 대서특필감 아니냐? 불어라, 어떤 사인지."

상우는 쉽게 포기를 할 생각이 없어 보였다. 그렇다고 시시콜콜 털어놓을 재준이 아니었다. 시답잖은 반응쯤으로 치부하려 억지로 미소를 짓다 보니 생긴 미간 사이의 골을 쓰윽 문지를 뿐이었다.

“말 안 하는 거 보니 제법 진지한 사인가 보네. 자식, 남자구나! 멀리서 봐도 잘 어울리던데 잘해봐라. 너처럼 인간미가 조금 부족한 놈은 연애로 감성을 키울 필요가 있으니까.”

“훗!”

모든 것이 함축된 반응이었다. 유라에 대한 어느 정도 관심은 인정하지만 그 이상도 이하도 아니라는 것과 지금 그의 머릿속은 다른 것들로 가득 차 있음을 알리는 변명 같은 웃음이었다.

“그래도 상협 선배 결혼식에는 혼자 와야 된다. 내가 솔로 탈출할 때까지는 너도 배려를 아끼지 않았음 한다 이 말이야. 그나저나 선배 결혼식 땐 뭘 입어야지? 매번 같은 양복 입고 결혼식 갈 수도 없고 이것도 은근 스트레스다.”

상우가 농담처럼 덧붙이고는 투덜거렸다.

“상협 선배 결혼해?”

재준이 금시초문이라는 얼굴이었다.

“이봐, 이봐라. 연애질하느라 관심도 없고만. 이번 주 일요일 동문회관에서 한다고 한 달도 전부터 선배가 입이 귀에 걸려서는 안내방송하고 다닌 거 모르냐?”

“선배 군대도 안 다녀왔잖아. 졸업도 아직 못했는데 벌써 결혼을?”

“군대야 졸업하고 가면 되는 거고, 선배가 작년에 친구 자살하고 심하게 방황했었잖아. 그때 형수 될 사람이 꽉 붙잡아줘서 선배네 집에서 서두른 거라더라. 고등학교 때부터 사귄 사이라니까 결혼도 염두에 두고 있긴 했겠지. 어쨌든 부럽다. 누군 스물여섯에 결혼도 하는데 누군 스물셋에 애인도 없으니 한편으론 비극적이기도 하고."

"결…… 혼."

상우의 신세 한탄을 가볍게 넘긴 재준이 생소한 단어처럼 생경하게 혼잣말을 삼켰다. 분명 자신과는 거리가 먼 단어인데 낯설지 않은 느낌이랄까. 모순 같지만 그랬다.

"왜, 너도 땡기냐? 아서라, 연애 초기에야 천국이 여기로구나, 생각 안 하는 사람 없다더라. 결혼은 다른 거야! 평생 함께 살 여잔데 잘 알아봐야지."

"제발 그 입 좀 다물어라, 응!"

재준이 오버를 하는 상우의 입을 틀어막으며 질질 끌다시피 하여 식당으로 향했다. 발버둥치는 상우를 쉽게 놔주지 않으며 끌고 가는 재준의 모습이 어쩐지 또 다른 그의 모습을 투영시키는 것 같았다.

세월을 견뎌내지 못하고 점점 내려앉는 아귀 맞지 않은 문이 유난히 삐걱거리는 소리를 냈다. 손님이 왔다는 신호였다. 덕분에 따로 종을 단다거나 하는 일이 없어도 되니 그 점은 편했다. 뭐든 해석하고 받아들이기 나름이었다.

기름의 온도를 적당히 올려놓는 것으로 이제 막 영업 준비를 마친 참이었다. 시기적절하게 들어서 주는 손님이 이렇듯 고마울 수가 없었다. 주방 안에 있던 은설이 고개를 쑥 내밀었다.

"어서 오세……."

해맑게 인사를 하다 말고 은설이 두 눈을 동그랗게 떴다. 전혀 예상치 못했던 재준의 등장에 놀라움을 금치 못하는 반면 수상쩍은 눈길을 거두지 못했다.

"여기서는 인사가 어서 오세인가 보네."

볼 것 하나 없는 가게 안을 빙 둘러보던 재준이 동의를 구하듯 눈썹을 찡긋거렸다. 은설이 의구심이 가득한 얼굴로 주방 문턱을 넘어 가게로 들어섰다.

저 숨넘어가게 멋진 미소 좀 봐……. 안 돼! 정신 차려, 하은설. 넘어가면 안 돼! 흔들리면 안 된다고! 넌 지금 외모에 끌리는 거야. 사람은 외면이 아니라 내면이 중요한 거라고! 네가 당한 수모를 떠올려 봐. 머릿속이 백지장이면 그냥 네 원수라고 생각해. 그래! 원수야, 원수!

독한 다그침을 받고서야 은설은 겨우 냉정해질 수 있었다.

도대체 여긴 어떻게 알고 찾아온 거지? 뭣 때문에? 사람을 그렇게 무안 주고 망신을 시키더니 더 할 게 남았나? 그러기만 해 보라지. 다른 곳에서는 몰라도 여기서만큼은 적어도 내가 유리할 테니까.

은설이 이를 꽉 깨물었다. 경각심을 일깨우며 전투 자세를 취하는 은설과 달리 재준에게선 목적이 애매한 여유로움이 흘렀다.

"여기가 치킨 집이라는 건 알고 오신 거죠? 손님으로 오신 거면 환영하고 아니면 곱게 나가주세요. 저희 집은 주인의 횡포가 무척 심한 가게거든요."

은설이 속으로 부모님께 용서를 구하고는 괜한 허세를 부렸다. 지난번의 굴욕적인 모습을 상쇄시키려면 이렇게라도 억지를 부려야 했다.

"여기는 친구 만나러 와도 무조건 주문을 해야 하는 거야? 그런 식으로 장사하면 수입이 장난 아니겠는걸. 금방 재벌 되겠다. 실제로도 그래?"

재준이 허리를 숙여 은설에게 최대한 얼굴을 접근시키고는 능글맞게 굴었다.

은설이 저도 모르게 침을 꼴깍 삼키고는 반걸음쯤 뒤로 물러섰다. 최대한 양보해서 반걸음이었다. 마음 같아서는 자석처럼 그 자리에 딱 붙어 있고 싶지만 딱 반걸음만큼이 은설의 자존심이었다. 창피하지만 사실이 그랬다.

"어머! 친구는 무슨. 언제부터 선배님하고 제가 친구였다고 이렇게 친한 척이신 거예요? 저 바빠서 선배님하고 농담할 시간 없거든요!"

지지 않으려는 듯 은설이 턱을 치켜들고 반항하듯 얼굴을 내밀었다.

"그래, 일봐. 난 여기 앉아서 기다리고 있을 테니까. 오랜만에 친구를 만나는 건데 그 정도야 뭐."

재준이 빈자리에 자리를 잡고는 도리어 여유를 부렸다. 기가 막힌 은설이 테이블을 똑똑 두들겼다.

"어허! 농담이 아니라 정말 바쁘거든요. 그리고 저 선배님하고 친구 할 생각 같은 건 전혀 없으니 냉수 마시고 속 차리세요! 저 그렇게 쉬운 여자 아니에요."

스스로 생각해도 대견할 만큼 똑 부러지고 야무지게 말을 한 것 같아 흡족했다. 그동안 찬양질만 받아봤을 재준도 속으로는 무척 당황스러울 것이라 생각하니 지난번의 상처에 개미 눈곱만큼 정도는 위로가 되는 것 같았다.

"어이, 생명의 은인이자 후배님! 세상에 어떤 미친 선배가 후배랑 친구를 먹어? 가끔 보면 개념 상실한 후배들이 있기는 하지만 난 후배가 선배한테 친구 먹자고 하는 건 절대 용납이 안 되는 사람이거든? 특히 여자라고 해서 예외는 아니야. 그리고 쉬운 여자 아니라는 건 좀 못 믿겠는걸?"

재준이 적반하장 격으로 큰소리를 치고는 뻔뻔스럽게 굴었다.

가증스럽게도 그새 또 말 바꾸는 거 봐. 분명 자기 입으로 친구 운운해 놓고선. 누굴 바보로 아나? 으이구! 네가 그날 얼마나 우습게 보였으면 저렇게 나오겠냐고! 제발 자존심은 챙기고 살자, 하은설!

"선배님 친구 만나러 오셨다면서요? 선배님이 친구라고 부를 사람이 지금 여기에 저 말고 누구 있어요? 우리 인간적으로다가

이러지 말죠. 자기가 내뱉은 말에 대해서만큼은 책임을 지자고
요."

은설이 퉁명스럽게 내뱉었다.

"은기! 나 하은기 만나러 온 건데? 생명의 은인님, 인간적으
로 착각이 너무 심한 거 아니세요? 오빠 지금 집에 없어?"

재준이 이미 둘러본 가게 안을 다시금 두리번거리며 거들먹
거렸다.

"오…… 빠?"

그러고 보니 깜빡 잊고 있었다. 오빠인 은기가 재준과 동창인
것을. 잊을 게 따로 있지. 은설이 머리를 콩 쥐어박았다.

"그렇게 때려서 아프기는 해? 머리가 하도 커서 이 솥뚜껑 정
도로는 때려줘야 반응이 있을 것 같은데."

탁자 위에 올려둔 직화 냄비의 뚜껑을 들고 친히 내리치는 시
늉을 해 보였다. 입맛이 없는 엄마를 위해 쪄놓은 투실투실한
고구마가 분위기와 어울리지 않게 위용을 자랑했다. 뚜껑을 덮
던 재준이 그중 하나를 집어 들었다.

"이왕 머리 얘기가 나와서 하는 말인데 그런 스타일은 어디
가서 하는 거야? 설마 돈 주고 한 건 아니겠지?"

재준이 고구마의 껍질도 벗기지 않고 덥석 베어 물고는 우물
거리며 제 것인 양 맛나게도 먹었다.

은설이 금방이라도 하늘로 승천할 것 같은 폭탄 맞은 머리를
아래로 잡아당겼다. 오후가 되면 부스스함의 극치를 보여주는

지라 헤어 제품을 발라야 하는데 깜빡 잊고 있었다. 재준의 앞에서 위생모를 쓰자니 또 어떤 놀림을 당할지 몰라 그냥 포기했다.

그러거나 말거나 재준은 고구마를 맛나게도 먹고 있었다. 머리 가지고 놀리는 것도 모자라 남의 고구마까지? 마음 같아서는 손에 들고 있는 고구마를 빼앗아 버리고 싶은 마음이 굴뚝같지만 차마 그런 유치한 짓은 할 수가 없었다.

"울 오빠 집에 없어요. 당분간, 아니, 오래 없으니까 그것만 드시고 얼른 가세요."

"왜? 어디 여행이라도 갔어? 안타깝네. 저기 근데 나 마실 것 좀 줄래? 이거 꽤 목이 막히네."

머리도 끝내주게 좋다면서 고구마 먹으면 목 막힌다는 걸 이제 알았나……. 근데 저거 엄청 팍팍한 고구만데.

마음 한구석에서 안쓰러운 마음이 일려 하자 은설이 냉정하게 눌렀다.

"저기 정수기 보이시죠?"

은설이 척 봐도 물이 나올까 의심스러운 정수기를 가리켰다. 그러고 보니 생수 배달을 언제 시켰는지 가물가물했다. 주변에 빈 통만 놓여 있는 것으로 보아 오빠의 사태 이후로 깜빡 잊은 모양이었다. 요즘 은설의 가족들 정신 상태가 이랬다.

아니나 다를까, 정수기의 여닫개에 컵을 갖다 댄 재준이 빈 컵을 흔들어 보였다.

"안 나오는데?"

"그럼 저도 어쩔 도리가 없고요."

"어쩔 수 없기는! 냉장고 안에 콜라 많네. 시원한 걸로 하나 주라."

표정 하나 변하지 않은 재준이 치킨과 함께 나가는 콜라를 가리켰다.

마음 같아서는 마시던 콜라도 빼앗고 싶은 심정이지만 인류애를 발휘하여 은설이 캔 콜라 하나를 내밀었다. 그리고는 조곤조곤 타이르기 시작했다.

"혹시 그날 일 때문에 불쾌하셔서 오신 거면 그냥 가시는 게 좋은 일 하시는 거예요. 제가 가끔 정신이 오락가락하는데 하필이면 그날이 정줄 놓는 날이었거든요. 그래서 선배님께 그런 말도 안 되는 요구를 했었던 거예요. 설마하니 제정신으로 그랬겠어요? 그러니까 신경 쓰지 마시고……."

끼이익.

은설의 대사를 방해하며 다시금 바닥에 문이 쓸리는 소리가 들렸다. 평소엔 괴롭기까지 한 낡은 문소리가 이렇듯 반가울 수가 없었다. 문이 열리고 가게 안으로 들어선 손님은 노타이 차림의 정장을 한 젊은 남자였다.

"어서 오세요."

재준에게와는 딴판으로 은설이 과하다 싶을 만큼 환한 미소로 손님을 반겼다.

"아…… 예……."

남자는 은설의 과잉 친절에 놀란 듯 당황하고는 어찌할 바를 몰라 했다. 자기도 모르게 너무 오버를 한 것 같아 은설 역시 민망하기는 마찬가지였지만 장사를 하려면 이 정도 부끄러움은 감수해야 했다.

"메뉴판은 벽에 있으니까 보시고 말씀해 주세요."

거창하게 메뉴판이라고 했지만 실은 종류에 따른 치킨의 가격이 적힌 것이 전부였다. 메뉴도 단순히 튀겼느냐 양념을 발랐느냐가 전부인 아주 단출한 구성이었다.

"주인 되십니까?"

주문 대신 남자가 조심스럽게 물었다.

'주인? 갑자기 주인은 왜 찾는 거지?'

은설의 의아한 눈빛에 남자가 눈웃음으로 응수했다. 어찌 보면 작업을 거는 것처럼 보이기도 하고 어찌 보면 반갑다고 아는 체를 하는 것 같기도 했다. 어쨌거나 중요한 건 둘 다 은설에게는 무의미한 행동이었다.

왜 자꾸 저렇게 쳐다보는 거야? 내 솜씨를 못 믿어서 그런가? 닭 튀기는데 주인인지 아닌지 그게 뭐가 그리 중요하다고.

"네, 제가 여기 주인…… 이나 다름없어요. 혹시 제가 어려 보여서 맛이 걱정되시는 거라면 안심하셔도 돼요. 이래 봬도 20년 경력의 베테랑에게 사사한 실력이거든요. 여기 럭셔리하게 생기신 이 손님도 제 손맛에 반해서 오시는 단골손님이에요. 그쵸?"

은설의 눈신호에 재준이 얼떨결에 고개를 끄덕이고는 천연덕스럽게 맞장구를 쳤다.

"저하고 입맛이 다르실 수도 있겠지만 치킨의 신세계를 경험하실 수 있을 겁니다. 전율이 돋는 맛이라고나 할까요? 가끔 꿈에도 나타나는 것이 한 번 맛보면 다른 치킨은 절대 못 먹어요. 일단 요리하시는 분 외모부터 남다르신 것만 봐도 치킨 맛이 독특할 거라는 예감이 팍팍 오시지 않습니까?"

재준이 맛 한번 본 적이 없는 은설네 치킨에 대해 능청스럽게 늘어놓았다. 은설은 어쩐지 재준의 말에 뼈가 있는 것 같아 가슴이 뜨끔거리면서도 의외의 도움에 놀랐다.

"한눈에 봐도 그렇게 보이시네요."

남자가 은설의 폭탄 맞은 것 같은 부푼 머리에 시선을 고정한 채 말했다. 은설이 마뜩찮은 미소를 지으며 머리를 차분하게 쓸어내렸다. 이 순간만큼은 한 배를 탄 재준이 한쪽 눈썹을 치켜뜨고는 두 사람을 번갈아가며 쳐다보았다. 마치 애인에게 다른 남자가 생기기라도 한 것처럼 경계하는 눈빛으로 촉각을 곤두세우고 있었다.

"그럼 메뉴는 정하셨어요? 대부분은 반반씩 하시는데……."

"반반? 아, 예. 근데 혹시 지난 수요일에 장미아파트 노인정에 오신 적 있지 않으세요?"

"네? 배달이 들어오면 어디라도 가니까요. 그날 장미아파트에 배달 갔던 건 맞아요. 그런데 그건 왜……."

"어쩐지 낯이 익다 했더니 역시 제 눈이 정확했네요. 그날 보니까 고스톱 꽤 잘 치시던데 할머니들께 일부러 져주신 거 맞죠? 어르신들께서 내기로 이긴 치킨을 정말 맛나게들 드시던데 훔쳐보던 제가 다 흐뭇했습니다. 자주 오셔서 그렇게 어르신들과 어울리시고 치킨을 드린다고 들었어요. 나이도 어리신 분 같은데 대단하시네요."

"아…… 그거요. 그게 오해가 좀 있으신 게 저는 어쩌다 우연찮게 그렇게 한 거고 주기적으로 그 일을 하는 분은 따로 계세요."

평소 불효자임을 자청하는 홍수가 일주일에 한 번씩 유자의 동의하에 오래된 임대아파트의 노인정에 치킨을 가져다주고는 했다. 그냥 드리면 부담을 느끼실까 내기 바둑이나 장기, 고스톱을 쳐서 드리고 오곤 하는데 종종 은설이 갈 때도 있었다. 그 모습을 본 거라면 아마도 남자는 그 아파트에 사는 주민인 모양이었다.

"그 머리 때문에 금방 알아봤습니다."

"네에……."

좌우당간 이놈의 머리 스타일을 바꿔 버리던가 해야지. 은설이 무의식적으로 머리를 귀 뒤로 넘겼다.

"그런데 주문은 어떻게 결정하셨는지?"

칭찬보다도 장사가 우선인 은설이 다시금 재촉을 했다. 이렇게 뭉그적거리다간 주문하는 데만 하루해가 다 갈 것 같았다.

"저…… 사실 저는 치킨을 사러 온 게 아니라 가게 때문에 주인분을 좀 만나뵀으면 해서 왔습니다."

단박에 은설의 표정이 일그러졌다. 남자의 시종일관 웃는 얼굴이 뭔가 불안불안하다 했더니. 갑자기 입맛이 써졌다.

"가게…… 요?"

"부동산에 갔더니 이 가게가 매물로 나올지도 모르겠다고 하셔서요. 거기서는 정식으로 나온 게 아니라 확신을 못하신다고 해서 제가 한번 와본 겁니다. 혹시라도 가게를 내놓으실 의향이 있으시거나 맞으시면 이야기를 좀 나눠봤으면 해서요."

남자의 말에 가슴이 철렁한 은설은 절대 내색을 하지 않으려 이를 악 물고는 평정심을 유지하려 애썼다.

"부동산 사장님께서 다른 매물하고 착각하신 모양이네요. 거기서 어떤 말씀을 들으셨는지 모르겠지만 이 가게 내놓은 적도 없고 앞으로도 내놓을 생각 같은 거 전혀 없어요. 저흰 대대로 이곳에다 뿌리를 박으려고 하는데 가게를 내놓다니요! 아휴, 무슨 그런 섭한 말씀을……."

은설이 어색한 웃음을 남발하며 과장된 손짓과 함께 단호하게 부인했다. 새로 지은 멋진 상가들도 많은데 하필이면 다 찌그러져 가는 낡은 건물에 세를 들어오겠다고 하는 것인지 취향 한번 특이했다. 덕분에 호감형의 외모임에도 불구하고 은설은 경계심을 곤두세웠다.

"저런…… 죄송합니다. 제가 아주 큰 실례를 범한 모양이네요. 고의는 아니었습니다."

"뭐 살다 보면 그럴 수도 있죠. 근데 제가 좀 바쁘거든요."

정중하게 사과를 하면서도 남자가 미련이 남은 것처럼 굴자 은설이 냉정하게 말을 잘랐다. 이럴 때 시기적절하게 주문 전화라도 울려주면 좋을 텐데. 아쉽게도 주문 전화는커녕 재준이 마치 제 가게인 양 떡하니 자리 잡고 앉아 심기를 더욱더 불편하게 만들고 있을 뿐이었다.

"많이 바쁘신데 방해해서 죄송합니다. 제가 지금은 시간이 안 되고 다음에 꼭 치킨을…… 그럼 이만."

"일부러 들르실 필요는 없으세요. 치킨 맛이 다 거기서 거긴데요."

남자가 행여 다시 올까 봐 은설이 에둘러 사양했다. 은설의 말을 제대로 알아들었는지는 모르겠지만 남자가 끝까지 정중하게 인사를 하고는 조심스럽게 문을 열고 나갔다.

다시 한 번 듣기 괴로운 문 닫히는 소리가 들리고 나서야 은설은 저도 모르게 참아왔던 한숨을 길게 내쉬었다.

'두 달 정도는 시간을 주겠다고 하더니 어떻게 몇 시간 만에 쪼르르 부동산에 정보를 흘릴 수 있지? 내가 그렇게 사정을 했는데도 정말 너무해……. 돌아가신 주인 할아버지는 전세금도 많이 올려받지 않으시고 장사할 수 있을 때까지 하라고 하셨다던데. 어쩜 20년 세월도 돈 앞에서는 아무것도 아니구나. 두 달

만 좀 참아주지. 자꾸 사람들 찾아오면 계약할 맘이 뚝 떨어지도록 만들어줄까 보다.'

엉뚱한 오기가 발동한 은설이 반짝 눈을 빛냈다. 주인에게는 안된 말이지만 그렇게 해서라도 시간을 벌 수 있다면 염치 불구하고 얼마든지 그렇게 할 수 있을 것 같았다. 환경이 사람을 바꾼다더니 은설도 점점 삶에 대해 악착을 부리고 있었다.

"흠흠!"

재준의 헛기침에 정신이 다른 곳에 가 있던 은설이 현실로 돌아왔다. 맞다, 선배도 있었구나…….

"애써 도와주셨는데 보시다시피 결과는 꽝이었네요. 장사라는 게 원래 이래요. 그래도 저녁때 되면 나아질 거니까 뭐."

은설이 아무렇지도 않다는 듯 어깨를 가볍게 들었다 놓고는 한껏 예열되었을 기름의 온도를 낮추기 위해 주방으로 몸을 틀었다. 자존심 때문에 겉으로는 태연하게 굴고 있지만 가슴은 콩닥콩닥 불안함에 떨고 있었다.

"들으려고 해서 들은 건 아니지만 가게에 무슨 문제라도 있는 거야?"

상처 입은 강아지 같은 눈을 하고도 애써 밝은 척하는 은설을 보고 있자니 도저히 묻지 않고는 못 배길 것 같았다. 자꾸 마음이 쓰였다.

"아유, 아니라니까요! 우리 가게 아무 문제 없어요. 저 사람도 그렇고 부동산에서도 그렇고 무슨 착오가 있었던 모양이에요.

근데 농담이 아니라 정말 장사 준비해야 해서 주방에 들어가 봐야 하거든요. 그러니까 선배님도 이만 가주세요.”

끝까지 딱 잡아떼고 있기는 하지만 은설의 창백한 표정은 다른 말을 하고 있었다. 재준이 이번에는 군말없이 자리에서 일어났다.

“미안하다. 장사 방해하려고 온 건 아니었는데 결과적으로는 그렇게 돼버렸네.”

재준이 짧게나마 사과를 하고는 은설의 반응을 살폈다.

“그래도 아까 도와주셨잖아요. 안녕히 가세요.”

은설이 마음에도 없는 환한 미소를 지으며 인사를 했다. 순간 재준은 기분이 확 상했다. 들어올 땐 그다지 반기지도 않더니 간다고 하니 춤이라도 출 것 같은 은설의 표정에 괜히 서운해졌다.

“그렇게 생각해 주면 고맙고. 수고해라.”

은설의 생글거리는 얼굴을 물끄러미 바라본 재준이 무슨 말을 하려다 말고 관두고는 요란한 문소리를 남기고 사라졌다.

“갑자기 머리가 터질 것 같아······.”

재준의 앞에선 활기가 넘쳐 나던 은설이 혼자 남게 되기 무섭게 힘이 풀린 몸을 의자에 의지한 채 시름에 잠겼다. 어렸을 적엔 하루빨리 어른이 되고 싶었는데 이렇게 마음고생이 심할 줄 알았다면 그런 생각은 절대 안 했을 것 같았다.

주차된 차에 오른 뒤에도 재준은 바로 출발을 하지 못했다. 자신의 앞에서 아무렇지 않은 척 굴던 은설의 모습이 어른거려 망설이게 되었다. 가게를 보러 왔다는 한마디에 창백해지던 은설을 떠올리자 이유없이 죄책감에 시달렸다.

"타이밍 한번 죽이는구나."

고의는 아니었지만 본의 아니게 은설의 사정을 엿보게 된 것 같아 좌불안석이었다. 두 할머니와 자신의 관계를 들켰을 때의 당혹스러움을 떠올리니 은설이 지금 어떤 심정일지 알 것 같아 더더욱 그랬다.

무슨 마음으로 은설의 가게를 찾게 되었는지는 사실 재준도 설명하기가 힘들었다. 굳이 변명이라는 것을 해보자면 그냥…… 마음이 끌리는 대로 발길이 움직였을 뿐이었다. 이를테면 생명의 은인에 대한 뒤늦은 고마움의 표시라도 해야겠다는 단순함에서 비롯된 즉흥적인 행동 같은 거였다.

"들어가자마자 치킨부터 주문할 걸, 말할 기회를 놓치니 그야말로 실없는 놈이 되어버렸잖아. 괜히 어린애 자존심만 다치게 하고."

이제 와서 후회해 봐야 소용없지만 이마를 긁적거린 재준이 은설의 가게 방향을 할끔거리고는 하는 수 없이 시동을 걸었다.

'고스톱 정말 잘 치시던데 할머니들께 일부러 져주신 거 맞죠?'

남자의 칭찬을 곱씹던 재준이 눈을 빛냈다. 그러나 이내 불만

섞인 표정으로 고개를 저었다. 오늘 그가 은설의 가게를 찾은 건 순수한 의미에서였다. 그 의미를 퇴색시킬 수 없다며 재준이 잠시나마 속으로 품었던 생각을 단숨에 지워 버렸다.

동아리방에서 혹사라고 표현해도 될 만큼 목이 찢어져라 노래를 부르고도 재준의 기분은 상승될 기미가 보이지 않았다. 연습 후 온몸이 땀으로 흠뻑 젖을 때까지 격렬하게 농구 게임을 하고 나서야 조금이나마 스트레스가 풀리는 것 같았다.

샤워 후 맥주라도 한잔하고 가자는 친구들의 제안을 뿌리치고 집으로 직행한 재준을 반긴 것은 현관 앞에 나와 있는 두 개의 검은색 트렁크였다. 본능적으로 지숙의 짐 가방이라는 것을 알아챈 재준은 허탈한 심정으로 그것들을 지켜보았다. 20년 가까이 이 집 안에 머물렀던 세월이 고작 가방 두 개 분량으로 정리될 수 있다니 한편으론 안타깝고 한편으론 신기했다.

"아이고, 놀래라. 언제 왔어?"

쓰레기봉투를 들고 나오던 수원댁이 어슴푸레한 어둠 속에 서 있는 재준을 보고는 소스라치게 놀랐다.

"방금이요."

가방에서 시선을 떼지 않은 채 재준이 짧게 대답을 했다.

"사모님 가셨어. 재준 학생한테 연락하겠다고 하니까 기어코 말리셔서 전화 못했어. 삼성동 아파트에 가계시겠다면서 두 시쯤에 출발하셨어. 이 짐은 임 기사가 곧 싣고 간다고 해서 내놓은 거야. 두 분 사모님들께서 당신들 눈앞에는 두지 말라고 하셔서 뇌둘 수가 있어야지.”

설명을 마친 수원댁이 쓰레기를 내놓기 위해 사라지자 재준은 천천히 집 안으로 들어섰다. 거실 소파에 앉아 차를 마시고 있던 두 쌍의 눈동자가 완벽한 호흡을 자랑하며 재준에게로 향했다.

“다녀왔습니다.”

“저녁은 먹었니?”

귀인이 웃음기를 거둔 채 물었다. 이런 분위기에서 웃는다는 것도 이상한 일이지만.

“친구들하고 운동한 다음 먹었어요.”

“그래도 어지간하면 집에 와서 먹지. 사먹는 음식 몸에 이로울 것 없어.”

“그러도록 노력할게요.”

평소와 다름없는 대화를 주고받기는 하지만 어쩐지 서로가 겉돌고 있다는 느낌만은 지울 수가 없었다.

“저기, 재준아. 여기 와서 사진 좀 볼래?”

복순이 자신의 옆자리를 툭툭 쳤다. 그대로 자신의 방으로 올라가고 싶은 마음을 접고 재준이 하는 수 없다는 듯 복순의 옆자리에 앉았다.

“조금 전에 청담동 오 여사가 주고 간 건데 이 아가씨들 좀 봐라.”

"할머니, 저 아직은 결혼 생각 없어요. 공부나 마친 다음에 결혼 이야기를 해도 늦지 않은데 갑자기 이러시면 제가 너무 부담스러워요."

복순이 내미는 파일 철을 쳐다보지도 않은 채 재준이 분명하게 거부의사를 밝혔다. 지금까지 진로 문제를 비롯해 많은 것을 본인의 의지대로 해왔듯이 결혼도 예외는 아니었다. 결코 양보할 수도, 해서도 안 되는 문제였다. 더군다나 결혼에 대해 부정적인 재준으로서는 두 할머니의 행보가 탐탁지 않을 수밖에 없었고 무조건 막아야 했다.

"이럴 수밖에 없는 노인네들 심정은 안중에도 없는 거냐? 이 할미들 얼굴을 보고도 그런 말이 나와?"

언제부터인가 모르겠지만 보이지 않는 얇은 벽을 사이에 둔 것처럼 귀인에게서는 다정함이 누그러지고 엄한 모습이 돌출되었다. 나무라는 듯한 귀인의 다그침에도 불구하고 재준은 물러설 생각이 전혀 없었다.

"제가 군대 간 이후가 걱정이시라면 대학원에 진학해 학업을 계속할 의사도 있어요. 딱히 군대 때문이라기보다 개인적으로 공부를 좀 더 하고 싶기도 하니까요. 그러니 그 점은 염려하시지 않아도 돼요."

"너야 염려할 필요가 없겠지만 우린 달라. 이 큰집 안에 병든 노인네가 둘이야. 네 수발 받으면서 우리가 오래 살 수 있기는 할 것 같니? 아들이라고 하나 있는 건 가정은 나 몰라라 내팽개

치고 그 안사람은 더는 못 살겠다고 짐 싸서 나가고. 그것만으로도 늙은이들 열두 번도 더 까무러치고 기함할 일인데 너까지 보태려고? 아주 두 늙은이 죽으라고 고사를 지내는구나. 허허."

귀인이 힘이 달린 목소리로 하소연을 하고는 허탈한 듯 웃었다.

"죄송합니다."

모처럼 굳게 먹은 마음이 흔들리기 전에 재준이 자리에서 일어났다. 복순이 상처받은 눈동자로 호소했지만 못 본 척 외면하고 돌아섰다. 재준이 막 이층 계단을 올라설 때였다.

"형님, 형님, 왜 그러세요?"

복순이 숨이 넘어갈 것처럼 큰소리를 냈다.

"할머니!"

재준이 서둘러 이마를 짚고 비틀거리는 귀인을 부축했다.

"갑자기 머리가 핑 도는 게…… 괜찮아질 거야. 호들갑 떨 거 없어."

재준의 팔을 뿌리치며 귀인이 억지로 몸을 바로 세웠다. 그러나 채 한 걸음도 떼기 전에 귀인이 정신을 잃고 재준의 품으로 쓰러졌다.

"할머니! 할머니!"

재준이 다급하게 귀인을 불러보지만 감긴 눈은 좀처럼 떠질 생각을 하지 못했다.

"아주머니! 아주머니!"

재준의 소리를 듣고 수원댁이 헐레벌떡 거실로 나왔다.

"세상에나, 이게 무슨 일이야!"

"권 박사님 좀 불러주세요."

"그래, 알았어. 당장 전화 넣을게. 며칠 전부터 식사도 통 못 하시고 잠도 못 주무신다더니 결국 이런 일이 생기네."

주치의에게 전화를 걸며 수원댁이 발을 동동 굴러댔다. 서둘러 귀인을 방으로 모시고 간 재준이 무릎을 꿇고 앉아 정신이 돌아오기만을 기다렸다. 새삼스레 자세히 들여다본 귀인의 얼굴이 자신이 알고 있는 것보다 훨씬 더 연로하다는 것에 재준은 진심으로 놀랐다.

기력이 너무 쇠해 충격을 받으면 어떤 일이 생길지 모르겠다는 의사의 경고에 재준은 펴보지도 못한 날개가 단숨에 잘려 나간 기분이었다. 은설을 찾아간 순수함을 퇴색시킬 수 없다던 다짐은 그리 길게 가지는 못할 것 같았다.

아침부터 후텁지근한 열기가 느껴지더니 오후 들어 본격적으로 볕이 뜨거웠다. 6월의 더위치고는 꽤 이른 감이 있었다.

"아빠, 어디 가시게?"

열어둔 방문 사이로 은설이 삐죽 고개를 내밀었다.

"배달. 주문 전화 오는 것 같아서."

"내가 다녀올게."

이력서를 준비하러 이층에 올라왔던 은설이 서둘러 바람막이용 얇은 점퍼를 팔에 꿨다.

"괜찮아. 아빠가 다녀오는 게 나아. 햇볕이 뜨거워서 이런 날은 살이 검게 타기 십상이야. 여자는 피부가 생명인데 일부러

가꾸지는 못할망정 조심은 해야지. 네가 엄마 닮아서 피부 하나는 예술이잖아."

흥수가 아래층으로 내려가는 계단에 서서 은설을 저지했다. 아무리 딸이라고 해도 예쁘다는 말은 차마 나오지 않는 모양이었다. 슬프게도 귀엽다, 피부가 좋다는 말은 예쁘지 않다는 말의 다른 표현이기도 하니까.

"피부가 아무리 좋으면 뭘 해. 찬양해 줄 남자친구 하나 없는데."

"그런 건 절대 걱정하지 마. 어제 너희 엄마랑 가서 점을 봤는데 엄마랑 아빠는 50줄까지는 고생을 하는데 너랑 은기는 사주가 아주 좋대. 우리 딸 시집도 좋은 데 가고 잘 먹고 잘산다고 나중에 한턱내라고 하더라."

"어휴, 그런 걸 뭐 하러 봐. 돈만 아깝게시리. 점 본 사람들치고 하나같이 나쁘다고 한다는 사람들 못 봤고만. 오빠 찾으러 다닌다고 나가더니 그런 곳에나 다니고 둘 다 아주 잘하셔."

은설이 곱게 눈을 흘기며 핀잔을 주었다.

"하도 답답해서 한번 본거지."

"그래서 뭐래? 오빠는 찾을 수 있대? 우리 언제 쫓겨날 거라는 말은 안 해?"

"그런 건 안 알려주고 그냥 좋은 일 많이 생길 거라고."

"칫! 무슨 점쟁이가 그러냐. 돈 받고 그런 걸 볼 땐 남들이 모르는 거 신통하게 알려주니까 보는 건데 나중에 잘 먹고 잘산다는 이야기 같은 건 나라도 얼마든지 해주겠다. 하여간 딸내미는 혼자서 닭 튀기고 배달하고 생난리였는데 부모라는 사람들은 그런 곳이나 찾아다니고. 앞으로 오빠 찾으러 다니지 마. 어린 애도 아니고 언젠가 들어오겠지."

"그렇기는 한데…… 우리가 언제 여길 나갈지 모르니까……."

홍수의 어깨가 축 처졌다. 작년에 음반 취입 사기건 이후 부쩍 말수가 줄어들고 사람이 많이 모이는 장소도 회피했다. 괜한 말로 아빠의 마음을 아프게 한 것 같아 은설은 자신의 경솔함에 후회를 했다.

"아빠……."

홍수의 어깨를 꼭 눌러주며 은설이 위로의 미소를 지어 보였다. 아빠와 자신을 위한 격려의 미소이기도 했다.

"어, 손님 온 모양이다."

바닥을 긁는 문소리에 눈을 반짝이며 은설이 재빨리 가게로 뛰어내려 갔다. 이층과 가게로 연결되는 통로에 기분 좋게 들어서던 은설의 발걸음이 멈칫했다.

"또 뵙습니다."

은설과 눈이 마주친 남자가 반가운 척을 했다. 뚱한 얼굴의 은설이 고개만 까딱이고는 유자의 곁으로 갔다.

"아는 사람이야?"

유자가 노릇노릇하게 튀겨진 닭들의 기름을 빼기 위해 탈유대에 놓고는 은설을 쳐다보았다.

"며칠 전에 가게 내놨냐면서 물어보러 왔었다고 했잖아. 그 사람."

첩보를 주고받는 요원들처럼 은설이 은밀하게 속삭였다.

"그래?"

유자의 아치형 눈썹이 이마까지 닿을 기세처럼 올라갔다.

"이거 양념 좀 버무려. 반반 아니니까 다 부으면 돼."

은설에게 자리를 내준 유자가 주방 밖으로 나갔다.

"어떻게 오셨어요?"

유자가 상냥한 미소를 띠었다.

"저, 사장님 되십니까?"

"그런데요."

"다름이 아니라 며칠 전에도 다녀가긴 했는데 그땐 제가 경황 없이 실례를 했었습니다. 저는 정동진이라고 합니다. 방금 시장 안 분식집에서 밥을 먹고 있는데 이 가게가 매물로 나왔다고 해서요. 그래서 정식으로 알아보러 왔습니다."

"우린 가게 내놓은 적이 없는데요? 시장 안 분식집이면 꽃분이네 집 할머닌가?"

유지가 얼굴색 하나 변하지 않고 능청스럽게 거짓말을 하며 되물었다.

"예? 분명히 건물 주인께서 가게를 내놨다고……."

동진이 당황한 듯 말꼬리를 낮췄다.

"원래 시장 바닥이라는 게 헛소문도 많고 남의 일에 대해서 잘 알지도 못하면서 감 놔라, 배 놔라 하는 곳이에요. 주인이랑 지금 보증금 올려주는 문제 가지고 조금 의견 차가 있어서 불편하기는 한데 워낙 그간 든 정이 깊어서 곧 해결될 거예요. 그리고 젊은 양반이 내 아들 같아서 하는 말인데 돈에 맞춰서 아무 곳이나 가게 얻고 그러면 못 써요. 이 가게 낡아가지고 막상 들어와도 본전도 못 뽑을 거야. 손보려면 밑도 끝도 없거든. 그래, 근데 여기 얻으면 무슨 장사를 하시게?"

"저는 그러니까……."

"가게 보러 오신 분이래? 그럼 이렇게 세워두면 되나."

통화를 하느라 뒤늦게 내려온 홍수가 다 된 밥에 코 빠트리듯 불쑥 참견을 했다. 유자가 눈치를 주며 말렸지만 사람 좋은 홍수는 남자를 빈 탁자에 앉히는 친절까지 발휘했다.

동진은 조금 전보다 더 당황한 듯 보였지만 불쾌한 기색을 보이지는 않았다. 더는 모르겠다는 듯 유자는 주방으로 들어가 버렸다.

"하여간 도둑질도 손발이 맞아야 하지. 내일 당장 쫓겨나게 생겼는데 시간을 벌어도 시원찮을 판에 아주 얼른 쫓아내 주십시오! 하고 있네. 내가 못 살아. 너희 아빠 생활력 없는 건 용서가 돼도 눈치 없는 건 못 참겠다."

악다문 이 사이로 유자의 불만이 쏟아져 나왔다. 은설의 입에서 픽하는 웃음이 새어 나왔다. 누가 그 엄마에 그 딸 아니랄까봐. 어쩜 미리 말을 맞춘 것도 아닌데 생각하는 게 그리도 똑같을까. 모녀사기단이라는 말을 들어도 변명의 여지가 없었다.

"이건 어디로 배달하면 돼?"

은설이 포장이 다 된 치킨 봉투를 가리켰다.

"전화기 앞에 영수증 놔뒀어. 처음 시키는 집인가 보더라. 자기 동네까지 배달되냐고 묻는 거 보니까."

"그래? 가보면 알겠지. 나 다녀올게."

"그래, 오토바이 조심해서 타고. 절대 속도 내면 안 된다."

"알겠습니다. 배달 한두 번 하나."

유자의 근심 어린 당부에 은설이 혀를 쏙 내밀고는 전화기 앞에 놓여 있는 영수증을 집어 들었다.

"375—68? 그렇게 멀지는 않구나."

자전거를 타고 다닐 땐 다소 시간이 걸렸지만 오토바이를 타고 배달을 시작한 이후로는 그다지 먼 거리는 아니었다.

"아빠, 나 갔다 올게."

은설이 미안해하는 홍수의 어깨를 따뜻하게 다시 한 번 짚어주었다.

"다녀오세요."

홍수와 이런저런 대화를 나누고 있던 동진이 인사를 건넸다. 삐걱거리는 문소리와 동시에 은설의 발걸음이 저절로 멈췄다. 오지랖도 저쯤 되면 병인 것 같은데? 잘하면 은설과 쌍벽을 이룰 정도였다. 화를 낼 수도 웃을 수도 없는 상황에 은설이 대답 대신 아랫입술을 뒤집고는 대꾸없이 가게를 나섰다.

뻔뻔한 거야, 어디가 모자란 거야? 은설이 고개를 절레절레
저었다.

인적이 드문 매끈하게 포장된 골목길에 화사한 양산 두 개가
앞서거니 뒤서거니 하며 경쟁을 하고 있었다.

"글쎄, 좋은 차에 운전기사까지 놔두고 왜 이런 생고생을 해
야 하는 거냐고요! 가뜩이나 검버섯이 생겨서 피부과까지 다니
는 사람을 끌고 이게 무슨 경우래요? 운동을 하고 싶으면 형님
혼자 하시면 되지."

아까부터 투덜거림을 멈추지 않는 복순의 불만은 그 끝이 안
보였다. 귀에 딱지가 앉을 만도 하건만 귀인은 요지부동이었다.

"자네 요즘 많이 과해. 너무 쪘어. 피부과 다니면서 관리하
면 뭘 해. 몸이 드럼통인데. 그동안 몸 아프네 핑계 대고 운동
이라고는 도통 하지 않았잖아. 그러다 정말 굴러다니면 어쩌려
고."

귀인이 냉정하게 평가를 하고는 도도하게 앞서 나갔다.

"형님은 말씀을 해도. 저 요즘 두 끼밖에 안 먹는 거 형님이
더 잘 아시잖아요. 가뜩이나 허기가 져서 죽겠고만 그게 하실
소리예요?"

"두 끼면 뭘 해? 먹는 양이 남들 두세 밴데. 코끼리는 어디 고
기 먹고 살아서 그렇게 몸집이 큰 줄 알아? 뭐든 과하면 탈이 나
게 마련인 거야."

"아무리 그러셔도 코끼리는 너무하셨어요. 전 아직 코끼리까진 아니에요."

아이처럼 토라진 복순이 입술을 가만두지 못하고 연신 삐죽거렸다.

"자네 먹는 양으로 봐선 충분히 가능해. 기네스북 올라가고 싶지 않으면 더 줄여. 아주 많이."

"형님이야 태어날 때부터 길쭉길쭉하게 타고났지만 난 물만 먹어도 찌는 체질이라 그 고충을 형님은 몰라요. 이게 살 같아 보여도 다 물이에요, 물."

귀인의 앞에 통통한 팔을 걷어 올린 복순이 보란 듯이 흔들었다.

"내 보기엔 자네 다이어트 시작하고 더 쪘어. 확실해. 달아보면 근수가 꽤 나갈 거야."

"맘대로 생각하세요. 안 그래도 다이어트하느라 금방이라도 쓰러질 것처럼 핏기 하나 없는 사람한테 참 인정 넘치시네요. 망할 넘의 할망탱구, 산호그룹 회장 마누란지 불여신지 남의 허리 치수는 뭐 하러 공개를 해서는……."

잠시 걸음을 멈추고 숨을 고르면서도 복순의 불만은 끊이지를 않았다. 젊은 사람들이 선호하는 취향의 명품 가방에서 손수건을 꺼내 땀을 닦던 복순이 갑자기 잠잠해졌다. 복순이 급하게 손수건을 가방 안으로 우겨 넣고는 선글라스의 테 부분을 잡고 눈을 가늘게 떴다.

"나도 저거나 한번 배워볼까."

복순이 헬멧 사이로 빠져나온 머리카락을 나부끼며 오토바이를 타고 지나가는 여학생에게서 시선을 떼지 못했다. 부러운 듯 입맛을 다시는 복순의 눈에 호기심이 가득했다.

"쯧쯧! 이제 하다 하다 안 되니 애들이나 타는 저 위험한 물건을 타겠다고? 자네가 그러니 나한테 싫은 소리를 듣는 거야! 자네 나이가 몇인데 저런 걸 부러워해. 자네처럼 운동신경이 둔한 사람은 저기 올라타는 그 순간이 황천길이야."

갖고 싶은 것은 반드시 가져야 하고 하고픈 일 또한 해야만 직성이 풀리는 복순의 욕심을 알기에 귀인이 제동을 걸었다. 그냥 뒀다간 어떤 사단이 날지 아무도 장담 못했다.

"운동신경이 둔하기는요. 이래 봬도 사교댄스 이틀 만에 다 외워서 춘 사람이에요. 사교장에서 나처럼 진도 빠른 사람 못 봤다고들 했어요. 운전면허도 제가 형님보다 빨리 딴 거 잊으셨어요? 형님이 아마 세 번 만엔가 붙으셨죠?"

"불법 사교장 다니다 뉴스에 얼굴 가리고 나온 게 뭐 그리 자랑이라고! 그래서 차 사자마자 그렇게 대형 사고를 냈나? 지금도 운전대만 봐도 벌벌 떨 정도로."

춤 이야기에, 운전면허증 이야기까지 나오자 귀인이 매섭게 눈을 흘기고 궁지로 몰았다. 복순이 이내 꼬리를 내리며 양산을 고쳐 쓰고는 한쪽 손을 우아하게 내밀며 길을 터주었다.

"얼른 가세요, 형님."

　귀인이 못 이기는 척 복순이 내준 길을 꼿꼿한 자세로 지나갔
다.

　"여기 근처일려나."

　높다란 담장에 탱크가 와서 밀어야 겨우 부서질 것 같은 철
대문들이 띄엄띄엄 이어지는 골목길에 다다르자 은설이 헬멧
끈을 풀며 미간을 찌푸렸다. 빵틀로 찍어낸 것처럼 비슷한 고급
주택들이 주는 위화감이 아닌 다른 위험 신호가 뇌리에 감지되
었다. 은설의 시선이 저절로 치킨 봉지로 향했다.

　"375—68…… 이거 어쩐지…….'

　영수증에 쓰여 있는 번지수를 확인하며 은설이 찜찜한 표정
을 풀지 않았다. 다시 시동을 걸고 천천히 달리며 긍정의 힘을
믿어보자, 주문을 외우던 은설의 입에서 끄응 하는 신음 소리가
흘렀다.

　"치킨을 시켜줘서 고맙긴 한데 왜 하필 이 집인 거야!"

　썩 내키지 않는 얼굴로 오토바이에서 내린 은설이 멀뚱히 서
서 재준의 집 대문을 감상하듯 쳐다보았다. 그때처럼 혹여 작은
대문이 열려 있을까 기대했던 은설은 철옹성처럼 굳게 닫힌 것
을 확인하고는 낭패감에 젖었다.

　인터폰이 양옆으로 두 개씩 설치된 것으로 보아 본채와 별채
용이 따로 구분되어진 모양이었다. 그나마 다행이라는 안도감
과 함께 은설이 별다른 고민도 없이 별채 쪽과 가까운 인터폰

을 눌렀다. 양쪽의 인터폰이 크기나 모양에서부터 차이가 있었다.

한참을 기다려도 반응이 없자 은설이 이번에는 좀 더 힘을 주어 길게 눌렀다. 그러나 여전히 묵묵부답이었다.

"뭐지? 잠시 선배네 집에 일하러 가신 건가?"

언제까지 기다릴 수는 없어 은설이 하는 수 없다는 듯 맞은편의 인터폰을 눌렀다.

"설마 인터폰을 선배네 가족들이 받겠어? 아주머니가 받으시겠지."

재준의 가족들과 마주칠 일은 없을 것이라는 확신을 하며 은설이 펭귄처럼 몸을 양옆으로 까딱거렸다.

"누구세요?"

다행이다! 은설의 입가에 저절로 안도감이 번졌다.

"네, 아주머니. 치킨 배달 왔어요. 나오셔서 받아가세요."

"치킨? 치킨 배달시킨 적 없는데. 여기가 확실해요?"

"네? 그럴 리가요. 분명히 맞는데……."

어리둥절해진 은설이 서둘러 영수증을 꺼내어 들어 보였다.

"375—68이라고 쓰여 있는 거 보이세요?"

"잠시만요. 확인 좀 해볼게요."

분주하게 움직이는 소리와 함께 잠시 대화가 멎었다. 뭔가 예감이 안 좋더니 누군가 장난 전화를 한 모양이었다. 이제 와서 후회해 봐야 아무 소용 없지만 목돈이 들더라도 주문자의 정보가 자동으로 입력되는 프로그램을 설치했어야 했다.

"기다리게 해서 미안해요. 들어오세요."

미처 대답을 할 겨를도 없이 철커덕 하고 대문이 열렸다. 정원의 중간 정도에서 아주머니가 나오시지 않을까 하는 은설의 기대와 달리 본채의 현관문에 도착할 때까지 인기척이라고는 없었다.

똑똑!

현관문을 두드리고 상대방이 나오기를 기다리던 은설이 문이 열리자마자 치킨 봉지부터 들이밀었다. 최대한 속전속결로 볼 일을 볼 참이었다.

"만 삼천 원입니다."

"미안한데 내가 지금 손에 양념이 묻어 있어서 그러니 학생이 대신 좀 이층으로 가져다줄래요?"

"네?"

가뜩이나 커다란 은설의 눈이 휘둥그레졌다. 지금까지 무수히 배달을 해왔지만 집 안까지 배달을 부탁받는 건 처음이었다. 대부분의 경우 집 안 내부를 보여주지 않으려고 했고 또 당연하다는 생각에 물건민 전해주고 바로 돌아서는 게 당연하다시피 했다.

"저기 그게……."

"계단 보이죠? 저기만 올라가면 돼요. 돈도 거기서 받아가세요."

자기 할 말만 하고 돌아서는 아주머니를 원망스럽게 바라볼 겨를도 없이 은설이 신발을 벗었다. 돈을 받아가야 하니 이층 아니라 삼층 꼭대기라도 올라가야 했다.

이 시간에 선배가 집에 있을 리는 없을 테고 할머니들이 시키신 건가? 혈압 때문에 치킨은 안 좋아하신다고 했던 것 같은데…….

의문을 품은 채 은설은 파리가 낙상할 만큼 번들거리게 광이 나는 계단을 조심스럽게 올라갔다. 층계의 끝에서 길 잃은 강아지처럼 사방을 경계하던 은설의 어깨가 허탈하게 내려앉았다.

"난 또 하도 안 오기에 치킨이 날개 달고 승천한 줄 알았지."

은설의 의문점이 풀리는 순간이었다. 탁자 위에 긴 다리를 뻗은 채 제멋대로의 자세로 잡지를 읽고 있던 재준이 찔리라는 듯 시계를 가리켰다. 재준이 어떤 행동을 하건 일절 반응을 보이지 않으며 은설이 치킨이 든 봉투를 쑥 내밀었다.

"만 삼천 원이요."

"만 삼천 원? 돈도 중요하겠지만 일단은 늦은 것에 대해 사과부터 해야 되는 거 아닌가! 후배님은 손님 대하는 태도가 영 불량해. 어디 취직하면 고객 클레임 장난 아니겠어."

님이나 잘하세요. 은설이 안 들리는 척, 못 들은 척 딴청을 부렸다.

"카드 되지?"

천장에 시선을 고정하고 있던 은설이 아차 하며 입술을 깨물었다. 재준의 질문을 듣고 나서야 카드 단말기를 깜빡 잊고 챙기지 않았다는 것이 생각났다.

"왜? 카드 안 받아? 요즘은 의무적으로 다 받는 걸로 아는데?"

어떻게 돌아가는 상황인 줄 뻔히 알면서도 재준은 모르는 척 은설을 곤란케 했다. 지난번 가게에서 도움을 줬던 건 역시나 장난이었나 보았다. 그럼 그렇지.

"제가 단말기를 깜빡하고 안 가져와서…… 현금 없으세요?"

속마음이야 어찌 되었건 은설이 억지스러운 미소를 지었다. 내 통닭 주고도 이렇게까지 비굴해야 되나 싶은 반항심이 들기는 하지만 도로 가지고 갈 수는 없는 노릇이었다.

"요즘 누가 현금을 갖고 다녀, 대부분 카드지. 잠깐만 기다려 봐. 한번 찾아볼 테니까."

귀찮아 죽겠다는 듯 재준이 마지못해 겨우 자리에서 일어났다.

"나 들어갔다 나올 동안 치킨 좀 세팅해 둬. 그 잡지책들 희귀 본들이니까 절대 음식 닿지 않도록 주의하고."

재준의 어이없는 행동에 은설이 급하게 불러 세웠다.

"저기요!"

"왜?"

"전 주문하신 치킨 배달 왔지 고객님 심부름하러 온 게 아니 거든요. 혹시 개인 비서 부르신 거라고 착각하신 게 아닌가 싶 어서요."

은설이 볼멘소리를 했다.

"닭 시킨 지가 언젠데 이제 와놓고선 그것도 모자라 또 계산은 현금으로 해달래! 지난번에 그랬지? 후배님 가게에선 주인이 거의 왕이라고? 근데 여긴 반대로 고객이 왕이거든? 왕인 고객이 치킨 좀 테이블에 차려달라는 게 그렇게도 무리한 부탁인 거야? 내 생명의 은인님?"

재준이 능글맞은 웃음만큼이나 능청스럽게 굴었다. 마음 같아서는 조각난 치킨을 하나하나 붙여서 얼굴 없는 닭 귀신의 무서운 맛을 보여주고 싶지만 은설은 억지로 꾹꾹 눌러 담았다.

"듣고 보니 제가 실수를 두 가지나 했네요. 사과하는 의미로다가 이번만은 그렇게 해드릴게요. 그런데 다른 사람들한테 이렇게 해달라고 했다간 선배님 조기 저 햇빛은 두 번 다시 못 보실지도 몰라요."

은설이 웃는 낯으로 이를 갈며 일갈했다. 대중없이 쌓여 있는 잡지책들을 대충 팔꿈치로 밀어낸 후 비굴함에 대한 화풀이라도 하듯 거칠게 봉투를 열고는 치킨 상자를 꺼냈다.

"잡지책 특별히 조심해 줘."

뒤통수에도 눈이 달렸는지 재준이 재차 당부했다.

"네에, 특별히 잘 알아 모시겠습니다."

남자가 무슨 잡지책에 저렇게 집착을 한담. 금이라도 발렸나? 호기심이 발동한 은설이 잡지책의 표지를 곁눈질했다.

플레이보이? 1984년도? 저…… 저 언니 왜 저래?

육감적인 몸매의 모델이 전라의 상태로 이래도 안 넘어올래? 라며 유혹하고 있었다. 은설의 입이 떡 하나 주면 안 잡아먹는

다는 호랑이만큼이나 딱 벌어졌다. 1984년이라면 은설이 태어
나기도 전의 잡지였다. 희귀본이라고 하더니 아주 틀린 말은 아
니었다.

변태! 저걸 보고 그렇게 좋아하고 있었단 말이지? 내가 오는
걸 뻔히 알면서도. 결국 남자는 다 똑같아. 어우…… 어떡해.

은설이 저도 모르게 양손으로 얼굴을 가렸다. 여자의 나체가
새삼스러울 것은 없지만 저런 잡지를 보물 다루듯이 아끼는 재
준을 상상하니 어제 먹은 음식을 확인하고픈 충동이 본능적으
로 일었다.

"가진 게 수표밖에 없는데 잔돈은 있겠지?"

언제 왔는지 재준이 등 뒤에 대고 물었다.

지금 내 주머니 사정 누구보다 더 잘고 있으면서 그따위 걸
질문이라고. 그나저나 나 저 얼굴 못 볼 것 같아. 목덜미까지 벌
게진 은설이 대답 대신 고개를 저었다.

"어이, 은인! 오븐이라도 들어갔다 나왔어? 왜 그래?"

은설이 재빨리 반대 방향으로 돌아섰다.

"왜 그러냐니까?"

벌겋게 달아오른 은설의 얼굴을 보기 위해 재준이 권투선수
처럼 이리저리 몸을 돌렸다.

"저리…… 가요! 저리 가……."

기겁을 한 은설이 벽에다 바짝 등을 기대고는 사정없이 거부
반응을 보였다.

“갑자기 왜 그러는 거야! 가끔씩 정신이 오락가락한다더니 오늘이 그날인가 보지?”

은설을 놀리는 것에 재미 들린 재준의 목소리에 웃음기가 대롱 매달려 있었다.

“아아! 알겠다. 은인! 너 설마 이거 때문에 그러는 거냐?”

재준이 여봐란 듯이 은설의 얼굴에 잡지를 들이밀었다. 은설이 발작적으로 주먹 쥔 양손을 흔들었다.

“유치하긴. 나는 사진으로나 즐기지만 후배님은 실물로 즐기잖아. 가끔은 가학적인 행동도 하면서. 동지끼리 뭘 그래?”

재준의 모함에 은설이 벌어진 입을 다물지 못했다. 도대체 해바라기처럼 지조있는 자신의 어디를 봐서…….

“어우, 어우! 속을 뒤집어 보일 수도 없고. 저기요! 전 그런 사람 아니에요. 사람을 뭘로 보고.”

“그…… 래? 내가 아는 거랑은 너무 다른걸.”

“도대체 뭘 아신다고 하는 건지 모르겠지만 우리 집은 월간 ‘양계’ 라는 간행물은 받아봐도 그런 건 취급 안 하거든요. 전 아직까지…… 남자 누드라고는 본 적도 없고 관심도 없어요.”

은설이 발끈했다.

“거짓말!”

“맞다니까요!”

재준의 억지에 은설이 버럭 고함을 질렀다.

“사람이냐, 동물이냐의 차이는 있겠지만 너 만날 벗은 닭 보잖아. 그것도 잔인하게 털들을 모조리 뽑기까지 하고. 그렇게 따지면 너나 나나 똑같은 거잖아. 내가 무슨 범죄를 저지르는 것도 아니고 사진으로나마 인체의 아름다움에 대해 탐미해 보겠다는데 그렇게 색안경을 끼고 쳐다보면 내가 너무 억울하지 않겠어? 안 그래? 은인님!"

질서있는 정갈한 미소를 띤 채 재준이 천천히 은설에게 다가왔다. 어느덧 귀에서는 경건한 상투스가 울리고 가지런히 모아진 두 손은 구원을 바라는 어린양처럼 간절하게 모아졌다. 아무래도 마음속으로 정리하겠다는 건 도저히 불가능한 일일 것 같았다.

"돈 있어?"

"네?"

"잔돈 있냐고?"

재준이 수표를 흔들어 보이며 사악한 미소를 지어 보였다.

"그게…… 미처 준비를……."

"너 정말 대책이 없는 애구나. 도대체 제대로 된 게 하나도 없잖아! 이번에는 어떻게 해줄까? 더 이상 갖고 있는 현금은 돼지 저금통이 전분데 돼지 저금통이라도 뜯어?"

"아니요. 그러지 마시고 언제라도 시간 되시면 그때 주세요. 우리 집 신조가 외상은 주지도 받지도 말자인데 특별히 배려해 드릴게요. 선배님께서 설마 쪼잔하게 만 삼천 원 떼어드시겠어요. 사회적 체면이 있으신데."

"꼭 자기 체면인 것처럼 말하네. 알았어. 그럼 시간날 때 은인

네가 직접 받으러 와. 내가 갖다주지는 못해. 외상값 직접 갖다
바치러 가는 외상꾼 봤어? 더군다나 내 잘못도 아닌데 외상꾼
누명까지 쓰면서까지 말이야.”

“네…… 잘 알겠습니다.”

억지로 대답을 한 은설은 선생님께 야단을 맞은 아이처럼 잔
뜩 풀이 죽었다.

“맛있게 드세요.”

“다 식어빠져서 맛이 있을지는 모르겠지만 노력은 해볼게.”

아까부터 닭을 쳐다보는 것만으로도 곤혹인 재준이 억지로
허세를 부렸다. 은설이 고개를 꾸벅이고는 올 때와 마찬가지로
조용히 조심조심 계단을 밟았다.

“푸하하하!”

난데없이 들려오는 재준의 웃음소리에 은설의 고개가 갸우뚱
했다.

‘조울증인가? 아까부터 좀 이상해.’

불량 서적에 심취하더니 정신적으로 문제가 생긴 모양이었
다. 십 년 넘게 간직해 온 짝사랑이자 첫사랑이 저렇게 망가지
는 것을 보니 슬펐다.

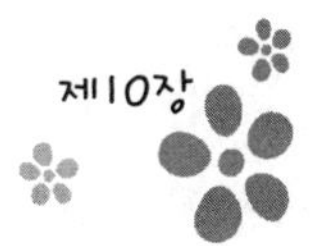

은설이 세트처럼 꾸며진 화려하고 정교한 거실에 막 발을 내려놓는 순간 왁자지껄한 소리와 함께 벌컥 현관문이 열렸다.

"자고로 봄볕에는 며느리 내보내고 가을볕에는 딸 내보낸다고 할 만큼 봄볕이 얼마나 몸에 해로운 건데 그걸 굳이 쐬겠다고. 벌써부터 그냥 피부 상하는 소리가 들리네요. 앞으로는 절대 나 끌고 다닐 생각일랑 마시고 정 가고 싶으면 형님 혼자 가세요."

나풀거리는 레이스 치마에 정교하게 만들어진 꽃송이들이 달린 밀짚모자 차림의 복순이 불만을 한가득 늘어놓으며 들어섰다.

놀람보다 반가운 마음이 먼저 앞선 은설이 저도 모르게 쪼르르 복순에게 달려갔다.

"복순 할머니!"

"이 라면 엎은 것 같은 머리를 한 아가씨는 누군데 날 보고 이렇게 반기는 거야? 응? 너 혹시 백설기 아니냐?"

"에이, 백설기가 아니라 은설이요! 하은설!"

"맞네, 백설기! 아이고 형님, 백설기 왔어요."

복순의 불만이 잦아들 때까지 현관에 서서 정원수를 감상하던 귀인이 고개를 쑥 들이밀었다.

"누가 와?"

"백설기요! 형님 짝꿍도 벌써 잊으셨어요?"

"백설기? 은설이 말이야? 그 아이가 여길 어떻게……."

귀인이 못 믿겠다는 듯 큰 덩치로 시야를 가리고 있는 복순을 살짝 밀어냈다.

"귀인 할머니, 그동안 잘 지내셨어요?"

은설이 살갑게 귀인을 끌어안았다.

"얘가……!"

귀인이 반사적으로 은설을 떼어냈다.

"요즘 황사가 얼마나 심한데 외출했다 돌아오는 사람을 덥석 끌어안아! 너는 그 덤벙거리는 버릇 여전하구나. 사람 보면 실없이 실실거리는 것도."

할머니 독설도 여전하세요! 라는 말이 목구멍까지 치밀어 올라왔지만 이내 삭이곤 은설이 멋쩍게 혀를 날름거렸다.

"그러게요. 고치려고도 해봤는데 쉽지가 않아요. 그래서 그냥 생긴 대로 살려고요."

"어린 게 벌써부터 그렇게 포기가 빨라서 어쩌누!"

귀인이 쯧쯧거리며 혀를 차고는 안으로 들어갔다.

"형님도 참, 몇 년 만에 만나는 동창한테 그러고 싶으실까? 근데 네가 여길 어떻게 온 거야? 수원댁이 도우미를 한 명 더 부른다고 하더니 설마 일하러?"

복순이 빛바랜 청바지와 볼품없는 점퍼를 걸친 은설을 찬찬히 훑어 내렸다.

"그게 아니고요, 저희 집이 치킨 집을 하잖아요. 배달하러 왔어요."

"너 요즘 치킨 배달하고 사냐? 어쩌다가! 무슨 사연이기에 내일모레면 시집갈 나이의 아가씨가 그런 일을 해? 그럼 밖에 세워져 있던 고물이 네 거였냐? 그거 엿 바꿔달라고 해도 안 바꿔줄 만큼 낡았던데. 형님이 당장 치우라고 얼마나 역정을 내셨는데 그게 네가 타고 온 거였어?"

"네. 그 고물 제 거 맞아요. 죄송합니다. 금방 치워 드릴게요."

은설이 멋쩍게 웃었다. 은설에게는 자가용이자 없어서는 안 될 생계수단이 여기에선 엿가락보다 못한 취급이었다. 하여간 할머니나 손자나 사람 기분 나쁘게 하는 데는 탁월한 재주들이 있었다.

"자네 아직도 그러고 있나? 언제까지 그렇게 사람을 세워만 둘 거야?"

어느새 옷까지 갈아입고 나온 귀인이 두 사람을 보며 혀를 찼다.

"내 정신 좀 봐. 일단 저기 가서 좀 앉자. 나도 우선 옷부터 좀 갈아입고 나와야겠다."

은설의 손을 잡아끈 복순이 소파를 가리키곤 사라졌다. 한 교실에서 공부할 땐 그렇게도 심술을 부리시더니 교복을 벗은 모습은 영락없는 보통의 할머니셨다. 하긴 못 본 지 4년 가까운 세월이 흘렀으니까…….

"저 그만 가봐야 하는데."

"너희 집엔 너 말고 사람이 없니?"

가죽 소파의 등받이에 편하게 몸을 기대고 있던 귀인이 불쑥 물었다.

"그건 아니지만 갑자기 주문이 몰릴 때가 있거든요. 그럴 땐 아빠 혼자 배달하기 버거우세요."

"바쁘면 따로 통지를 하겠지. 그러지 말고 와서 좀 앉으렴. 내 집에 온 손님한테 물 한 잔 대접 안 하고 보낼 수는 없으니까."

"네, 그럼 잠시만 앉을게요."

괜한 고집을 부려봐야 안 좋은 말만 들을 것 같아 은설이 자리를 잡고 앉았다.

“수원댁! 수원댁!”

귀인의 부름에 은설도 낯이 익은 수원댁이 급히 달려나왔다.

“여기 마실 것 좀 준비해 줘.”

“네, 사모님. 다용도실에서 일을 하느라 오신 것도 몰랐네요.”

“지금이라도 봤으면 됐지 뭘. 음료수나 내와.”

수원댁이 서둘러 주방으로 물러가자마자 하늘거리는 원피스 차림의 복순이 나타났다.

“우리 집에는 치킨을 먹는 사람이 없는데 수원댁이 시켰나?”

자리에 앉기도 전에 복순이 혼잣말처럼 중얼거렸다.

“아니요. 저 아주머니 말고 선배님께서…….”

“선배? 선배라면…… 재준이가?”

귀인과 복순이 동시에 눈을 마주치고는 이층으로 시선을 돌렸다.

“네.”

“우리 재준인 닭 종류라면 질색을 하는데. 친구가 왔나?”

귀인이 그럴 리 없다는 듯 고개를 저었다.

“가끔은 입에 대지도 않는 음식들이 생각날 때가 있잖아요.”

“그래도…… 10년 넘게 쳐다도 안 보던 애가……. 근데 너, 재준이가 우리 손자인 거 알고 있었니?”

불현듯 생각이 난 모양이었다. 귀인이 소스라치게 놀라며 물었다.

"네……."

은설이 허벅지를 문지르며 고개를 끄덕였다.

"언제부터?"

"음…… 그때가 언제더라. 소풍 다녀오고 나서였나? 암튼 그 맘때쯤이었을 거예요."

기억을 더듬거리며 은설이 솔직하게 고백했다.

"그때 이미 알고 있었다고? 그런데도 너, 끝까지 모른 척했던 거냐?"

귀인이 충격이라는 듯 은설에게서 시선을 떼지 못했다.

"네. 뭐, 선배님이 할머니들 손자라는 게 뉴스거린 아니잖아요. 약간 놀라긴 했지만."

"재준이가 내 손자인 게 크게 놀랍지 않았다고?"

"형님은 꼭 그렇게 내 손자라고 못을 박으시더라. 우리 손자라고 하면 어디가 덧나시나."

복순이 팩하고 토라져 앉았다.

"할머니도 학교를 벗어나시면 누군가의 할머니실 거라는 생각을 늘 하고 있어서 그랬는지 그렇게 놀랍지는 않았어요. 할머니들께서도 일절 아는 체 안 하시는 걸 보면 저도 아는 체하면 안 되겠다 싶어 모른 척했고요."

귀인이 도수가 들어간 안경 대용의 멋들어진 선글라스 사이로 은설을 새삼스럽다는 듯 살펴보았다. 사람을 주눅 들게 만드는 날카로운 눈빛에도 불구하고 예전처럼 은설은 눈을 반짝이며 웃음으로 응수했다.

"입이 근질거리지는 않았고? 나 같으면 온 동네방네 소문냈을 텐데."

"말하는 본새하고는. 사람들이 다 자네 같은 줄 알아?"

아까부터 대화에 끼어들고 싶어 안달하던 복순이 괜한 참견을 했다 핀잔을 들었다. 두 사람의 아옹다옹하는 모습에 은설은 저도 모르게 눈물이 핑 돌았다.

"너 지금 우니? 왜?"

복순이 별일이라는 듯 귀인을 쳐다보았다.

"그냥요. 할머니들이 이렇게 건강하게 잘 계실 줄 몰랐어요. 가끔 궁금했었는데 이렇게 뵙게 돼서 좋은가 봐요."

은설이 눈물을 훔치고는 멋쩍은 듯 웃었다. 아닌 게 아니라 왜 눈물이 나는지 은설도 설명하기가 힘들었다. 피를 나눈 혈연 관계도 아닌데 두 할머니를 보는 것만으로도 가슴이 먹먹했다.

"울음이 헤퍼도 안 좋아. 사람 팔자 웃고, 울고에 따라 바뀌기도 하는 거야! 차 들으려무나."

수원댁이 내어온 케이크 접시와 찻잔을 정돈하며 귀인이 충고를 했다.

"정말요? 그렇다면 안 울어야겠다. 이렇게 웃으면 좋은 거죠?"

언제 울었냐는 듯 은설이 빙긋거렸다.

"그나저나 그 머리는 그게, 그러고 다녀도 안 창피하냐?"

아니나 다를까, 귀인의 레이더망에 딱 걸린 은설의 머리로 화제가 옮겨갔다. 헬멧에 눌린 탓에 그나마 조금 차분하기는 했지만 처음 보는 사람들의 눈에는 폭탄 머리나 진배없었다.

"그게 요즘 유행하는 펌이야?"

괴물 보듯 하는 귀인과 달리 복순은 관심이 있는 모양이었다. 처음 봤을 땐 폭탄 맞은 것처럼 기함을 했지만 자꾸 보니 은설의 통통하고 뽀얀 살결과 어울리는 것 같기도 했다. 심미안이란 딱히 정해진 기준이 없으니 복순의 눈엔 그렇게 보일 수도 있었다.

"그러니까 이게요, 나름 사연이 깊은 머리예요."

"딱 봐도 너는 사연 빼면 얘기가 안 될 것처럼 보여. 그래, 그 사연 좀 들어보자."

사람의 속을 뒤집는 특유의 심술을 선보여 놓기 무섭게 복순은 맛나게도 케이크를 먹었다. 비록 건강 때문에 녹차가 잔뜩 들어가 있기는 하지만 그마저도 감지덕지였다.

"할머니, 소정이 기억하시죠? 할머니 짝꿍이었던……."

"아, 그 모과처럼 얼굴이 길쭉하고 얌생이처럼 생긴 애."

모과에 얌생이. 복순의 표현에 은설이 속으로 웃음을 삼켰다.

"네, 맞아요. 실은 소정이가 미용을 배우고 있거든요. 이 머리 소정이 첫 작품이에요."

"그래서? 그 초짜한테 머리를 맡겼다고? 자격증은 땄고?"

"자격증은 아직이에요. 알고 보니까 파마 배운 지 일주일 만에 제 머리를 해준 거더라고요. 학원을 세 달 가까이 다녔다고 해서 철석같이 믿은 제 잘못이 더 크지만요. 근데 제 머리가 파마가 엄청 잘 나오는 머린가 봐요. 한 달이 훨씬 지났는데도 이 상태예요.”

“선무당이 사람 잡는다더니. 파마 일주일 배우고 머리 해주겠다는 인간이나 그렇다고 덥석 맡기는 인간이나. 너는 학교 다닐 때나 지금이나 실속없는 짓 하는 데는 도가 텄구나, 도가 텄어!”

복순이 기가 막힌다는 듯 혀를 끌끌거렸다. 흐트러짐없는 자세로 일관되게 차를 마시던 귀인이 조용히 찻잔을 내려놓았다.

“싫다고 하지 그랬니? 여자는 머리가 생명이라는 말도 있는데 생명을 그렇게 함부로 맡겨서야 쓰겠어.”

“친구잖아요. 머리야 망치면 다시 길러도 되는 거지만 친구는 그렇게 되기 힘드니까. 더군다나 소정인 저한테 무척이나 소중해서 따로 부탁하지 않았어도 제가 먼저 머리를 맡기려고 했었어요. 새로운 길에 도전하는 소정이를 응원하는 차원에서라도……. 근데 맡기고 나서는 많이 후회했어요. 원망도 엄청나게 했고. 제가 그렇죠 뭐. 소정이가 미안하다고 머리 풀어준다고 하는데 한동안은 피해 다니느라고 혼났어요. 저도 제 머리는 소중하니까요. 그 덕분에 소정이한테 습자지만도 못한 우정이라고 얼마나 구박을 받았는지 몰라요.”

남의 이야기를 하듯 아무렇지 않게 자신의 사연을 전해주는 은설로 인해 귀인과 복순이 박장대소를 했다. 순진한 건지 대책이 없는 것인지 꼬집어 정의 내리기는 힘들지만 약지 못한 것만은 사실이었다.

"그래, 잘했다. 한 번 맡겼으면 됐지 두 번은 절대 맡기지 마라. 일류 미용사가 되기 전까지는."

"훗!"

"왜 웃어?"

"할머니께 칭찬 들은 거 처음인 것 같아서요. 짝꿍일 때 저 만날 구박하셨잖아요."

"생사람 잡는구나. 구박은 누가 구박을 했다고. 다 지들 잘되라고 하는 소리를 고깝게 받아들인 건 생각 안 하고 노인네한테 뒤집어씌우기는."

펄쩍 뛰며 부인하는 귀인과 달리 복순은 못 들은 척 귀인의 잔소리가 옮겨오기 전에 부지런히 뱃속을 채우느라 바빴다.

"물론 할머니는 기억 못하실 수도 있어요. 소정이 말이 사람은 자기가 유리한 쪽으로만 기억하는 성향이 있대요. 그걸 잘 알아서 그런지 중학교 때 꿔갔던 오천 원을 지금까지 기억 안 난다면서 딱 잡아떼는 거 있죠? 그것 때문에 의 상할 뻔했는데 저도 소정이 머리핀 빌려가서 돌려주지 않았대요. 전 기억도 안 나는데 소정이가 말하는 게 꽤 구체적이어서 그럼 그냥 쌤쌤인 걸로 하자고 합의 봤어요."

“그래서 나랑도 합의 보자고?”

“그건 아니고요. 그런데 어른들께 이런 말씀 드려도 되는 건
지 모르겠지만 할머니들은 더 젊어지신 것 같아요. 피부도 막
빛이 나는 것 같고.”

“우리가 더 젊어진 것 같다고? 아휴! 거 보세요, 형님. 시간
들여서 피부과 다니는 보람 있으시죠?”

“뭐…… 기분 나쁜 소리는 아니구나.”

귀인이 모처럼 흡족했다. 귀인이 남의 칭찬에 반응을 보이는
건 흔치 않은 일이었다.

“할머니, 저 이제 정말 가봐야 할 것 같아요.”

은설이 자리에서 천천히 일어났다.

“차도 한 모금 안 마시고?”

겨우 뱃속이 든든해지자 여유가 생긴 복순이 아쉬운 소리를
냈다. 복순이 권해주는 찻잔을 은설이 정중하게 사양했다.

“저 일할 때 차 마시면 화장실 자주 가야 하거든요. 그래서 되
도록 차 종류는 안 마셔요. 아니, 못 마셔요.”

“그래?”

복순이 쉽게 찻잔을 내려놓고는 안됐다는 얼굴을 했다.

“그럼 저 이만 가볼게요. 할머니, 가보겠습니다.”

“오토바이 조심해서 몰고. 잘 가라.”

복순에게 배웅을 맡기며 귀인이 손짓으로 대신했다.

“이왕 집도 알게 됐으니 놀러…….”

현관까지 배웅을 하던 복순이 말을 하다 말고 귀인의 눈치를 살폈다.

"그래, 기회가 되면 또 나중에 보자."

급하게 말을 얼버무리며 복순이 새삼 신기한 듯 은설의 머리를 쳐다보았다.

"어떻게 보면 라면 그릇 엎은 것 같고 어떻게 보면 귀여워 보이고."

"소정이 만나면 전해줄게요. 할머니께서 라면 그릇 엎은 머리라고 한다고."

"내가 재준이한테 너희 집 전화번호 알아둘 테니 언제 시간되면 소정이하고 셋이 만나서 놀자."

복순이 한껏 목소리를 낮추고 속삭였다.

"네?"

"이렇게 다시 만났는데 반창회 한번 해야지. 내가 한턱, 아니, 마구 쏠 테니까 기대하고 있으라고 소정이한테도 전해."

"네⋯⋯."

언제 가게를 그만두고 나갈지 모르는 상황이라는 말을 할 수가 없어 은설이 망설임 끝에 고개를 끄덕였다.

"자네, 바쁘다는 아이 붙잡고 뭘 그렇게 또 수다야. 그놈의 입은 지치지도 않지."

"오랜만에 보니 반가워서 그래요. 그래, 얼른 가봐."

"할머니, 저 진짜 가요. 재준 선배님 혼자 드시기엔 치킨 양이 많을 거예요. 혈압 때문에 많이 드시라고 하지는 못하겠고 하나 정도는 맛보세요. 우리 집 치킨은 저희 엄마가 재료 아끼지 않고 깨끗한 기름에 튀겨내거든요. 그럼 안녕히 계세요.”

은설이 머리를 펄럭거리며 배꼽 인사를 하고는 꽁지에 불이 붙은 것처럼 무서운 속도로 달렸다. 동네가 동네니만큼 보물 1호인 오토바이를 쓰레긴 줄 알고 치우기라도 했다간 큰일이었다.

“저 아인 나이가 들어도 그대로네요. 생긴 것도 말하는 것도 행동하는 것도……. 늙은이 세월은 총알 탄 것처럼 빠른데 젊은 애들 세월은 그마저도 비켜가나 봐요.”

남은 케이크를 아쉬운 듯 바라보며 복순이 신세 한탄을 했다.

“근데 백설기네 집 형편이 어려웠던가? 치킨 장사를 꽤 오래 하는 걸 보면 돈도 어지간히 모았을 것 같은데……. 보아하니 학교도 안 다니는 것 같죠?”

“그놈의 태평양 덮고도 남을 오지랖 또 도진다. 남의 집 일이야. 본인이 하고 싶어서 하는 것일 수도 있지.”

“아무리 그래도 요즘 애들 중에 누가 치킨 배달하는 게 좋다고 할까요. 집에 무슨 사정이 있는 게 틀림없다니까요. 그래도 백설기 쟤 보니까 옛날 생각나네요. 우리 둘이 종일 앉아만 있으면 운동 부족 된다고 억지로 매점 끌고 가고 형님 교복 치맛단 뜯어진 거 보고는 눈 좋은 지가 꿰매준다고 하다가 손가락이 벌집 쑤신 것마냥 온통 바늘에 찔려서 형님한테 잔소리 엄청 들었었잖아요. 그래도 성질 안 내고 속없이 웃더니 여전하네요.”

“그 천성 누구 줄까!”

귀인이 차게 식은 찻잔을 들며 옅은 미소를 지었다. 그러고 보니 최근에 웃어본 기억이 없었는데 은설로 인해 웃은 것 같았다.

저 녀석이라면…… 그래, 저 아이라면 어쩌면…….

이층 계단의 난간에 기대어 할머니들과 은설의 대화를 빠짐없이 듣고 난 재준이 조용히 자신의 방으로 들어갔다. 은설이 자랑을 하고 간 치킨은 손도 대지 않은 채였다.

배달 나간 은설이 한참 동안 돌아오지 않자 사고라도 당한 것이 아닐까 노심초사했던 유자와 홍수는 흥분이 가라앉기 무섭게 조금 전 다녀간 동진에 대해 이것저것 들려주었다.

“여기다 뭘 차리고 싶어한다고?”

휴대전화기의 배터리가 방전된 것도 모르고 있었던 은설이 충전기를 연결하다 말고 인상을 찌푸렸다.

“너 보청기 하나 장만해야 하려나 보다. 바로 코앞에서 하는 말도 안 들려?”

유자가 진심으로 걱정된다는 듯 핀잔을 주었다.

“안 들리는 게 아니라 어이없어서 그러는 거지. 그 사람 생긴 거는 무슨 연예인 지망생처럼 곱상하더니 외모랑 전혀 안 어울리게 웬 밥집? 더군다나 시장이 5분 거리라 안에 들어가면 한 집 건너 한 집이 먹거리 파는 곳인데, 발상은 특이하지만 현실성은 완전 꽝이네.”

세상에는 정말 특이한 사람이 많다는 것을 새삼 깨달으며 은설이 휴대전화기를 충전기에 연결하고는 일어섰다.

“그냥 밥집이 아니라 무료봉사 급식소 같은 그런 걸 차리고 싶다나. 우리 이층에 딸린 살림집은 밥 먹고 낮잠이라도 잘 수 있게 만들고 싶다던가……. 그치, 여보?”

유자의 물음에 날짜가 한참 지난 신문을 뒤적거리고 있던 홍수가 고개를 끄덕거렸다.

“젊은 사람이 그래도 기특해. 내가 건물 주인이라면 두말 않고 세를 줄 텐데…….”

지금 당장 길거리로 나앉아도 할 말이 없는지라 주인의 아량만 바라는 중이었다. 한데 제 코가 석 자인 상황에서 가장이라는 사람의 입에서 저런 말이 나오다니. 은설은 기가 막혀 벌어진 입을 다물지 못했다.

“아빠, 건물 주인이 나가라고 하면 우리 세 식구 당장 몸 누일 방 한 칸도 없다는 거 알고는 있지? 지금 아빠가 그 남자가 하려는 일에 칭찬을 할 때가 아니라 적으로 맞서야 할 상황이라고. 그 사람 걱정할 때가 아니라 우리 식구들 생각이 먼저라고!”

답답한 마음에 은설이 읍소하듯 설명했다.

"그거야 나도 당연히 알지. 어차피 돈 못 구하는 이상 우리가 나갈 건 분명하니까 이왕이면 그 사람이 들어왔으면 좋겠다 싶어서……."

"엄마는 아빠가 하는 말에 화도 안 나? 아빠는 너무 이상적이야. 나보다 더 세상을 모르는 것 같아."

어느새 묵묵히 마늘을 까고 있는 유자에게 은설이 불만을 토로했다.

"나야 내 눈 내가 찔렀잖아. 그래도 내 신랑인데 어쩔 거야. 내가 선택한 내 남자에 대해서는 절대 후회하지 말자고 나 스스로에게 다짐했어. 오래전에 마음을 비웠더니 괜찮아. 그래도 사람이 악한 것보다는 착한 게 낫잖아."

누가 부창부수 아니랄까 봐. 저러니 20년 이상을 큰소리 한 번 내지 않고 사는 것이겠지만 자식들 생각도 해주어야 했다. 어떻게 된 게 이 집안은 자식이 부모를 걱정하고 항상 발을 동동거린다. 더 말해서 뭐 해. 머리만 아프지.

은설이 혼란스러움의 여파로 야기된 두통을 달랠 겸 자리에서 일어났다.

"그래서 주인아저씨한테 연결해 줬어?"

"아니."

마늘을 까다 만 유자가 사악하게 이를 드러냈다.

"이 집에서 그간 장사를 하거나 사업을 한 사람들은 죄다 망하거나 다치거나 했다고 얘기해 줬어."

"에이, 그래도 그런 말은 하지 말지. 지금 살고 있는 우리는 뭐가 되라고."

"만에 하나 이 가게 다른 사람이 계약하면 우리도 괴나리봇짐 하나만 지고 나가야 되는데 틀린 말은 아니지 뭐. 우리만큼 폭 삭 망한 집도 없지 뭘 그래."

시름에 잠겨 의욕을 상실한 것보다는 낫지만 그래도 저 모습은 좀……. 하루하루가 살얼음판을 걷는 것처럼 위태로운 상황에 놓인 가족의 모습이라고는 전혀 상상이 되질 않았다. 더는 포기할 힘도 없어 은설은 그저 한숨만 삼켰다.

"그 말 했더니 순순히 물러나? 정말 어디 모자란 거 아니야?"

"사람이 순진한 건지 이것저것 살 붙여서 설명했더니 망설이는 눈치기에 내가 쐐기를 박아줬지."

"어떻게?"

"젊은 양반이 이 가게 탐내면 우리 세 식구, 집 나간 아들놈까지 네 식구가 길바닥에 나앉는다고. 우리 쫓아내고 여기다 무료 급식손지 뭔지 차리면 우습지 않겠냐고. 그랬더니 백배사죄를 하고는 가더라."

"정말?"

은설이 믿을 수 없다는 듯 놀란 토끼 눈을 했다.

"그렇다니까. 열 사람 살리자고 한 사람 죽일 수는 없는 거라고 하면서 미안하다고 치킨도 두 마리나 포장해 갔어."

"그 사람 혹시 성직자 같은 거 아닐까? 그렇지 않으면 그 나이에 뭐가 답답해서 투자 가치라고는 전혀 없는 이 건물에 무료 밥집을 하겠어."

"네 말 듣고 보니까 예쁘장하게 생긴 게 그런 것 같기도 하고."

유자가 눈을 천장으로 치켜뜨고 고개를 갸웃했다.

"그나저나 더 이상은 가게를 보러 오는 사람이 없어야 할 텐데."

"걱정 마. 당장은 가게 인수하겠다는 사람 없을 거야. 우리나 되니까 이 건물에서 장사하는 거지, 여기서 장사하려면 보증금보다도 시설비가 몇 배는 더 들 거야. 배보다 배꼽이 더 클 텐데 섣불리는 못 들어오지. 건물 주인도 속으로는 고민 많을 거다. 위치 하나 좋은 것 빼곤 건물도 오래되고 작은 평수에 살림집까지 딸려 있어서 뭘 하기도 힘들 거란 거 누구보다 더 잘 알 거고. 보증금은 벌어서 걸기로 하고 당분간 월세로 하자고 했으니 손해 보는 장사는 아니지 뭐."

세 식구가 몇 날 며칠 머리를 맞대고 앉아 회의 끝에 내린 결론이었다. 어차피 은행이자가 예전만 못하니 부러 월세를 받는 건물주들이 최근에는 더 많다는 것에 착안해 생각한 방법이었다.

"제발 주인아저씨가 우리 제안을 받아들여야 할 텐데. 20년 넘게 장사한 의리를 생각해서라도 꼭 그래 줬으면 좋겠다. 엄마, 나 좀 쉬고 있을게."

은설이 입안에서 맴도는 바람을 주문처럼 외우고는 무거운 몸을 이끌고 이층으로 올라갔다.

한낮의 도시는 배려심이라고는 눈곱만큼도 없어 보이는데 인공의 힘으로 세상을 밝히는 밤은 여유로움과 자비가 넘쳐흐르는 것 같았다. 무수히 많은 점들과 꼬마전구들로 만들어진 것 같은 한밤의 도심을 내려다보던 재준이 크게 심호흡을 했다. 도시의 야경에서 시선을 거두며 재준이 손에 들린 소다수를 들이켰다.

"지내실 만은 하세요?"

인기척 소리에 재준이 뒤를 돌아보며 안부를 건넸다. 수면제의 여파가 남은 탓인지 지숙의 얼굴에서 생기를 찾기는 힘들었지만 최소한 편해 보이기는 했다.

"그럼, 나야 아주 잘 지내지. 너한테는 미안한 말이지만……. 너한테 그 큰 짐 다 떠안겨 놓고 나 편하자고 이렇게 무작정 나왔으니. 내가 생각해도 뻔뻔해."

"전혀요. 제 걱정은 마시고 어머니만 생각하시라니까요."

"내가 얼마나 이기적인 사람인데. 네가 내 편이라는 생각만으로도 두려울 게 없다고 나 자신에게 면죄부까지 줬는걸. 어차피 그 집에 있으나 여기 혼자 있으나 외롭기는 마찬가진데 그새 좋은 친구가 생겼어."

지숙의 말에 재준이 의아하게 눈썹을 치켜 올렸다.

　발코니로 향하는 거실의 유리문을 활짝 열며 지숙이 창밖을 가리켰다. 마치 문이 열리기만을 기다렸다는 듯 서늘한 밤공기가 밀려들었다.

　"강이 보인다는 게 이렇게 좋은 것이라는 걸 처음 알았어. 무심히 수도 없이 지나쳐 갈 땐 몰랐는데 이곳에서 보는 한강은 참 아름다워. 지금 같아서는 평생 이렇게 살아도 좋겠다 싶어……."

　지숙이 사춘기 소녀처럼 수줍게 고백했다. 고작 강 하나에 세상을 다 얻은 것만큼 평온해한다니 그간의 삶이 얼마나 아픔으로 점철되었는지 엿볼 수 있었다.

　그 집에서의 어머니는 거의 무존재에 가까웠으니까요. 재준이 차마 입 밖으로는 내지 못하고 가볍게 고개를 끄덕였다.

　탁 트인 한강의 전망이 내려다보이는 것만으로도 지숙에게는 위로가 된다니 그나마 다행이었다. 사람에게서 받지 못한 위안을 자연에게서나마 느끼고 받을 수 있다니 지숙의 말처럼 좋은 친구가 생긴 셈이었다.

　"어른들은 잘 계시니? 나도 참 어지간하지? 이제야 어른들 안부를 여쭙고……."

　재준의 눈치를 살피는 지숙에게서 떨림이 전해져 왔다.

　"두 분 모두 잘 계세요. 아버진…… 요즘은 종종 집에 들르세요. 그런 날은 일찍 귀가하시고요. 할머니들 눈치 때문이겠지만."

지숙을 안심시키며 재준이 묻지도 않은 아버지에 대해 덧붙였다. 모르긴 해도 지숙이 가장 궁금해하는 소식일 테니까.

"다행이구나……."

지숙이 쓸쓸히 웃었다. 이혼 대신 일단은 떨어져 지내는 것이 어떻겠냐는 재준의 제안에 마지못해 어른들과 남편이 동의를 해줘 별거 중이었다. 그녀와 살 때는 얼굴 한번 보는 것조차 힘든 남편이 이유야 어찌 되었건 제때 귀가를 한다니 왠지 모를 서운함이 들었다.

"아버지도 조만간 느끼실 거예요. 어머니의 부재가 어떻다는 것을. 할머니들도 물론이실 거구요."

재준의 위로에 지숙이 고개를 저었다.

"함께 살 때도 말 한마디 제대로 섞은 기억이 없는데 과연 그럴까? 네 아버진 속옷까지 당신이 손수 챙기시는 분이야. 나란 존재는 네 아버지에겐 그저 장식품처럼 필요한 장소와 시기에 그 자리에 있어주면 되는 살아 움직이는 장신구밖에 되지를 않아. 장식품이야 언제든 취향대로 바뀔 수 있는 거니까…… 어른들은 두말할 것도 없고."

"절 왜 이렇게 미워하세요? 언제까지 이러실 거냐고요? 어찌 됐건 이제 제가 어머니 며느리잖아요."

"지들 둘 좋다고 멀쩡한 가정 깨고 남의 눈에 피눈물 나게 한 위인 주제에 며느리 대접을 운운해? 내 눈에 흙이 들어가기 전까지 넌 그저 한낱 모자란 내 아들이 데리고 사는 동거녀일 뿐이야. 네가 할 일은 저 물건이 언제 또 들이밀지 모르는 계집들 단속하는 거랑 울 재준이만 잘 키워주면 된다. 그게 네 역할이야. 그 외에는 어떤 것도 기대하지 마라. 널 이 집안에 들여준 것만으로도 감지덕지해야 할 거야."

그렇게 20여 년을 버텨왔다니…… 오기로 악으로 버둥거린 세월이었다. 결국은 이렇게 만신창이가 되어 뒤늦게나마 살아보겠다고 몸부림을 치고 있지만.

오지숙, 너도 참 모질었구나.

흔들리는 야경에 투영된 지숙의 눈에 촉촉이 물기가 차올랐다. 철없는 사랑의 대가치고는 참으로 가혹했다.

"저 실은 어머니께 드릴 말씀이 있어서 왔어요."

"으응…… 그래……."

혹여 재준에게 들킬세라 지숙이 얼른 감정을 추스르곤 분주히 주방으로 발걸음을 놀렸다.

"내 정신 좀 봐. 과일이라도 내왔어야 했는데, 잠시만 기다려."

"제가 이 집 손님이에요? 과일 같은 거 필요없으니까 그냥 오세요. 먹지도 않을 거 내와봐야 낭비잖아요."

만류하는 재준으로 인해 지숙이 마지못해 냉장고 문을 닫고 거실로 나갔다. 지숙이 자리를 잡고 앉자 재준이 어렵게 말문을 열었다.

"저…… 결혼할까 해요. 그것도 최대한 빨리."

"뭐?"

재준의 폭탄과도 같은 발언에 지숙이 소스라치게 놀랐다. 두 눈을 동그랗게 뜨고 좀처럼 놀란 입을 다물지 못했다. 지금껏 한 번도 본 적이 없는 지숙의 모습이었다. 어느 정도 각오를 하고 있었기에 재준은 느긋하게 지숙의 놀라움이 가라앉기만을 기다렸다.

"미안하다. 내가 너무 당황해서……."

"어머니 놀라시는 거 당연하세요."

저도 아직 잘 안 믿겨지는걸요……. 재준이 이해한다는 듯 아무렇지 않은 척 굴었다.

"가끔 통화하던 그 여학생이니?"

지숙이 조심스럽게 물었다. 제 속으로 낳은 자식이라면 격한 반응을 보일 수도 있는 상황이었지만 지숙은 많은 궁금증을 일단은 뒤로 미루었다.

"걘 그냥 알고 지내는 친구예요."

재준이 딱 잘라 말했다. 그전까지는 특별한 감정이 있었는지 몰라도 이 시간 이후로 모두 정리되었다는 자기 암시기도 했다.

"그럼 그동안 따로 만나는 사람이 있었단 말이니?"

재준이 무의식적으로 고개를 끄덕였다. 어찌 되었건 간에 엉터리 같긴 했지만 오래된 인연이기는 하니까. 물론 은설에게는 결혼의 '결' 자도 꺼내지 않았다는 말은 하지 않았다. 일단 지숙에게 먼저 선언을 해둔 다음 은설을 설득할 생각이었다. 이렇게 공표를 해두면 의지가 흔들리지 않을 것 같아 미리 선언을 해두는 것이기도 했다. 이기적인 놈이 되는 김에 확실히 못을 박아두겠다는 의도였다.

재준의 답변에 지숙은 도저히 믿지 못하겠다는 얼굴이었다. 그녀가 아는 재준은 화려한 여성 편력을 자랑하는 아버지에 대한 반발심 때문인지 여자에게는 도통 관심을 보이지 않았다. 여자친구를 사귀어볼 것을 권할 때도 마지못해 대답만 했을 뿐 실행에 옮긴 적은 없었다.

최근 들어 종종 통화를 하고 만나는 여자친구가 있다는 것을 눈치는 채고 있었지만 내색하지는 않았었다. 그런데 그 여자도 아닌 다른 묘령의 인물이 있었다니 어쩐지 재준에게 서운한 마음이 들었다. 소외되고 이방인이 된 것만 같았다. 배신감이라고 표현한다면 낳아준 생모가 아니어서 일까…….

"그래? 한 번도 네가 그런 이야기는 비춘 적이 없어서…… 전혀 몰랐어."

"솔직히 저도 이렇게 빨리 결혼을 결정할 줄은 몰랐어요. 마음을 정하니까 조바심이 나더라고요."

지숙의 심정을 충분히 이해하면서도 재준은 말을 아꼈다. 허심탄회하게 털어놓고 싶은 충동이 일기도 했지만 이건 어디까

지나 자신이 시작했고 스스로 마무리 지어야 할 사항이었다. 자신이 할 일은 제 결정으로 인해 집안 어른들이 하루라도 빨리 제자리를 찾을 수 있게 돕는 일이었다.

"어떤 아인지 물어봐도 되니?"

"어머닌 왜 당연한 말씀을 하세요. 어머니 며느린데 어머니가 아니시면 누가 묻는다고요. 어머닌 누구보다 그럴 자격과 권리가 있으신 분이세요. 그러니까 그런 식으로 눈치 보지 마세요."

너무나 당연한 한 것을 묻는 지숙의 저자세에 대해 재준이 짐짓 화를 냈다. 평생 남의 가정을 파탄 낸 여자라는 꼬리표를 달고 산 덕분이기는 했지만 누가 뭐래도 재준에게는 하나밖에 없는 어머니였다.

"나도 모르게 그만…… 조심할게. 그 아이 좋아해서 결혼하겠다고 하는 거지?"

거침없이 '예'라는 말이 나와야 함에도 불구하고 재준은 선뜻 그러지를 못했다. 자신을 기만하고 속이는 일 따윈 얼마든지 괜찮지만 지숙에게만큼은 그럴 수가 없을 것 같았다. 그래야만 할 것 같았다.

"좋아한다기보다…… 같이 있으면 재미있을 것 같아요. 엉뚱한 구석이 많은 녀석이거든요. 최소한 심심하지는 않을 거예요."

"재준아, 그건 결혼이 아니야. 그런 결혼은 해선 안 되는 거야. 그러다 그 아이가 재미없고 싫증나면 그땐 어쩔 거니?"

결혼선언을 들을 때보다 더 놀란 지숙의 얼굴에 수심이 가득했다. 결혼을 어린 시절 몇 번 해본 소꿉놀이처럼 단순하게 여기는 재준의 철없음에 대한 염려보다도 애정도 없이 결혼을 하겠다는 것에 대한 우려가 더 컸다.

"어머니, 저 아시죠? 저 믿으시죠? 그럼 끝까지 제 편이 되어주세요. 널 위해 목숨까지 바칠 만큼 사랑한다는 맹세를 하고도 깨지는 커플이 부지기수잖아요. 사랑은 자신 못해도 의리만큼은 지킬 자신 있어요."

"그래도……."

지숙은 진심으로 걱정이 되는 눈치였다.

"에이, 아무 걱정 마시라니까요. 어머니가 제 편이 되어주셔야 제가 결혼을 진행할 수 있단 말이에요. 어머닌 그저 그 아이가 몇 살이냐, 뭐 하는 집 아이냐 같은 재미없는 질문만 하시면 돼요."

어린아이처럼 재준이 어리광을 부렸다. 좀처럼 볼 수 없었던 모습이었다.

"그래, 네가 그렇게 나오는 거면 이미 마음을 굳혔다는 이야기니까…… 몇 살이고, 어디 살고, 뭐 하는 아이야? 실은 아까부터 그게 너무 궁금했어."

"그냥 물어보시지. 나이는 저보다 두 살 어리고 집도 가까운 편이에요. 학생인데 휴학하고 집안 일 돕고 있어요."

"집안 일? 부모님께서 사업하시니?"

“음…… 그것도 사업은 사업이니까 일종의 사업이라고 할 수 있겠네요.”

재준이 애매모호하게 답변을 했다.

“그 아이 어디가 끌려서 결혼까지 결심을 한 거야? 졸업하고도 얼마든지 할 수 있을 텐데 지금 그렇게 서둘러야 할 이유라도 있니? 이를테면…….”

“속도위반 같은 거요?”

거북한 이야길 수도 있겠다 싶어 망설이던 것과 달리 제 입으로 선수를 치는 재준으로 인해 지숙의 얼굴이 붉어졌다.

“혹시라도 그런 이유 때문이라면…….”

“아니에요. 그런 일 절대 없어요. 그냥 그 녀석이 좀 필요해요.”

“그…… 래? 너한테 도움이 되는 아이라니 그나마 다행이구나.”

비로소 안심하는 지숙으로 인해 재준은 가슴이 뜨끔했지만 내색하지 않으려 했다.

“그런데 걱정이구나. 너희 아버지야 별 반대는 없으시겠지만 할머님들도 그렇고 상대방 아이 집에서도 결혼을 쉽게 허락할까? 너무 어리잖아. 네가 사회생활을 하는 것도 아니고. 우리 집 못지않게 그 집도 반대가 심할 것 같은데 그쪽 집에선 반대하지 않으신다니?”

자신만만하고 거침없던 재준도 잠시 말문이 막혔다. 은설이

맹랑하게 결혼하자고 미끼를 던진 것으로 유추해 볼 때 부모님
을 설득할 자신이 있으니 실행에 옮겼을 것이다. 더군다나 은설
의 집안 상황으로 봤을 땐 지금이 오히려 최고의 기회였다.

"염려는 하시겠지만 반대는 안 하실 것 같아요. 제가 그렇게
만들어야죠."

"아버지랑 서류 정리 전이어서 다행스럽기는 한데…… 혹시
재준이 너, 설마 나 때문에 갑작스레 결혼하겠다고 하는 거니?
나 대신 할머니들 모실 사람이 필요해서…… 그래서……."

뒤늦게 이상한 예감이 든 지숙이 재준을 다그쳤다.

"우리 어머니, 요즘 소설책에 심취해 계신다더니 너무 드라마
틱하신 거 아니에요? 요즘이 어떤 세상인데 할머니들 모시겠다
고 시집오는 사람이 있겠어요? 그것도 어린 나이에, 뭐가 답답
해서. 그리고 저 그렇게 효자 아니라는 거 어머니가 가장 잘 아
시잖아요. 저를 위한 결혼이지 우리 집안을 위한 결혼이 아니에
요. 그럴 마음도 없고요."

재고 말 것도 없이 재준이 딱 잘라 말했다.

재준이 아니라고 부인하면 할수록 지숙의 의혹은 짙어만 갔
다. 재준이 자기 입으로 효자가 아니라고 했지만 지숙에겐 든든
하고 의지가 되는 아들이었다. 산고를 겪고 얻었으면 더 바랄
것이 없겠지만 키울 수 있었던 것만으로도 고마웠던 그런 아이
였다. 하여 재준의 말이 사실이 아니라는 것을 누구보다 잘 알
았다.

“서운하지만…… 오로지 널 위한 선택이라니 다행이구나.”

쉽게 수긍을 해주었지만 지숙의 말엔 일종의 경고가 담겨 있었다. 재준의 마음을 어느 정도 꿰뚫고 있다는, 재준이 불나방처럼 자신의 삶을 담보로 큰 실수를 하지 말기 바란다는 어미의 바람을 담고 있었다.

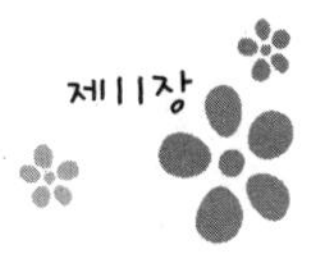

입버릇처럼 주인이 강제로 짐을 들어내기 전까지는 버틸 것
이라고 했지만 처음부터 공허한 외침에 불과했다. 남들에게 아
쉬운 소리 할 줄 모르고 적게 가진 것 안에서 즐겁게 삶을 누려
온 것만 봐도 유자나 홍수나 독종과는 거리가 먼 사람들이었다.
막상 그런 일이 눈앞의 현실로 닥쳤을 땐 버티기는커녕 미안한
마음에 보따리까지 포기하고 비켜나 줄 것은 자명한 일이었다.
그러니 뻔뻔스럽게 무작정 들이밀고 빌붙어 살 사람들도 못 됐
다.

이럴 때 나서서 해결이랍시고 흉내라도 낼 수 있는 사람은 은
설밖에 없었다. 어린 시절 생명의 은인이었다는 이유 하나만으

로 남자에게 무턱대고 청혼까지 했던 마당에 더는 창피할 것도 주저할 것도 없었다. 답답한 놈이 우물 판다고 번개 맞은 머리의 노숙자 처녀 혹은 노숙자 가족이라는 타이틀로 세상에 이름을 알리고 싶지 않다면 발품을 팔아야 했다.

벌써 몇 시간째 도보 아닌 도보를 하는 중이었다. 가을 스님 쏘다니듯이 세 식구가 지낼 만한 거처를 알아보고 다니느라 지친 두 발이 지면이 아닌 수면 위를 걷는 느낌이었다. 이럴 때 구름이라도 타고 다니는 손오공의 재주라도 있음 얼마나 좋을까.

"한낱 원숭이도 구름을 타고 다니는데 버스 환승 시간 지났다고 차비 아끼느라 걷고 있는 내가 왜 이렇게 안됐지. 가뜩이나 무 농사 풍년인데 알까지 박히면 볼만하겠네."

자꾸만 시야를 방해하는 햇볕도 불만, 계절 값 못하는 날씨도 불만, 아무튼 몸이 힘들고 괴로우니 불평이 절로 쏟아졌다. 한 시라도 바삐 자신의 방에서 쉬고 싶은 마음에 은설은 사력을 다해 걸음의 속도를 올렸다.

"안녕하세요!"

대충 봐도 안녕 못하시다는 거 보일 텐데…… 은설이 전혀 반갑지 않은 얼굴로 마지못해 뒤를 돌아보았다. 은설이 성직자가 아닐까 추정하고 있는 동진이 웃는 낯빛을 하고 가까이 다가오고 있었다.

"예…… 보시다시피요. 여긴 또 어쩐 일로?"

은설이 잔뜩 촉각을 곤두세웠다. 은설의 미심쩍은 시선에 동진이 얼른 변명을 했다.

"오해하지 마십시오. 오늘은 가게 보러 온 거 아니니까 안심하셔도 됩니다."

"그래요?"

그제야 경계심을 풀기는 했지만 긴장까지 놓지는 않았다. 간다 간다 하면서도 아이 셋 낳고 간다고 말과 달리 쉽게 포기하지 않을 수도 있었다. 낡고 허름한 건물에 굳이 세를 들겠다고 집착을 한 것을 보면 금전적으로 여유가 없다는 반증일 테고 시장의 재개발 이후 주변 상가들 가격이 오름세라 마땅한 곳을 구하지 못하면 언제 또다시 들이댈지 몰랐다. 하여 안심하기는 일렀다.

"네, 정말입니다. 다행히 마음에 드는 곳을 발견해서 알아보고 오는 중이에요. 서로 조율만 잘된다면 계약할 것도 같습니다."

"들던 중 반가운 소리네요. 꼭 계약이 성사되시길 기도드릴게요."

뚱해 있던 은설이 제 일처럼 기뻐했다. 결코 빈말이 아닌 진심이었다. 그렇게라도 해서 가게를 보러 오는 사람이 한 명이라도 줄어들 수 있게 된다면 기도 아니라 하루 금식도 할 수 있었다.

"그렇게 응원해 주시니 잘될 것 같은 예감이 드는데요. 하하!"

　동진의 웃는 모습에 은설은 마치 마법에라도 걸린 것처럼 시선을 떼지 못했다. 눈이 보이지 않을 정도로 활짝 핀 동진의 미소를 보노라니 마음이 위로가 되는 듯했다.

　위로? 이 사람이 하느님이나 부처님도 아닌데 무슨 위로씩이나……. 은설이 급하게 자신의 오버에 제동을 걸었다.

　"그럼 계속 가던 길 가시고 저는 이만……."

　은설이 두 번 다시 안 볼 사람처럼 휙 돌아섰다.

　"어머님께 치킨 맛이 아주 좋더라고 전해주시겠습니까? 말씀하신 대로 식어도 맛있더라고요. 매운맛 치킨도 도전할 겸 조만간 한 번 더 가야 할 것 같습니다. 급하신 것 같으니 다음에 또 뵐게요."

　남자가 한마디라도 더 하기 위해 은설의 빠른 걸음 속도만큼이나 숨 가쁘게 인사를 했다. 은설이 가던 길을 멈추고 옆모습을 살짝 보여주는 것으로 대답을 대신했다. 덤으로 미소까지. 그나마 앞모습보다는 옆모습이 낫다고 하니 이왕이면 조금이라도 더 예쁜 모습을 보여주는 것이 상대방도 좋고 스스로도 만족되고 일석이조였다.

　"미쳤어, 너! 네가 지금 남자한테 정신 팔려 할 때니? 예쁜 모습을 보여줘? 그나마 옆모습이 낫다는 거지 예쁜 건 아니잖아! 으이유, 이 바보!"

　은설이 머리를 콩 하고 쥐어박았다. 몰래 간직해 온 재준의 사진도 처분시킬 만큼 앞으로 소녀 가장, 아니, 처녀 가장으로

서만 열심히 살기로 결심한 지 만 하루도 지나지 않았다. 적어도 한 달, 아니, 일주일만 됐어도 이러지는 않았다.

"내가 지난번에도 말했을 텐데. 그렇게 때려서는 머리에 기별도 안 간다고. 우리 집 정원에 제법 쓸모있는 돌덩이들 많은데 하나 선물해 줄까? 한 번만 내리쳐도 정신이 번쩍 들 만큼 효과는 내가 보장해."

은설의 머리 위에 올려진 손이 미끄럼을 타고 내려오듯 미끄러졌다. 어딘가에 누군가에 무슨 일이 생기면 등장한다는 만화 속의 영웅처럼 등장 시기 하나만큼은 탁월한 재준이 차를 도로변에 세운 채 웃고 있었다. 은설이 쌩하고 고개를 틀고선 앞뒤 돌아볼 겨를도 없이 종종걸음을 쳤다. 재준을 볼 때면 잡지 사건이 떠올라 얼굴을 마주치기가 부담스러웠다.

"어이! 은인! 거기 서! 잠깐만 서보라니까!"

재준이 다급하게 은설을 불렀다. 그러면 그럴수록 은설의 발걸음은 더욱더 빨라졌다.

"그렇게 뛰어가다간……."

"악!"

"다친다고."

재준이 미처 경고를 다 하기도 전에 쿵 하는 소리가 들려왔다. 은설이 길거리에 나와 있는 입간판과 감격에 겨운 박치기를 하고는 나가떨어졌다. 그 모습을 생방송으로, 거의 눈앞에서 지켜본 재준이 끔찍하다는 듯 몸을 한번 털고는 차에서 뛰어내리

다시피 했다.

"허으으으응……."

은설이 이마를 감싸고는 끙끙거렸다. 가늘게 새어 나오는 비명 소리만으로도 아픔이 느껴졌다.

"그러게 내가 멈추라고 했잖아. 진작 말 들었으면 이런 일 없지. 어디 봐봐."

"이잉……."

"이잉은 무슨!"

싫다고 반항하는 은설의 손을 거칠게 떼어낸 재준이 앞머리를 들추고는 이리저리 살폈다.

"피는 안 나지만 이거 꽤 부어오르겠는걸. 일단 병원부터 가 보자."

재준이 웅크린 채 앉아 있는 은설을 억지로 일으켜 세웠다. 은설이 기겁을 하며 자신의 허리에 둘러진 재준의 팔을 떼냈다.

"함부로 손대지 마세요."

아픈 이마 신경 쓰랴 스트레스성 폭식으로 제대로 살이 오른 허리 신경 쓰랴 은설로서는 이중고가 따로 없었다. 진작에 다이어트 좀 할걸. 아픈 것보다도 자신의 허리둘레 사이즈를 재준에게 들킨 것 같아 더 걱정이었다.

"쳇! 허락도 안 받고 손대서 미안한데 은인님 다이어트 좀 해야겠어. 이건 어디가 허린지 한참을 헤맸네."

어쩜 말을 해도! 고운 사람 미운 데 없고 미운 사람 고운 데

없다더니 한 번 밉게 보니 모든 게 얄미웠다.

"선배님이 왜 남의 허리 위치를 신경 쓰세요? 나만 구분하면 되고 찾으면 그만이지. 아야!"

발끈하며 대들던 은설이 신음 소리를 내며 오만상을 찌푸렸다.

"옛말에도 있잖아. 선배 말 잘 들으면 자다가도 떡 생긴다고. 말을 안 들으니 혹이나 생기지. 자꾸 문지르지 마."

이마로 올라가는 은설의 손을 낚아챈 재준이 아까보다 더 세심하게 상처 부위를 살폈다.

남자가 이렇게 속눈썹이 짙고 길어도 되는 거야? 이건 사기야…… 거기다 숨소리까지 예뻐!

재준의 숨결이 눈앞에서 왔다 갔다 그네를 타자 은설은 거의 졸도 직전이었다. 첫사랑은 추억으로만 간직하는 것이라는 둥, 잊을 것이라는 둥 하더니 그새 또 갈대처럼 흔들렸다.

"혹 빼곤 괜찮은 것 같지만 내가 의사는 아니고 병원부터 가는 게 순서인 것 같다. 가자."

재준이 자연스럽게 은설의 팔을 잡으려다 말고 던지듯 놓았다.

"맞다. 허락부터 구해야 되지? 어이 은인님, 그 우람한 팔 좀 잡아도 되겠습니까?"

은설이 매섭게 눈을 흘기고는 친구랑 싸우다 토라져 집에 가는 아이처럼 입술을 댓 발 내밀었다.

"싫어요! 됐거든요!"

길에 질질 끌리다시피 하고 있는 가방을 제대로 고쳐 맨 은설이 여봐란듯이 재준을 밀치고 지나갔다.

"어디 가려는 거야?"

"제가 어디 가든 말든 선배님이 무슨 상관이세요? 선배님은 선배님 볼일이나 보세요!"

안 그래도 창피해 죽겠는데 자꾸만 붙잡고 늘어지는 재준으로 인해 은설은 속으로 눈물이 다 날 지경이었다. 하필이면 좋아하는 남자 앞에서 이런 망신살이 뻗칠 건 또 뭐람!

"너 내가 살 운운해서 삐쳤냐? 장난해서 미안하다. 그러지 말고 병원부터 가자."

은설의 팔을 끌고 재준이 차로 향했다.

"어어…… 이거 놓으세요. 놓으시라고요!"

은설의 격한 반응에 재준의 얼굴에 웃음기가 싹 가셨다.

"내가 너 지금 이상한 곳으로 끌고 가는 거냐? 어찌 됐건 병원은 가야 할 거 아니야?"

"병원을 왜 가요?"

"왜 가긴! 다쳤으니까 가는 거지. 그걸 몰라서 물어!"

재준이 억지로 화를 누르며 차분하게 말했다.

"고작 이 정도로는 병원 안 가요. 아까보다 더 세게 부딪히고 시커멓게 피멍이 들었을 때도 얼마 지나니까 싹 가셨어요. 우리 집 콘크리트 벽에 비하면 저건 아픈 것도 아니란 말이에요. 선배님은 워낙 귀하게 자라셔서 무릎만 까져도 병원에 가실지 모르지만 전 밴드 하나 붙이면 끝이에요. 그러고도 이렇게 멀쩡하잖아요."

은설이 무용담을 들려주듯 하고는 어깨까지 들썩여 보이는 여유를 부렸다. 재준은 황당함에 서늘한 미소밖에 나오지 않았다.

"뭐든 습관적이고 상습적이라는 거구나. 다치는 것도 부딪히는 것도. 남자도 거기에 포함되냐?"

"남…… 자?"

은설이 마치 생경한 단어처럼 되뇌었다.

"아까 보니 가관이던데? 그렇게 남자한테 눈을 떼지 못하고 정신을 팔고 다니니 이 꼴이 되는 거지. 너 은근히, 아니, 대놓고 남자 밝히는 것 같더라."

재준이 손가락을 뻗어 은설의 이마를 콕 찍었다. 오뚝이처럼 은설의 머리가 뒤로 젖혔다 앞으로 반동을 했다.

"무슨 말…… 아아!"

억울하다며 하소연을 하려던 은설이 뒤늦게야 알겠다는 듯 고개를 끄덕였다. 조금 전 동진과 인사를 나누던 것에 관한 이야긴가 보았다. 그런데 그게 저런 비난을 받을 소린가?

"제가 남자한테 정신을 팔고 다니든 대놓고 밝히든 선배님이 무슨 상관이세요? 지금 그 말씀 아주 듣기 불쾌해요. 그리고 걱정하지 마세요. 저 따로 좋아하는 남자 있거든요!"

은설의 고백에 재준의 안색이 붉으락푸르락 변했다.

"좋아하는 남자가 따로 있어? 그러면서 나한테 청혼한 거였어? 너 양심이라고는 전혀 없구나."

"그러는 선배님 양심은 어떻고요? 생명의 은인도 못 알아본 사람이 누군데. 누가 누구한테 비난을 하는 건지 모르겠네! 그리고 선배님이 제 남자친구도 아니고 지금 이러는 거 찌질이 같다고 생각되지 않으세요?"

은설이 참을 수 없다는 듯 발끈하며 따졌다.

"뭐? 찌질이?"

"아, 하나 까먹었다. 변태도 추가요!"

하도 기가 차서 더는 퍼부어줄 말이 떠오르지 않자 은설이 울며 겨자 먹기 식으로 돌아섰다. 남이야 지게를 지고 제사를 지내건 말건, 남자한테 눈멀고 귀먹어서 평생 혹부리 영감처럼 혹을 이고 지고 달고 살던 자기가 무슨 상관이냐고! 내 남편이라도 돼? 이젠 된다고 할까 봐 겁난다!

"아아!"

혹이 얼마나 커졌나 확인차 손을 댔던 은설이 치통을 앓을 때처럼 끙끙거렸다. 생각보다 고통이 심했다. 가뜩이나 머리통도 큰데 거기다 전리품으로 혹까지 달고 살게 생겼으니 이래저래 두 눈 뜨고 못 봐줄 꼬락서니임에는 틀림없었다.

그나저나 왜 이렇게 조용하지? 달려와서 반대편에 혹을 하나 더 만들어줄 기세더니. 내 말에 너무 충격을 받아서…….

혹시나 하는 마음에 실눈을 하고 재준의 동태를 살피던 은설이 맥이 턱 풀린 한숨을 내쉬었다. 먼지와 함께 사라지듯 뿌연 매연을 남기며 재준의 차가 총알처럼 튀어나가고 있었다.

어쩐지 후환이 생길 것 같은 불길한 예감이 머리를 스쳤다.

"변태라는 말까진 하지 말 걸 그랬나? 아니야, 잘했어. 내가 자길 좋아했다고 막 대해도 된다고 생각하는 모양인데 어림없지. 원래 팬이 안티로 돌아서면 더 무서운 법이라는 걸 선배도 당해봐야 해. 거기다 자긴 나한테 더 심한 말도 했는걸 뭐."

은설이 당차고 야무지게 눈을 부릅뜨며 경쾌하게 결론을 내렸다.

"변태에 찌질이? 어떤 변태에 찌질이가 그렇게 너처럼 덜떨어진 애를 걱정해 주냐!"

운전대를 잡고 있는 재준의 손에 아드득 힘이 들어갔다.

"내가 그동안 너무 만만하게 보였나? 내 앞에서 말도 못 걸고 안절부절못하다 포기하는 여자들이 부지기수인데 쟨 뭘 믿고 저렇게 날 우습게 보는 거야? 아니, 내가 뭘 잘못했냐고! 남자 보고 헤 하고 정신 놓고 있는데 그거 지적해 준 게 변태에 찌질이 소리 들을 일이야? 그러게 대낮부터 누가 길거리에서 해롱해롱거리래? 거기다 또 좋아하는 남자까지 따로 있어? 순진한 줄 알았더니 문어발이 따로 없고만. 쟤 왜 저렇게 변한 거지?"

조금 잦아드는가 싶더니 또다시 불평이 시작되었다. 언제부턴가 혼잣말이 늘었다는 걸 전혀 감지하지 못한 채 재준은 숫제 성토대회를 열고 있었다. 단순히 은설에게 비난을 들었다는 것에 대한 반응으로 보기엔 다소 과민반응이었다.

"하긴 순진했으면 나한테 결혼하자고 했겠냐고. 아, 맞다! 이런 젠장!"

그제야 생각이 난 듯 재준이 핸들을 내리치고는 낭패 어린 표정을 지었다. 너무 흥분한 나머지 은설을 찾아온 목적까지 까맣게 잊어버렸다.

"형님, 제가 많이 미우시죠?"

잡념을 지우기라도 하려는 듯 열심히 영어단어를 외우고 있는 귀인을 물끄러미 바라보던 복순이 조심스럽게 말을 걸었다. 코끝에 걸치고 있던 돋보기를 밀어 올리며 귀인이 대답 대신 단어장을 덮었다. 한 번 말을 시작하면 좀처럼 제어가 안 되는 복순의 버릇을 알기에 미리 포기하는 편이 낫겠다는 판단에서였다.

"또 쓸데없는 소리."

"저 때문에 어렵게 들어간 학교 졸업장도 못 받으시고. 그때 제대로 졸업만 했다면 형님이나 나나 지금쯤 대학교에 다니고 있을지도 모르는데……."

복순이 풀이 죽은 채 눈치를 봤다.

"자네 놔두고라도 나 혼자 다니려면 얼마든지 다닐 수도 있었어. 내가 힘에 부대끼니 포기한 거지 자네 때문이 아니야. 자네가 뭐라고 내가 희생을 해."

말은 그렇게 하지만 귀인이 그렇게 힘들게 들어간 고등학교를 포기할 수밖에 없었던 이유가 자신 때문이라는 걸 복순은 잘 알고 있었다. 2학년이 되고 채 일주일도 안 돼 복순은 하굣길에 쓰러지고 말았다. 평소 지병이었던 혈압이 원인이었다.

다행히 그 모습을 지켜본 학생들은 많지 않았지만 학교가 발칵 뒤집어지는 계기가 되었다. 학생으로 입학시키기엔 너무 노환이었다는 성토가 봇물 터지듯이 이어졌고 학부모들의 항의도 거셌다. 학교에서 송장 치울 일 있냐면서 압박했다.

손자뻘인 학생들에게 학구열을 심어주는 본보기가 될 것이라며 두 사람의 입학을 허가했던 학교 측에서도 난감한 일이 아닐 수 없었다. 한 번도 쓰러졌는데 두 번은 쓰러지지 말라는 법이 어디 있겠냐며 복순의 건강을 계속 문제 삼자 귀인은 두말없이, 주저없이 자퇴서를 제출했다.

개인의 성취욕도 중요했지만 민폐라는 소리를 들어가면서까지 다니고 싶지는 않았다. 그것은 그녀가 바라는 바가 아니었다. 더불어 솔직히 겁이 난 것도 사실이었다. 천년만년 살 것처럼 굴던 복순이 쓰러지는 것을 보니 더 이상 남의 일이 아니라는 생각이 들었다. 학업에 대한 미련에도 불구하고 그렇게 학교를 관뒀다.

학창생활을 포기한 것이지 학업을 포기한 것은 아니었다. 배

움의 길이라는 것이 따로 정해져 있는 시기가 아닌 만큼 정신을
놓지 않는 한 앞으로도 공부는 계속할 생각이었다.

"그건 그렇고요. 재준 에미 그대로 놔두실 거예요?"

갑자기 귀인의 표정이 싸늘해졌다.

"제 입으로 이혼 운운하고 제 발로 걸어나간 위인인데 자네가
그 걱정을 왜 해? 집이 없기를 해, 돈이 없어? 자기 멋대로 하고
픈 대로 하고 사느라 콧노래가 절로 나올 텐데."

"걱정이 아니라 애비가 저러다 정말 다른 여자라도 들이면 어
떡하나 싶어서 그러죠. 요 며칠 형님 눈치 보느라 일찍 들어오
기는 해도 제 버릇 남 주겠어요? 우리 재준 애비가 다 좋은데 그
버릇이……."

"여자나 남자나 몸 함부로 굴리고 다니는 인간들 말로야 뻔하
지. 지금이야 겁날 게 없겠지만 늙어서 처자식한테 무시당하고
괄시를 받아봐야 알 테지."

팔은 안으로 굽게 마련이라지만 며느리 못지않게 아들에 대
해 냉정하기 그지없었다. 복순이 귀인에게 혀를 내두르는 게 바
로 그 부분이기도 했다.

"형님, 정말로 갖고 계신 지분이랑 재산들 모두 애비 말고 재
준이한테 주실 거예요? 아무리 그래도 애비 놔두고 재준이한테
넘긴다는 건……."

"애비가 그나마 나나 자네한테 설설 기는 이유가 뭔데. 노리
는 게 있으니 입안의 혀처럼 구는 거겠지."

귀인이 싸늘하게 복순을 봤다.

"자네한테 어머니, 어머니 한다고 홀랑 넘어가서 그나마 갖고 있는 재산 날리지 말고 무슨 말을 하건 모른다, 돈 없다고 끙끙 앓기만 해. 그게 자네가 이 집에서 오래도록 대접받을 수 있는 길이야. 회사와 별개로 개인적인 준비를 하는 게 있다고? 멀었어. 암, 멀고말고."

"그래도 회사 돈 손 안 대고 여기저기 투자 끌어보겠다고 몸 상하도록 뛰는 거 보면 안됐잖아요. 형님 갖고 계신 거 조금만 보태줘도 한결 나을 텐데. 애비도 이제 쉰이 넘었는데 형님은 가끔 보면 물에 내놓은 아이 취급하시는 거 같아요. 그만 믿어 줘도 될 텐데……."

"아이 취급이 아니라 아이 맞아. 정신 상태도 행동하는 것도. 그러니 그 더러운 버릇을 여즉 못 고치지. 맘 같아서는 돈줄을 죄다 틀어막아 버리고 사장 자리에서도 내려 앉히고 싶지만 아직은 회사를 위해서라도 더 필요하니 놔두는 거야."

재준이가 맡기엔 너무 어려…… 귀인이 깊은 한숨을 토해 냈다.

"저야 형님이 시키시는 대로 땅 문서건 지분이건 꼭 쥐고 있겠지만 형님이 저보다 먼저 회장님 곁에 가시기라도 하면 어찌 될지 장담은 못하겠어요. 제가 애비한테 유독 약하잖아요. 에미가 재준이한테 그러는 것처럼."

"내가 오늘내일하는 상늙은인가? 별소릴 다 듣겠네."

"그러니까 결론은 형님이 건강하게 오래오래 사셔야 한다는 거지요, 제 말은."

귀인의 심사를 거슬린 것 같아 복순이 얼른 수습에 나섰다.

"내가 빨리 죽어야 자네한테는 좋을 텐데?"

귀인이 곱게 그려진 아치형 눈썹을 치켜뜨며 놀리듯 말했다.

"형님! 제가 그런 생각 요만큼이라도 했다면 천벌을 받아요. 제가 그렇게 못된 마음을 품었으면 형님이 저 그렇게 구박하셔도 회장님이 마련해 주신 대궐 같은 집 놔두고 여기 와서 살겠어요? 그렇게 말씀하시면 저 정말 섭섭해요."

부모에게 꾸중을 들은 일곱 살 아이마냥 볼멘소리를 하는 복순의 볼이 퉁퉁 부었다.

"시답잖은 소리 그만 하고 박 본부장 언제 도착하는지나 알아봐. 약속을 했으면 제시간에 딱딱 맞춰서 와야지, 그 물건도 갈수록 흐리멍덩해져 큰일이야."

"그러고 보니 오늘이 박 본부장 오는 날이었네. 벌써 5분 지각했으니 오자마자 형님한테 불벼락 맞게 생겼네요. 형님이 투자 금액 모두 빼겠다고 하면 어쩌려고. 에구구."

복순이 신음 소리를 내며 자리에서 일어섰다. 입고 있는 원피스 치마의 주름을 펴고 막 나가려는데 노크 소리가 났다.

"사모님, 모아투자에서 오셨는데요. 접대실로 모실까요?"

"응, 그렇게 해. 호랑이도 남 말 하면 온다더니 왔다네요, 형님."

"남 말이 아니라 제 말. 하나를 외워도 제대로 외워야지. 그렇게 덤벙거리면서 외우니 그 사단이 나지. 쯧쯧."

귀인이 혀를 차고서는 복순을 앞세워 접대실로 향했다.

"네가 좋아, 네가 좋아. 하늘만큼 땅만큼."

유라의 휴대전화기에서 들려오는 후크송의 유치한 리듬과 가사가 가뜩이나 심각한 분위기에 제대로 찬물을 끼얹었다.

"나야, 용건만 간단하게 이야기해. 나 지금 무척 심각한 이야기 중이니까."

재준이 들으라는 듯 유라는 심각하다는 말을 힘주어 말했다.

"나 발표 욕심 많은 거 알잖아. 아무 도움도 주지 않고 생색만 낼 거 아니니까 내가 해야 할 분량이나 확실히 정해서 알려줘. 그리고 선민이한테 꼭 전해. 다른 건 몰라도 우리 조 발표는 내가 할 거라고."

상대방의 반응 따윈 필요치 않은 듯 유라가 휴대전화기를 의자 위에 던지다시피 내려놓았다. 이 또한 재준을 의식한 행동이었다.

그 모습을 당사자인 재준은 묵묵히 듣고 보고 있을 뿐이었다. 오늘만큼은 처음이자 마지막으로 유라가 어떤 행동을 하고 어떤 비난을 그에게 퍼붓든 수용할 준비가 되어 있었다.

"내가 너한테 여자친구로서 많이 부족하니? 물론 내가 최상의 여친 내지 신붓감이라고는 생각 안 해. 그렇지만 이런 식으로 버림받는 건 용납할 수도 받아들일 수도 없어.”

똑 부러지는 성격답게 유라는 최대한 간결하고 쉽게 그녀의 의사를 전달했다. 자존심이 상하기도 할 터였다. 지금껏 연애 경험이 많은 것은 아니었지만 그녀가 먼저 정리를 하면 했지 정리를 당한 것은 처음이었다. 더군다나 이제 막 연애 전선에 불이 붙었다고 자신하던 참이었다. 약간의 이상 기류라도 있었다면 모를까, 갑자기 이별 통보를 받고 보니 어안이 벙벙할 지경이지만 유라는 절대 흥분하지 않았다.

그녀가 아는 세련된 여자들이란 어떤 상황에서도 품위를 잃지 않아야 한다는 것이다. 하여 재준에게 그만 만나자는 청천벽력과도 같은 말을 듣고도 모욕감 대신 침착함을 유지할 수 있었다. 한편으로는 재준의 마음을 돌릴 수 있을 것이라는 자신감의 반증이기도 했다.

제멋대로의 성향을 보이는 남자들은 여자가 울고불고 매달릴수록 쉽게 싫증을 낸다. 쥐락펴락, 밀고 당기기를 잘하는 것이 지금 상황에서는 가장 중요했고 자신있었다. 그녀는 자신의 도도함과 청순함, 그리고 이성적이며 때론 소녀의 감수성을 십분 발휘할 수 있는 능력을 믿었다. 필요하다면 단 일 분 안에라도 눈물을 흘릴 수 있는 연기력까지 갖추고 있기에 모든 방법을 총동원할 작정이었다.

아무래도 이제 2단계의 작전에 돌입해야 할 것 같았다. 지금까지는 이성적인 모습을 보였으니 이제는 감정에 호소할 차례

였다. 겉으로 강한 척, 도도한 척하는 여자가 무너질 때 남자들
또한 심경 변화를 일으키는 법이니만큼 변화를 꾀할 때였다.

재준은 그녀에 대해 모르는 것이 너무 많았고 반대로 그녀는
그에 대해 많은 것을 알고 있었다.

"말했잖아. 네가 버림받는 게 아니라고. 우리가 누굴 버리고
주울 그런 사이도 아니었을뿐더러 그건 네 스스로를 비하하는
것밖에 안 돼."

"그럼 내가 이해할 수 있게 설명해 봐. 그렇다면 힘들겠지만
노력은 해볼게…… 나는…… 이런 상황이 온 게 내 탓인 것만
같아서……."

담담하게 말을 잇는가 싶더니 어느새 촉촉하게 젖어든 눈빛
의 유라가 눈물을 보이기 싫다는 듯 재빨리 고개를 떨어뜨렸다.
긴 생머리 사이로 보이는 그녀의 쇄골에 금방이라도 눈물이 떨
어질 것처럼 그녀는 가냘픈 몸을 조심스럽게 들썩였다.

"변명 같겠지만 어차피 우리가 처음부터 첫눈에 반해 끌리거
나 한 사이는 아니었잖아. 지금처럼 이런 식으로 만나봐야 피차
에게 도움될 것이 없다는 생각도 들고 또……."

"넌 여자를 만날 때, 아니, 사람을 만날 때 어떤 대가를 지불
해야 한다고 생각하니? 우리 만남에 도움이니 하는 말이 왜 나
와? 난 네가 잘나고 똑똑해서 더 끌린 건 사실이지만 널 친구들
앞에서 과시용으로 삼기 위해 만난 적은 한 번도 없어. 오히려
널 위해 쉬쉬 숨기기 바빴다는 게 정확하겠다. 그게 내가 널 위

해 할 수 있는 배려라고 생각했기 때문이야. 다른 친구들은 남자친구와 백 일이니 이백 일이니 하면서 거하게 축하도 받고 하지만 난 널 노출시킨 적도 시킬 생각도 없어. 왜지 아니? 내가 신중하지 못해서 혹시라도 널 놓칠까 봐, 내가 얼마나 마음고생이 심했는데……."

흥분은 금물이며 특별히 낮거나 높지도 않은 젖어든 목소리와 함께 극적인 장면의 가장 완벽한 장치. 유라의 눈에서 수정처럼 맑은 눈물이 뚝뚝 떨어졌다.

재준으로서는 보통 난감한 일이 아니었다. 이성적이면서도 똑똑하고 애교가 넘치는 건 알았지만 이토록 여린 모습을 보게 되리라고는 상상도 하지 못했다. 자존심이 상한 유라가 뺨이라도 올려붙이지 않을까 했던 예상이 완전 빗나가 버렸다.

"모든 게 내 실수였어. 인정할게. 난 널 그냥 보통의 친구 정도로만 여겼는데, 네가 나와는 다른 생각을 갖고 있다는 걸 알면서도 널 만나왔으니까."

고개를 숙인 채 눈물을 훔치던 유라의 뺨이 벌겋게 달아올랐다. 날 그저 친구로만 여겼었다고? 그녀가 손수건을 비틀어 짜며 입술을 아프게 깨물었다.

"네가 너에 대해서 하나둘 풀어놓기 시작하면서부터 나도 잠깐 흔들렸던 건 사실이야. 사랑받으면서 모나지 않게 잘 자란 널, 더군다나 외모도 예쁘고 똑똑하기까지 한데 끌리지 않는다면 그게 이상한 거겠지."

"그럼…… 왜?"

눈물로 흐릿해진 눈을 들어 보이며 유라는 재준의 감성에 호
소했다. 백 마디 말보다 더 큰 효과를 보리라는 것을 기대하
며…….

"넌 행복한 가정을 꾸미는 게 네 인생 최대의 목표잖아. 너와
나는 지향점이 달라. 난 의리를 지키는 남편은 되겠지만 아내와
자식을 사랑하고 가족을 위해서 최선을 다할 생각 따윈 전혀 없
어. 네가 그런 말을 할 때마다 하루라도 빨리 내 마음을 전해야
겠다고 생각했어. 그리고 지금이 바로 적절한 시기라고 판단했
고."

눈물로 범벅이 된 유라의 읍소에도 불구하고 재준은 어떤 동
요도 보이지 않았다. 그에게 있어 여자의 눈물은 무기가 아닌
각성을 촉구하는 촉매제와도 같았다. 눈물로 시름 짓는 여자들
을 너무나도 많이 봐왔기에 전혀 새로울 것이 없었다.

다만 자신이 누군가에게 눈물을 흘리게 했다는 자책감이 그
를 괴롭히리라는 예감은 들었다. 누군가를 울리는 일 따윈 정말
하고 싶지 않았다. 그런 일은 그의 아버지만으로도 충분했다.

"그럼 그런 욕심부리지 않으면 나…… 네 곁에 있어도 돼?"

"너 현명한 아이잖아. 네 입으로 그랬지? 보이지 않게 날 배
려해 왔다고. 그게 나에 대한 너의 의리라고 생각해. 네가 날 위
해서 네 인생의 목표를 수정하겠다는 건 날 정말 나쁜 놈으로
만드는 거야. 지금은 너무 당황해서 네가 어떤 말을 하는지 잘

모르겠지만 머지않아 아주 현명한 판단이었다는 걸 알게 될 거야."

'서유라, 너 아주 제대로 된 임자 만난 것 같다. 감히 내 눈물을 모욕하고 자존심을 짓밟아? 널 쉽게 포기할 것 같아? 천만의 말씀. 내가 마음에 안 든다면 네 마음에 들 때까지 내 성격을 뜯어 고쳐서라도 보란 듯이 내 옆에 서게 할 거야. 두고 봐.'

유라가 키득키득 웃었다. 물론 아무도 볼 수 없게, 보이지 않게 속으로 웃었다. 무너진 자존심을 위로하기 위한 그녀만의 방법이었다.

"결국 난 아니라는 말이구나……. 내가 너한테 부담을 주는 줄도 모르고 그게 널 행복하게 하는 말일 거라고 여겼던 내 자신이 너무나 한심스럽고 부끄러워……. 곧 방학인데 내 4학년의 마지막 방학을 너와 함께 배낭을 메고 많은 걸 보고 듣고 담고 오겠다던 계획도 접어야겠다. 우린 해보지 않은 게 너무 많아서…… 그래서 내가 이렇게 네 앞에서 추한 모습을 보였나 봐. 미안해……."

휴! 재준이 오래 묵힌 한숨을 토해냈다. 안도의 한숨이 아닌 다가올 일에 대한 잔인함에 대한 사과 같은 거였다.

"미안하다는 말보다 나쁜 놈이라는 소리를 네게서 듣고 싶어. 그게 내 본모습이니까."

"네가 그만 만나자고 한다고 해서 나쁜 사람이라니, 그건 말도 안 되는 소리야. 너는 지난 몇 달간 날 참 많이 설레게 해주었고⋯⋯."

"나 조만간 결혼한다."

유라의 입을 통해 나오는 배려는 이제 그만 듣고 싶었다. 그럴수록 그에겐 죄책감만 커질 테니. 그가 더는 미련이 없다는 듯 마지막 보루로 미루어둔 것을 꺼냈다.

"또 네가⋯⋯ 뭐?"

조곤조곤하게 그녀만의 방법으로 재준을 설득하던 유라가 터져 나오려는 비명 소리를 막기 위해 두 손으로 입을 가렸다. 다른 사람이 이런 말을 했다면, 이런 말을 들을 리도 없었겠지만 농담으로 치부하며 깔깔거리고 웃었을 것이다.

그러나 당사자가 재준이라면 이야기가 달라졌다. 더군다나 그녀가 필살기인 눈물 연기까지 선보였음에도 불구하고 재준이 그런 농담을 던질 리가 없었다. 결혼에 대해 어떤 환상도 없다는 것이 재준의 진심이라면 결혼을 한다는 것 또한 진심이라는 소리였다. 꽤나 많은 것을 내포한⋯⋯.

결국 너도 이제야 사실을 실토하는구나. 날 상처 주기 싫어서 선택하지 않았다는 말을 그렇게 빙빙 둘러서 했던 거였어. 의리를 지킨다고 한 게 이거였구나. 어쩔 수 없는 선택을 해야 한다면 누구나 자기에게 유리한 쪽을 택하는 게 인지상정이었다.

제 입으로 좋은 남편, 좋은 가장이 되고픈 마음은 전혀 없다고 했으니 재준의 입장에선 의무는 행하되 자유로움을 선택하는 것이 그를 위한 최선의 선택일 테니. 이제야 퍼즐이 하나하나 맞춰지는 느낌이었다.

스물셋…… 사랑만큼 실수를 하기에도 좋은 나이였다. 더불어 질투를 하기에도……. 유라의 눈이 위험스럽게 빛났다.

"이젠 놀라지도 않는 거야?"

재준이 농담처럼 물었다.

"행복한 가정을 꾸릴 생각이 전혀 없어서 내가 부담스럽다는 네가 결혼을 할 거라는데 내가 무슨 말을 할 수 있겠니? 널 안아 주고만 싶어. 네 마음을 위로해 주고 싶어. 그런 선택을 해야만 하는 널 많이 이해해 주고 싶어……."

역시…… 구질구질하게 변명이나 설명하지 않아도 되게끔 깔끔하게 단번에 이해하는 똑똑함. 재준이 유라에게 끌린 이유였다. 학벌의 좋고 나쁨을 떠나 상대방의 말을 정확하게 꿰뚫어 볼 수 있는 현명함. 덕분에 수월하게 대화를 마칠 수 있을 것 같았다.

"고맙다. 더 묻지도 따지지도 않아 줘서."

유라의 다시금 촉촉하게 젖어드는 눈가를 보는 재준의 음성이 갈라졌다. 이제 남은 일은 할머니들과 은설을 설득하는 일이었다. 가장 강적들만이 남은 셈이었다. 본격적인 전쟁은 이제부터였다.

'고맙긴, 오히려 내가 고맙지. 모처럼 새로운 즐거움을 즐길 기회를 만들어주는데 인사를 하려면 내가 해야 하는데.'

고등학교 시절 각별히 친하게 지낸 친구가 있었다. 함께 그룹

과외도 받고 학원도 같은 곳을 끊어 수강할 만큼 돈독한 사이였다. 그렇게 친분이 두텁던 친구의 남자친구를 유혹해 마음껏 좌지우지하다 싫증나서 버린 이후 제 또래는 거느리지 않겠다, 다짐했었다. 풋내가 나는 남자보다는 프로 기질이 중후한 쪽이 구미에 맞았었지만 우연히 재준을 알게 된 이후 모처럼 또래에게 끌렸던 참이었다.

그런 나를 버리고 가겠다고? 그래, 가! 말리지 않아. 대신 각오해야 할 거야. 난 남이 갖은 걸 뺏는 게 특기거든. 내 꽃밭에 꽃이 풍성하게 만개해도 다른 집 꽃이 탐난다면 그 꽃밭을 뭉개버려서라도 내 꽃들을 돋보이게 하는 게 내 취미라는 것도.

유라가 회심에 찬 미소를 지었다.

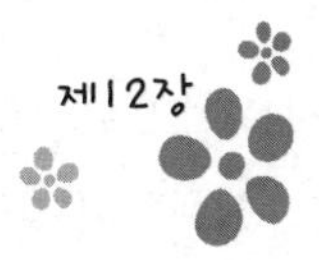

제 12장

순서가 바뀐 점이 없지 않아 있지만 재준은 드디어 본격적으로 은설을 설득하기 위해 나설 작정이었다. 변명 같겠지만 특별한 관계가 아니라고 해도 유라와의 관계를 깨끗하게 정리하지 않은 채 은설에게 무작정 결혼하자고 우기기는 싫었다. 무엇보다 은설에 대한 예의가 아니었다. 이렇게 예고도 없이 들이닥치는 것도 결코 예를 갖추었다고 할 수는 없지만.

심호흡을 한 재준이 낡은 문을 밀치고 가게 안으로 들어갔다.

"어서 오세요!"

문소리만 듣고 주방에서 반갑게 고개를 내밀던 은설의 표정이 재준과 눈이 마주치자 이내 실망감으로 변했다. 며칠 전을 제외하고 그동안 전혀 치킨을 배달시킨 적이 없는 것을 보면 딱히 좋아하는 음식 같지도 않은데 굳이 드나드는 저의가 궁금했다.

은설이 내키지 않는 걸음으로 주방을 나섰다.

"미리 경고드리는데요. 선배님이 지금 첫 손님이시거든요. 오늘 장사 제대로 안 되면 그거 다 선배님 탓이에요. 우리 엄마 지금 목욕탕 가셨는데 잘못하다간 선배님 물벼락 맞을지 몰라요. 우리 엄마가 다 좋은데 마수걸이만큼은 유별나시거든요. 억울하다고 하셔도 어쩔 수 없어요. 장사라는 게 그런 거니까요."

"사윗감한테 물벼락을 안겨준다고? 환영인사 한번 독특하겠는걸. 평범한 것보다는 그렇게 특별한 것도 좋지."

에효, 마음대로 지껄여 보세요! 그러는 사람 입만 아플 테니까!

이제 재준이 무슨 말을 하건 한 귀로 듣고 흘려버릴…… 생각이 전혀 없는 은설이 무궁화 꽃이 피었습니다, 놀이의 술래처럼 목에 담이 걸릴 정도로 홱하고 돌아보았다. 여차하면 몸통의 앞판과 뒤판이 바뀔 정도였다.

"지금…… 지금 뭐라고 하셨어요?"

두 눈을 휘둥그레 뜬 은설은 스스로 들어도 낯선 목소리였다. 가끔 가는귀가 먹었냐고 유자에게 핀잔을 듣기는 하지만…… 긴가민가한 상태로 은설이 천천히 고개를 제자리로 복귀시켰다. 상황을 제대로 파악하기 전까지는 차마 재준의 얼굴을 볼 수가 없었다.

혹시 잘못 들은 걸까? 너무 오랜 시간 간절히 바라만 보니 언젠가 자신의 손에 튀겨진 닭들이 말을 걸지 않을까 상상하던 것처럼 그렇게 제멋대로 환청을 만들어낸 것일까? 그래, 그럴지도 몰라. 아니, 그럴 거야. 하은설 너라면 충분히 그럴 수 있어. 너도 네 자신이 엉뚱하다는 거 잘 알잖아. 물음표로 시작한 의문이 자학으로 이어졌다.

"여기 와서 잠깐 앉아봐. 할 이야기가 있으니까."

조금 전의 장난스러운 분위기는 오간 데 없고 재준이 자못 진지하게 말했다. 마치 지남철이 끌어당기는 것처럼 은설의 몸이 저절로 끌려가고 있었다. 안 돼, 라고 수도 없이 외쳐 보지만 어느새 재준의 앞에 앉아 있었다.

꼴깍! 누구의 입에서 나는 소린지 모르겠지만 마른침 넘어가는 소리가 들렸다.

"우리 결혼하자!"

재준의 밑도 끝도 없는 제안에 은설은 어안이 벙벙했다. 10년 짝사랑에 종지부를 찍게 만드는 재준의 청혼에 머리가 천장에 닿을 만큼 폴짝거리며 환호가 터져 나와야 정상이겠지만 은설은 전혀 그렇지를 못했다.

이런 느낌이었겠구나…… 자신의 제안에 재준이 받았을 황당함이.

아마도 재준이 노리는 것이 이런 것이었나 보았다. 역지사지.

너도 한번 느끼고 당해보라는 이를테면 이에는 이, 눈에는 눈 전략 같은 거. 은설이 피식 바람 빠진 웃음을 흘렸다.

"그럴까요? 예식장은 동궁 예식장으로 하고 주례는 문어 아 저씨에 예물은 조개껍데기면 충분하겠죠? 웨딩카는 코끼리 정 도?"

"장난 아니야."

"장난이라뇨. 저 지금 수능 원서 쓸 때보다 더 진지한데요?"

은설이 반항기가 다분한 눈빛을 초롱거리며 비아냥거렸다. 이래서 사람은 자주 접하고 만나봐야 할 필요성이 있는 거였다. 겉모습만 보고 좋다고 그렇게 목을 매달았으니. 남들은 똥차라 고 해도 내 눈엔 벤츠라고 하는 것과 뭐가 달라! 넌 그게 문제 야, 하은설! 늘 넘쳐. 아주 과하게!

대오 각설한 은설이 낡은 테니스공을 댄 의자를 기운차게 밀 쳤다.

"일어서지 말고 내 말 더 들어."

그러면 내가 좋아 죽으면서 그대로 앉아 있을 줄 알고? 은설 이 코웃음을 쳤다. 그러나 기세 좋게 일어나리라는 다짐과 달리 그녀의 몸은 의자에 착 달라붙어 꼼짝달싹할 엄두조차 안 내고 있었다.

"우선 많이 놀랐을 거야. 황당하기도 하고 어이없을 수도 있 겠지. 그보다 불쾌하다거나 놀림받는다는 생각이 들 수도 있고. 네가 지금 어떤 마음이던 모두 사과할게. 그렇게 느끼게 할 생각은 아니었는데 내가 청혼이라는 걸 처음 하다 보니 장난처럼 되어버려서 나 자신도 유감이라고 생각해. 저렇게 치킨 주문하듯 하고 싶지는 않았는데 결과적으로는 그렇게 되고 말았어.”

진심이 느껴지는 재준의 고백에 은설은 혼란스러웠다. 자못 감동적이기까지 한 이 상황에서 급반전이 이루어져 ‘뻥이야!’ 라는 말이라도 나오는 날엔 수치스러움을 견디지 못해 닭 대신 튀김기 안에 들어갈지도 몰랐다. 하여 신중에 신중을 기해야만 했다.

“그럼…… 농담이 아니라 진담이라는 거예요? 왜…… 요? 절 놀리시는 게 아니라면 대체 선배님이 뭐가 답답해서…….”

“그날은 솔직히 너무 황당했던 나머지 내가 과하게 화를 냈던 것 같다. 너한테 상처되는 말도 아무 생각 없이 내뱉었고. 네가 왜 그런 말을 했을까, 네 입장에서도 한 번쯤은 생각해 볼 수도 있었을 텐데 내 입장만 고수했던 것 같아. 배려심이 부족했다고 해야 하나.”

“선배님 입장에선 당연히 그러실 수밖에 없었던 상황이니까요. 지금도 그날 일 떠올리면 쥐구멍에라도 들어가고 싶은 심정인데 선배님은 오죽하셨을까요. 그런데 왜 갑자기 저랑 결혼하자고 하시는 건데요? 입장 바꿔서 생각해 보셨다지만 선배님이 절 이해하거나 배려하실 이유는 없잖아요.”

“내가 널 필요로 하니까.”

“필…… 요? 뭐가…… 요?”

혹시 자신처럼 돈이 필요하다는 건가? 덜떨어진 너를 구제해
줄 테니 대신 지참금을 준비해라? 그렇다면 이건 또 이야기가
달라진다. 돈 한 푼 없이 입은 옷 그대로 쫓겨날 판국인데 지참
금은커녕 뱃속 기생충 죽일 알약도 없다.

"단도직입적으로 말할게. 네 도움이 필요해. 아주 절실하게."

들었니? 내가 필요하대. 그것도 아주 절실하게…… 엄마, 아
빠가 들으시면 서운하시겠지만 부모님이 그동안 해준 사랑한다
는 말보다도 네가 필요해라는 한마디가 더 은설을 흔들었다.

"정말…… 이에요?"

"그렇다니까. 네 그 허무맹랑하면서도 푼수 같은 성격이 필요
해. 그러면서도 어른들을 공경하고 이해하는 마음 씀씀이까지.
한마디로 네 장점과 단점이 모두 필요하다고 할까."

"에?"

은설이 사자 갈기 같은 머리를 뒤로 넘겨 귀를 드러내고는 쫑
긋 세웠다. 뭐지? 이 한국말을 듣고도 해석이 안 되는 눈물겨운
상황은. 그러니까 지금 움직이는 장난감 같은 걸 원한다는 건
가?

차마 제 입으로는 묻지 못한 은설이 눈으로 대답을 재촉했다.
희번덕거리는 눈빛이 여차하면 답변 여하에 따라 닭 모가지 비
틀 듯 재준을 틀어버릴 기세였다.

"생명의 은인이랍시고 결혼하자고 요구하는 배짱도 추가할
게. 그 정도 강심장이면 어떤 상황에서도 쉽게 적응할 테니까."

"쿡!"

기대가 크면 실망도 크다더니 은설의 입에서 저도 모르게 실소가 터져 나왔다. 재준이 말한 조건들을 조합해 보니 신부가 아닌 노예를 구하는 것 같았다. 웃으라면 웃고 울라면 우는. 그러면서도 주인에게 목숨 바쳐 충성을 다하는. 이런 인간인 줄도 모르고 감동에 가슴까지 설레어했다니…….

은설이 탁자의 양 모서리를 잡고 겨우 자리에서 일어났다.

"제가 요즘 착하게 살려고 무진장 노력 중이거든요. 그러니 좋은 말로 할 때 가시는 게 좋겠어요. 제가 이성을 잃게 되면 저조차도 감당이 안 되거든요."

은설이 아드득 이를 갈며 말했다. 그래도 첫사랑이자 동시에 짝사랑인 상대에 대한 예우 차원에서 이 정도로 마무리 짓는 것이었다.

"유아교육학과에 다닌다며? 졸업과 동시에 유치원 하나 차리는 건 어때? 그 성격에 잘못했다간 애들 버리기 십상일 테고 차라리 경영 쪽이 더 나을 것 같은데 말이야."

구미가 당기지 않는다고 하면 내 이름은 하은설이 아니라 하가증 내지 하가식일 거다. 1억이 없어 이 좋은 세상에 온 가족이 알거지로 쫓겨날 판인데 유치원? 그것도 취직이 아니라 통째로 떠안겨 준다고 하는데 혹하지 않는다면 그게 이상한 거였다.

"왜요? 유치원이 한두 푼 하는 애들 장난감도 아니고 그 어마어마한 걸 저한테 도대체 왜요? 무슨 이유로요? 단지 푼수 짓

할 사람이 필요한 것치고는 조건이 너무 과하다는 생각 안 드세요?"

"그 정도로 힘든 일이니까……."

"일?"

은설이 저도 모르게 고개를 갸웃거렸다. 도대체 얼마나 힘든 일이기에 유치원까지 내준다는 거야?

"일이라는 게 구체적으로 어떤 걸 말하는 건지…… 육체적인 노동? 아님 정신적인 일?"

어느새 은설도 진지하게 관심을 보였다. 여전히 의문점이 강정에 묻은 깨만큼이나 무수했지만 일단 들어나 보자 하는 심정이었다.

"아마 둘 다가 될 수 있겠지. 너도 대충은 알고 있겠지만 우리 집 사정이 다른 집들과는 조금, 아니, 많이 다르니까. 네 장점을 잘 살린다면 그리 힘든 일이 아닐 수도 있겠지만 우리 할머니들이 그렇게 만만찮은 분들이 아니시니까, 반대로 죽을 만큼 고통스러울 수도 있을 테니까."

재준의 말이 끝나기도 무섭게 귀인과 복순의 얼굴이 입체적인 윤곽이 되어 눈앞에 어른거렸다. 두 할머니의 연합 전선을 떠올리니 저도 모르게 몸이 부르르 떨렸다.

"그럼 그 힘든 일이라는 게 할머니들이라는 거예요? 혹시 선배 할머님들 어디 편찮으세요?"

"아니, 두 분 다 정정하셔."

"그렇다면 치매 같은 거라도……."

은설이 미안해하며 말끝을 얼버무렸다.

"앞으로 일이야 장담을 못하겠지만 현재까진 두 분 다 이상무야!"

"그럼 단순하게 할머니들께 잘할 사람이라는 이유만으로 그런 제안을 하신 거란 말이죠?"

은설이 다시 한 번 확인을 했다.

"요점은 그렇지만 사정이 조금 복잡해."

더는 부연 설명을 달지 않은 채 재준이 침묵했다. 은설에게 생각할 시간을 줄 요량이기도 했지만 그 자신에게도 마찬가지였다. 과연 지금의 이 제안에 대해 후회하지 않을 자신이 있는지, 현명한 선택인지 되짚어볼 필요가 있었다. 어차피 이미 내린 결론이었고 결과가 바뀔 일은 없지만 반신반의 중이었다.

"전 거절할래요."

"뭐?"

다소 시간이 걸릴 것이라는 예상을 깨고 은설이 별다른 주저 없이 거부 의사를 밝혔다. 재준으로서는 믿었던 도끼에 발등이 찍힌 것처럼 충격이 아닐 수 없었다.

어느 날 갑자기 나타나서 결혼을 하자고 조를 때는 언제고 이제는 해주겠다니 싫단다. 여자들 변덕이 어느 정도라는 건 두 할머니들로 인해 몸서리쳐질 만큼 익숙하다 자부했건만 도무지 적응이 되질 않았다.

"제안은 고맙지만 사양하겠다고요."

은설이 오만하게 턱을 내밀며 국어책을 읽듯 또박또박 말했다.

위치만 괜찮을 뿐 새롭게 재건축되었거나 개보수를 한 주위 건물들과 확연히 차이가 나게 낡아빠진 건물의 작은 치킨 집 딸 치고는 어울리지 않는 도도함이었다.

이런 걸 두고 뭐라고 해야 하지, 적반하장? 분수도 모르고 날뛴다? 더군다나 알아본 바에 의하면 사기를 당해서 온 가족이 당장이라도 길거리에 나앉을 상황인데.

그러나 재준은 그런 티를 내지 않기 위해 신중하고 또 신중했다. 은설의 자존심을 건드리지 않고 자신이 굽히고 들어가는 것이 이번 결혼을 잘 성사시킬 수 있는 첫 번째 관건이었다.

"그러지 말고 제발 나 좀 도와주라. 나 지금 죽을 지경이야. 오죽하면 너한테 이렇게 솔직하게 털어놓고 도움을 청하겠냐고."

재준이 절박함을 담아 다시 한 번 은설에게 사정했다. 무슨 수를 써서라도 은설의 마음을 돌려야만 했다. 은설에게는 다소 미안하기는 하지만 그만큼, 아니, 그 이상의 대가를 지불하겠다는데 책임감을 가질 이유는 없었다. 오히려 은설로서도 손해 볼 일은 을 었다. 단지 많은 사람들을 속여야만 한다는 양심상의 문제가 걸리기는 했지만.

은설의 눈빛이 살짝 흔들리며 안쓰럽게 재준을 봤다.

"그렇게나 힘든 거예요?"

"응. 내가 혼자서 감당하기 벅찰 만큼."

"그럼 그땐 왜 그러셨어요?"

"그때는 이 정도까지 최악의 상황이 아니었거든. 이래서 사람 앞일 장담 못한다고 하는 건가 봐. 내 말을 못 미더워서 그런 거라면 문서화시켜 줄게. 변호사 공증은 물론이고 네가 믿을 수 있다고 확신이 드는 방법이라면 뭐든지."

변호사까지 등장하는 걸 보면 어지간히 애가 타는 모양이었다. 그런데도 은설은 혹하지가 않았다. 재준에게 마음을 주지 않았더라면 이게 웬 떡인가 싶어 감동의 눈물을 뽑아내겠지만 이건 아니었다.

차라리 그날, 전후 사정을 듣고 동정심을 발휘해서 내린 결정이라면 이 한 몸 바쳐 충성을 다하겠지만 아무 감정도 없이 단순히 할머니들 보살필 도우미 정도의 전담반이 필요해서라니. 힘은 들겠지만 쪽방에서 네 식구가 끼여 살지라도 그 정도까지 자존심이 없지는 않았다.

"거듭 고마운 이야기지만 마지막으로 거절할게요. 사실 선배님이 목적이라기보다는 선배님 집안의 도움이 필요해서 염치 불구하고 그런 제안을 했던 건데 잘 해결됐거든요. 괜히 은인 어쩌고 하면서 불편하게 해드린 거 죄송해요. 선배님, 몇 달 전에 좋은 일 하신 것 때문에 인터넷에서 엄청 유명인사던데 선배님 개인 홈페이지나 블로그에 한번 올려보세요. 아마 모르긴 해도 소설책 한 권 분량 정도의 지원서가 몰릴걸요. 어서 빨리 선배님이 덜 힘드시는 상황이 왔으면 좋겠어요. 정말이에요."

진심에서 우러나오는 충고랍시고 하는 말인데 왜 자꾸 가슴이 콕콕 아리는지 모르겠다. 진심이라기보다 억지스러움이 느껴지는 말에 재준이 속아 넘어갈지도 의문이었다. 그러거나 말거나 자신에게 관심이 없기는 마찬가지겠지만. 분명한 건 재준의 제안이라서 거절하는 것이었다.

"혹시 물질적으로 보상하겠다는 내 제안에 불쾌해서 그런 거라면 그럴 필요 전혀 없어! 어차피 삶은 선택이야. 내 손으로 무에서 유를 만들어가는 것도 보람된 삶이고 남들보다 유리한 조건에서 목표에 도달하는 것도 능력이야. 남자나 여자나 기회가 왔을 때 잡는 건 흉이 아니야. 오히려 놓치는 게 바본 거지. 지금 네가 날 선택하면 그건 능력있는 남자를 알아보는 네 안목이고 선택인 거야. 반드시 대기업에 입사하고 남들 보기에 그럴듯한 직업만이 성공한 삶이라고 할 수 있을까? 내 생각은 달라. 불법만 아니라면 내 능력을 발휘하고 고액의 연봉을 받는 데 주저할 필요가 없는 거야. 이런 기회가 흔치 않을 텐데 잘 생각해봐. 보아하니 장사도 그닥 잘되는 것 같지는 않은데 종일 이 좁아터진 가게 안에서 기름 온도를 낮췄다 높였다 하는 것이 과연 더 옳은 선택인지 말이야. 장사에 대해서 언급한 건 지금까지 전화 한 통 걸려오지 않고 찾아오는 손님도 없어서 해본 말이니까 오해는 말고."

오해는 말라고 했지만 은설에게는 폐부를 찌르는 말이었다. 하루가 다르게 생겨나는 게 치킨 집이었고 그만큼 다양한 브랜드의 치킨들로 인해 소비자들에게 딱히 한 브랜드에 대한 충성도를 기대하긴 힘들었다.

그럴 지경이니 뚝심 하나로 적게 벌면 적게 쓰면 된다는 사고로 운영하는 은설의 치킨 집이 흥할 리가 없었다. 대형 마트들이 생겨나면서 재래시장이 죽으면서부터 은설네의 치킨 집도 타격이 클 수밖에 없었다. 더군다나 손맛과 단골들만 믿고 새로운 메뉴나 인테리어에는 관심도 없었던 덕분에 손님이 자꾸만 줄어드는 추세였다.

"네 말대로 정 안 되면 광고를 내던 호소문을 내던지 하겠지만 당분간 그럴 계획은 없으니까 마음이 변하면 언제라도 연락해. 내겐 네 도움이 가장 절실하니까. 그럼 이만 사라져 준다. 수고해."

은설에게 좀 더 진지하게 고민을 할 시간을 주기 위해 재준이 오늘은 이쯤에서 물러서야겠다며 이보 전진을 위한 일보 후퇴를 선택했다. 재준이 바닥에 쓸리는 문을 불안한 눈으로 쳐다보며 소심스럽게 손잡이를 밀었다. 귀곡성 같은 문소리를 귓전으로 흘리며 은설이 방금까지 재준이 앉았던 의자에 철퍼덕 앉았다.

"이상해. 내가 지금 이렇게 배짱 부릴 때가 아닌데 고맙다고 맘 변하기 전에 얼른 붙잡아야 하는데 그러기가 싫어. 나 왜 이

러지? 선배 앞에서는 어쩔 수 없이 관심없는 척했지만 하늘로
날아갈 것 같을 줄 알았는데 전혀 그렇지가 않아……. 아무리
그래도 이건 아니야……. 내 사랑을 그렇게 초라하게 만들고 싶
지는 않아."

은설이 곰삭힌 한숨을 내뱉었다.

"이놈의 밥 시계는 날이 갈수록 점점 더 정확해져. 배고파서
혼났네."

장사 준비를 하느라 밥 때를 놓친 유자가 늦은 오후가 되어서
야 밥상 앞에 앉았다. 손님이 와도 주문이 밀려도 밥 먹을 때만
큼은 모든 것이 올 스톱 상태였다. 유자의 말에 의하면 사장의
특권이라고 했다.

"날씨가 더워져서 냉장고도 못 믿겠다. 마른반찬 외엔 끼니때
마다 만들어 먹어야 할 것 같아."

그 말인즉슨 은설에게 매 끼니마다 찌개나 국을 준비하라는
소리였다. 더 내쉴 한숨도 없어 은설은 말문을 닫은 채 열심히
젓가락질만 했다.

"아빠한테는 아직 전화 없지?"

이틀 전 은기의 친구라면서 전화 한 통이 걸려왔었다. 군 입
대 전 남은 시간까지 고향집에 내려가 있다는 친구에게 은기가
내려왔다 하룻밤 묵고 갔다는 전화였다. 부랴부랴 홍수가 어제
오후에 출발을 했지만 이미 떠난 사람을 잡지 못한 건 당연했

다. 아직 그 지방에 있지나 않을까 하는 기대감에 하루 더 묵고 오겠다며 아직까지 돌아오지 않고 있었다.

"그렇지 뭐……."

유자가 힘없이 말했다.

"엄마, 일단 주인한테 약속한 대로 우리 이 주 뒤에는 가게 비워주자."

"뭐?"

"엄마도 잘 알잖아. 아빠나 엄마, 둘 다 버틸 사람들 못 된다는 거. 지금이야 큰소리 뻥뻥 치지만 주인아저씨가 막상 나타나서 살림 들어내면 아무 소리도 못할 거면서……. 그래서 말인데 나 취직하려고."

"취직? 네가 무슨 재주로?"

은설의 말에 반박을 못하는 것으로 보아 유자도 동의하는 모양이었다. 대신 은설의 취직에는 회의적인 반응을 보였다.

"생각보다 일할 곳 많더라. 남의 이목이나 그런 거 신경 안 쓰고 자기만 만족한다면 일자리는 충분히 찾을 수 있을 것 같아."

"식당 일이나 배달 일 같은 거?"

"엄마도 참. 우리도 그 일 하면서 지금 무시하는 거야? 코딱지만 한 가게 못 물려줘서 안달일 땐 언제고."

은설이 슬쩍 핀잔을 주었다.

"이것아! 내 가게에서 배짱 튕겨가며 장사하는 거랑 남의 가게 가서 굽실거리면서 일하는 거랑 같아? 남 밑에서 일하면 물

한 모금 마시는 것도 눈치 보여. 너야 최선을 다해 돕는다고 하고는 있지만 지금처럼 남의 집 가서 일했다간 월급도 못 받고 쫓겨나. 그래도 네 부모니까 맘 놓고 쉴 수도 있고 투정도 부리면서 심간 편하게 있지, 다른 곳에 가서는 어림도 없어."

구구절절 옳은 말이긴 했다. 문제는 누가 그걸 몰라서 하는 말이 아니었다.

"그럼 우리 셋 다 손가락 빨면서 감나무 밑에 누워 감 떨어지기만 기다릴까? 누군가는 일을 해야 하잖아. 아빠는 험한 일 같은 건 해보지도 않아서 힘든 일은 아예 하려고도 하지 않을 거고, 그렇다고 엄마가 지금 그 나이에 남의 집 주방에 들어가서 일할 수도 없고. 그럼 남은 게 난데 나라도 뭐든 해야지."

"그거야 당연하지."

"당연…… 해?"

기가 막혀 은설은 할 말을 잃었다.

이럴 경우 보통의 부모님이라면 감격까진 아니어도 자식에게 기특하다는 말 정도는 해주어야 했다. 해외 유학에 명품으로 치장을 시켜줘도 부모에게 불만을 품고 불효를 저지르는 자식들도 심심찮게 뉴스에 등장하는 마당에 제 입으로 말하기는 낯 뜨겁지만 은설 정도면 효녀라고 불릴 만했다.

"엄마, 그게 어떻게 당연한 거야? 물론 지금까지 키워주고 입혀주고 먹여주고 가르쳐 준 건 알지만 엄마, 아빠가 꼬부랑 노인네들도 아니고 아직은 건강하신 편이잖아. 하나밖에 없는 딸이 나가서 돈 벌어온다고 하면 적어도 힘들어서 어쩌냐, 미안하다 정도는 나와줘야 하는 거 아니야?”

“요즘 대부분 자식이 하나, 둘인데 하나밖에 없는 딸이 무슨 대수야. 그리고 미안하긴 내가 왜 미안해? 그렇게 뼈가 빠지도록 고생해서 지금까지 거두어줬음 부모 봉양하는 건 당연한 거지. 난 충분히 그럴 권리 있어. 너 때문에 내가 입덧으로 얼마나 고생을 했게. 거기다 거꾸로 들어서서 사람을 생고생시키지를 않나, 어린 게 잔망스럽게 밤잠이 바뀌어서는 온 식구들 잠도 못 자게 하고. 부모니까 내 새끼라고 그래도 우쭈쭈 하면서 물고 빨았지. 반대로 부모가 그랬어 봐. 어느 자식이 업고 그대로 엎어져 잘 수 있어.”

이 정도면 가히 최강급이라고 할 만했다. 은설이 진지하게 정색을 했다.

“엄마, 나 엄마가 낳은 친자식 맞아? 어디 버려졌거나 해서 주워다가 키운 거 아니고? 아무리 생각해도 난 이 집 핏줄이 아닌 것 같아. 친딸 아니라고 해도 충격 안 받을 테니까 지금이라도 내가 모르는 진실이 있으면 말해줘.”

농담처럼 꺼낸 이야기건만 은설은 왈칵 서러워졌다.

“그래…… 너도 이제 진실을 알 때가 됐지. 그럴 나이가 됐어.”

드디어 올 것이 왔구나.

울컥하던 마음을 달래고 은설이 입술을 잘근 깨물었다. 마음의 준비를 마치고 유자가 하려는 이야기에 귀를 쫑긋 세웠다.

"만 하루 동안 진통 끝에 널 낳고 파죽음이 되어 병실로 옮겨졌는데 간호사가 아기를 데리고 왔더라. 그때 내가 얼마나 충격을 받고 놀랐던지 지금도 눈에 선해."

"왜……?"

"간호사가 내 딸이라면서 널 안겨주는데 아이휴, 어쩜 그렇게도 아기가 못생겼는지. 아무리 갓 태어난 아기들이 쭈글쭈글하고 고만고만하게 생겼다고는 하지만 넌 좀 심했어야지. 그냥 눈만 커다래가지고는. 은기는 그래도 태어나자마자 두어 달 지난 아이처럼 매끈했는데 넌 무슨 찌그러진 복숭아처럼 볼만 빨개서는 그나마 볼 거라곤 눈밖에 없더라."

은설이 입맛을 다시며 입술을 비죽거렸다.

"그래도 내 자식인데 어떡해. 좀 크면 나을라나 마음 다잡고 키우는데 이건 백일 때까지도 생긴 게 모과야. 너도 알다시피 너희 아빠가 인물은 되잖아. 나도 어디 가서 빠진다는 소리 안 듣고. 그럼 도저히 너 같은 애가 태어나서는 안 되는 거잖아."

"엄…… 마!"

은설이 오뉴월에 등장하는 귀신처럼 한 맺힌 신음 소리를 냈다.

"태어날 수 없는 거잖아. 됐냐? 그래서 네 아빠랑 진지하게 얘기를 했지. 아무래도 애가 바뀐 것 같다고. 부부는 일심동체라고 너희 아빠도 그렇게 생각했었다더라. 그럼 더 고민할 것도 없다고 병원으로 달려갔지. 달려갔는데……."

유자가 갑자기 하던 이야기를 중단하고는 남은 밥을 국그릇에 모두 말았다. 그리고는 밑반찬을 얹어 태연하게 떠 넣었다.

"엄마는 지금 그게 입으로 들어가? 달려갔는데? 그래서 어떻게 됐는데?"

"어떻게 되기는 이놈의 기지배야! 그걸 지금 몰라서 물어. 네가 누구 딸일 것 같아? 당연히 네 애비랑 에미 딸이지. 너 어리바리한 짓 잘하고 실속없는 짓만 하고 돌아다니는 거 네 아빠 판박이야, 이것아! 너 좀 좋았지? 솔직히 병원에서 바뀌었음 좋겠다 싶었지?"

"엄마는, 무슨 그런 말을……."

아니라고 부인하지만 은설의 눈에 실망감이 가득 담겨 있었다.

"아니긴. 내가 이 두 눈으로 똑똑히 봤는데. 애가 바뀐 게 아닐까 했다니까 눈이 초롱초롱해서는. 내가 너 눈 그렇게 반짝거리는 거 처음 봤다. 왜 혹시나 부자 친부모가 따로 있나 싶었냐? 천하의 불효막심한 년 같으니라고. 이래서 자식한테 헌신해 봐야 아무 소용 없는 거야. 디 말할 필요도 없고 나나, 너희 아빠는 죽을 동 살 동 최선을 다해 너랑 네 오빠 키웠으니까 이젠 너희가 있는 힘껏 효도할 일만 남았다. 그래야 서로 주거니 받거니 빚도 없는 거고. 등걸이 없는 휘추리 있냐는 말이 괜히 있는 줄 알아? 부모가 있어야 자식이 있는 거야."

어련하시겠어요. 돌멩이 가져다 놓고 달걀 되기를 바라는 게 낫지.

은설이 들고 있는 수저를 슬며시 내려놓았다. 가뜩이나 요즘 은설이 가게 일을 도맡아하면서 유자에게 이것저것 불만들을 마구 쏟아내곤 했었는데 제대로 건수 하나를 잡힌 셈이었다. 은기를 찾으러 간 홍수가 돌아오면 또 얼마나 은설에 대한 험담과 모함을 늘어놓을지 미리부터 양쪽 귓구멍이 간지러웠다.

"밥 안 먹을 거야?"

"내가 해서 그런지 별로 입맛이 없네."

은설이 은근히 자신이 차린 밥상이라는 것을 강조했다.

"언제는 네가 한 밥 맛으로 먹었냐? 허기나 달래려고 먹는 거지. 하여간 배들이 불러서는. 먹기 싫으면 관둬. 내가 먹을 테니까."

"에이, 어떻게 먹다 남은 밥을 먹는다고 그래. 더럽잖아."

"더러워? 지 새끼가 먹다 남은 밥인데 뭐가 더러워. 하긴 요즘 것들은 지 부모 먹던 거 먹으라고 하면 죽는 줄 알지. 우리 땐 그것도 없어서 굶고 배곯는 게 부지기수였어. 넌 내 밥 더러워서 못 먹을지 몰라도 난 먹어. 그게 부모야. 네가 달리 자식이겠어."

하은설 이 멍청이. 본전도 못 찾는다는 것을 뻔히 알면서 왜 그 말은 해가지고는……. 지금까지 책잡힌 건수가 몇 개야? 은설이 때늦은 후회를 했다.

띠리릭.

가게와 연결된 전화가 울렸다. 때맞춰 걸려온 전화에 은설이 속으로 만세를 불렀다. 더불어 주문 전화라면 마라도까지라도 달려가 줄 용의가 있었다.

"은빛날개 치킨입니다."

이보다는 더 친절할 수 없다는 진수를 보여주기라도 하려는 듯 은설이 날아갈 듯 전화를 받았다.

[어이, 은인! 여기 양념 반, 후라이드 반. 그리고······.]

상대의 목소리를 듣는 순간 은설이 실망감에 수화기를 어깨에 걸쳤다. 주문 아니라 주문 할아버지가 와도 전혀 반갑지 않은 전화였다. 아무래도 어제저녁 재준의 제안을 최종적으로 거절하겠다는 문자에 대한 화풀이를 위해 주문을 하려는 모양이었다.

유자가 밥을 먹다 말고 그 모습을 멀뚱히 봤다.

"너 어깨랑 통화하냐? 그게 뭐 하는 짓이야? 왜 또 지난번에 그 이상한 신음 소리 내던 변태 놈이야? 전화기 이리 내. 내 오늘은 아주 그냥 아작을 내놔야지."

유자가 수화기를 뺏으러 하자 은설이 몸을 틀며 필사적으로 막았다.

"아냐. 그런 거 아니야, 엄마."

은설이 냉큼 수화기에 입술을 갖다 대었다.

"죄송하지만 오늘 영업 안 합니다."

수화기를 쾅 하고 내려놓은 은설이 뒤통수로 느껴지는 따가운 눈초리에 배시시 웃었다.

"너 지금 장사 안 한다고 했냐? 왜? 내가 지금 이 시간에 밥을 먹는 게 장사 준비하느라 늦어진 건데 누구 맘대로?"

"그게 아니라…… 이런 사람한테는 엄마가 정성스럽게 튀긴 닭 팔고 싶지 않단 말이야."

말이 안 되는 변명이기는 하지만 은설이 무마용으로 대충 둘러댔다.

"언제는 우리가 사람 골라가며 닭 팔았냐? 한 푼이 아쉬운 판에 주문 들어온 걸 마다해? 네가 아직 배를 안 곯아봐서 그런 모양인데 너……."

"이 사람이 지난번에 닭 한 마리 시켜놓고는 맛이 있네, 없네 생트집이잖아. 이런 사람한테는 장사해 봐야 득보다는 손해야."

"내 장사지, 네 장사냐? 그리고 맛이 없다 그러면서도 다시 시키는 거면 이번엔 더 맛있게 해서 갖다줘야지. 너 왜 이렇게 건방져? 동네장사 그러면 못 써!"

전에 없이 유자가 정색을 하며 화를 냈다.

"잘못했어……."

시무룩해진 표정의 은설이 꼬리를 잔뜩 내렸다.

"어휴, 내가 못살아. 가뜩이나 엎어지면 코 닿을 곳에 피자 집 오픈한 거 때문에 장사도 더 안 되는데 잘한다, 잘해. 이거는 식구 수대로 돌아가면서 구멍 노릇을 하니 내가 누굴 믿고 살아!"

유자의 신세 한탄에 입이 열 개라도 할 말이 없어진 은설이 조용히 자리에서 일어났다. 미리 도망갈 공간을 확보하기 위해서였다.

"엄마, 엄살이 너무 심하다. 닭 한 마리 못 팔았다고 우리가 지금 당장 망하는 것도 아니고 더 열심히 장사하면 되지 뭐."

"이게 근데 아까부터 뚫린 게 입이라고."

"엄마, 설마 그거 던지려고 하는 거 아니지?"

유자가 집어 던진 수저와 스테인리스로 된 빈 국그릇을 피하며 은설이 부리나케 일층 가게로 도망쳤다. 미리 도주할 경로를 마련해 놓은 선견지명에 은설이 으쓱했다. 자칫 잘못했다간 이마에 이어 뒤통수까지 혹이 생길 뻔했다.

"하여간 일생 도움이 안 된다니까. 유치하게 그런 식으로 복수하려는 거 나도 다 알거든요."

능글맞은 재준의 목소리를 떠올리며 은설이 아드득 이를 갈았다. 새벽까지 잠 못 들고 전전긍긍했던 것이 억울할 지경이었다.

재준의 주문 전화를 일방적으로 끊어버린 이후, 신기하게 주문 전화가 한 통도 걸려오지 않았다. 그나마 시장에 나왔다가 생각이 나서 찾았다는 단골손님이 매출을 올려줬기에 망정이지 안 그랬다간 벌거벗은 생닭으로 등짝이 남아나지 않게 매타작을 당했을지 몰랐다.

끼이익.

낡은 문소리가 이제는 차가 급정거하는 소리를 냈다. 급정거 아니라 타이어 터지는 소리여도 좋으니 손님만 많다면야 소름 끼치는 정도는 너끈히 참아낼 수 있었다.

"어서 오세……."

　지붕 모양의 통에 가지런히 냅킨을 정리하던 은설이 인사를 하다 말았다. 여자들이 집착이 심하다는 건 남자들이 지어낸 억지였다. 재준의 등장에 은설은 학을 뗄 지경이었다.

　"생긴 것만 무 반 토막 같은 줄 알았는데 말도 짧다니까. 역시 사람은 생긴 대로야. 안 그러냐?"

　그러는 선배 너님은 키 크고 말 길어서 좋으시겠어요!

　"여긴 무슨 일로 왔어요?"

　은설이 이층에 올라가 쉬고 있는 유자가 들을세라 아주 작게 속삭였다.

　"뭐라고 하는 거야? 하나도 안 들려!"

　재준이 마치 누구 들으라는 듯 큰소리로 외쳤다. 눈치 없는 재준의 행동에 은설이 이를 악물었다.

　"좀! 조용하게 말하세요. 나 귀 안 먹었으니까. 여기 왜 왔냐고요!"

　딴에는 볼륨을 높인다고 했는데 재준의 귀엔 속삭임으로 들린 모양이었다. 허리를 구부리고 은설의 입 가까이 귀를 가져다 대며 재준이 한 번 더라는 신호를 보냈다.

　"여기 왜 왔냐고요!"

　참다못한 은설이 꽥 고함을 질렀다. 재준이 식겁하며 뒤로 물러서는 모습에 쾌감을 느끼는 것도 잠시 예고도 없이 등짝으로 날아든 매서운 손맛에 눈물을 찔끔거리는 굴욕을 맛봐야만 했다.

"아얏!"

은설이 아프다고 울상을 짓고는 한 대라도 덜 맞기 위해 잽싸게 몸을 피했다.

"왜 오긴! 손님이 닭집에 닭 먹으러 왔겠지, 귀청 떨어지러 왔겠냐? 요즘 왜 이렇게 매상이 떨어지나 했더니 그동안 너, 나 없을 때마다 손님 상대를 이런 식으로 했었던 거야?"

"아니야. 엄만 잘 알지도 못하면서 그래. 그리고 이 사람은 손님 아니란 말이야."

아픈 등을 어루만지며 은설이 반박을 했다.

"손님 맞습니다."

불구경하듯 모녀의 설전을 지켜보던 재준이 불쑥 끼어들었다. 망둥이가 뛰니까 전라도 빗자루도 뛴다고, 은설이 당하는 게 그렇게 재미있고 좋은 모양이었다. 은설이 맞아 죽는 모습을 생눈으로 보고 싶은지 참견을 하는 것으로도 모자라 쐐기까지 박았다.

"조금 전에 전화를 드렸는데 일방적으로 끊으셔서요. 제가 이 집 치킨을 먹어보고 반했는지라 안 먹고는 못 배기겠더라고요. 그래서 이렇게 직접 왔습니다. 그런데 무슨 불쾌한 일이 있으셨는지 이분께서 다짜고짜 고함을……."

"내 이럴 줄 알았지. 너는 이따가 보자."

은설을 노려보며 유자가 꽉 깨문 잇소리를 냈다.

"아휴, 우리 잘생긴 젊은 손님한테 미안해서 어쩌나. 내가 대

신 사과를 할게요. 쟤가 아직 뭘 몰라서 그러니까 잘생긴 총각
이 이해를 좀 해줘."

재준에게 양해를 구하면서도 유자의 눈은 재준을 위아래로
훑어 내리느라 분주하기만 했다.

"아휴, 좋다…… 참 좋다! 인물이 어쩜 이렇게도 훤하게 잘생
겼을까? 이 동네 사람 아닌가 봐? 이렇게 잘생겼으면 내가 기억
을 못할 리가 없거든."

모전여전이라더니, 역시 그 엄마에 그 딸이었다. 은설이 한때
그랬던 것처럼 유자도 똑같은 증세를 보이며 재준에게 넋을 놓
고 있었다.

"엄만 그게 무슨 자랑이라고."

유자의 모습을 더는 지켜볼 수 없어 은설이 정신 차리라며 허
벅지를 꼬집었다.

"얘가 왜 이래! 잘생긴 걸 잘생겼다고 그러는데 그게 왜! 그
래, 우리 젊은 미남 오빠는 뭘 먹고 싶을까?"

방귀 뀐 놈이 성낸다더니 오히려 은설에게 타박이었다. 거기
다 딸인 은설에게는 절대 들려주지 않는 과한 친절과 상냥한 목
소리까지. 여자의 변신은 무죄가 아니리 유자의 두 얼굴이 무죄
였다. 이쯤 되면 은설이 포기하는 게 현명했다.

"음…… 후라이드 한 마리, 양념 한 마리로 할게요."

"두 마리씩이나? 하긴 키가 크고 체격이 좋으니 그 정도는 먹
어야 될 거야."

유자가 반색을 하며 노골적으로 좋아했다.

"저 그런데 제가 지금 급한 일이 있어서 집에 가봐야 하거든요. 그래서 배달을 해주셨으면 합니다."

"당연하지. 그러라고 치킨 집 배달원이 있는 건데."

유자가 쌍수를 들고 환영했다. 누가 보면 지역구 국회의원이라도 만나러 가는 줄 알겠네. 갈수록 은설의 불만 게이지가 높아졌다.

"지금 밀린 주문 없으니까 오래 안 걸리거든요. 십 분 정도만 기다리면 되니까 가지고 가세요!"

당치도 않는다는 듯 은설이 태클을 걸었다. 똥강아지 훈련시킬 속셈인 걸 누가 모를 줄 알고.

"십 분은 무슨. 지금부터 기름 예열하면 30분은 족히 걸릴 텐데…… 손님 바쁘다는 말 못 들었어?"

기분이 좋아진 것과 별개로 유자가 은설이 내뱉는 족족 트집을 잡았다. 그것만으로도 성이 차지 않는지 은설의 뒷덜미를 잡고 주방으로 질질 끌고 갔다.

"너 오늘 등짝이 남아나지 않도록 한번 맞아볼래?"

빈말이 아니라는 것을 증명이라도 해 보이려는 듯 유자가 고추장을 담글 때 쓰는 사람 얼굴 크기만 한 주걱을 가리켰다. 은설의 고개가 자동으로 도리질을 했다.

"그럼 얼른 가서 영수증 쓰고 주소 받아놔. 응? 우리 딸 착하지?"

유자의 두 얼굴에 꼼짝없이 압도당한 은설이 말 잘 듣는 아이처럼 고개를 끄덕였다. 매 끝에 정든다지만 그것은 유자의 손맛을 못 봤을 때 이야기다. 조금이라도 오래 목숨 부지하려면 지금으로선 복종밖에 달리 방법이 없었다.

주방이라고 해봐야 커튼으로 사람 배꼽 정도까지 구분 지어 놓은 게 전부였다. 덕분에 듣고 싶지 않아도 두 모녀가 나누는 이야기를 생생하게 즐길 수 있었다.

'너 오늘 등짝이 남아나지 않도록 한번 맞아볼래?'

요즘도 저런 협박이 통하다니, 신기했다. 때리는 엄마나 맞는 딸이나 막상막하인 듯싶었다. 은설은 어쩌면 자신이 생각하는 것보다 훨씬 더 순진할지도 모른다는 생각이 들었다. 그게 득이 될지 실이 될지는 조금 더 지켜봐야 했다.

'이래서 불구경 다음으로 재미있는 게 싸움 구경이라는 건가?'

딸 못지않게 엉뚱한 면을 유감없이 발휘하던 유자의 행동을 떠올리며 재준이 피식거렸다.

"내가 정말 살 수가 없다니까……."

인기척 소리와 함께 입술을 댓 발은 내민 은설이 보이자 재준이 재빨리 정색을 했다. 사탕이라도 빼앗긴 아이처럼 잔뜩 심술이 난 은설의 모습이 너무 귀여워 재준은 하마터면 폭탄 투하가 된 머리를 쓰다듬어 줄 뻔했다. 실행에 옮겼다간 화약고를 건든 셈이 되었겠지만.

"계산부터 하는 게 좋겠지? 지난번 것까지 포함해서. 맞은 곳은 괜찮아?"

이건 뭐, 병 주고 약 주는 것도 아니고. 지나가는 개가 아닌 소가 짖을 소리 하고 서 있다. 더 때리라고 훈수 둘 때는 언제고 이제 와서 걱정하는 척하시겠다고? 변태에 찌질이에 가식쟁이!

은설이 흥 하고 코웃음을 쳤다.

"먼젓번까지 해서 사만 천 원이요."

죽기보다 싫은 소리로 은설이 마지못해 불퉁거렸다.

"얼마?"

"사만 천 원이라고요! 이제 들려요?"

은설이 꽥하고 가게가 떠나가라 고함을 질렀다.

"은설이 너!"

뒤이어 유자의 고함 소리가 돌림노래처럼 손바닥만큼이나 작은 가게를 들었다 놨다.

재준이 돌아가기 무섭게 닭이 튀겨지는 동안 은설의 등짝도 엄마의 매타작에 불이 났다. 이런 식으로 살다간 골병이 들어서라도 장수하기는 힘들 것 같았다. 오토바이를 타고 달리는 내내 묘 자리라도 하나 봐둬야 할라나 고민하다 보니 어느새 적진의 소굴 앞에 도착해 있었다.

"하나, 둘, 셋!"

재준의 집 대문 앞에 서기 무섭게 은설은 심호흡부터 골랐다. 흥분해 봐야 손해라는 걸 주입하고 또 주입시켰다. 호흡이 어느 정도 안정되자 이번엔 나름 계획을 짰다. 아주머니가 부탁을 하시는 사태가 또다시 발생해도 무조건 던져 버리고 나온다고.

계획이라고까지 하기엔 너무 단순하지만 그래도 대책없이 들어가는 것보다는 낫다는 것으로 위안을 삼으며 은설이 기세 좋게 벨을 눌렀다. 그러나 한참이 지나도록 안에서는 인터폰을 받지 않았다.

"아줌마가 많이 바쁘신가?"

다시금 벨을 눌러놓고 은설은 인기척을 기다렸다. 이번에도 묵묵부답인 건 마찬가지였다.

"담장을 타넘고 들어갈 수도 없고. 사람이 없나?"

은설이 작은 키를 껑충껑충거리며 방법을 찾으려고 애썼다. 그러나 개미새끼 한 마리 겨우 지나갈 정도의 틈밖에 없는 철제 대문을 은설이 통과하기란 처음부터 무리였다.

이번에도 받지 않는다면 그냥 돌아갈 심산으로 은설이 마지막으로 벨을 눌렀다.

[네에엥. 누구세용?]

맨 정신으로는 도저히 들어줄 수 없는 간드러진 목소리가 스피커를 통해 흘러나왔다. 은설은 온몸 가득 솟는 소름을 달래며 얼굴을 가까이 갖다 댔다.

"저, 치킨 배달 왔는데요."

[잠시만 기다리세용.]

기다릴 겨를도 없이 철컥 하고 문이 열렸다. 하는 수 없이 발을 들이기는 하지만 유달리 내키지 않았다. 딱히 꼭 꼬집어 설명하긴 힘들지만 예감이 좋지를 않았다. 특히 그 이상한 목소리의 아주머니도 그렇고.

"지난번 그 아주머니면 좋을 텐데, 사람이 바뀐 모양이네? 하기야 할머니들만 해도 상대하기 버거울 텐데 그 손자까지 이 모양이니 누가 버텨내겠어!"

찜찜함도 잠재울 겸 현관에 도착할 때까지 은설은 쉬지 않고 입을 놀렸다.

"그러고 보니 현관에도 벨이 있구나? 하긴 이층에서는 문을 두들겨도 잘 안 들릴 테니."

노크를 하고 사람이 나오기를 기다리며 은설은 정원을 쓰윽 둘러보았다. 누군 방 한 칸이 아쉬운 판인데 수십 명은 뒹굴고 뛰어도 될, 잔디가 시원하게 깔린 정원을 보니 부럽기도 하고 심술이 나기도 했다.

등 뒤에서 문 열리는 소리가 들리자 은설이 얼른 뒤돌아섰다. 활짝 열린 현관문 사이로 사람의 형태가 보였다.

"어이, 후배! 음식 배달은 신속력이 생명 아니야? 왔으면 얼른 들어오지 뭐 해?"

신발장에 큰 키를 비스듬히 기댄 채 재준이 다짜고짜 시비를 걸었다. 역시나 목소리가 이상하다 싶더라니.

"여기요."

은설이 치킨이 든 봉지를 재준의 발 옆에다 내려놓았다. 지난 번과 같은 사태를 미연에 방지하려면 이 방법이 가장 좋겠다는 판단에서였다.

"그럼 안녕히 계세요."

"어이, 은인님!"

재준이 돌아서는 은설을 불러 세웠다.

저놈의 은인 소리! 은인의 '은' 자만 들어도 몸서리가 쳐질 지경이었다. 은설이 무시하고 그냥 한 걸음을 뗐다.

"어머님께 전화드리기 전에 그 자리에 서는 게 좋을 거야. 무가 부족하다고 더 달라고 하면 당연히 주실 것 같던데 한번 확인해 볼까?"

재준이 능청스럽게 협박을 했다. 은설이 주춤하며 멈춰 섰다.

사탄의 열매를 먹고 자란 게 틀림없어. 원래 천사보다 악마가 더 사람을 잘 유혹하는 법이잖니? 네가 거기에 넘어간 거야. 네 잘못이 아니야. 천사의 유혹보다 더 질기고 독한 게 악마의 유혹이니까. 어쩌다 내가 저런 시탄에게 빠져서는…….

은설이 그 자리에 선 그대로 몸을 틀었다.

"부르셨습니까? 손님!"

은설이 이가 부서져라 악물었다.

"이제야 말귀를 좀 알아듣네. 일단 들어와."

"안…… 으로?"

은설의 손가락이 안을 가리켰다.

"그럼 밖으로 들어오라는 것도 있어?"

별 시답잖은 소리를 다 듣겠다는 듯 한마디를 던지고 재준이 안으로 들어가 버렸다.

선택의 기로에 선 비련의 여주인공처럼 은설이 손톱을 물어뜯으며 고민에 싸였다.

"뭐 하는 거야? 안 들어오고!"

"예예! 들어갑니다요!"

그래! 들어간다, 들어가! 들어오라고 하니 들어가 준다고! 은설이 신발을 패대기치듯 벗고는 안으로 들어갔다.

"거기 서 있지 말고 이리로 와서 앉아!"

자신의 키보다 더 기다란 소파에 자리를 잡고 있던 재준이 자신의 옆자리를 툭툭 쳤다.

"거기…… 요?"

은설의 눈이 휘둥그레졌다. 재준이 당연하다는 듯 고개를 끄덕거렸다.

"아니요. 그냥 여기 서 있을게요."

어림도 없는 소리였다. 어떤 일을 당할 줄 알고.

"쓰읍! 와서 앉으라니까."

강압적인 재준의 명령에 은설이 마지못해 쭈뼛거리며 발걸음을 뗐다. 그리고는 재준과 최대한 멀찍이 떨어져 앉았다.

“가까이 와.”

“왜요?”

은설이 양팔로 가슴을 감싸며 따지듯 물었다.

“뭔가 이유가 있으니까 오라는 거지, 괜히 부르겠냐?”

그러니까 더 수상했다. 절대 더는 움직일 수 없다는 듯 은설이 고집을 피우며 붙박이장처럼 꼼짝도 하지 않았다.

“오라면 올 것이지. 네가 안 오면 내가 가는 방법도 있어.”

말이 끝나기 무섭게 재준이 앉은 자세 그대로 몸만 움직여 은설의 곁으로 다가갔다. 어? 이러면 안 되는데…… 내가 무슨 짓을 할지도 모르는데……

“거기까지…… 더 가까이는 오지 마세요.”

차마 ‘제가 덮칠지 몰라요’ 라는 말을 하지 못한 채 은설이 먼저 방어를 했다.

“가까이 가야 해결될 문제라서 그래.”

최근에 들어본 재준의 목소리 중 가장 따뜻한 목소리였다. 더는 나오지도 않는 침을 억지로 쥐어짜서 삼키는 와중에도 은설은 재빨리 재준의 말을 해석하기 시작했다.

남자와 여자가 가까이해서 해결될 문제? 그게 뭐야? 선배처럼 머리 좋은 사람이 내 도움이 필요할 리는 없고. 그렇다면…… 그것은…….

은설이 씩씩거리며 자리를 박차고 일어났다.

“우리 집이 닭이나 튀겨 판다고 해서 함부로 대해도 된다고 생각하신 모양인데요. 선배님, 사람 잘못 보셨어요. 내가 바보처럼 실실거리면서 선배님이 오라고 하면 오고 가라면 가니까 아예 생각 자체가 없다고 느끼신지 몰라도 그건 선배님이 우리집 손님이기 때문이었거든요. 선배님 인기 많으시잖아요! 돈도 많으시잖아요. 정 그렇게 급하시면……."

차마 뒷말까지는 할 수가 없어 은설은 연신 거친 호흡을 내뱉었다. 분하고 수치스러운 상황에 눈물이 다 날 지경이었다.

"암만 인기가 많고 돈이 많아도 너무 급해서 참을 수가 없는데 어떡해. 네 도움이라도 받아야지."

뻔뻔스러움의 도를 넘어 정신적으로 문제가 있는 것이 틀림없었다. 재준이 입고 있는 티셔츠를 보란 듯이 벗어 던지자 은설은 일단 무기가 될 만한 것부터 눈으로 찾았다.

"여기!"

재준이 등을 보이며 돌아앉았다.

거기 뭐 어쩌라고! 이 변태야! 선배고 뭐고 나한테 손가락 하나 대는 날이 네 제삿날이라는 것만…….

여차하면 얼굴이라도 물어뜯어 버리겠다고 벼르며 재준의 등을 내려다보던 은설이 저도 모르게 주먹 쥔 손으로 입을 가렸다.

"어머, 어떡해……."

탄탄하고 근육이 딱 보기 좋게 잡힌 재준의 등과는 어울리지 않게 세로로 긴 상처가 나 있었다. 살이 벗겨져 찍힌 자국이 선명한 것으로 보아 다친 지 얼마 안 된 상처 같았다.

"어떡해고 저떡해고 간에 그렇게 서 있지만 말고 연고나 발라 줘. 혼자서 바르려고 해도 제대로 바를 수가 있어야지."

재준이 툴툴거리며 연고 하나를 내밀었다. 괜히 재준을 오해한 것이 미안해 은설은 조신하게 연고를 받아 들었다.

"저 손부터 씻고 나서 발라 드릴게요."

"괜찮아!"

"안 돼요."

"안 되긴 뭐가 안 돼. 그냥 대충 발라주면 될걸."

"가뜩이나 살이 벗겨져 세균이 감염됐을 수도 있는데 제 손에 있는 세균까지 옮겨지면 어떡하려고요! 일 분이면 되니까 이왕 기다린 거 조금만 더 기다리세요. 설마 그 일 분 안에 선배님 등이 어떻게 되겠어요?"

은설이 이번만큼은 절대 들어줄 수 없다며 고집을 피웠다. 재준이 의외라는 듯 눈썹을 치켜떴지만 정작 은설은 눈치 채지 못했다.

"화장실이 어디예요?"

"복도 정면으로 보이는 문. 야, 근데 너 네 등 아니라고 너무 쉽게 말하는데 정말 아파 죽겠거든."

"아파 죽겠지, 죽은 건 아니잖아요."

재준이 알려준 대로 화장실로 급히 달려간 은설이 손가락 사이사이까지 비누칠을 하고는 깨끗이 헹구어낸 후 거실로 나왔다.

"정말 아팠겠다."

연고를 바르기 전 재준의 상처를 살펴보며 은설이 저도 모르게 내뱉은 말이었다.

"아팠겠다가 아니라 아파. 그것도 아주 많이."

덩치와 어울리지 않게 엄살을 부려대는 모습이 완전 유치원생이 따로 없었다. 얼마나 오냐오냐 떠받들려져 자랐으면 이깟 상처 하나에 그 야단이람. 넘어져도, 꼬집혀도 밴드 하나로 해결이 되는 은설과는 달라도 너무 달랐다.

"근데 집에 아무도 안 계세요? 아주머니도 안 계시고, 할머니들도 안 보이시는 것 같은데."

"온천 가셨어. 그래서 현재 나 혼자야. 어때?"

"뭐가요?"

"나 혼자라니까."

"좋으시겠네요."

재준의 장단에 넘어가지 않기 위해 은설은 부러 엉뚱한 대답을 했다.

"우리 결혼하자."

연고를 바르던 은설의 손가락이 주르륵 미끄러졌다.

"그땐 제가 제정신이 아니어서 그랬다니까요!"

"그럼 지금은? 지금은 어떤 상태야?"

"지금은…… 아주 멀쩡해요. 어제 제 문자 못 받으셨어요? 다

됐다!"

은설이 연고의 뚜껑을 닫고는 재준에게 내밀었다.

"보니까 그렇게 심하진 않은 것 같아요. 금방 낫겠어요."

"왜 싫다는 거야?"

은설이 내미는 연고 대신 재준이 뚫어져라 그녀의 얼굴을 쳐다봤다.

"음…… 어쩐지 미친 짓 같아서요."

"미친 짓?"

재준이 정색을 했다.

"처음엔 제가 막무가내로, 이제는 선배님이 계속 억지를…… 정상적인 과정이 하나도 없잖아요. 결혼이 애들 장난도 아니고. 다짜고짜 선배님한테 결혼하자고 했던 거 생각하면 지금도 얼굴이 화끈거려요."

은설이 볼을 비비고는 재준에게 다시 한 번 연고를 내밀었다. 이번에는 재준이 순순히 받아 들었다.

"이만 가볼게요. 그리고…… 그 상처 얼른 나으세요."

은설이 고개를 꾸벅이고는 돌아섰다. 어쩌면 다시는 못 볼 것 같다는 예감이 은설의 뇌리를 스치고 지나갔다. 순간 어이없게도 눈물이 핑 돌았다. 재준에게 마지막 인사를 한 것 같은 느낌 때문인 모양이었다. 그냥 그런 생각이 들었다.

은설을 굳이 붙잡지 않은 재준은 팔짱을 끼고 앉아 무언가 골똘히 고민에 빠져 있었다. 무겁고 심각한 분위기로 보아 돌아가는 상황이 제 뜻대로 되지 않는 모양이었다.

"재준아, 자는데 깨운 거 아니지? 너한테 너무 미안하다……."
"뭐가 그렇게 자꾸 미안하시다는 거예요? 어머니, 술 드셨어요?"
"응……."
"기분 좋게 드시는 거 아니라면 마시지 마세요."
"그럴게. 우리 아들이 마시지 말라면 그래야지."
"식사는 하셨어요?"
"도우미 아주머니가 여간 고집이 세신 게 아니어서 억지로라도 먹었어."
"그 아주머니 아주 고마우신 분인데요."
"아버지 다녀가셨다."
"그래요? 뭐라고 하세요?"
"절대 이혼서류에 도장은 못 찍어준대. 그냥 이렇게 살자고. 나는 나대로 당신은 당신대로. 할머니들도 안 계시고 내 마음대로 살 수 있으니까 얼마나 좋으냐고……."
"아버지께서 절대 이혼서류에 도장 안 찍어주실 거라는 거 이미 각오하셨던 일이잖아요."
"그래, 그랬는데…… 빈말이라도 잠시 떨어져 지내보자, 나도 변할 수 있도록 노력은 해보겠다…… 같은 말이라도 그렇게 해줄 수는 없는 거니?"

"포기하시면 편해요. 어머니를 위해서 이제 그만 아버지는 포기하세요."

"그럴 거라고, 그럴 수 있다고 할머니께 맞서서 이렇게 나온 건데, 나 왜 이러니? 너무 외롭고 무서워……."

지숙의 눈물 어린 호소로 인해 지난밤을 뜬눈으로 새워야 했었다. 여자들은 왜 자기를 바라봐 주지 않는 사람에 대해 쉽게 포기를 못하는 것일까? 여자라고 단정 짓는 것이 편견에서 기인된 것인지는 모르지만 그가 아는 대부분의 여자들은 그랬다. 지숙이 그랬고 할머니들이 그랬으며 그의 주위를 맴도는 여자들이 그랬다.

지숙을 위해서라도 두 분의 할머니들과 이 여자 품에서 저 여자 품으로 옮겨 다니며 위안을 받으려 하는 아버지를 위해서라도 모험이 필요했다. 새 식구가 들어옴으로써 아버지와 지숙을 자연스럽게 독립시키는 것이 1차 목표였다. 일단은 자주 부딪혀야 어떤 식으로든 실마리가 풀릴 것이라는 게 재준의 생각이었다.

그리고 두 분의 할머니들께도 20년 가까이 함께 지내온 며느리의 부재에 대해 재고할 시간이 필요했다. 든 사람은 몰라도 난 사람은 안다는 말처럼 묵묵히 자기 자리를 지키던 지숙이 이 집 안에서 어떤 존재였는지에 관해 진지하게 성찰할 시간이…….

복잡한 머릿속이 조금은 정리된 듯 재준이 자리에서 일어났다. 문득 손에 들린 연고가 눈에 들어왔다.

"가뜩이나 살이 벗겨져 세균이 감염됐을 수도 있는데 제 손에
있는 세균까지 옮겨지면 어떡하려고요! 일 분이면 되니까 이왕
기다린 거 조금만 더 기다리세요. 설마 그 일 분 안에 선배님 등
이 어떻게 되겠어요?"

무디고 순진한 줄만 알았는데 역시 다부진 면이 있었다. 거기
다 고집까지……
할머니들을 상대하고 보통의 상식으로는 받아들이기 힘든 집
안 분위기를 견뎌내려면 그런 면이 더 필요할지도 모른다.
문제는 저 고집을 어떻게 꺾을 수 있냐는 것이었다.
"근데 쟤는 무슨 애가 어떻게 다쳤냐고 묻지도 않냐? 물어도
대답은 안 해줬겠지만."
갑자기 재준이 서운하다는 듯 툴툴거리기 시작했다. 은설이
일방적으로 전화를 끊자 화가 나서 물을 마시러 내려오다 계단
에서 신나게 슬라이딩을 했던 탓에 생긴 상처였다. 샤워 직후였
던지라 반바지만 입었던 탓에 이렇게 상처까지 내고 말았다.
"내가 이렇게까지 고생하면서 저한테 매달리는데 어지간하면
좀 넘어오지."
혼잣말을 하는 재준의 입가에 진지함이 어렸다.

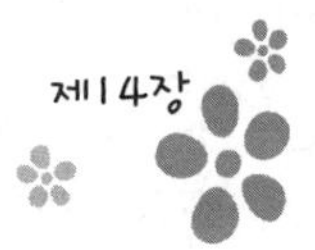

제14장

아까부터 재준이 한곳에 있지 못하고 새롭게 이전을 한 동아리방을 계속 서성였다. 창밖을 내다보다, 하늘을 올려다보다 주의력 결핍 아동처럼 어쩐지 안절부절못하는 모습이었다.

"너희들 이번에 실버레인이 대학생 밴드 대회 나갈 거라는 이야기 들었지? 부러워하지 마라, 우린 그만한 실력도 되질 않잖아. 아싸 밴드라는 소리까지 듣는 마당이니 제대로 된 아웃사이더가 뭔가를 보여주자고. 우리들의 우리들만의 우리들을 위한 밴드라는 거 명심하고 그런 의미에서 오늘 음료수는 이 형이 쏜다!"

음료수를 내겠다는 태진의 말이 무섭게 박수가 쏟아졌다. 평소의 가볍고 농담 잘하는 태진도 후배들 앞에서는 무게감있는 선배의 모습을 제대로 보여주었다. 어쩌다 보니 같은 학번의 세 친구가 고참 멤버가 되어 서로를 이끌고 격려를 해주는 중이었다.

"일단 배부터 채운 다음에 음료수를 쏠까? 너희들 배고프지 않냐? 밴드 연습도 식후경이라잖아."

태진이 메고 있던 기타를 내려놓고는 강조라도 하듯 굶주린 배를 만지작거렸다. 재준이 왼쪽 손목의 시계를 확인했다.

"간식은 내가 쏠게. 30분만 기다려."

재준이 별것 아니라는 듯 무심하게 말했다. 여기저기서 환호성이 터져 나왔다.

"자식! 진작 말을 하지. 음료수 쏘는 난 뭐가 되냐? 모처럼 선배 노릇 좀 하려고 했더니 도움이 안 돼요, 도움이!"

태진이 괜한 억지를 부렸다.

"미안하다. 어쩌다 보니 타이밍을 놓쳤어."

"그렇다고 미안할 것까지야. 일용할 양식을 주신다는데 오히려 고맙지. 넌 인마, 다 좋은데 먹을 거 사줄 땐 더 좋아."

언제 그랬냐는 듯 재준의 어깨를 어루만지며 태진이 입안의 혀처럼 굴었다.

"삼십 분이면 여유가 있으니 연습 좀 할까?"

정호의 말에 모두가 고개를 끄덕이고는 군소리없이 각자 맡은 파트를 연습하기 위해 악기를 잡았다. 당분간 보컬을 맡기로

한 재준만이 여유롭게 악보를 보며 가사를 흥얼거렸다. 슬픈 노랫말임에도 불구하고 그는 한번씩 피식거렸다. 불협화음을 내는 악기 소리에 묻혀 들키지는 않았지만.

살다 살다 택시 타고 치킨 배달을 가게 되리라고는 꿈에도 몰랐다. 더는 물어뜯을 손톱도 남아 있지 않은 엄지손가락을 질끈 깨물며 은설이 억지로 화를 삼켰다.

"대학교로 가자는 거 보니까 학부모는 아닌 것 같고 무슨 행사 있나 봐요?"

코를 킁킁거리던 택시기사가 룸미러로 은설을 보며 말을 걸었다. 그냥 운전만 하기엔 무료한 모양이었다.

"냄새가 좀 심하긴 하죠? 죄송해요."

은설이 치킨 상자가 들어 있는 박스를 괜히 살피는 척했다. 에어컨을 가동시키느라 창문을 열지 못해 택시 안이 치킨 냄새로 그득 차 여간 미안한 게 아니었다. 한 마리도 아니고 스무 마리나 되니 오늘 밤 기사 아저씨 꿈에 나타나지 않으면 다행이었다.

"죄송하기는요. 냄새가 좋아서 그러지. 치킨 집 하시나 봐요?"

"네. 부모님께서……."

"아, 그럼 어디 심부름 가시는 모양이네? 근데 요즘 어지간하면 치킨 집 없는 동네가 없을 텐데 꽤 멀리 가시네요? 대학교 주변이면 오히려 일반 동네보다 더 많지 않나?"

택시기사가 고개를 갸웃거렸다.

'아저씨, 제 말이 그 말이라고요!'

잠시 잊고 있던 분노가 초가지붕 연기 피어오르듯 화르락 지펴졌다.

며칠 전 이력서를 제출한 곳에서 면접을 보러 오라는 연락을 받은 은설은 모처럼의 외출임에도 불구하고 유자를 돕기 위해 서둘러 귀가했다. 가장 먼저 그녀를 반기는 것은 탁자 위에 수북하게 쌓인 치킨 상자였다. 한동안 뜸했던 단체 주문인가 싶어 기뻐하던 것도 잠시, 유자에게 설명을 듣는 순간 하마터면 헐크처럼 탁자를 엎을 뻔했다. 실제 그랬다간 뼈도 못 추리고 구천을 떠돌고 있겠지만.

"지난번에 왔던 매너 좋은 학생 있잖아. 왜 그 무 깍두기 좀 더 줄 수 없냐고 묻던 잘생긴 학생 말이야."

"글쎄 뭐 매너 좋은 건 모르겠고 잘생기긴 했더라. 그 사람이 왜?"

"너 놀라지 마라. 자그마치 스무 마리나 주문을 했어. 양념, 후라이드 각각 열 마리씩. 5시까지 갖다 달라고 해서 지금까지 혼자 튀기고 묻히느라고 똥줄 빠지는 줄 알았어."

은설이 깜짝 놀랐다. 물론 유자가 말한 놀람의 의미와는 전혀 다른 의미에서였다.

“갖다 달라니? 저걸 나더러 배달하라고? 엄마는! 아빠도 안 계신데 저걸 무슨 수로 배달을 해? 오토바이에 저거 다 실었다 간 나 앞으로 고꾸라진단 말이야.”

“엄살은. 스무 마리라고 해봐야 작은 박스 두 개면 충분히 들어가고 남는데 저거 싣고도 몇 개는 더 실을 수 있어.”

“차라리 나더러 진기명기 쇼에 나가라고 해. 난 못해. 답답하면 자기가 와서 가져가면 되잖아. 엄만 배달할 사람 없다고 말을 하지 그랬어? 그 사람은 차도 있겠다, 와서 실어가면 되잖아. 엄마 말대로 매너 좋은 사람이면 그래야 하는 거 아니야?”

면접을 하고 온 덕분인지 오늘따라 말발이 제대로 살았다. 잘하면 모처럼 모녀가 의견 절충을 볼 수도 있을 것 같았다.

“학교에 있는 학생이 언제 그 먼 데서 여기까지 왔다가 다시 간다고 그래.”

“학교? 엄마, 지금 학교라고 했어? 그럼 나더러 저 많은 걸 싣고 신림동까지 가라고?”

“네가 신림동인지 어떻게 알아?”

유자가 눈을 가늘게 뜨고 수상쩍게 바라보았다.

“어떻게 알긴. 어쩌다 보니 알게 된 거지. 지금 그게 중요한 게 아니라, 그렇담 난 더 못 가. 아니, 안 가! 엄마도 알잖아. 나 겨우 동네만 왔다 갔다 할 실력이라는 거! 엄만 내가 오토바이 타고 다니니까 폭주족 정도의 실력이라도 되는 줄 아는가 본데 나 솔직히 탈 때마다 무서워. 원동기 면허증도 겨우 합격했잖

아. 거기다 저 오토바이 요즘 시동도 자주 꺼지는데 저거 타고 가다 사고라도 당하면 어떡해."

"이건 누굴 닮아서 이렇게 미리부터 설레발이 심해. 나 아직 말 안 끝났거든. 그 학생이 미안하다고 택시비까지 더 얹어서 보냈어."

"뭐?"

"그렇잖아도 오토바이 타고 오면 위험하니까 택시 타고 오래. 나이도 아직 어린데 생각이 얼마나 깊어. 돈도 써본 사람이 쓸 줄 안다고, 돈이란 건 그렇게 써야 하는 거야."

재준에 대한 예찬론을 펼치는 유자를 넋 놓고 바라보며 은설은 무너지듯 의자에 앉았다. 갑자기 두통이 몰려와 머리가 욱신거렸다.

"거긴 치킨 집 없대? 왜 하필 우리 집이냐고!"

"아이고, 깜짝이야! 이놈의 기지배가 왜 갑자기 소리는 지르고 그래! 동네마다 널린 게 치킨 집인데 거기라고 왜 없겠어? 그래도 일부러 우리 집 매상 올려주겠다고 저러는데 엎드려서 절은 못할망정……. 너 어제 우리 집 매상 얼만 줄 알지?"

가기 싫은 핑계와 반박거리를 준비하던 은설이 매상이라는 단어에 쑥 들어가 버렸다. 서글프지만 이런 것이 현실이었다. 돈이라는 게, 한낱 종이에 지나지 않는 게 사람을 울렸다 웃겼다, 들었다 놨다 했다.

"박스 잘 묶어줘. 들기 편하게……."

입고 있던 정장을 편한 옷으로 갈아입기 위해 은설이 이층으로 올라갔다. 터덜터덜 올라가는 모양새가 마치 단두대라도 향하는 느낌이었다.

"요즘 치킨 집은 장사가 어때요? 한동안 조류 독감이다 뭐다 해서 난리더니."

택시기사의 말에 정신을 놓고 있던 은설이 퍼뜩 정신을 차렸다.

"예? 다들 힘든 것처럼 저희도 마찬가지예요."

"그러게. 닭 한 번 시켜 먹으려고 해도 너무 비싸서 선뜻 시키기가 망설여진다니까요. 우리는 애들이 네 명이나 돼서 한 마리 갖고는 어림도 없거든요. 닭 값은 오르고 양은 점점 줄어들고. 그러니 두 마리는 시켜야 되는데 출혈이 너무 커서 그냥 자장면 시키고 말아요. 치킨 집 하는 분 앞에서 할 소린 아니지만."

"괜찮아요. 사실이 그런걸요."

재준에게 엎드려 절이라도 해야 한다는 유자의 말이 아주 틀린 건 아니었다. 적어도 요즘 같은 불경기엔 커다란 도움이 되니까.

위잉, 위잉, 위잉.

크로스백에 넣어둔 휴대전화기가 진동을 하며 전화가 왔음을 알렸다. 급한 마음에 상대방을 확인도 하지 않고 은설이 통화 버튼을 눌렀다.

"여보세요."

[어이, 미스 꼬꼬댁! 시간 늦지 않게 오고 있는 거지? 제시간
에 도착 못하면 클레임 걸 거야.]

재준이 다짜고짜 능글맞은 목소리로 협박을 했다. 아주 신이
나 죽겠다는 듯 있었다.

이런 모기 다리에서 피 뽑아갈 인간 같으니라고! 그런 식으로
치사하게 나온다 이거지?

"아직 10분 전이거든요. 제시간에 딱 맞춰서 도착해 줄 테니
까 선배님이나 늦지 않게 나와 계세요."

[나오다니? 어딜?]

재준이 금시초문이라는 듯 반문했다.

"어디긴 어디예요. 선배님 학교 앞 말이지."

[내 이럴 줄 알았어! 마중을 나갈 거면 굳이 배달을 부탁할 필
요가 없는 거잖아. 그리고 학교라고 누가 그래? 배달을 나가면
위치 정도는 정확히 알고 출발해야 하는 건 상식 아니야? 어머
니께 얘기 안 들었어?]

"신림동이라고 하니까 당연히 선배님 학교 말하는 줄 알았
죠……."

조금 전까지 날이 잔뜩 서 있던 은설은 이내 풀이 죽었다. 장
소를 제대로 확인 못한 건 순전히 그녀의 실수였다. 재준이라면
충분히 클레임을 걸고도 남았고 뒷일을 상상하니 눈앞이 캄캄
했다.

[너 설마 벌써 학교 앞인 건 아니겠지?]

"아직 도착 안 했어요."

[그럼 기사분께 녹두거리로 가달라고 해.]

"녹두거리요?"

[응. 녹두거리에 있는 난장빌딩 3층으로 오면 돼. 녹두거리에 두리두리라는 햄버거 집이 있는데 거기서 내리면 금방이야. 내려서 왼쪽으로 2분 정도만 걸으면 편의점이 하나 나오고 그 뒤로 난장이라는 5층 건물이 보일 거야. 거기 3층 블랙카우라고 쓰인 곳으로 오면 돼.]

갈수록 가관이었다. 녹두는 뭐고 두리두리는 무엇이며 난장은 뭐며 블랙카우는 또 무슨 닭 똥꼬 이단 옆차기 하는 소리래?

"그러지 말고 선배님이 두리두린지 그 앞으로 나오심 안 돼요?"

[나 지금 발이 묶여서 꼼짝도 못해. 그러니까 알아서 잘 찾아와. 한글만 읽을 줄 알면 어린애들도 쉽게 찾으니까 1분이라도 늦으면 알아서 해.]

"선배님…… 선배……."

이런 왕 싸가지! 이미 끊어진 휴대전화기에 대고 애타게 재준을 부르던 은설이 전화기를 가방 안에 패대기쳤다. 만만한 게 전화기였다.

"녹두거리에 있는 두리두리로 가면 됩니까?"

은설의 통화 내용을 유심히 듣고 있던 기사가 확인을 했다.

"네, 아저씨. 거기로 가주세요."

"거기라면 이삼 분 안으로 도착하니까 염려 마세요!"

듣던 중 반가운 소리였다. 여기까지 와서 제시간에 도착 못해 클레임이라도 당하는 날엔 녹두거린지 파전거린지에 누구 하나는 피를 토하고 쓰러지는 불행한 사태가 예고되어 있었다.

그런 사태를 미연에 막으려면 무조건 제시간 안에 치킨 배달을 마쳐야 한다. 은설이 입술을 질끈 물며 성공을 다짐했다.

양쪽으로 치킨 박스를 들고 난장인지 난지도인지를 찾기 위한 은설의 사투가 시작되었다. 2분 거리에 편의점이 있다고 했지? 은설의 눈이 그 어느 때보다 예리하게 움직였다.

"어, 저기다!"

편의점 간판이 이렇게 반가울 수가 없었다. 잰걸음으로 날 것처럼 달려가니 재준의 말대로 편의점 뒤로 5층 건물이 보였다.

"금방 찾았네. 근데 입구가 어디야?"

두리번거리던 은설이 편의점과 옆 건물 사이에 난 골목길을 발견했다. 몇 발자국만 걸으면 드디어 목적지에 도달이었다.

"칫, 찾기 쉽다더니 빈소리는 아니었네."

은설이 습관처럼 아랫입술을 뒤집어 보였다.

2층의 칵테일 바를 지나 3층에 도착한 은설은 정면으로 보이는 소의 머리를 형상화한 검정색 음각화에 소스라치게 놀랐다.

"깜짝이야! 뭐 이런 걸 문 앞에…… 이게 그 블랙카운가? 근데 여긴 뭐 하는 곳이야?”

선뜻 들어갈 용기가 나지 않아 잠시 망설이던 은설은 5시라는 맥시멈을 떠올리자 더는 망설일 겨를도 없이 문을 거칠게 두들겼다. 재준이 못 들었다는 핑계를 대며 문을 늦게 열어 트집을 잡을지도 모른다는 생각에서였다.

“누구십니까?”

걸쭉한 남자의 음성이 들렸다.

유치하기는! 이번에도 그렇게 목소리를 바꾸면 내가 속아 넘어갈 줄 알고.

“문 열어주세요!”

“누구시냐고요!”

“아, 누구긴 누구예요! 생명의 은인이지!”

은설이 버럭 소리를 지르며 짜증을 냈다. 일부러 시간 끌려고 머리 쓰는 것 좀 봐. 누가 당하기나 한데! 은설이 군데군데 부식이 되어 있는 철문을 부서져라 뻥뻥 차댔다. 누군가 다급하게 움직이는 소리가 들렸다. 왁자지껄한 소리와 함께 문이 활짝 열렸다.

“자꾸 이런 식으로 나오면 나도 다 생각이…… 생각이…….”

“누구신데 남의 방문을 이렇게 차는 겁니까?”

낯선 남자였다. 그리고 낯선 남자는 이 사람뿐만이 아니었다. 하나, 둘, 셋, 넷. 다섯…… 세면 셀수록 남자들의 숫자가 자꾸만 늘어갔다. 남자들이 동물원 원숭이 구경하듯 은설을 멀뚱히 쳐다보고 있었다. 은설은 자신이 구경을 하는 중이라고 우겼지만 지금 이곳에서는 그녀가 남자들의 구경거리였다.

"누구세요?"

퉁명스러운 투의 시비조에 은설이 양옆에 놓아둔 박스를 가리켰다.

"치킨 배달 왔는데요……."

남자들의 기세에 한풀 풀이 죽은 은설이 뇌물이라도 되는 양 박스를 안으로 밀어 넣었다. 그러는 와중에도 재빨리 내부를 둘러보았다. 문에 걸린 것과 똑같은 소 형상의 걸개를 배경으로 드럼을 비롯한 악기들이 세팅되어 있는 것으로 보아 음악 연습실인 모양이었다.

"아니, 치킨 배달을 오셨으면 노크를 하시면 되지, 그렇게 발길질을 하고 성질을 내셔도 되는 겁니까?"

짧은 스포츠머리만으로도 위화감을 주는 남자의 다그침에 은설이 양손을 꼬물거리며 기어들어 가는 소리를 했다.

"죄송해요……. 제가 아는 분인 줄 알고……."

"아는 분? 야, 너희들 중에 이분이랑 아는 분 되는 놈이 누구냐? 평소에 어떤 개 매너를 보였기에 이분이 새로 생긴 우리 동아리방 문짝을 아예 아작 내려 하시냐고! 좋은 말로 할 때 튀어나와라! 얼른!"

범인 색출이라도 하려는 듯 남자가 방 안의 사람들에게 버럭 고함질을 해댔다. 남자의 채근에도 불구하고 선뜻 나서는 사람이 없었다. 당연했다. 대충 동아리방 안을 둘러봤지만 남자들 중에 은설이 찾는 사람은 흔적도 없었다.

"김태진, 여기 우리가 전세 낸 것도 아닌데 울림통 좀 줄여야겠다!"

은설의 등 뒤에서 귀에 익은 목소리가 들렸다. 험악하게 인상을 쓰고 있던 태진이 언제 그랬냐는 듯 장난기 가득한 얼굴이 되었다.

"어, 재준아. 선배님 배웅은 잘 해드렸냐?"

"응! 그런데 무슨 일이야?"

"이분께서 무슨 안 좋은 일이라도 있으신지 다짜고짜 우리 동아리방 문을 향해 하이킥을 날리시잖냐. 문짝 떨어져 나가는 줄 알았다."

초록은 동색이라더니. 가볍게 발길질 몇 번 한 걸 가지고 이 무슨 가당치도 않은 모함이란 말인가! 은설이 억울하다는 듯 울먹거리며 재준을 쳐다보았다.

"너 또 사고 쳤냐?"

또는 무슨! 내가 언제 사고를 쳤다고. 은설이 단호하게 고개를 저었다.

"이분이 안다고 하는 개 매너 놈이 너였냐?"

"무슨 소리 하는 거야? 개 매너라니, 누가? 내가?"

재준이 인상을 구기고는 태진과 은설을 번갈아가며 쳐다보았다.

"응."

"아니요!"

태진과 은설이 동시에 대답을 했다.

"저기요, 제가 문을 찬 건 맞는데요. 개 매너라는 소린 그쪽이 하셨거든요. 제가 가끔 난폭한 행동을 하기는 하는데 그래도 욕설은 안 해요. 못 믿으시겠다면 울 엄마를 두고 맹세할 수 있어요."

모함만은 참을 수 없는 은설이 용기를 내어 스스로를 변호했다. 문짝에 대고 발길질을 한 건 반성하겠지만 개 매너 어쩌고 하는 말은 정말 억울했다. 하지도 않은 말에 대해 비난을 들을 이유가 없었다.

"어이, 은인! 너는 어떻게 된 여자애가 가는 곳마다 힘자랑이고 사고를 치냐! 안 봐도 훤하다."

은설의 머리를 강아지 쓰다듬듯 토닥거린 재준이 동아리방 안으로 들어갔다.

"뭣들 해! 간식 도착했는데 먹지 않고."

재준의 말이 끝나기 무섭게 몇 명의 남학생들이 우르르 달려들어 박스를 탁자 위로 옮겨갔다. 순식간에 박스를 뜯고 치킨 상자를 꺼낸 남학생들이 일제히 합창을 했다.

"선배님, 잘 먹겠습니다."

"재준아, 잘 먹을게."

여기저기서 고맙다는 말들이 들려왔다. 단 한 사람, 태진을 제외하고.

"야, 이걸 네가 시킨 거라고?"

"그래. 왜?"

"치킨이라면 냄새만 맡아도 토할 것처럼 굴더니 이걸 네가 시킨 거라고?"

도저히 믿을 수 없다는 듯 태진이 거듭 확인을 했다.

"그렇다니까."

재준이 미간을 찌푸리자 태진도 더는 묻지 않았다. 그러나 닭다리를 집어 들어 뜯으면서도 의심의 눈초리를 풀지 않았다.

"너, 제시간에 도착은 한 거지?"

엄마 치마꼬리를 잡고 놓지 않는 아이처럼 열린 문 옆에 바짝 붙어 있던 은설이 천천히 고개를 끄덕였다.

"오히려 몇 분 남았어요."

"안 보니 알 수가 있나."

"선배님은 평생 속고만 사셨어요? 전 그런 거짓말은 안 해요."

은설이 서운하다는 듯 툴툴거렸다.

"네가 전적이 좀 화려해야지."

"네, 화려해서 죄송합니다. 전 그럼 이만 가볼게요."

더는 볼일이 남아 있지도 않은데 남의 동아리방 앞에서 서성거리는 것도 우스웠다.

"맛있게 드세요. 그리고 아까 소란 피운 건 죄송했습니다."

은설이 태진을 비롯한 재준의 동료들에게 꾸뻑 인사를 하고는 돌아섰다. 풀이 죽은 채 돌아서는 은설의 어깨를 누군가 감치듯 꽉 끌어당겼다.

"가자, 정류장까지 데려다 줄게. 택시 타고 가라고 해봐야 안 탈 거고 정류장으로 가는 거 맞지?"

"저기요, 이 손 떼세요."

병 주고 약 주고 하는 방법도 참 여러 가지다.

은설이 자신의 어깨를 감싸고 있는 재준의 손을 먼지 털어내듯이 쳐냈다. 그러나 재준은 꼼짝도 하지 않았다. 오히려 더 세게 은설을 잡아당겼다. 은설의 입꼬리도 슬며시 올라갔다.

"인마! 너 여기가 얼마나 번화간지 모르지? 발걸음에 채이는 게 사람들하고 입간판들이야. 어리바리해서 집에도 못 찾아가지 말고 그냥 내가 하는 대로 가면 돼."

"그래도……."

재준의 손을 떼어내기 위해 은설이 어깨 운동을 하는 것처럼 비비적거렸다. 사실은 이렇게 밀착되어 있으니 숨을 쉬기가 곤란할 만큼 힘들었다. 재준이 너무 좋아서…….

"아까 소리 지르던 녀석 말인데, 오해하지 마. 일부러 그런 거니까. 원래 장난이 심한 녀석이야."

"저, 문은 찼지만 정말 개 매너 소리는 안 했어요."

"그런 말은 안 했지만 그렇게는 생각하잖아. 안 그래?"

재준의 정곡을 찌르는 질문에 은설은 묵비권을 행사했다.

"부인 안 하는 걸 보니 그런 모양이네."

이번 역시 은설은 어떤 반응도 보이지 않았다.

"주관 한 번 뚜렷해서 좋다. 그런 의미에서 나랑 결혼해 줄 래?"

걸음을 멈추고 재준을 올려다보는 은설의 눈빛이 또랑또랑했다. 기대감과 흥분, 설레임으로 충만해 있었다. 지난 며칠간 들었던 청혼들이 일반 커피였다면 이번 청혼은 티오피였다.

"선배님, 혹시 저 좋아…… 하세요?"

드디어 묻고 말았다. 아무리 생각을 하고 또 해봐도 재준이 이렇게까지 집착을 부리는 건 다른 마음이 있다는 뜻이었다. 수줍은 새색시처럼 은설이 시선을 내리깔고 양 볼에 홍조를 띠며 새삼 부끄러워했다.

이왕지사 말이 나와서 하는 말이지만 객관적으로 따져도 지금 두 사람의 모습을 보고 연인이라고 떠올리지 않는다면 세상에 불평불만이 많거나 심사가 꼬인 사람일 터였다. 이렇게 사랑스러운 연인이 어디 있다고…….

"아니."

일말의 망설임도 없이 재준이 딱 잘라 말했다. 오히려 그것이 더 장난처럼 느껴지게 했다.

"에이, 그러지 말고 그냥 솔직하게 말씀해 주세요. 저도 부끄럽지만 이렇게 대놓고 묻잖아요."

"나 지금 엄청 솔직해. 네 도움이 아주 절실하게 필요하긴 하

지만 너한테 특별한 감정이 있다거나 이성으로 생각했던 적은
한 번도 없어. 앞으로도 물론일 테고. 거짓말로 좋아한다고 할
수도 있겠지만 그러기엔 내 양심이 허락하질 않아. 대신 좋은
남편은 되어줄 수 있어. 네가 하는 일에 절대 간섭 안 하고 무조
건 오케이해 주는."

뚝! 어디선가 끈 떨어지는 소리가 났다. 마음의 끈이 떨어지
는 소리였다. 희망을 꼭 붙들어 매고 있던 끈이 떨어지고 있었
다.

이상했다. 조금 전까지 핑크빛으로 물들었던 세상이 순식간
에 온통 암흑천지로 변해 버렸다. 은설이 여전히 어깨를 철옹성
처럼 두르고 있는 재준의 팔을 쳐냈다. 아무리 용을 써도 떨어
지지 않던 재준의 팔이 미끄러지듯 흘러내렸다. 마치 두 사람의
관계를 암시라도 하려는 것처럼.

"그건 좋은 남편이 아니라 아예 방임하겠다는 건데……."

재준을 향한 말이 아니었다. 은설이 스스로에게 하는 말이었
다.

"방임이라기보다 절대 자유를 보장하겠다는 거지. 어때?"

"아까 제가 거짓말을 했어요. 저 실은 험한 말 아주 잘해요.
이 개거지 같은 인간아! 난 너 같은 개 매너인 놈하고는 절대 결
혼 안 해! 아니, 못해!"

예상치 못한 그녀의 공격과 독설에 당황한 나머지 검붉게 변
해 버린 재준을 버려두고 은설은 평소에 익숙한 길인 양 잘도

걸어갔다. 매일 걷고 뛰어다니는 길처럼 거침이 없었다.

"특별한 감정도 없고 이성으로 생각한 적은 더더욱 없다고?"

청천 날벼락과 같은 재준의 폭탄선언을 오늘의 명언쯤으로 되새기며 은설이 이를 악물고 두 주먹을 불끈 쥐었다. 나는 뭐 감정이라곤 없는 사람인 줄 아니? 은설이 그 어느 때보다 씩씩하게 걸음을 옮겼다.

"내가 너무 솔직했나? 그게 그렇게 흥분할 일인가? 아닌 걸 아니라고 해야지 거짓말을 할 수는 없잖아."

값비싼 보석 선물보다도 사랑을 확인하고 받고 싶어하는 지숙과 한 여자에게 마음을 다 주지 못하는 아버지의 어긋난 결혼 생활만 봐도 알 수 있었다. 처음부터 어떤 기대를 하지도 주지도 말아야 한다는 것을. 훗날 오해나 분란을 야기할 만한 것은 일찌감치 싹을 자르는 것이 현명했다.

"야, 이거 메이커도 없는 치킨인데 정말 맛있다. 깍두기도 예술이고. 지금까지 먹어본 치킨 중에 최곤 거 같다."

재준이 동아리방에 들어서자마자 태진이 극찬을 했다. 시시때때로 입맛이 달라지는 태진을 알기에 재준이 코웃음을 치고는 후배 녀석이 비켜주는 자리에 털썩 앉았다.

"어쭈, 감히 미식가의 평가에 썩소를? 너 내 말 못 믿는 거냐? 그런 거야?"

"네가 먹어본 치킨이라고 해봐야 뭐 얼마나 된다고 최고씩이나……."

재준이 심란한 마음도 달랠 겸 태진의 말에 대꾸를 했다.

"야, 여기 있는 우리 블카 애들한테 물어봐라. 그동안 네 덕분에 우리가 얼마나 많은 브랜드의 치킨을 먹었었는가. 모르긴 해도 대한민국 치킨이란 치킨은 다 먹어봤을 거다."

"그것만큼은 태진이 말이 맞아. 오죽하면 저 녀석 치킨 블로그를 다 개설했겠냐."

재준의 앞으로 배달되던 치킨을 해치워 주던 일등 공신 중 하나인 정호가 태진을 거들고 나섰다.

그 정도의 치킨이 배달되었었나? 재준이 새삼스러운 듯 자문했다.

"채재준, 단도직입적으로 묻자. 아까 그 여자애 누구냐? 누구기에 닭이라는 글자만 봐도 몸서리치는 네가 닭을 하사품으로 우리한테 내린 거냐?"

"학교 후배야."

손에 잡히는 대로 아무거나 집어 들며 대수롭지 않게 답했다.

"우리 학교에 저런 여학생이 있었나? 하긴 학생이 한둘이어야지. 그럼 네 후배면 내 후배도 된다는 소리네?"

"고등하교 후배야."

"고등학교? 오오, 그렇다면 더더욱 수상한걸. 여자 보기를 돌같이 보는 채재준이 드디어?"

"그런 거 아니야, 인마!"

재준이 쓸데없이 참견을 하는 태진의 입을 닭다리로 틀어막아 버렸다.

"고맙다. 그러잖아도 다리가 하나 뜯고 싶었는데. 그런 사이 아니면 나 좀 연결시켜 줘라."

"뭐?"

"뭘 그렇게 놀라, 인마! 몸속에 부화 중인 치킨 떨어지겠네. 정호야, 아까 걔 내가 놀리니까 울먹거리는 거 봤냐? 거기다 말하는 건 또 왜 그렇게 귀여워. 딱 내가 찾는 내 스타일이더라."

여자에게 관심이 많은 척 굴면서도 소개팅이나 만남에 대해선 유보적인 태진이 저렇게 나오는 건 정말 의외였다. 그 말인즉슨 연결을 시켜주면 만날 용의가 있다는 뜻이기도 했다.

"걔가 귀여워?"

"땡굴땡굴. 얼굴 빨개져서 발끈하는 거 보고 혹 갔다면 믿겠냐? 중간고사 마치는 대로 날 잡아라. 형님이 시간 비워놓고 항시 대기 타고 있을 테니까."

"미친놈. 걔 그렇게 한가한 애 아니야."

"누군 한가하고? 농담 아니니까 한번 만나게 해주라. 어쩐지 나랑 너무 잘 통할 것 같아. 야, 너는 진짜 내 인생의 구세주임에는 틀림없다. 이렇게 일용할 양식에 귀여운 여자친구까지. 친구야, 복 받아라!"

"네 덕분에 아주 복이 넘쳐 나다 못해 흐른다, 흘러. 고맙다."

마지못해 웃기는 했지만 평소라면 헛소리쯤으로 치부했을 태진의 이야기를 재준은 가볍게 넘기지 못하고 있었다. 아끼는 장난감을 친구가 탐내는 기분이랄까? 아무튼 설명하기 힘든 감정이었다.

뭐지? 화장실 갔다가 물 안 내리고 온 것처럼 찝찝한 이 느낌은. 에이, 별거 아닐 거야. 아까 그 충격이 뇌리에 남아서 이러는 걸 거야. 까마득한 후배한테 그것도 여자애한테 개거지에 놈이라는 욕까지 들었는데 멀쩡하면 그게 이상한 거지.

"재준아!"

"응?"

재준이 눈에 들어오지도 않는 악보에서 시선을 떼 정호를 보았다.

"너 이제 치킨 냄새에 면역력 생긴 모양이다. 창문 열라는 소리도 안 하고. 자그마치 스무 마리나 되는데."

"그러게."

정호의 지적에 태진이 맞장구를 쳤다.

그러고 보니 언제부턴가 치킨 냄새가 거슬리지 않았다. 예전 같았으면 누가 닭다리 하나만 사 들고 와도 속이 미식거려 견딜 수가 없었는데…… 재준이 이상하다는 듯 코로 숨을 들이켰다 내쉬었다. 코끝을 찌르는 치킨 냄새에도 불구하고 속이 불편하기는커녕 조금 전엔 태진의 입을 막기 위해 치킨을 손에 잡기까지 했었다. 그리고는 아무렇지도 않은 듯 티슈로 닦아냈을 뿐이다.

허! 재준이 치킨 냄새가 배어 있는 손바닥을 한참 동안 들여다봤다. 신기한 일이었다.

"엄마, 주인아저씨가 뭐라고 전화한 거야?"

모처럼 모녀가 나란히 누워 잠을 청하는 중이었다. 너무 피곤하면 잠도 쉽게 오지 않는 모양이었다. 은설이 몸을 틀어 유자를 향해 누웠다. 샤워를 하러 가느라 유자에게 주인아저씨의 전화를 바꿔주기만 했을 뿐 정작 내용은 듣지 못했다.

"이 건물 팔렸단다. 새로 지을 돈은 없고 이대로 놔둘 수도 없고 고민하다가 사겠다는 사람이 있어서 처분했대."

흥분도 하지 않고 유자는 꽤 담담했다.

"그럼 우린? 우린 어떻게 되는 거야?"

"어떻게 되긴, 네가 새 건물 주인이라면 보증금 한 푼 남아 있지 않은 세입자 그냥 놔두겠냐? 아빠 오시는 대로 짐 꾸려야지. 묵은 짐들이 많아서 꺼내놓으면 엄청나서 버리는 것도 일일 거야."

모처럼 장사가 잘된 기쁨도 잠시였다. 이런 일이 있으려고 미리 위로를 해준 모양이었다. 전에 없이 처진 유자의 목소리가 단지 피곤함만은 아닌 듯했다. 누구보다 가장 심란한 사람이 유자일 테니.

"엄마, 엄만 만약 내가 결혼한다고 하면 어떨 것 같아?"

심각한 이 와중에 고작 그런 해결책밖에 떠올리지 못하는 자신의 단순함에 화가 나면서도 은설은 지나가는 말처럼 물었다.

"그거야 쌍수 들고 환영이지. 지금 우리 집 형편에 입 하나 더 는 게 얼마나 큰 도움이게. 네가 좀 많이 먹어야지."

그래도 엄마가 유머를 잃지 않아 다행이라며 은설은 안도했다.

"엄만 하나는 알고 둘은 모른다니까! 내가 시집가면 돈은 누가 벌어? 당장 엄마랑 아빠 손가락 빨면서 살게 될 텐데 걱정 안 돼? 내가 나 몰라라 하면 어쩌려고."

이럴 때 보면 엄마가 아니라 철없는 딸을 상대하는 것 같다. 은설의 핀잔에 유자가 몸을 뒤척거렸다.

"사람은 누구나 자기 먹을 건 타고난다고 하잖아. 이 없으면 잇몸으로 살면 되는 거지. 그런 건 걱정 안 해."

의외였다. 생각지도 못한 유자의 말에 은설이 부스스 자리에서 일어나 앉았다.

"농담이 아니라 정말 엄마랑 아빠 내가 나 혼자 살겠다고 홀랑 시집을 가버린다거나 이 집을 나가 버려도 괜찮다는 거야? 언제는 키워줬으니까 갚으라며? 이제부터 효도받을 차례라더니?"

"그 말을 곧이곧대로 믿었어? 얘가 이렇다니까. 하긴, 그럴 만도 하지. 네 아빠랑 내가 귀에 못이 박히도록 해댔으니 무의식중에라도 새겨들었을 거야. 길을 막고 서서 물어봐. 열이면 열, 어느 부모가 자식 고생시키는 걸 바래? 내 몸은 으스러져도 내 자식만큼은 그렇게 살지 않길 바라는 게 부몬데."

"그럼 여태까지 오빠랑 나한테 한 이야기들은 다 뭐야. 우리 대학 가는 것도 반대하면서 안 좋아해 놓고선. 말이 다르잖아?"

"꼭 대학을 나와야 잘사는 게 아니니까. 남들이 대학 간다고 너희들까지 하기 싫은 공부 억지로 하지 말라는 거였지. 그래도 둘 다 보내줬잖아? 대학도 네들 결정, 휴학도 네들 결정. 네들이 그래서 손해 본 거 있어? 네들 눈에는 닭이나 튀겨 파는 게 우스워 보일지 몰라도 저거 큰 욕심만 안 부리면 수입 괜찮아. 너나, 은기나 특별난 재주들이 있는 것도 아니고 고집들이 세서 남의 밑에 가서 일하는 것보다는 둘이 손발 맞춰서 하면 어지간히는 벌 수 있겠다 싶어서 그랬던 건데……. 이번에 은기가 저렇게 사고를 치고 나니까 엄마가 느끼는 게 많아. 미안한 것도 많고. 다른 집 부모들처럼 독하게 공부를 시켰어야 했나 싶은 게."

긴 침묵이 흘렀다. 방 안을 가득 채운 어둠만큼이나 무거운 정적 속으로 유자와 은설이 간헐적으로 내뱉는 호흡만이 들려올 뿐이었다.

"난 그런 것도 모르고…… 엄마랑 아빠는 아무런 대책도 없이 우리 믿고 손가락만 빨 생각인 줄 알았어."

"그래서 공장에라도 들어갈 생각이었다고? 아무 곳에나 이력서 넣고 면접 다니지 마. 엄마도 진작부터 일자리 알아보고 있는 중이니까. 너랑 은기 시집, 장가는 보내야지. 그다음에 둘이 춤바람이 나든 노래 바람이 나든 하는 거고. 식구 수대로 벌면 금방 일어날 수 있을 거야. 엄마는 그렇다 치고 너희 아빠는…… 글쎄 뭘 해야 할까? 네 생각엔 뭘 하면 될 것 같아?"

"엄마도 일자리를 알아보고 있는데, 아빠는 아직도 아무 생각이 없대? 어쩜 아빤 그러냐. 난 아빨 너무너무 사랑하지만 그만큼 또 밉고 이해가 안 될 때가 많아. 남들이 좋은 사람이라고 하면 뭘 해, 가장으로서는 빵점인데. 덩치도 작은 엄마한테 가게며 살림이며 다 떠맡기고 기껏 하는 일이라곤 사기나 당하고. 이번 일만 해도 그렇잖아. 해결까지는 안 바라더라도 아빠가 이것저것 알아보고 해야 하는 거 아니야? 아빠기 한 일이라곤 고작 점이나 보러 다닌 게 전부야. 그러고도 마누라랑 딸이랑 나가서 돈 벌어오면 밥이 넘어가려나 몰라. 나 같으면 허세로라도 '당신하고 은설인 내가 먹여 살려!' 했을 거야. 아빤 우리가 돈 벌어오라고 할까 봐 속으로 걱정이 이만저만 아닐걸."

은설이 그래서는 안 된다고 생각하면서도 쌓인 불만을 쏟아냈다. 그동안 속에서 묵히고 삭인 것들이 물꼬를 트자 기다렸다는 듯 밀려 나온 모양이었다.

은설의 거듭되는 성토에 유자가 어둠 속에서 씁쓸한 미소를 지었다. 평소대로라면 은설의 등짝이 남아나지 않을 만큼 남편의 역성을 들었을 그녀가 조용히 듣고만 있었다.

"이제 좀 속이 시원해졌어?"

유자가 심술궂게 물었다. 괜히 머쓱해진 은설이 고개를 끄덕였다.

"조금……. 근데 엄마, 듣고 있기 많이 거북했지?"

"틀린 말도 아닌데 엄마가 거북할 게 뭐 있어. 근데 은설아, 네가 모르는 게 있다?"

망설이는 기색이 역력한 목소리로 유자가 슬쩍 운을 띄웠다.

"내가 모르는 거? 어떤 거?"

"이건 너희 아빠랑 내가 무덤까지 가져가자고 약속한 건데 사실을 말하지 않으면 네가 아빠에 대해 자꾸 미워하는 감정을 가질까 봐 그냥 말해줘야 할 것 같아……."

전에 없이 심각한 분위기로 유자가 잠시 뜸을 들였다. 어둠이라 확신하기는 힘들지만 애써 감정을 추스르는 것처럼 보였다.

"내가 널 가졌을 때 무척 힘들었다는 얘기 많이 했었지? 엄살 같이 들렸겠지만 사실이었어. 사실 은기 이후로는 아이는 한참 후에나 가지던지 은기 하나로 만족하자 했었거든. 내가 임신 중독증으로 고생을 너무 심하게 하니까 아빠나 엄마나 지레 겁을 먹은 것도 있고. 아무튼 병원에서도 포기하는 게 좋겠다는 널 억지로 낳자고 우기기는 했지만 엄마도 속으로는 참 많이 무섭고 그랬어.”

유자의 말에 은설의 표정이 미묘하게 일그러졌다.

“그 정도…… 였어? 난 뱃속에서부터 문제가 많았구나…….”

“그게 왜 네가 문제가 많은 거야? 굳이 탓을 하려면 엄마를 탓해야지. 엄마랑 아빠랑 워낙 없는 집에서 태어나 자라다 보니 숟가락 젓가락 딱 두 벌 가지고 살림 시작했단 말도 했었지? 그땐 엄마도 아빠도 월급이 쥐꼬리만큼이었던 때라 월급 받아서 밥공기 하나 사고, 그다음 달에 국그릇 사고 그렇게 살았어. 그래도 조금씩 모아가는 재미 때문에 하루하루는 힘들어도 한 달 한 달은 얼마나 재미있었게. 그전까지는 엄마도 참 성격이 팍팍하고 못됐었거든. 근데 너희 아빠 만나서 함께 살게 되면서부터 하나둘 고쳐 가게 되더라. 너희 아빠가 그런 힘이 있어. 삐뚤어지고 모난 엄마한테 당시 네 아빠는 구세주이자 백마 탄 왕자님이었다. 안 믿겨지겠지만 사실이 그랬어.”

유자에게서는 아직도 꿈을 꾸는 듯 아련함이 담겨 있었다.

“엄마 이야기 들으면 지금의 아빠하고 잘 매치가 되지를 않아. 꼭 꾸며낸 이야기들 같아.”

“거짓말 아니야! 너희 아빠가 얼마나 멋있었는데. 암튼 둘 다 그렇게 허리띠 졸라매면서 젊은 나이에 꽤 열심히 살았던 것 같

아. 지금 그렇게 살라면 절대 못 살 정도로."

유자의 젊은 날에 대한 자부심을 지켜보며 은설은 문득 20년 뒤 자신도 저렇게 자기 삶에 대해 자부할 수 있을까라는 의문이 들었다. 지금까지의 삶으로 봤을 땐 상상이 되지 않는 이야기였다.

"그렇게 판자촌 사글세방에서 출발해 골목길에 가로등이 세워져 있는 동네에 방을 얻기까지 얼마나 고생했게. 부모 형제 도움 하나 없어도 원망 같은 거 몰랐고 오히려 전셋집 정도만 장만하면 못다 한 효도도 하고 그러자고 엄마랑 아빠 입버릇처럼 말하곤 했어. 둘이 버니까 금방 그렇게 할 수 있다는 자신감이 넘쳤어. 그런데 복은 쌍으로 안 들어와도 화는 쌍으로 들어온다고 모든 게 뜻대로만은 안 되더라. 딱히 엄마 아빠만 그런 게 아니라 다들 그래."

"할머니 쓰러지셨을 때 이야기야?"

은설이 아는 체를 했다.

"응. 그때 또 하필이면 아빠가 다니던 공장이 문을 닫아서 더 힘들었어. 엄만 임신 중독증으로 온몸이 퉁퉁 부어서 결국 버티다 안 돼서 병원에 입원까지 하게 되고. 네 말대로 세 식구, 아니, 네 식구 손가락만 빨게 될 지경까지 왔는데 그래도 둘이 그간 열심히 모은 게 있어서 걱정은 그다지 안 됐어."

"에휴, 둘 다 보통 낙천적이셔야지."

핀잔을 주면서도 은설은 어쩐지 마음이 푸근했다. 젊은 날의 부모님도 지금의 은설처럼 풋풋한 날들이 있었다는 것과 서로를 열렬히 사랑했다는 게 신기하고 낯설었다.

"아빠가 너희들에게 할머니 속 썩여 드린 게 가장 한이 된다고 입버릇처럼 말씀하시잖아. 아들이랍시고 밭일 해가며 등록금 마련해 줬더니 가수 하겠다고 그 돈 가지고 가출이나 했었으니 아빠 마음이 어떻겠어. 너희들은 듣기 싫다고 하지만 사람이 한이 맺히면 그렇게 되는 거야."

"근데 엄마. 이상하게 난 엄마한테 감정이입을 해서 그런가, 아빠가 그다지 가엾게 느껴지진 않아. 오히려 임신 중독증에 생명의 위협을 느끼면서 고생한 엄마가 불쌍하지. 암튼 그래서 어떻게 됐어?"

"너희 아빠 마음 여린 거 알잖아. 할머니 수술비 이야기는 꺼내지도 못하고 혼자서 끙끙거리는 걸 더는 볼 수가 없어서 엄마가 가지고 있던 통장을 내줬어. 우리 집 전 재산이나 다름없었는지라 엄마도 그땐 좀 망설여지고 떨리더라. 어차피 줄 거 진작 줬으면 마음고생 덜 하고 좋았을 텐데."

한숨이 절로 나왔지만 속으로 삼킨 은설이 알 만하다는 듯 고개를 끄덕였다. 손바닥도 마주쳐야 소리가 난다고, 없는 살림에 부모님 도와드리고픈 아빠나 선뜻 동의해 준 엄마나 어지간히 천생연분이기는 했다.

"그렇게 할머니 수술비를 해드리고 나서 마음이 좀 편해지려나 싶었는데 엉뚱하게도 네가 미숙아로 태어나네."

“내가? 나 태어날 때 우량아였다며?”

“그거야 엄마랑 아빠가 지어낸 이야기고.”

“부부사기단도 아니고 뭐 이렇게 지어낸 이야기가 많아?”

놀라움을 감추지 못한 은설이 연신 툴툴거렸다.

“그땐 지금처럼 의료보험증이 모두 나올 때가 아니었고 우리 처럼 돈 없는 사람들한테는 지금도 그렇지만 병원이 그냥 병원이 아니야. 그래도 어떻게 해결되겠지 일단 널 병원에 두고 나만 먼저 퇴원을 했는데 앞이 막막한 거야. 아빠한테 말은 안 했지만 그 통장만 갖고 있었더라면 병원비 걱정은 조금 덜었을 수도 있겠다 싶은 게 너희들 말처럼 골 때리더라. 아빠는 아빠대로 또 얼마나 미안했겠어. 그렇게 일주일이나 지났나…… 이번엔 너희 아빠가 사고를 당했다고 연락이 오더라.”

“사고?”

“응. 엄마한테는 공장에 취직했다고 하더니 공사판에 나갔던 모양이야.”

“울 아빠가 공사판엘?”

은설이 믿을 수 없다는 듯 반문했다.

“그래…… 그땐 아빠가 그랬어.”

“아빠가 무슨 사고를 당했는데?”

“5층에서 부실하게 대어놓은 판자를 밟다가 떨어지는 사고.”

“어떡해…….”

마치 지금의 일인 양 소름이 끼치고 눈물이 날 것 같았다.

“그때 너희 아빠 뼈마디란 뼈마디는 다 부러졌었던 것 같아. 산 게 용하다고 했으니까.”

“엄마⋯⋯.”

“너랑 너희 아빠 나란히 한 병원에 입원시켜 놓고 엄마 혼자서 참 많이 울었다. 아빠 고통에 비하면 엄마 힘든 건 아무것도 아니었지만 그땐 엄마도 어리고 철이 없었으니까.”

들는 것만으로도 마음이 아파 은설이 고생으로 상한 유자의 손을 잡아주었다.

“죽으라는 법은 없다고. 그렇게 아빠 사고 보상금 나온 걸로 너 퇴원시키고 거의 반년 만에 너희 아빠도 퇴원을 하고⋯⋯ 보상금 남은 걸로 이 가게 얻어 이사 오게 됐던 거야.”

유자가 입버릇처럼 자신이 살아온 사연을 이야기로 적자면 소설책 열 권은 될 거라더니 그럴 수도 있을 것 같았다. 은설은 새삼 자기가 얼마나 못된 딸이었는지 깨달았다. 그동안 아빠가 얼마나 서운해하셨을까 생각하니 철없이 내뱉은 말들이 그렇게 부끄러울 수가 없었다.

“아빠 원망하더라도 오해는 하지 마. 아빠가 너희들 앞에서 내색을 안 하셔서 그렇지 아빠 몸이 아빠 몸이 아니야. 겉으로는 멀쩡해 봬도 요즘도 가끔 엄마 모르게 진통제 먹고 그러셔. 엄마는 그래. 너희 아빠가 할머니 때문에 죄책감 갖고 또 가장 노릇 제대로 못해서 너랑 오빠 때문에 죄책감 느끼는 거 너무 마음 아파. 그래서 엄마만이라도 아빠 편이 되어주고 싶었어.

아빠 목숨 바쳐서 우리 식구 이만큼 살게 해줬으니까 엄마도 아빠 뒷바라지해 줄 거라고 그렇게 다짐하면서 살아왔고 앞으로도 그럴 거야. 너희들한테 아빠 책임지라고 안 해. 아빤 엄마 거라서 엄마가 끝까지 책임질 거야. 그러니 너도 아빠에 대한 집착은 버려줘. 네 아빠는 내가 커버해.”

슬픔도 웃음으로 희화시킬 수 있는 유자의 저력이 새삼 빛나는 순간이었다. 그럼에도 불구하고 은설은 도저히 웃을 수가 없었다. 그렁그렁 맺힌 물기가 차오른 눈에서 굵은 눈물방울이 뚝뚝 떨어졌다.

“미안해, 엄마…… 난 그것도 모르고…….”

“네가 왜 미안해? 아빠가 그러셨어. 은기나 너는 이런 거 몰랐으면 좋겠다고. 그래서 너 미숙아로 태어났던 거며 아빠 사고 당하신 건 비밀로 했던 거야. 아빠가 네들 앞에서 다리 절뚝이지 않으시려고 얼마나 노력하셨는데……. 장애 신청할 수도 있었던 걸 아빠가 고집 피워서 안 했어. 애들한테 짐 되기 싫다고. 너흰 그것만으로도 아빠 많이 사랑해 드려야 돼. 너한테는 무능한 아빠일지 몰라도 엄마한테는 최고로 존경스러운 사람이자 사랑하는 남편이야.”

“엄마…….”

유자의 품에 안겨 은설이 아이처럼 엉엉 소리 내어 울었다. 부모님에 대한 사랑과 고마움, 자신의 철없었음에 대한 반성이 담긴 복잡한 눈물이었다.

"나도…… 나도 아빠처럼 좋은 사람 만나고 싶어……. 엄마처럼 나도 그런 사랑 할 거야……. 그래서 행복하게 살 거야……."

"엄마, 아빠보다 더 행복하게 잘살아야지. 우리 은설인 그럴 수 있을 거야. 아빠가 좋아하시겠다. 아빠들의 로망이라잖아. 딸이 아빠 같은 사람하고 결혼하겠다고 하는 말……."

은설의 머리를 쓰다듬으며 유자는 기특하다는 듯 엉덩이까지 두들겨 주었다. 마치 어린 시절로 돌아간 것처럼 행복해하며 은설은 무슨 일이 있어도 부모님께 효도를 하겠노라 생각했다. 그리고 그 못지않게 열심히 살아가겠노라고 맹세했다.

이렇게 좋은 부모님을 둘 수 있었던 자신은 참 행운아였다. 은설이 울먹이면서도 행복한 미소를 지었다.

밖으로 나가고 싶은 충동이 일 만큼 유혹적인 날씨였다.

은설에게 가게 일을 맡기고 이삿짐을 꾸리기 위해 이층으로 올라갔던 유자가 두 시간도 안 돼 다시 가게로 내려왔다.

"당최 일이 손에 잡히지 않는 게 기분이 영 이상하네."

정수기에 컵을 갖다 대며 지나가는 말처럼 말했다.

"왜? 엄마, 이상한 꿈이라도 꿨어?"

걸레로 바닥을 밀던 은설이 허리를 폈다.

"그냥…… 가위를 잡으면 가위를 놓치고 옷장을 열면 내가 이걸 왜 열었나 싶고. 이거 했다 저거 했다 뭐 하나 제대로 할 수가 없네."

"괜히 조급증이 일어서 그런 거지 뭐. 당장 가게 비우라고 한 건 아니니까 너무 조바심 내지 마, 엄마."

"딱히 가게 때문이라기보다는…… 암튼 빨리 뭐가 정리가 되어야지 사람이 못 살겠다."

겉으로는 강한 척해도 어쩔 수 없는 모양이었다. 괜히 이것저것을 만지작거리는 유자를 못 본 척하며 은설이 바닥을 닦은 걸레를 빨기 위해 가게 문을 열었다.

"아빠!"

은설이 반가움이 아닌 놀라움의 비명을 질렀다.

마치 홍해 바다가 갈라지듯 은설이 문을 열기 무섭게 홍수가 목발을 짚은 채 서 있었다. 그리고 뒤이어 은기가 머리를 긁적이며 나타났다.

"오빠!"

연거푸 연이은 비명을 지른 다음에야 은설은 목발을 짚고 있는 홍수를 부축할 수 있었다.

"은기 아빠!"

은설보다 더 놀란 나머지 그 자리에서 꼼짝도 하지 못하고 있던 유자가 마법이 풀리기라도 한 듯 서둘러 달려와 남편의 팔을 붙잡았다.

"걱정할 거 아니야. 발을 좀 삐끗해서 그런 거니까 괜찮아. 여보, 당신 아들 왔어. 내가 책임지고 찾아온다고 했잖아."

홍수가 고개도 들지 못하고 서 있는 아들을 위해 옆으로 비켜

섰다.

"아이고, 남자 중의 남자! 우리 장남 왔구나! 그래, 어디 아픈 데는 없고? 그동안 배는 곯지 않고 잘 지냈지?"

마치 오늘 아침에 헤어졌다 만난 사람들처럼 너무나도 자연스러운 풍경이 낯설 지경이었다. 집안을 거덜 내고 돌아온 탕아에게는 과할 만큼의, 아니, 과한 환영이었다.

"엄마, 죄송해요……."

"죄송은! 사내 녀석이 사고를 치려면 그렇게 통 크게 쳐야지. 잘했다. 사내 녀석이 쪼잔하게 야금야금 사고 치는 것보다 뭐든 한 방이 좋은 거지 뭐. 너 사고 칠 때마다 엄마 혈압 감당 못할 거 알고 그렇게 한 방에 훅 날린 거잖아. 우리 아들이 이렇게 효자예요. 사고를 쳐도 부모 생각하면서 친다니까."

은설이 저도 모르게 킥킥거렸다. 누가 닭집 사모님 아니랄까 봐 말 한마디마다 뼈가 박혀 있었다. 적어도 은설이 지금 들고 있는 밀걸레의 나무로 된 대가 댕강 부러지게 패지 않을까 염려했던 것은 기우인 모양이었다.

보통의 경우라면 원망과 안도가 범벅이 된 눈물의 상봉이어야겠지만 애초부터 그런 것과는 담을 쌓고 지낸 가족들답게 비극도 웃음으로 승화시켰다.

"오빠, 다행이다. 내가 그렇게 음성 메시지를 남겼는데 전화 한 통 해주지. 걱정했잖아. 하여간 쇠고집."

은설이 살짝 눈을 흘기고는 오빠를 안아주었다. 목발 신세인 홍수를 보면 마음이 아파 눈물이 났지만 수척해진 모습으로 돌아온 은기를 보면 안도의 한숨이 나왔다. 은기가 사고를 치고 집을 나간 후 처음으로 온 가족이 함께 모인 날이었다.

이것저것 산재해 있는 문제들이 한두 가지가 아니었지만 잠시 미루어두고 오늘은 좋은 일만 생각하기로 했다. 근심 걱정은 일단 내일로 모두 미루었다.

땡그랑거리는 종소리가 날 때마다 은설의 신경이 그곳으로 집중되었다. 이번에도 유리문을 밀고 들어온 손님은 중년의 여자였다. 낙담한 은설이 하다 만 일을 계속했다.

낡은 소파만큼이나 군데군데 칠이 벗겨진 테이블 위에는 물로 그린 형이상학적인 문양이 그려져 있었다. 종업원이 따르다 흘린 물을 냅킨으로 대충 닦아내다 생각한 장난이었다. 손가락 끝에 와 닿는 뽀드득거리는 느낌이 좋아 어린아이마냥 유치하게 시간을 때우는 중이었다.

'글쎄, 그 사람이 함부로 연락처를 알려주는 걸 안 좋아라 할 텐데……'

지금 은설은 이제는 전 주인이 된 주인아저씨를 졸라 겨우 새롭게 건물을 인수한 사람을 기다리는 중이었다. 주인아저씨를 설득하고 설득한 끝에 연락처 대신 주인아저씨가 주선을 해 이곳에서 만나기로 약속을 잡았다.

조금이라도 좋은 인상을 심어주기 위해 늦지 않게 서둘렀는데 생각보다 빨리 도착한 탓에 벌써 20분째 이렇게 무료하게 시간을 달래는 중이었다.

슬슬 손장난도 싫증이 난 은설이 이미 몇 번이고 둘러본 커피숍을 또다시 두리번거렸다. 위치도 그렇고 인테리어도 그렇고 커피숍의 손님들은 대부분 나이가 드신 분들이었다. 약속 장소를 이곳으로 정한 사람은 새로운 건물주였다. 그런 것으로 봤을 때 새 건물주 역시 어느 정도 나이가 있는 사람인 듯했다. 그러니 그렇게 건물을 사고하는 것이겠지만.

"얘기가 잘돼야 될 텐데……."

은설이 긴장감을 달래려 입속 가득 바람을 집어넣고는 복어처럼 볼을 부풀렸다. 그런 다음 천천히 바람을 뺐다.

은기의 무사 귀가를 기뻐하던 것도 잠시 눈앞에 닥친 현실이 네 가족의 발목을 잡았다. 허심탄회하게, 그리고 솔직하게 밤을 지새우며 이야기를 나눈 결론은 어떻게 해서라도 치킨 집을 계속해야 한다는 것이었다.

배운 도둑질이 그것밖에 없어서가 아니라 엄마, 아빠가 그곳에서 새로운 시작을 했듯이 은기도 새롭게 태어나고 싶다고 했다. 물론 굳이 지금의 가게가 아니어도 되겠지만 네 식구에게는 쉽게 포기하기 힘든 보금자리기도 했다.

'이 가게 계속할 수만 있다면 배달은 제가 책임지고 할게요. 한 달 정도면 아버지도 도와주실 수 있을 거고요.'

이번에는 부모님의 강요가 아닌 은설이 자발적으로 가게 일을 하겠다고 나섰다.

'그럼 난?'

'은설이 넌 가게 일 손떼고 취직해라. 너 오토바이 타고 다니는 것도 불안하고 넌 네가 하고 싶은 일이 따로 있으니까 일하면서 차근차근 준비해. 오빠가 가게 일으켜 세우면 네 뒷바라지도 해줄게.'

힘든 가게 일보다는 쉽게 돈을 벌 수 있는 아이템에만 목숨을 걸던 은기가 아니었다. 눈을 뜰 때부터 감을 때까지 컴퓨터 게임 앞에서 떠날 줄 모르던 철없는 청년은 더 이상 없었다.

세상이 자기가 생각한 것처럼 만만치 않다는 것을 제대로 느끼고 배운 모양이었다. 이래서 사람은 눈물 젖은 빵을 먹어봐야 하나 보았다.

'네가 그 선밴지 사기꾼인지한테 속아서 우리 집 전 재산, 정말 엄마가 기름에 데어가며 힘들 게 번 전 재산을 홀랑 털어 넣기는 했지만 그래도 사람에 대한 믿음을 저버리지는 마. 그런 놈도 있지만 세상엔 좋은 사람이 훨씬 더 많아. 스물셋이면 아직 사람에 대한 불신을 가지기엔 너무 억울한 나이야. 네 나이 땐 훌륭한 사람을 보고 멋진 꿈을 키워야 하는 거야. 거창하게 무슨 업적을 세우고 돈 많이 버는 사람을 본받으라는 게 아니라 자기 인생을 즐기며 사는 사람, 하다못해 길거리에서 풀빵을 팔아도 행복하다는 사람을 배우라는 거야.'

현실적으로나 확률적으로 자신의 부모님과 같은 사고를 지니

고 행동에 옮길 수 있는 사람이 얼마나 될지는 은설도 의문이었
다. 현실과 이상은 엄연히 다르다는 말처럼 은설도 그런 삶을
살고는 싶지만 자신하지는 못했다. 욕심을 버린다는 것이 얼마
나 힘든 일인지 알고 있기에 속단할 수가 없었다.

"약속 시간이 지났는데 아직도 안 오시네."

기린처럼 목을 쭉 빼고 종소리가 울리길 기대하며 은설은 자
꾸만 쏟아지려는 잠을 억지로 참았다. 이틀 연속 밤을 지새우며
이야기를 나누느라 절대적으로 수면이 부족한 상태였다.

땡그랑.

가물거리는 눈에 억지로 힘을 준 은설이 이번에는 별 기대감
을 갖지 않고 입구를 쳐다보았다. 기대가 크면 실망도 커서 아
예 그런 생각 자체를 안 하려 했다.

"하은설, 너 지금 아주 중대한 일을 앞두고 있는 거거든. 여기
서 잠들면 안 돼, 꿈꾸면 안 된다고."

어이없게도 지금 막 커피숍 안으로 들어서는 사람이 재준으
로 보여 스스로를 채찍질하는 중이었다. 아무리 남자에게 콩깍
지가 씌어도 그렇지. 그렇게 비참한 일을 겪고도 이 와중에 환
영까지 보다니 구제불능이었다.

"어라, 막 움직이네……. 저 봐, 나한테로 오고 있잖아."

은설이 눈을 감았다 떴다 하며 정신을 차리려고 했다.

"어이, 은인. 넌 뭘 그렇게 혼자서 열심히 중얼거리냐? 혼자
서도 심심하지는 않겠다."

너무나 귀에 익은 음성에 화들짝 놀란 은설이 하마터면 물 컵을 쏟을 뻔했다.

"선…… 배님……."

"선배님? 개거지가 아니고?"

재준의 시비조에 그날 일이 새삼 떠올라 은설이 흥 하고 고개를 돌렸다.

"여긴 어쩐 일이세요? 선배님 같은 분이 이런 곳엘 다 오시고."

부잣집 도련님께서 서민들 사정이라도 캐러 다니는가 보지? 심보가 못됐다고 해도 상관없었다. 꼬일 대로 꼬인 뒤틀린 심사를 포장할 마음은 전혀 없었다.

"이런 곳? 여기가 뭐 어때서? 소박한 게 좋잖아. 여기 커피 달달한 게 제법 중독성있어."

누가 커피숍 품평회 해달라고 했나. 이 집 커피가 달든 쓰든 전혀 안 궁금하거든요!

"아, 덥다!"

재준이 허락도 없이 은설의 맞은편 의자에 털썩 내려앉았다.

"지금 어딜 앉으시는 거예요? 저 지금 아주 중요한 약속 있으니까 선배님은 선배님 볼일이나 보세요. 얼른요."

은설이 혹여 새 건물주가 나타날까 안절부절못하며 재준에게 일어나 줄 것을 재촉했다. 재준과 함께 있다 보면 언제 무슨 사고가 생길지 모른다. 지난번처럼 감정이 폭발해 육두문자라도 날리는 것을 새 건물주가 보게 된다면 큰일이었다.

"아침부터 만나달라고 통사정할 땐 언제고. 수업 마치자마자 나와주니 이젠 또 가라네! 어느 장단에 맞추라는 거야?"

"제가 선배님을요? 꿈꾸셨어요? 요즘 많이 허하신가 봐요."

"분명 그랬잖아. 급한 일이라고, 그래서 꼭 만나야 한다고. 아주 숨넘어갈 지경이라던데?"

"자꾸 거짓말하실 거예요? 제가 언제 만나달라고…… 혹시 그럼 선배님이……?"

"응. 내가 바로 후배님께서 그토록 안달복달하며 만나달라던 그 사람이야."

누가 꿈이라고 좀 해주세요…….

은설이 좀처럼 벌어진 입을 다물지 못했다. 넋이 나간 채 멍하니 재준을 바라볼 뿐이었다. 그런 은설을 재준이 재밌는 구경 거리라도 되는 듯 싱글벙글거렸다. 달 착륙에 성공해 우주에 첫 발을 내미는 지구인처럼 재준의 두 눈이 호기심으로 빛났다. 은설이 만나달라고 사정해야만 했던 이유를 대강 짐작하고 있으면서도 아무것도 모르는 것처럼 들어줄 준비가 되어 있다는 듯 편안하게 의자에 몸을 기대며 여유를 부렸다.

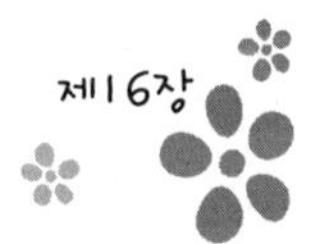

제16장

이런 것이 가진 자와 못 가진 자의 차인가 보았다.

주문한 아이스커피의 얼음이 죄다 녹아 희뿌연 색으로 희석될 때까지 은설은 입도 뻥끗하지 않았다. 그럼에도 대화가 이어지고 있는 것은 그녀의 몫까지 대신하고 있기 때문이었다.

용돈으로 차를 바꾸는 것은 조금 불행한 이야기라는 둥, 통장에 먼지처럼 굴러다니는 푼돈들이 몇천만 원 되더라는 둥, 만고에 쓸데없는, 하나도 궁금하지 않은 사항들을 늘어놓고 있었다.

열심히 부아를 질러대서 은설의 인내심을 폭발하게 만들려는 고의성이 다분한 행동이었다. 한두 번은 그 꼼수에 넘어가도 그 이상은 어림없었다.

“선배님, 정말 대단하세요. 그냥 버리는 셈치고 투자한 금액이 그 정도까지나 오르셨다니. 요즘 펀드다 뭐다 가입한 사람들 치고 대부분 마이너스 수익률이라고 하던데 역시 선배님은 마이더스의 손이신가 봐요. 학교 다닐 때 수학 공부 잘하는 사람들이 주식이나 증권 같은 것에도 유리한 모양이네요.”

재준의 비위를 거스르지 않게 마음에도 없는 맞장구를 쳐주려니 속에서는 부글부글 기포가 끓어오르고 어제 술안주로 먹은 노가리가 몸속에서 합체해 팔딱 뛰어오를 것만 같았다.

“학교 다닐 때 성적하고 투자하고는 전혀 아무런 상관이 없어. 그렇게 따지면 우리나라에 주식 부자들이 넘쳐 나게? 저건 다 순전히 내 빠른 판단과 안목 덕분이지. 한낱 백 점짜리 수학 점수 따윈 수익률 계산 때만 쓰일 뿐이야.”

“아…… 그러시구나. 저는 수학을 워낙 못해서 수학 잘하는 사람들은 왠지 천재 같다는 생각을 많이 했었거든요. 선배님 말씀을 들으니 단번에 이해가 쏙 되고 새삼 더 존경스러운 거 있죠?”

심청이는 자기 아버지의 눈을 뜨게 하기 위해 인당수에 제물로 바쳐지기까지 했는데 그에 비하면 이건 새 발의 피였다. 심청이야 달랑 아버지 한 분을 위해 희생한 것이지만 그녀에게는 네 가족의 밥줄과 운명이 걸린 문제였다. 이 정도 아부쯤은 애교 수준이었다.

“근데 너무 내 얘기만 한 것 같네? 내가 좀 심했나?”

"아휴, 심하기는요. 저는 말재주가 없어서 이렇게 듣는 걸 더 좋아해요."

"말 얘기가 나와서 말인데 혹시 승마 할 줄 알아?"

물을 걸 물어라, 이 선배님아! 승마는커녕 말 콧구멍도 구경 못해본 사람한테 저따위 걸 질문이라고.

"어렸을 적에 닭 위에는 올라타 본 적이 있는데 승마는 한 번도……."

"역시 넌 닭 장사를 타고난 운명인가 보다. 그런데 그 닭은 네가 올라탐과 동시에 장렬히 전사했겠지? 그게 다 가축으로 태어난 죄지."

재준은 여차하면 닭에 대한 묵념이라도 올릴 것처럼 진지했다. 그러거나 말거나 은설은 이제 기가 막히지도 화가 나지도 않았다. 재준이 건물주라는 사실을 알고부터는 그저 재준의 말이 진리겠거니 하고 있었다.

"선배님이 보시기에도 제가 닭하고는 떼려야 뗄 수 없는 운명처럼 보이시죠? 그래서 말인데요…… 선배님께서 뭘 보고 그 건물을 인수하셨는지 모르겠지만 정말 툭 까놓고 얘기해서 우리 가족이나 되니까 거기서 살지 사람 살 곳이 못 되거든요. 여름엔 무진장 덥구요. 또 겨울엔 무진장 춥구요. 저희 엄마가 결벽증이 있으셔서 그나마 쓸고 닦아서 그 정도지 지저분한 사람들이라도 들어온다면 가뜩이나 흉물스러운 가게랑 집이 어떻게 변할지. 아휴, 상상만 해도 끔찍하네요. 원래 집이라는 건 관리를 잘해야 하는 거잖아요.”

“그런 건 걱정하지 마. 나도 다 생각이 있으니까.”

언제 또 새로이 주문했는지 재준이 오렌지주스의 얼음을 아
그작 깨물며 말했다.

“생…… 각?”

“이참에 헐어버리고 허가가 몇 층까지 날지 모르지만 새로 짓
는다던가, 리모델링을 해서 세입자가 살기 편하게 해주던가. 나
도 내 건물인데 신경 써야지.”

“헐어버려요? 아니, 아직 보기에도 멀쩡하고 살기에 아무 지
장 없는데 그걸 왜 헌다는 거예요?”

은설이 발끈하며 목청을 높였다. 재준이 눈 하나 깜빡이지 않
고 멀뚱히 쳐다보았다.

“살기 불편하다며? 사람이 살 곳이 못 된다며? 그리고 결정
적으로 내 마음이지. 그걸 왜 후배님이 흥분하고 그러실까?”

“선배님, 솔직하게 말씀해 보세요. 그 건물 나 쫓아내려고 일
부러 산 거죠? 그렇게 많은 돈을 학생인 선배님이 가지고 있을
리도 없고 할머니들 부추겨서 산 거 누가 모를 줄 알아요. 도대
체 선배님, 저한테 무슨 억하심정이 있으셔서 이러는 거예요?
네?”

“훗! 너 여기 오기 전에 망상 해수욕장에라도 다녀왔냐?”

“네?”

은설이 뜬금없는 질문에 눈을 똥그랗게 떴다.

"망상이 너무 심하잖아. 네가 뭐라고 내가 그 건물을 사서 쫓아낸다는 거야? 네가 뭔데? 네가 뭐 그렇게 대단한 존재라고 내가 세금 물어가며 그 건물을 구입하냐고! 그리고 똑똑히 들어둬. 그 건물은 순전히 내 힘으로 내가 장만한 거야. 투자 가치가 있겠다 싶어서 미래를 보고 괜찮겠다 싶어 투자한 거라고."

"선배님 힘이 아니라 부모님 힘이시겠죠. 힘든 일은커녕 아르바이트 한 번 해보지 않으신 선배님께서 내 힘 운운하시는 거 부끄럽지도 않으세요? 나 같으면 부모 덕에 호강하고 살면 학생답게 공부나 열심히 하겠네요. 없는 사람 길거리로 내몰려는 잔인한 짓 안 하고."

"내가 말했을 텐데. 타고난 기회를 잡는 것도 능력이라고. 네 말대로 나 잘난 부모님 둬서 힘든 노동 한 번 안 하고 그 건물 인수한 거 맞아. 맞는데 나도 할아버지 유산으로 이런저런 시행착오 거치면서 종잣돈 불린 거야. 한 개 받고 태어난 놈이 그걸 열 개, 스무 개로 늘렸다면 그것도 단순히 부모 덕분인 거야? 물론 남들보다 유리하게 출발한 건 인정해. 그렇지만 누구보다 노력하고 전력 질주했다고 내 스스로 대견해하고 있어. 남에게 해 끼친 것도 없고 남을 이용하지도 않았고 하루하루 머리 터져 가며 내 능력을 키우는 중이야! 너처럼 색안경 끼고 보는 사람들한테 큰소리치기 위해서라도."

재준의 반론으로 인한 당혹스러움에 은설이 저도 모르게 엄지손가락을 입으로 가져갔다. 막 손톱을 물어뜯으려는 순간 재준이 잽싸게 은설의 팔목을 잡았다.

"네가 일곱 살 애야? 그 짧은 손톱 물어뜯어 봐야 피밖에 더 나!"

피?

은설이 낯선 시선으로 재준에게 붙들려 있는 자신의 손톱을 봤다. 가뜩이나 안으로 바짝 깎여 있는 손톱은 정말 피를 보기에 충분했다. 무안해진 은설이 잡힌 손을 빼내려 하자 재준이 순순히 놔주었다.

"자격지심도 좋지만 넌 지금 쓸모없는 데 에너지를 소모하고 있어! 무조건적으로 남의 능력을 폄하하거나 모함하는 데 사력을 다하고 있다고! 왜 그러고 살아? 그 버릇 고쳐! 그런 식으로 살아봐야 평생 남을 시기하는 것밖에 발전 못하니까."

"선배님께서 그렇게 말씀 안 하셔도 저 열심히 살고 있고 앞으로 그럴 거예요. 제가 선배님께 그런 소리까지 들을 이유는 없는 것 같은데요."

"그래? 그럼 날 왜 만나자고 한 건데? 너 만약 내가 아닌 다른 사람이 나왔다면 지금 상황과는 전혀 달랐겠지. 너 지금 네 목적을 위해서 기회를 달라고 사정하기 위해 이 사리 나온 기잖아. 그건 요령 아니야? 네 사고방식대로라면 어떡해서든지 무에서 유를 창조해야지 보증금 한 푼 남아 있지 않으면서 그 집에서 계속 살 수 있길 바라는 자체가 내 입장에선 양심없고 뻔뻔한 짓이야. 내가 자선사업가는 아니잖아. 세상에 지금 네가 처한 상황보다 더 어려운 사람들도 부지기수야. 그렇다고 그 사람들 사정 다 봐주고 이해해 줘야 할까? 실제로 그럴 수 있는 사람이 얼마나 되겠어. 지금 네 생각이 무전취식하겠다는 것과 뭐가 달라?"

모욕감을 견디지 못한 그렁그렁한 눈물이 은설의 뺨을 타고 흘러내렸다. 청순한 여배우들처럼 열을 맞추어 흘러내리는 눈물이 아니라 서로 먼저 내리기 바쁜 눈물이었다. 첨부터 예쁘게 보이려고 했던 것이 아니기에 눈물과 콧물이 뒤범벅이 되어 흘러도 은설은 개의치 않았다. 누군가를 의식하면서 울기엔 은설의 상황이 최악이었다.

재준이 여자의 눈물이라면 질색인 것을 알 리 없는 은설은 추한 모습이건 말건 지금의 기분을 그대로 표현하며 본능대로 울었다.

'내가 너무 심했나……'

독설을 날린 재준이라고 마음이 편할 리가 없었다. 더군다나 이렇게 울리기까지 했으니 속으로는 안절부절 어쩔 줄 몰라 했다. 이런 상황은 그의 모범답안에 들어 있지 않았다.

계획대로라면 적당히 약을 올린 후 은설이 처한 상황을 이용해 적절히 밑밥과 떡밥을 번갈아가며 던진 후 미끼를 덥석 물면 도망가기 전에 뜰채로 건져 올리는 것으로 끝나야 했다. 양쪽 집안의 평화와 안녕을 위해 합의 이행 각서를 교환하고 기념 촬

영까지가 그의 예상 결말이었지 눈물콧물을 소환하는 신파를 보고자 함이 아니었다.

'저렇게 울다 쓰러지는 거 아니야?'

뭐가 그리 서러운지 어깨를 들썩여 가며 양손으로 번갈아 눈물을 훔쳐 내는 것으로도 모자라 중간중간 콧물까지 닦아내 가며 참 맛있게도 울고 있었다.

재준이 귀여워 죽겠다는 듯 씩 웃었다. 은설에게는 잔인한 일이지만 자꾸만 웃음이 나왔다. 여자의 눈물이란 그저 자신을 봐 달라는 무기쯤으로 알고 있는 재준에게 은설의 모습은 낯설면서도 지루하지 않은 광경이었다. 지금까지 재준의 앞에서 저렇게 무방비 상태로 운 여자는 없었다.

"그만 울어. 사람들이 다 쳐다보잖아."

쳐다보거나 말거나. 아니, 쳐다봐 주면 좋지. 여자나 울리는 천하의 나쁜 놈으로 오인받아서 욕까지 먹어주면 더 고맙고.

우는 와중에도 똬리를 튼 뱀이 아가리를 벌리듯 반항심이 일었다. 재준의 독설이 그리도 아팠던 건 틀린 말이 아니기 때문이었다. 구구절절 옳은 말이었고 자신이 삐뚤어진 시선으로 오해한 부분도 분명 있었다. 얼마나 사정이 급박했으면 염치 불구하고 저런 부탁을 할까, 측은지심까지도 안 바랐다. 얼마든지 쓴 소리를 들을 의향이 있었고 자신에 대한 비난을 감수할 수 있었다.

그러나 다른 가족들에 대한 모독은 참을 수 없었다. 약게 살지 못해 실수를 저지르기는 했으나 노력도 없이 무전취식이나 하려는 사람들로 모는 것만큼은 절대 용서하지 못했다. 부모님께서는 은설이 새 건물주를 만나러 간다는 사실조차도 모르고 계셨다.

지금쯤 불편한 몸을 이끌고 형편들이 고만고만한 친지들을 찾아다니며 십시일반으로 도움을 청하고 계실 것이다. 지금까지 아무리 어려워도 친척들에게 도움을 요청해 본 적이 없는 부모님이 돈 이야기를 꺼낼 수나 있을지도 의문이었다. 그래서 은설이 독단적으로 나선 것인데 결과적으로 부모님까지 욕을 먹게 했다. 생각이 거기에 미치자 새삼 더 서러워져 더욱더 섧게 흐느꼈다.

"저기, 손님. 다른 분들도 좀 생각을……. 오던 손님은 물론 있는 손님도 다 나가시겠어요. 영업집에서 이러시면 곤란하잖아요."

아까부터 눈치를 주던 직원이 더는 못 참겠다는 듯 재준에게 항의를 했다. 재준이 죄송하다는 사죄의 뜻을 전하고는 자리에서 일어났다.

"그만 울고 일단 나가자. 너 때문에 사람들이 불편해해."

은설이 무릎에 고개를 처박고 더 크게 흐느꼈다. 화를 낼 수도 짜증을 낼 수도 없는 상황에 재준이 마지못해 은설의 곁에 앉았다.

“여기 장사해야 한대. 너도 장사하니까 알잖아. 손님이 이렇게 진상 짓 하면 영업에 지장있다는 거.”

‘내가 누구 때문에 지금 이러는데.’

은설이 원망이 가득한 눈으로 재준을 노려보았다. 골이 날 대로 난 고집 센 아이처럼 눈물범벅이 된 은설은 제 분을 이기지 못하고 부들거리기까지 했다.

“마음…… 대로…… 울지도…… 못하게…… 하고…….”

금방이라도 숨이 넘어갈 것처럼 은설이 꺽꺽거렸다. 그 모습에 화가 나야 함에도 불구하고 재준은 저도 모르게 은설을 품으로 꼭 끌어안았다. 그리고는 막내 여동생을 달래듯 머리를 쓰다듬으며 귓가에 대고 속삭였다.

“어떻게 해줄까? 내가 어떻게 하면 그만 울래?”

빈말이 아니었다. 지금 은설이 우는 모습을 보고도 거짓말이 나온다면 그건 정말 못된 어른이었다.

“응? 말만 해. 내가 다 들어줄게.”

“사과…… 사과…… 하…… 세요…….”

“사과? 어떤 사과? 먹는 사과? 아니면 미안하다는 사과?”

그의 장난에 은설이 흐느낌을 멈추고 사납게 눈을 흘기자 재준이 금방 꼬리를 내렸다.

“미안하다. 정말 이럴 생각은 아니었는데…… 많이 미안해…….”

은설의 눈물이 재준이 입고 있는 셔츠의 색을 점점 더 진하게 물들여 갈수록 그의 사과도 진지해져 갔다.

"내가 가끔 안하무인 격이 되곤 하는데 오늘이 그랬던 것 같다. 반성하고 이런 일 없도록 더 노력할게. 다신 너 이렇게 울리지 않을게. 남자로서 맹세해."

재준의 말이 진심을 담을수록 은설의 흐느낌도 잦아들어 갔다. 여전히 은설을 가슴에 품은 채 그녀의 머리에 살포시 턱을 올리며 재준이 비로소 안도의 한숨을 내쉬었다.

"저기…… 요……."

"응?"

재준이 물기 촉촉한 그녀의 눈을 쳐다보았다.

"무전취식도요……."

"무전취식? 아…… 그래, 그것도 사과할게. 진심으로."

'채재준, 너 심할 정도로 막 나갔구나.'

거듭 사과를 하며 재준이 쓸쓸함을 감추지 못했다. 자신의 경솔함에 대한 자조의 여운이 짙은 한숨으로 묻어 나왔다.

"이제 다 운 거야?"

은설의 바르작거림이 완전히 멈추자 재준이 다정하게 물었다.

"대…… 강요."

꽉 잠긴 목소리로 은설이 들릴 듯 말 듯 속삭였다.

"그렇게 울고도? 머리통만 큰 줄 알았는데 눈물샘도 큰가 보네. 내가 너무 당연한 얘기를 했나?"

"저 머리 그렇게 큰 거 아니거든요! 젖살 때문에 그렇게 보이는 거지 파마 풀면 작아져요."

그 와중에도 은설이 발끈하며 변명을 했다.

'이제 정말 괜찮아졌나 보네?'

안심이 된 재준이 장난스럽게 고개를 저었다.

"머리가 작아질 리가 있나? 작아져 보인다고 스스로 최면을 거는 거겠지. 일종의 자기만족 뭐 그런 거."

"근데요. 이제 좀 떨어지세요."

은설이 귀찮아 죽겠다는 듯 몸에서 떨어지라는 손짓을 했다.

실컷 가슴팍에 안겨 울 땐 언제고 이젠 냉큼 떨어져라? 토끼 사냥 끝났다고 팽 당하는 사냥개도 아니고 감히 지금 누구한테……. 누군 뭐 좋아서 안고 있었는지 아나 보지? 떨어져 달라면야 얼마든지 떨어져 줄 수 있지만 은근 괘씸했다. 분명 바라던 바여야 하는데 기분이 아주 불쾌했다.

그렇다면! 엉뚱한 오기가 발동한 재준이 그녀를 더욱 세게 끌어안았다. 급작스러운 그의 행동에 무방비 상태로 당한 은설이 캑캑거리며 그의 등을 마구 때렸다.

"왜 이래요! 나 숨 막혀 죽이려고 작정했어요! 얼른 놔요!"

"똑똑히 들어, 하은설! 너랑 나, 어차피 어떤 목적을 가지고 서로를 만나왔다는 건 누구보다 잘 알 거야. 이제 와서 아닌 척, 그런 거 하지 말고 우리 쿨하게 서로를 이용하자. 정말 네 도움이 누구보다 필요해. 너도 내 도움이 필요하잖아. 그러니까 죄책감 같은 거 느끼지 말고 필요한 도움 받자. 나랑 결혼할래? 안 할래?"

"생각해 보고요……."

생각해 보고? 끝까지 자존심은 챙기시겠다? 이걸 그냥……. 그래도 그나마 나아지긴 했네. 무조건 안 한다고 큰소리치더니…….

"내가 사정이 좀 급해. 하루라도 빠르면 빠를수록 좋아. 그건 너도 마찬가질 거야. 그러니까 더는 오래 기다릴 수가 없어. 오늘 저녁까지면 생각할 시간 충분하겠지? 그동안도 계속 고민은 해왔을 테니까. 시간 더 필요해?"

재준의 말에 속내를 들킨 은설은 가슴이 뜨끔했다. 은설이 고개를 저었다.

"오늘까지만 시간 주세요."

"그럴게, 그럼. 오늘까지 생각해 보고 내일 문자 주던지 전화해. 점심시간 이후론 수업이 완전히 비니까 언제든지 연락받을 수 있어."

"네……."

"진즉 좀 이렇게 고분고분했으면 좀 좋냐? 하여간 고집은!"

비록 마지못한 것이기는 했지만 은설의 반승낙에 가까운 답변을 듣고 나서야 재준은 그녀를 품 안에서 놔주었다. 품에 안고 있을 땐 몰랐는데 갑자기 머쓱한 기분이 들었다. 재준이 괜한 딴청을 피웠다.

어색하기는 은설도 마찬가지였다. 지금까지 코알라처럼 재준의 가슴팍에 매달려 있다시피 했던 은설은 내외라도 하듯 시선을 외면했다.

"가자!"

계산서를 든 재준이 먼저 자리에서 일어났다. 부리나케 걸어가는 모습이 마치 꽁지에 불이라도 붙은 듯했다.

「오늘 약속 시간이랑 장소는 제가 정해요. 오후 3시. 주민센터 앞. 선글라스, 모자 필히 지참.」

이따위 문자를 보낼 때부터 알아봤어야 했는데…… 쓰고 있는 야구 모자를 좀 더 꼭 눌러쓰며 재준이 참았던 불만을 터트렸다. 주민센터를 지나 한참을 걸어 동네 안 놀이터까지 들어오고 나서야 은설이 걸음을 멈추었다.

"지금이라도 자리 옮기자. 시원하게 에어컨 빵빵한 장소들 다 놔두고 뙤약볕에서 지금 뭐 하자는 거야?"

길길이 날뛰는 재준의 불평 따윈 가볍게 무시하며 은설이 그나마 그늘이 지는 벤치를 골라 앉았다.

"그러지 말고 일단 좀 앉아보세요. 계속 서 있어주면 나야 좋고."

은설이 약 올리듯 재준의 큰 키가 만들어내는 꺾어진 그림자를 가리켰다.

"정말 여기서 이야기하자는 거야?"

"네."

은설이 고개를 끄덕였다. 하는 수 없다는 듯 은설과 약간 간격을 두고 앉으면서도 재준의 표정은 풀리지 않았다.

"최대한 단시간에 알아듣기 쉽고 간단하게 설명해. 나 더운 거 딱 질색이거든."

"더운 거 좋아하는 사람이 어딨다고. 다 똑같지. 일단 이거부터 받으세요."

은설이 내려놓은 가방에서 주섬주섬 뭔가를 꺼냈다. 수건에 둘둘 말아 담긴 것을 받아 든 재준이 인상을 썼다.

"한 번 쓴 페트병은 재활용하면 안 된다는 거 몰라? 이런 거 잘못 마셨다간 여름에 탈나기 십상이야. 미생물이 번식……."

"아, 거참 말 많다. 선배님 물병은 특별히 마트에서 산 생수 그대로 얼린 거거든요. 그러니까 미생물이고 뭐시깽이고 의심 마시고 그냥 드세요. 적당히 녹아서 아주 시원할 테니까. 무슨 남자가 저렇게 까탈스럽고 의심이 많은가 몰라."

"그…… 래? 진작 말을 하지. 그런데 이거 내가 마시는 생수가 아니네."

"마시기 싫으면 이리 내놓으세요. 내가 다 마실 테니까. 물이 다 거기서 거기지. 어차피 불로장생할 것도 아닌데 아무거나 마시면 되지. 얼마나 오냐오냐 떠받들려 살았으면 물 하나도 저렇게 까다로운지 몰라."

은설이 남은 물병을 꺼내며 있는 대로 핀잔을 주었다.

"까다로운 게 아니라 나도 물 정도는 선택해서 마실 수 있는 취향이라는 게 있잖아. 몰라서 하는 소린가 본데 물에도 품격이 있어."

"사람이 품격없는데 물이 품격있어 뭐 할 거야."

은설이 물병을 돌리며 재준에게 들리지 않게 투덜거렸다.

"방금 한 말 다 들었어. 일차 경고야."

하여간 성격 드러운 사람들이 귀도 밝다니까!

"들으라고 한 말 아닌데……."

은설이 무안함에 배시시 웃었다.

"더우니까 얼른 이야기 끝내고 일어서자. 결론부터 말해. 다른 건 하나도 안 궁금하니까."

재준의 닦달에도 불구하고 은설은 천천히 음미하듯 물을 마셨다. 밥알을 씹어 넘기듯 입안에 든 생수를 조금씩 나눠서 삼켰다.

"선배님이랑 결혼할게요."

은설이 단호하게 못을 박듯 말했다.

"네 인생에서 가장 현명한 결정을 한 걸 진심으로 축하한다. 너한테는 전혀 손해 볼 게 없는 선택이라는 건 네가 더 잘 알 거야."

"그럼요. 손 안 대고 코 푸는 건데 아주 호박이 넝쿨째 굴러오다 못해 호박전에, 호박찜이 되어서 들어왔는걸요."

같은 말을 해도 상대방의 속을 한번 이상은 뒤집어줘야 하는 밉상 맞은 성격을 비꼬아주며 은설이 가방 안에서 흰 편지봉투를 꺼냈다.

"이게 뭐야?"

"읽어보세요."

"너 나한테 연애편지 썼냐?"

별생각 없이 봉투를 개봉하고 내용물을 꺼내어 읽어 내려가는 재준의 표정이 심상치 않았다. 깨알 같은 글씨로 빽빽하게 채워져 있는 편지지를 다 읽고 났을 즈음에는 목덜미까지 벌겋게 달아올라 있었다.

"야! 넌 무슨 여자애가…… 너 보기보다 아주…… 세게 나온다?"

"결혼을 일륜지대사라고 한다잖아요. 그렇게 대단한 일을 하는데 아무리 내 사정이 급하다고 해도 대충 넘어갈 수는 없죠."

"그래서? 그래서 부부관계며 사후 유산 처리 문제며 바람피울 시까지 가정을 해서 이렇게 질문지를 작성했다고? 참 내……."

"선배님께서도 답변을 준비하실 시간이 필요하시니까 일단 제 요구사항부터 몇 가지 말씀드릴게요. 첫째, 우리 집에다가는 저한테 반한 선배님께서 결혼해 달라고 애원하며 매달린 걸로 해주세요. 물론 우리 집에 가서도 우리 엄마, 아빠께 절 주십사

무릎 꿇고 사정하셔야 하고요.”

“날더러 지금 거짓말을 하라고?”

아직도 편지지에 적힌 내용의 충격이 가시지 않은 재준이 코웃음을 쳤다.

“난 이 결혼이 처음부터 끝까지 완벽했으면 좋겠거든요. 울엄마, 아빠가 절대 의심하지 않도록. 그러자면 선배님의 그 탁월하신 연기력이 필요해요.”

“연기력은 얼마든지 선보여 줄 수 있는데, 난 거짓말하면 얼굴에 티가 나서…… 너희 부모님께서 네 어딜 보고 반했냐고 물으시면 뭐라고 답을 해야 하는 거야? 인간적으로 네가 나라면 널 보고 첫눈에 반해서 매달렸다는 말이 나오겠냐? 이건 네가 생각해도 무리수 아니냐?”

“그거야 선배님이 내 매력을 찾아내던지 지어내던지 하세요. 정 안 되면 제가 오토바이 타는 모습에 반했다라고 하던가.”

“아무래도 오토바이 타는 모습을 거울에 한번 비쳐 줘야겠군. 이건 차라리 애를 낳으라고 하는 게 낫지. 그것도 대충 접수했고. 두 번째는?”

“우리 집 형편 선배님께서 이미 다 알고 계시니 저도 그냥 얼굴에 철판 깔게요. 저 혼수 못해가요. 엄마가 하다못해 어른들 버선이라도 준비해 주시면 그땐 그걸로 대신하겠지만요. 결혼식 비용은 물론이고 신혼여행 경비도 못 내요. 아니, 내고 싶어도 낼 돈이 없어요. 그렇지만……”

은설이 쉬어가는 의미로 잠시 말을 중단했다. 선글라스 너머로 보이는 재준의 표정이 궁금하긴 했지만 부러 살피지는 않았다. 보나마나 어이가 없어 콧방귀만 열심히 뀌어대고 있을 게 불을 보듯 뻔했다.

"그렇지만? 그다음도 계속해."

재준이 아무렇지 않게 이야기를 재촉했다.

"예쁘게 결혼식도 치를 거고 신혼여행도 갈 거예요. 물론 웨딩앨범 촬영도 해야 해요. 전부 선배님 돈으로……. 재수없다고 욕하셔도 할 수 없어요. 일생의 한 번뿐인 결혼식인데, 더군다나 나한테 개미 똥꼬만큼도 애정이 없다는 사람하고 결혼하는데 이 정도는 욕심내도 되잖아요. 거기다 해마다 결혼기념일도 챙길 거고 당연히 선배님이 챙겨주셔야 해요. 대신 저 선배님, 할머니들, 부모님껜 최선을 다할 거예요. 잘한다고 말하고 싶은데 할머니들을 이미 겪어봤던지라 장담을 못하겠어요. 그래서 그냥 제 나름의 최선을 다하는 걸로 결론 내렸어요. 이상 끝! 여기까지가 제 요구사항이에요."

"그게 다야?"

재준이 의심스럽다는 듯 물었다.

"……네."

제 할 말을 마친 은설이 아이들이라곤 찾아볼 수 없는 동네 놀이터를 무료하게 돌아보았다. 재준의 시선이 따갑게 느껴지긴 했지만 이럴 경우를 대비해 모자와 선글라스를 준비한 탓에 뻔뻔스러움을 조금이나마 감출 수 있어 다행이었다.

"예물은? 가장 중요한 게 빠졌는데?"

"아, 맞다. 선배님 반지 사실 때 아무거나 하나 사서 주세요. 저 평소에도 액세서리 같은 거 안 좋아해서 예물은 욕심없어요. 대신 결혼식 때 티아라는 꼭 쓸 거예요."

"티아라? 그거 가수 이름 아니야?"

"가수 이름이 아니고 왕관 모양의 보석을 티아라라고 해요. 그건 꼭 한 번 쓰고 싶어서 결혼식 때 쓰려고요. 물론 선배님이 결혼식이다 뭐다 못하겠다고 하면 안 되겠지만요……."

"정말 요구사항은 이게 다야?"

"그렇다니까요."

은설이 갑자기 웃음을 터트렸다.

"왜?"

"저 왕 뻔뻔에 완전 가식덩어리죠? 나도 내가 이렇게 속물에다가 민폐덩어린 줄 정말 몰랐어요. 어제 자려고 누웠는데 선배님이랑 결혼한다고 생각하니까 벌써 막 돈 많은 사모님이 된 것처럼 기분이 좋은 거예요. 그러면서 선배님한테 뭘 해달라고 할까, 신혼여행은 어딜 가자고 할까 고민하느라 잠이 안 오더라고요. 근데 막상 선배님 얼굴 보면 창피해서 말 못할까 봐 선글라스랑 모자 쓰자고 한 거예요. 지금까진 작전 성공이고요. 잔망스럽다고 해도 할 수 없어요."

"난 오히려 너무 간단해서 이상한데 원하는 게 이것뿐이라니,

일단 모두 오케이! 그 정도 요구는 당연한 거니까 굳이 선글라스까지 쓸 필요는 없었어. 물론 선글라스는 이 편지지 때문에라도 꼭 필요했겠지만."

재준의 손에서 팔랑거리는 편지지를 보며 은설이 최대한 아무렇지 않게 담담함을 유지하려 애썼다. 여기에서 밀리면 앞으로의 결혼생활에 있어 애로상항이 많을 터였다.

"저기…… 까먹은 게 있어요."

더 이상 요구사항이 없다는 말을 내뱉었던지라 은설이 다급하게 외쳤다. 세상에 가장 중요한 문제를 잊고 있었다. 아무리 그래도 잊을 게 따로 있지. 은설이 제 손으로 머리를 콩 쥐어박으려다 멈칫했다. 모자를 쓰고 있다는 걸 잊고 있었다. 이 상태에선 머리에 알밤을 주는 게 의미가 없었다.

"어떤 걸 또 잊으셨나? 내 재산 내역서, 통장 비밀번호랑 카드, 뭐 이런 거?"

"에이, 거기까지는 탐 안 낸다니까요. 선배님이 생활비야 주시겠죠. 그거 받으면 그 돈에서 제가 요령껏 딴 주머니 차든지 할게요. 대신…… 우리 집 식구들 다른 가게 얻을 돈 모을 때까진 무상으로 살게 해주세요. 이건 나중에 선배님이 마음 변해서 변덕 부릴 수도 있으니까 문서로 작성해서 공증까지 해주셔야 해요."

"그거야 당연한 거 아닌가? 그러기로 해서 나랑 자그마치 결혼이라는 걸 해주시는 거잖아. 그것도 오케이. 또 잊은 거 없나 잘 생각해 봐."

"이젠 정말 없어요. 사람이 양심이 있지⋯⋯."

실컷 받을 거, 요구할 거 다 해놓고 양심 운운하는 게 모순되긴 했지만 철판 깔았노라고 선전포고했으니 더 잃을 이미지도 없었다. 활시위는 당겨졌으니 남은 건 재준의 몫이었다.

"이젠 내가 말할 차렌가? 일단 결혼해 준다고 해서 고맙고 또 한편으론 미안해. 우리 집에 들어와 산다는 게 네가 상상하는 것보다 훨씬 더 힘들지도 모르거든. 어차피 알게 되겠지만 보통의 상식으로는 쉽게 이해가 안 가는 집안이거든. 네가 희생해 주는 것만큼 나도 사내 녀석으로서 창피하지만 금전적으로나마 도움이 되어줄게. 물론 내가 재벌 후계자도 아니고 그냥 보통 이상보다 더 가진 거지만 착한 일 한 번 하지 않고 살았는데 네 덕분에 나도 실속 챙기면서 도움되는 일 할 수 있어서 고맙다. 이건 진심이야. 그리고 지난번에 이미 말했다시피 사랑은 못 줘도 의리는 지킬게. 그거 하나만큼은 확실히 약속할 수 있어."

'그딴 약속은 안 지켜도 되는데⋯⋯.'

은설이 입술을 멜롱 내밀었다.

"다음으로 여기에 적힌 내용들 말인데⋯⋯ 이건 좀 더 고민을 한 다음 답을 줘야 할 것 같다. 성 문제는 어떻게 해결할 거냐고? 1번부터 아주 작정을 했구나."

"중요한 문제니까 당연히 1번에다 둔 거죠. 둘이 계약 결혼

비슷하긴 하지만 선배님도 나도 이혼이란 있을 수 없다는 건 동의하실 거고 그렇다면 잠자리를…… 음…… 그러니까……."

"걱정하지 마. 나 아직 학생이라 공부 핑계대면 각방 쓰는 거 아무 문제 없을 거야."

"안 돼요! 난 밤에 혼자 못 잔단 말이에요."

은설이 결사반대를 하고 나섰다.

"그럼 지금은 어떻게 자? 부모님이랑?"

"그거야 당연히 혼자…… 내 방은 선배님네 화장실보다도 더 좁단 말이에요. 그러니까 덜 무섭지만 선배님네 집은 낯설고 또……."

"너 나랑 같이 방 쓰면 어떤 일이 생길지 몰라서 지금 안 된다는 거냐? 네 말 들으면 어떤 일이 생기길 바라는 것 같다?"

"평생 수녀처럼 살 수는 없잖아요. 그리고 부분데 남들처럼 못 살 것도 없고요."

드디어 말했다……. 이 말을 어떻게 꺼내야 하나 고민했었는데……. 은설이 긴장한 나머지 마른침을 삼켰다.

"허! 이제 보니 너 그 방면으로는 완전 도 튼 사람 같다?"

"나도 사람인데 욕구라는 게 없을 리 없고 또 평생 수녀처럼 살 수는 없잖아요. 그리고 우린 부분데 그 점이 가장 중요하죠. 선배님은 남자니까 저보다 더하면 더했지 덜하지는 않을 거고 그렇다면 제대로 신혼을 즐겨야 하는 거 아니에요? 결혼해서 좋은 것 중에 하나가 그거라는데……."

"야, 하은설!"

재준이 놀이터가 떠나가라 고함을 질렀다. 이제 보니 은설이 놀이터를 택한 것도 다 이유가 있었다. 마음껏 소리 지르고 방방 뛰어도 누구 하나 저지하거나 항의하는 사람이 없었다. 재준이 땅이 꺼져라 한숨을 내뱉었다. 아무래도 자신이 은설을 너무 만만하게 본 모양이었다.

순진하고 어른들께 잘하는 단순한 아인 줄로만 알았는데 이러다 엉뚱하게 코를 꿰일지도 모르겠다는 불길한 예감이 들었다. 물론 그런 일은 절대 없겠지만…… 어쩐지 그가 그린 청사진과 점점 멀어지고 있다는 것 같은 불안감이 뇌리를 엄습했다.

'설마! 아무렴 내가 저 꼬맹이한테 넘어가겠어? 모델처럼 예쁜 여자들을 보고도 끄떡없는 이 천하의 채재준이 말이야. 그럴 일은 절대 없어!'

그런 재준의 고민을 아는지 모르는지 은설은 아이처럼 해맑게 생글거리며 나뭇잎 사이로 들어오는 햇빛을 손가락에 담느라 여념이 없었다.

'자, 이제 재료는 준비가 다 됐으니 맛있게 요리해서 내놓기만 하면 되는 건가?'

은설이 회심에 찬 미소를 지었다. 다른 건 몰라도 튀기고 굽고 양념을 묻히는 데는 자신있었다. 이제 그녀의 재료는 닭이 아닌 사람이었다. 단 1g의 애정도 없다고 큰소리치면서도 당당하게 결혼을 요구하는 저 남자를, 맛난 후라이드처럼, 양념처럼 요리할 일만 남았다.

　은설이 두 다리를 쭉 뻗으며 우산처럼 그늘을 만들어주고 있
는 나무를 올려다보았다. 반짝거리는 햇살이 그녀에게 축복을
건네주는 것 같았다.

to be continued…